KB185427

리버

1

리버

リバー

1

오쿠다 히데오 장편소설

송태욱 옮김

은행나무

차례

1권	서장	재래	009
	1장	추억	053
	2장	재방문	107
	3장	실마리	180
	4장	미로	247
	5장	전조	346
2권	6장	결단	009
	7장	침묵	081
	8장	결괴	215
	종장	잔향	332

등장인물

| 군마현 |

경찰본부

형사부장 **다케다**

수사1과장 **호리베**

관리관 **니시무라**

수사1과 3계장 **우치다**

수사1과 경위 **사이토 가즈마**

공보관 **호시노**

기류 남부 경찰서

경사 **이토**

오타 동부 경찰서

계장 **후지카와**

| 도치기현 |

경찰본부

형사부장 **나카무라**

수사1과장 **히로카와**

수사1과 경위 **히라노**

수사1과 전(前) 형사
다키모토 세이지

아시카가 북부 경찰서

경사 **노지마 마사히로**

| 용의자 |

이케다 기요시

히라쓰카 겐타로

가리야 후미히코

| 기타 주요 인물 |

〈주오신문〉 기자 **지노 교코**

범죄심리학자 **시노다**

10년 전 피해자의 아버지 **마쓰오카 요시쿠니**

| **일러두기** |

본문의 주는 모두 옮긴이의 것으로, 괄호 안에 글씨 크기를 줄여 표기했습니다.

서장

재래(再來)

군마현 기류시(市)에 사는 후지와라 다쓰오(67세)는 오후 3시가 되면 개를 데리고 와타라세강의 제방을 빠른 걸음으로 걷는 것이 일과다. 그 지역 건설 회사를 정년퇴직한 후 관련 회사에 다시 취업해 5년간 일했으나 그곳도 2년 전에 퇴직하고 정식으로 은퇴자가 되었다. 지금은 아내와 둘이서 석 달에 한 번 국내 여행을 하고, 일 년에 한 번 해외여행을 하는 풍족한 연금 생활을 하고 있다.

이미 독립해서 육아에 쫓기는 두 아들은 "좋겠네, 아버지 세대는 연금을 최대로 받을 수 있어서"라고 원망스럽다는 듯 말한다. 다쓰오도 자신이 행복한 세대라는 걸 실감하고 있다. 고도 경제 성장기에 소년 시절을 보냈고, 사회인이 되고 나서도 경기는 줄곧 성장세였다. 경제 위기도 몇 차례 있었으나 기업의 종신 고용이 보장되어 평범하게 일하면 단독주택을 가질 수 있었고, 자식 둘을 대학까지 보낼 수 있었다. 연금으로 받는 금액은 부부 합해서 매달 30만 엔 남짓이라 아마 앞으로 평생 돈이 궁할 일은 없을 것이다.

그렇다면 중요한 것은 건강이다. 다쓰오는 은퇴와 동시에 생활 습관을 바꿔 건강 증진과 체력 유지에 힘썼다. 이렇게 매일 개 산책을 겸해서 걷기 운동을 하는 것도 그 일환이다. 처음에는 아내도 함께였지만 다쓰오의 빠른 걸음을 따라갈 수 없다며 "당신 혼자 가세요" 하고 쌀쌀하게 말하더니 노인 수영 교실에 다니기 시작했다. 이에 대해 다쓰오는 왜 자신에게도 함께하자 하지 않았느냐며 다소 화를 냈다. 최근 아내는 아무래도 단독 행동을 하는 경향이 있다. 오늘은 민생위원(빈곤자의 생활보호를 위해 지방자치단체가 민간인에게 부여하는 직위) 동료들과 노래방에 간다며 혼자 허겁지겁 나가버렸다. 다쓰오는 짐짝이라도 된 듯해서 불쾌했다.

하지만 긴 노후를 생각하면 부부가 늘 딱 붙어 지내는 것도 좋지만은 않을 것이다. 부부라면 각자의 세계를 가져야 한다고 어떤 책에도 쓰여 있었다. 다쓰오는 대체로 온화한 사람이다. 감정은 되도록 억제하려 하고, 여느 노인들처럼 발끈하는 일만은 없으려고 주의하고 있다.

시바견에게 끌려가는 식으로 다쓰오는 허리를 곧게 펴고 걸었다. 되도록 보폭을 넓게 하고 호흡도 깊게 한다. 그러면 몸 구석구석까지 활성화되는 느낌이 든다. 꾸준함이 생명이라더니 최근에는 허벅지 근육도 늘었다. 늘 가는 마사지사가 "혹시 근력 운동이라도 하십니까?" 하고 물었을 때는 기분이 무척 좋았다. 반대로 체중은 5킬로그램 넘게 줄었다.

다리 밑을 빠져나가자 눈앞에 하천부지가 펼쳐졌다. 훈련용 야구장이 보이고 근처 고등학교 야구부원들이 땀을 흘리고 있었다. 딱딱한 타격음과 고등학생의 힘찬 구호 소리가 맑은 공기 속에 울려 퍼졌다.

제방을 내려가는 중에 야구 도구를 옮기는 야구부원들이 "안녕하세요" 하고 큰 소리로 인사했다. 지나가는 사람에게는 모두 인사를 하는 것이 이 야구부의 규칙이다. 물론 다쓰오도 "안녕하세요" 하고 인사를 건넨다.

"안녕하세요."

"안녕하세요."

여자 매니저까지 한 사람씩 계속 인사를 해서 다소 분주하기는 하다.

다쓰오는 이렇게 인사를 주고받는 것이 좋았다. 때로는 아내와만 말하는 날도 있으므로 젊은이들과 인사를 나누는 일은 한 모금의 청량제이기도 하다.

운동장을 지나면 미니 골프장 잔디가 펼쳐져 있다. 노인회 사람들이 각자 게임을 즐기는 중이었다. 안면이 있는 사람도 몇 명 있어서 가볍게 인사를 나눈다. 이전부터 미니 골프 모임에 나오라는 말을 들었으나 그건 일흔이 넘고 나서 하기로 마음먹은 터였다. 일반 골프도 할 수 있는데 미니 골프라니, 너무 노인 냄새가 난다.

"후지와라 씨, 부인은 잘 계시오?"

같은 동네 노인이 말을 걸어왔다.

"예, 잘 있지요. 오늘은 민생위원 사람들하고 노래방에 갔어요."

"그래요. 이번 상공회 자선 행사 때 우리 동네에서는 어묵탕 포장마차를 하기로 했는데 후지와라 씨 부부를 참가 명단에 넣어도 되겠소?"

"물론 좋지요. 우리 부부도 함께 참가하겠습니다."

다쓰오는 미소를 지으며 흔쾌히 승낙했다. 직장 생활을 할 때는 지역 봉사 활동 같은 것을 전혀 하지 않았지만 은퇴하고 나서는 적극적으로 참여하게 되었다. 나이를 먹으며 체감하게 된 것은, 사람은 서로 돕고 산다는 사실이다. 아이들이 독립하여 나갔기에 더욱 그렇다. 무슨 일이 생기면 의지할 수 있는 것은 동네 사람들이다.

미니 골프장을 지나자 하천부지에는 인적이 없다. 주위에 아무도 없다는 것을 확인하고 다쓰오는 개줄을 풀었다. 규칙 위반이지만 가끔 이렇게 한다.

"실컷 뛰어갔다 와."

이렇게 말하며 보내준다. 개는 뛰어오르며 쏜살같이 달려간다.

석양을 받으며 다쓰오는 미소를 지었다. 간토 북부 지방의 5월은 이미 여름 햇살이 내리쬐었고, 기온은 25도를 넘어섰다. 군마는 최근 엄청난 폭염 지방으로 유명해졌지만, 이 시기는 아직 와타라세강의 수면을 어루만지며 부는 바람이 시원하여 살갗에 닿은 기분이 상쾌하다. 도모 지구에 속하는 이 마을은 아시오 산지를 등지고 바라보면 어디까지고 평탄한 대지가 펼쳐져 있어 간토평야의 넓이를 실감할 수 있다. 다쓰오는 환갑이 지나고 나서 점점 더 기류시가 좋아졌다. 자랑스러운 역사가 있고 자연이 풍부하며 사람은 온후하다. 젊었을 때는 남들처럼 도시를 동경했다. 하지만 인생의 종반을 맞이하자 역시 고향이 좋다.

그런 생각을 하며 걷고 있으니 개가 덤불 속으로 들어가는 것이 보였다. 이 주변의 하천은 대부분 갈대로 뒤덮여 있어 평상시에는 수면을 볼 수가 없다.

"다로―, 거기로 가지 마. 돌아와."

큰 소리로 불렀지만, 개는 말을 듣지 않고 자꾸만 나아간다. 덤불이 흔들려서 위치를 알 수 있었다.

그때 시야 끝에 검은 그림자가 비쳤다. 시선을 향하자 까마귀 몇 마리가 지상 3미터쯤 되는 높이에서 날아올랐다 내려오기를 되풀이하고 있었다. 뭔가 까마귀들끼리 먹이 쟁탈전이라도 벌이는 듯하다.

개가 까마귀를 향해 격렬하게 짖었다.

“어이, 다로—. 돌아와.”

아무리 불러도 개는 말을 듣지 않고 더욱 안쪽으로 들어간다.

다쓰오는 어쩔 수 없이 길을 벗어나 덤불 속으로 들어갔다. 아침 무렵까지 비가 내린 탓에 발밑이 질퍽했다. 신발이 진흙에 빠진 다쓰오는 무심코 얼굴을 찌푸렸다.

사람 키보다 큰 갈대를 헤치고 나아간다. 파리매가 일제히 움직이기 시작해 다쓰오는 서둘러 손으로 쫓아냈다. 더 안쪽으로 들어가자 악취가 코를 찔렀다. 음식물 쓰레기 같은 고약한 냄새다. 먼저 생각난 것은 식료품 불법 투기였다. 하천부지에 폐기물을 버리는 악덕 업자가 간혹 있다는 이야기를 시의 소식지에서 읽었기 때문이다. 아니, 어쩌면 개나 고양이 사체일지도 모른다. 이 또한 시의 소식지에서 읽은 적이 있다. 그렇게 생각하자 더는 가까이 다가가고 싶지 않았다.

“다로—, 얼른 돌아와. 다로—, 다로—”

개의 이름을 계속 불렀다. 그래도 개는 안쪽으로 들어가고 계속 짖는다.

다쓰오는 난감했으나 내버려둘 수도 없어서 계속 나아갔다. 그러다 어느새 강 가운데의 모래톱까지 들어가고 말았다. 와타라세강은 폭이 넓지만, 평소 물이 적어 대부분은 덤불숲이다.

개가 끊임없이 짖고 까마귀가 운다. 그 소리가 귓가에 소용돌이치고 다쓰오는 방향감각을 잃었다.

그때 초목 틈으로 하얀 뭔가가 보였다. 얼핏 보기만 해도 젊은 여자의 장딴지라는 것을 알 수 있었다. 엉덩이도 보였다. 어쩌면 전라다.

"아아악!" 무심코 소리쳤다. "아악, 아악, 아악." 말이 되지 않는 소리를 잇달아 질렀다.

다쓰오는 졸도할 것 같아 몸을 돌려 그 자리를 떠났다. 똑바로 쳐다볼 용기가 없다.

"다로—, 돌아와! 어서 돌아와!"

목이 바싹 말랐다. 온 길을 기듯이 되돌아간다. 등줄기는 얼어붙었는데 얼굴에서는 구슬땀이 솟아났다.

간신히 하천부지로 돌아와 미니 골프를 치고 있는 노인회 사람들을 향해 크게 소리쳤다.

"이봐요! 여기요!"

무슨 일인가 하고 몇 명이 돌아본다.

"시체가 있어요. 누가 좀 와줘요!"

여기저기서 사람이 달려왔다.

다쓰오는 기운이 빠져 그 자리에 주저앉고 말았다. 개는 아직도 계속 짖고 있었다.

*

군마현 경찰본부 9층의 통신 지령 센터에 110번 신고 전화가 걸려 온 것은 황금연휴가 끝나고 얼마 지나지 않은 5월 8일 오후 3시 45분이었다. 무전 담당관은 무척 당황한 듯한 신고자의 "하천부지에 젊은 여자 시체가 있다"는 호소를 듣고 곧바로 중대 사안이라고 판단하여 관련 부서에 신고자와의 대화가 직접 무전으로 전해지도록 바로 버튼을 눌렀다. 무전을 연결한 곳은 사건 현장인 하천부지를 관할하는 기류 남부 경찰서와 인근 관할 경찰서, 현장에 신속히 출동할 기동수사대, 감식반, 그리고 수사1과다.

《현재 110번 신고 전화가 들어오는 중. 중요 사안 발생한 듯. 기류시 ××초 기류 실업고등학교 하천부지 운동장 근처의 강가 모래톱에서 젊은 여성의 사체를 개 산책 중인 남성이 발견》

수사1과 3계의 형사 사이토 가즈마 경위는 컴퓨터 앞에서 정산서를 작성하고 있었다. 서둘러 작업을 중단하고 무전기에서 흘러나오는 신고자와 담당관의 대화에 귀를 집중했다. 다른 곳에 있던 형사들도 안색을 바꾸고 달려온다. 본부 4층의 형사실에 긴장된 공기가 퍼졌다.

"실업고등학교의 하천부지 운동장이라면 기류 남부 경찰서 바로 근처잖아."

3계장 우치다 경감이 미간을 찌푸리며 말한다.

"도보로 5분인 코앞이지요. 이거 불길한데."

사이토는 관할 경찰서 형사들이 허둥대는 모습을 상상했다. 틀림없이 지금쯤 파랗게 질려 출동 준비를 하고 있을 것이다.

"자, 우리도 준비해둘까."

우치다가 자신에게 기합을 넣듯이 말한다.

사이토는 살짝 한숨을 내쉬고 방검복을 입었다. 수사1과 3계는 지난주 마에바시시(市) 시내에서 일어난 강도 사건을 해결하고 사건 대기 차례로 돌아간 직후였다. 새로운 수사본부가 세워지면 또 한동안 집에 들어갈 수 없다. 황금연휴에는 내내 출근하여 아이와 놀아줄 수 없었다. 서른네 살의 사이토에게는 다섯 살 난 아들과 세 살 난 딸이 있다.

그사이에 무전이 들어왔다. 현장에 도착한 순찰차에서 보내온 첫 보고다.

《여기는 기류 남부. 본부 나와라》

《여기는 본부. 기류 남부, 말하라》

《방금 현장에 도착. 사체를 확인했습니다. 젊은 여자이고 엎드린 상태, 전라입니다》

《시트로 덮고 현장 보존. 기동수사대와 감식반이 도착할 때까지 기다리세요》

《기류 남부, 알겠습니다》

신고가 들어오면 먼저 기동수사대와 감식반이 현장으로 달려가고, 현장 보고를 바탕으로 수사1과의 출동 여부를 본부의 현장자료반이 결정한다. 전라의 변사체라면 100퍼센트 출동이다. 수사1과 3계의 형사들이 얼굴을 마주 보았다.

"이거, 예감이 안 좋은데."

우치다가 나지막한 목소리로 말했다. 우치다는 신령이라 불리는 수사1과의 베테랑 형사다.

"계장님도 그렇습니까? 저도 그렇습니다."

대답한 사람은 구보라는 계장 보좌로, 우치다의 오른팔이다.

"자네, 10년 전에 어디에 있었지?"

"오타 동부 경찰서의 생활안전과입니다. 그때 수사본부로 지원을 나갔습니다."

"그렇군."

사이토는 둘의 대화를 가만히 듣고 있었다. 무슨 이야기인지 대충 짐작할 수 있었다.

"이치우마. 차 두 대 준비해둬." 우치다가 말한다.

"알겠습니다."

사이토 가즈마(一馬)는 형사실에서 '이치우마'로 불리고 있었다. 이름을 일부러 다르게 읽은 것인데, 특별히 이의는 없다. 참고로 군마현 경찰의 마스코트 캐릭터는 말[馬]이다.

자리에서 일어났을 때 전화벨이 울렸다. 사이토가 수화기를 집어 들자 현장자료반의 담당관이었다.

"수사1과 사람들은 무전 들었어요?"

"물론이죠."

"서둘러서 현장으로 가세요. 수사1과장님과 서무 담당관도 갔습니다."

"알겠습니다."

짧게 주고받고 전화를 끊자 내용을 알아챈 3계 형사들 전원이 일어났다.

“이거 수사본부가 들어서는 건 확실하겠는데.”

누군가 이렇게 중얼거리자 다른 사람들은 말을 삼켰다. 그것은 곧 오늘부터 20일간 집에 들어갈 수 없다는 뜻이다.

군마현 경찰본부가 있는 마에바시 시내에서 사체 발견 현장인 기류시까지는 직선거리로 25킬로미터 정도였다. 순찰차가 긴급 주행을 해도 30분은 걸린다. 국도 50호선은 대체로 혼잡하고 대형 트럭이 끊임없이 달리고 있다. 간토 북부 지방은 대기업의 공장이 많이 진출하여 간선도로가 곧 산업도로이기도 해서다. 운전대를 잡은 사이토는 트럭을 비키게 하며 서둘러 달렸다. 무전기에서는 차례로 현장 상황이 전해진다.

《여기는 기류 남부. 본부 나와라. 수사1과 형사 네 명과 그 외 네 명, 현장 도착. 지금부터 사체를 확인하려고 합니다만, 감식반을 기다려야 할까요? 이상》

《여기는 본부. 감식반은 10분 후에 현장 도착 예정. 감식반을 기다려주세요. 이상》

“어제부터 오늘 아침까지 비가 내린 게 낭패로군.” 뒷자리에 앉은 우치다가 말한다.

“그것도 본격적으로 내렸으니까요. 이것저것 다 쓸려 갔겠지요.” 구보가 말한다.

사이토는 사체가 발견된 와타라세강의 하천부지를 떠올렸다. 애초에 갈대가 무성한 덤불숲이어서 증거 채취는 어려울 것 같았다.

"이봐, 이치우마. 자네, 10년 전에 어디 있었지?"

우치다가 시트를 걷어차며 물었다.

"경찰이 된 지 아직 2년째였습니다. 다카사키 시내의 파출소에 근무하고 있었습니다."

"그럼 모르겠군."

"혹시 군마와 도치기에서 일어난 미제 연쇄 살인 사건 말씀이십니까?"

사이토가 되묻는다. 본부에서 우치다가 "예감이 안 좋은데"라고 말했을 때부터 머리 한구석에 떠오른 일이다.

"그래, 알아?"

"그거야 파출소에 근무하는 신참 경찰이라도 현 내에서 일어난 살인 사건이라면 기억하고 있지요. 도치기현 경찰이 먼저 용의자를 체포했지만 지검이 불기소처분을 내리는 바람에 이쪽까지 흐지부지된 사건 아닌가요?"

"어어, 그래. 그때도 사체가 발견된 것은 와타라세강의 하천부지였어. 게다가 젊은 여자의 전라 사체였고. 별건이면 좋겠는데……."

우치다가 코로 숨을 내쉬며 말한다. 사이토는 상사들의 심정을 이해했다. 10년 전의 미제 사건이 다시 나타난 거라면 수사에 관여한 형사는 모두 얼굴이 새파래질 것이다.

현장에는 오후 4시 반에 도착했다. 이미 기동수사대의 차량과 관할 순찰차 몇 대가 하천부지에 늘어서 있고 통제선이 쳐 있었다. 제방에는 마치 전선의 참새처럼 수많은 구경꾼이 몰려들어 있다.

"수사1과입니다!"

차에서 내린 사이토가 말했다.

"아직 들어오지 마! 밖에서 기다려!"

흰장갑을 끼고 장화를 신은 감식반장이 통제선 안에서 소리쳤다.

"도와드릴까요?"

"필요 없어. 그보다 구경꾼이 문제야. 통제선을 넓혀."

돌아보니 제방뿐 아니라 하천 근처에도 구경꾼들이 있었다. 미니 골프를 치는 노인과 고등학생 야구부원들이다. 차 뒤에서 목을 내밀고 덤불 속의 상황을 엿보고 있다.

"내려가요, 내려가세요. 지금부터 하천부지는 출입 금지입니다."

사이토가 두 손을 벌려 물러나게 하자 그들은 순순히 따랐다. 다만 고등학생들은 거의 전원이 스마트폰을 들고 동영상을 찍고 있다.

"이봐, 너희들. 찍지 마."

이렇게 명령한 사이토의 모습도 확실히 찍혔다.

그때 호리베 수사1과장을 태운 스바루사(社)의 자동차 레보그가 도착했다. 그 뒤에도 차 몇 대가 줄지어 있는데 신문사나 방송사 깃발을 단 언론사의 취재 차량이었다. 수사1과장이 현장을 찾는 그림을 놓칠 기자는 없다. 차에서 내리자마자 호리베에게 따라붙으며 잇따라 질문을 해댔다.

"물러서요, 물러서. 지금 할 얘기는 없어!"

호리베가 난폭하게 내뱉는다. 검도 5단의 대장부로, 눈매가 날카로워 야쿠자가 피해서 갈 정도의 인상을 가진 총경이다. 그렇지만 머리는 잘 돌아간다. 보도 완장을 찬 기자들은 통제선 뒤로 밀려난다.

순찰차 앞에서 한 노인이 기동수사대 대원에게 참고인 조사를 받고 있다. 아마 최초 발견자일 것이다. 사이토는 슬쩍 그쪽으로 달려가 귀를 기울였다.

"매일 같은 시간에 산책을 가는데 개줄을 푼 것은 거의 닷새 만이었을 거요."

이런 대화가 들려왔다. 노인은 흥분한 모습으로, 입가에는 게거품을 문 채였다. 그 외에도 시민 몇몇이 기동수사대 대원에게 개별적으로 이야기를 하고 있다.

"이치우마. 이리 와봐." 우치다가 불러 서둘러 돌아간다.

"감식반의 허가를 얻었으니까 빙 돌아가서 사체를 보고 와."

우치다가 손으로 원을 그리며 말했다. 감식에 방해가 되지 않도록 우회해서 사체의 상태를 확인하라는 지시다. 상사의 명령은 거스를 수 없다.

사이토는 차에서 장화를 꺼내 갈아 신고 덤불 속으로 들어갔다. 덤불을 손으로 헤치자 파리매가 일제히 덤벼들었다. 침을 탁 뱉으며 걸음을 옮긴다. 비가 내린 탓에 발밑이 질퍽거려 걷는 것만으로도 고역이다.

사체 유기 현장은 하천부지에서 20미터쯤 들어가면 나오는 강 가운데 모래톱이다. 감식반의 사진 촬영이 이루어지고 있어 카메라 플래시가 섬광을 발하고 있다.

"수사1과 사이토 가즈마, 옆에서 들어갑니다."

사이토가 소리를 질렀다. 베테랑 감식반 대원이 목을 내밀고 사이토의 모습을 확인한다. 성가시다는 듯이 말없이 턱을 까딱했다.

덤불 속에 얼굴만 들이밀고 들여다본다. 사체는 전라로 엎드려 있고 두 손은 뒤로 묶여 있다. 얼굴은 보이지 않지만 젊은 여자다. 슬슬 썩어 문드러지기 시작한 상태였다. 사이토의 추정으로는 죽은 지 닷새쯤 된 듯했다.

일직선 통로로 그곳에 들어온 호리베 수사1과장이 감식반장의 안내로 모습을 드러냈다. 사체 옆에 무릎을 꿇고 험상궂은 얼굴로 관찰한다.

"교살인가?" 호리베가 묻는다.

"그런 것 같습니다."

"사망 추정 일시는?"

"아직 모릅니다."

"사체의 신원은?"

"그것도 아직 모릅니다."

그때 머리 위로 헬리콥터 소리가 들렸다. 모두가 올려다본다.

"아, 거 시끄럽네. 어디 거야?" 감식반장이 묻는다.

"도쿄에서 띄운 거겠지요. 곧 여러 대가 올 겁니다." 감식반 대원이 대답한다. 이번 사건은 전국 톱뉴스가 될 거라고 각자 각오한 터였다.

"사체를 얼른 기류 남부 경찰서로 옮겨. 그리고 곧장 사법해부야."

호리베가 지시를 내리고 사체가 들것에 실렸다. 파란 비닐 시트가 덮인다. 사이토는 왔던 길로 서둘러 되돌아가, 보고 온 것을 우치다에게 보고했다.

"손이 뒤로 묶였다고? 그건 확실한 거야?"

"예."

"틀림없어. 또 나온 거야."

우치다가 얼굴을 잔뜩 찡그리며 나직하게 말했다. 다른 수사관들은 새파랗게 질려 말을 잃었다.

덤불 속에서 사체를 실은 들것이 나왔다. 언론사 기자들이 일제히 달려들고 카메라 셔터 소리가 울려 퍼진다.

"물러서요, 물러서."

사이토는 기자들을 밀쳐내며 길을 만들었다. 관할 경찰서의 인력이 비닐 시트를 들고 늘어서서 카메라로부터 사체를 가린다.

"이봐, 감식반을 제외하고 다들 모여봐."

순찰차에 있던 수사1과의 이인자인 관리관 니시무라가 차에서 내려 손을 흔들었다. 그 주위에 경찰본부 수사1과, 기류 남부 경찰서 형사1과, 가까운 경찰서에서 지원 나온 형사들이 모였다. 대략 서른 명이다.

"기류 남부 경찰서에 수사본부를 설치하기로 했다. 최종 책임자는 경찰본부의 다케다 형사부장, 부책임자는 호리베 수사1과장과 기류 남부 경찰서의 기다 서장이다. 진행은 내가 맡는다. 봐서 알겠지만 중대 사안이다. 다들 정신 똑바로 차리고 임하도록."

니시무라 관리관의 말에 사이토는 진저리를 쳤다. 오랜만의 큰 사건이다.

"사체의 신원은 아직 모르지만 이십대 여자로 보인다. 앞으로 실종 신고가 들어왔는지 확인해보겠지만, 그것과 별도로 여러분이 우선 해야 할 일은 목격자를 찾는 일이다. 사망 추정 일시가 아직 확실하지 않아서 임시로 지난 열흘간으로 해둔다. 하천부지에 들어온 수상한 사람과 수상한 차량을 전부 철저하게 알아낸다. 당장 여러분은 탐문수사에 들어가도록. 철수는 저녁 7시다. 그걸로 첫 번째 수사 회의를 열겠다."

이어서 니시무라가 "자네와 자네" 하고 수사관들을 가리키며 아무렇게나 탐문수사 짝을 정해준다. 사이토의 짝은 기류 남부 경찰서 형사1과의 젊은 경사였다.

"형사1과의 이토입니다. 올봄까지 오타 동부 경찰서의 지역과에 있었습니다. 잘 부탁드립니다."

학생이라고 해도 통할 것 같은 앳된 얼굴의 남자가 인사했다. 사이토는 신참인가, 하고 한숨을 내쉬려다 삼켰다. 자기도 처음에는 신참이었다.

"좋아, 그럼 가볼까."

두 사람은 맡은 구역을 지도로 확인하고 걷기 시작했다. 머리 위에서는 신문사와 텔레비전 방송국 헬리콥터 여러 대가 선회하고 있었다.

*

군마현 경찰본부 기자실은 1층 현관홀의 막다른 곳에, 마치 물품 담당 부서 같은 모습으로 존재하고 있다. 문은 항상 열려 있어 누구라도 자유로이 드나들 수 있었다. 내부는 큰 방이고, 칸막이로 신문사나 방송사별 공간이 나뉘어 있다. 지노 교코가 소속된 전국 주간지 〈주오신문〉에는 데스크 세 개분의 공간이 주어져 있었다. 지방이기 때문에 큰 사건이 적고, 그런 까닭에 분위기는 느슨하다. 군마현 경찰본부의 공보관이 이따금 나타나 젊은 기자와 장기를 두기도 한다.

그러나 이날은 달랐다. 공보관은 들어오자마자 "여러분, 보도 자료입니다" 하고 늠름한 목소리를 울리며 공보문을 입구 테이블에 놓았다.

"수사1과장이 현장에 나갑니다. 수사1과장의 설명회는 기류 남부 경찰서에서 할 예정입니다. 저도 갑니다."

평소에는 광고 회사의 과장으로밖에 안 보이는 호시노 공보관이 장교 같은 표정으로 말한다. '수사1과장이 현장에 간다'는 말을 들은 모든 기자에게 긴장한 빛이 역력했다. 뭔가를 조사하고 있던 교코도 작업을 중단하고 서둘러 테이블로 달려갔다. 보도 자료를 손에 들자 '보도진 여러분께'라고 적힌 종이는 대부분 항목이 공란이고 그저 사건 발생 장소와 사안만 나와 있다.

–기류시 ××초 기류 실업고등학교 운동장 근처의 와타라세강 하천부지 모래톱

–여성 사체 발견

깜짝 놀란 기자들이 호시노에게 따지고 들었다.

"살인 사건입니까?"

"아직 모릅니다."

"하지만 수사1과장이 현장에 가는 거죠?"

"아무튼 현장에서."

내치듯 말하며 발길을 돌린다. 교코는 서둘러 전화를 꺼내 군마현 경찰본부에서 도보로 몇 분 거리인 마에바시 지국에 연락

을 넣었다. 급히 총무 담당에게 취재 차량을 보내달라고 요청한다. 그동안 카메라와 노트북을 배낭에 넣고 나설 준비를 했다. 살인 사건은 처음 경험하는 일이다. 군마현 경찰 담당 기자로서 기자단에 배치된 것은 겨우 올봄의 일이다. 드디어 온 건가, 하고 교코는 심장이 고동쳤다.

군마현 경찰본부 앞에 도착한 차에 타려고 하자 운전석에 고사카가 있어서 교코는 깜짝 놀랐다. 고사카는 마에바시 지국의 경찰 담당 캡으로 직속 상사다. 당연히 총무 담당이 데리러 올 거라고 생각하고 있었다. 군마 출신의 고사카는 도쿄 본사에 채용되었으나 가정 사정으로 고향 근무를 희망하여 이미 10년 넘게 마에바시 지국에서 일한 베테랑 기자다.

"죄송합니다. 제가 운전하겠습니다." 교코가 당황하여 말했다.

"됐으니까, 타. 네가 운전하면 무서워서 안 돼."

고사카는 시간이 아깝다는 듯이 손을 저었다. 고사카는 타고난 목소리가 커서 늘 야단을 맞는 것 같은 기분이다.

신문사용 취재 차량으로 현장을 향했다. 도로는 트럭으로 가득하고 고사카는 누비듯이 차선 변경을 되풀이한다.

"안 좋은 예감이 든단 말이야."

도로를 달리며 고사카가 어두운 목소리로 말했다.

"뭐가요?" 교코가 되묻는다.

"하천부지에서 여자 사체가 발견되면 군마현 사람들은 다들

10년 전의 일을 떠올리거든."

이렇게 말해도 교코는 이해하지 못한다. 10년 전에는 도쿄 하치오지에서 중학교에 다니고 있었다.

"그때 말이지. 미제로 남은 연쇄 살인 사건이 있었어. 군마와 도치기, 두 현에서 두 명의 젊은 여성이 살해당해 와타라세강 하천부지에 버려졌지. 일단 도치기현 경찰이 용의자를 체포했지만 증거 불충분으로 불기소처분을 받았어. 경찰로서는 아주 원통한 일이지. 그 이야기를 꺼내면 지금도 형사들이 불쾌한 표정을 짓거든."

"그렇군요……."

교코는 조수석에서 노트북을 열고 〈주오신문〉의 기사를 검색했다. '와타라세강'과 '연쇄 살인'. 이 두 단어를 입력하자 이내 수십 개의 기사가 검색되었다. 그 기사에 따르면 이렇다—.

2009년 5월 도치기현 아시카가시(市)의 와타라세강 하천부지에서 전라의 젊은 여자 사체가 발견되었다. 도치기현 경찰본부는 곧바로 특별수사본부를 설치하고 수사에 나섰다. 보름 후, 이번에는 인접한 군마현 기류시의 와타라세강 하천부지에서 마찬가지로 전라의 젊은 여자 사체가 발견되었다. 수법이 흡사해서 동일범의 소행일 가능성이 크다고 판단한 양측 경찰은 합동수사본부로 전환하고 범인을 추적했다. 첫 번째 도치기현 범행 현장의 사체에서 범인의 것으로 보이는 체액이 검출되어 그때부터 수사는 빠르게 전개되었다. DNA 감정을 하자 도치기현 내에서 범죄 이력이 있는 서른다섯 살의 남자와 일치했다. 수사본부는 즉시 그 남자를 임의로 조사하여 자백을 받아내려 했지만 남자는 완강히 범행을 부인한다. 진술에 따르면 합의하에 호텔에서 관계를 한 것은 사실이지만 호텔을 나오고 나서부터는 모른다고 한다. 남자는 상습적인 범죄자로 마약 사용 혐의도 밝혀졌기 때문에 별건으로 체포해 장기간에 걸쳐 조사를 했다. 하지만 결국 살해에 관한 유력한 증거를 확보하지 못했다. 게다가 군마현 사건에 대해서는 알리바이가 인정되어 지검은 증거 불충분으로 불기소처분을 내렸다. 그렇게 합동수사본부는 일단 해산되어 현재까지 미제 사건으로 남아 있다—.

"미궁에 빠졌다는 건가요?" 교코가 물었다.

"두 현의 경찰에 모두 특별수사본부가 남아 있을 텐데, 실제 어느 정도의 규모인지는 몰라." 고사카가 고개를 저으며 대답한다. "합동수사가 파멸을 가져온 느낌은 있지. 각자 체면이 있어서 군마현 경찰은 당초 별건체포에 반대했지만, 도치기현 경찰의 주장을 물리칠 만한 용의자를 찾지 못했으니까 경찰청의 판단으로 체포하기에 이르렀어. 하지만 결과는 불기소. 형사들은 모두 아연실색했지. 취재하기 힘들었던 것은 기억하고 있어."

고사카의 해설을 듣고 교코는 무릎이 떨렸다. 만약 이번 사건과 관련성이 있다면 엄청난 일이다. 기자가 된 지 3년째다. 과연 내가 기사를 써도 되는지 무서워진다.

현장에 도착하자 호리베 수사1과장의 모습이 보인다. 다른 신문사 기자들에게 둘러싸여 있다. 교코도 서둘러 사람들 틈으로 비집고 들어가 귀를 기울였다.

"피해자의 신원은요?"

"사망 추정 일시는요?"

잇따라 질문이 날아든다. 호리베는 기자들을 예리한 시선으로 노려보며 "물러서요, 물러서. 지금 할 얘기는 없어!" 하고 날카로운 목소리로 말하고는 통제선 안으로 들어갔다. 수사1과장은 원래 강경한 자세로 나오는 사람이지만, 이날은 한층 다가가기가 힘들다.

교코는 카메라를 꺼내 우선 현장 사진을 찍었다. 통제선 너머로 펼쳐진 건 덤불뿐이지만 찍어둬야 한다.

"이봐, 지노."

고사카가 턱을 까딱해서 그 방향을 보자 북쪽 다리에서 다른 신문사 기자가 내려다보는 각도로 사진을 찍고 있었다.

"카메라 줘봐. 내가 찍고 올게."

"죄송합니다. 부탁합니다."

고사카가 카메라를 들고 달려간다. 교코는 아직 카메라 솜씨도 신뢰받지 못하고 있다.

교코는 멀리서 현장을 에워싼 고등학생과 노인 그룹을 발견하고 그들의 목소리를 담기로 했다. 우선 머리를 짧게 자른 야구부원에게 말을 건다.

“저기, 잠깐 이야기 좀 해줄래요? 이 하천부지는 평소 사람들이 출입해요?”

“낮에는 합니다. 산책이나 조깅을 하는 사람들이요.”

“그럼 밤에는요?”

“모르겠어요. 밤에는 온 적이 없어서요.”

“최근에 수상한 사람을 본 적은 없어요?”

“글쎄요, 저희는 야구 연습을 하느라 한눈을 팔 수 없거든요.”

고등학생들은 무서우면서도 흥미진진한지 가벼운 흥분 상태였다. 젊은 여자의 벌거벗은 사체인 듯하다는 정보가 구경꾼 사이에 흘러 남자들끼리 서로 쑥덕거리고 있다.

그들로부터는 의미 있는 이야기를 들을 수 없을 것 같아 이어서 노인들에게 물어봤다.

“여러분은 혹시 10년 전의 사건을 기억하고 계십니까?”

“그거야, 뭐. 사체가 나온 곳이 바로 이 부근이니까.” 한 노인이 어쩐지 기분 나쁘다는 듯이 두 팔을 가볍게 문지르며 말했다. “아마 그때도 이맘때쯤이었지. 경찰이 하천부지의 풀을 싹 베고 증거품을 찾았지. 지금도 기억해요.”

“10년 전에도 이 부근이었나요?”

“그래, 그렇지. 그때의 살인범이 또 나타난 게 아니냐고 지금 그 얘기를 하고 있던 참이야.”

“최근에 수상한 사람을 본 적은 없습니까?”

“없지, 아마. 하천부지에서 보는 사람은 이 지역 사람들뿐이니까. 봐요, 여기로 들어오려면 뒷길을 지나와야 하니까. 이 지역 사람이 아니면……."

그때 경찰 쪽에 움직임이 있었다. 제복을 입은 경관과 사복을 입은 형사가 모여 파란 비닐 시트를 펼쳐 가림막을 만든 것이다. 사체를 옮길 모양이다. 그렇게 생각하자 교코의 목에서 꿀꺽하는 소리가 났다. 기자로서 처음 보는 광경이다.

하늘에는 언론사의 헬리콥터 여러 대가 선회하고 있었다. 틀림없이 도쿄 본사도 헬리콥터를 띄웠을 것이다.

비닐 시트가 이동한다. 그 밑으로 이동하는 몇 사람의 발이 보였다. 노인들이 합장하며 예를 표했다. 그 행위가 전염되어 고등학생들까지 흉내를 냈다. 여러 대의 카메라 플래시가 터져 교코의 시야는 하얗게 번졌다.

기류 남부 경찰서는 사체가 발견된 현장에서 직선으로 100미터도 안 되는 곳에 있다. 경찰서 사람들은 필시 허둥대며 분개하고 있을 것이다. 바로 코앞에 사체를 유기한 셈이니 말이다.

경찰서 부지 내에는 텔레비전 방송국 중계차가 쭉 늘어서 있고, 기자들 수도 늘어나 있었다. 기자들은 관내로 들어갈 수 없어 현관 근처에 모여 있다. 저녁 뉴스 시간이라 기자들이 생중계 보도를 하고 있었다. 그 바람에 여기저기 조명이 켜져 해 질 녘인데도 대낮같이 환하다.

부서장이 나와 언론사에 입구를 비우도록 요청하자 순식간에 기자들이 에워싸고 질문을 퍼부었다. 보통 수사본부가 설치된 경찰서의 부서장이 공보를 담당하는 경우가 많다.

"안 돼요, 안 돼. 나한테 묻지 마요. 수사1과가 들어왔으니까 문의는 모두 본부 공보과로."

험악한 표정으로 알리고는 부하들에게 출입을 막기 위한 고깔 모양 용품을 여기저기에 배치하도록 했다.

"수사1과가 들어가면 관할 경찰서는 사실상 부하인 셈이군."

옆에서 고사카가 중얼거린다.

"그렇게 되는 겁니까?"

"본가와 별가 같은 거지."

교코는 납득할 수 있었다. 그 무서운 얼굴의 수사1과장이 들어오면 관할 경찰서 형사들은 분명 긴장할 것이다.

그때 호시노 공보관이 나타났다.

"기자 여러분. 두 번째 보도 자료, 배포하겠습니다."

자료 다발을 쳐들자 순식간에 기자들이 몰려갔다. 교코도 한 장 집는다. 이번에는 발견자 이름과 발견했을 때의 상황, 사체의 상태, 감식반의 수사 상황이 기록되어 있다. 발견자는 개 산책 중이던 노인, 사체는 전라로 엎드린 상태, 추정 연령은 십대에서 삼십대. 사인은 교살일 가능성이 크지만, 검시로 확인해야 해서 단정할 수는 없다. 사법해부는 군마 의과대학에 의뢰했다. 유류품은 아직 발견되지 않았고 사체의 신원도 밝혀지지 않았다—.

"첫 번째 수사 회의는 저녁 7시부터. 수사1과장의 설명회는 그 뒤에."

이것만 말하고 기자의 질문은 받지 않은 채 돌아갔다.

저녁 7시가 가까워지자 탐문수사를 위해 흩어졌던 형사들이 하나둘씩 경찰서로 돌아왔다. 그때마다 텔레비전 방송국의 조명이 향한다. 기자들은 안면이 있는 형사를 붙잡고 질문을 던지지만 다들 표정이 험악하고 인사조차 받아주지 않는다. 교코는 아직 아는 형사가 없어 옆에서 보고만 있을 뿐이다.

첫 경험은 어딘지 모르게 현실감이 희박했다. 살인 사건 취재를 하게 될 줄이야……. 마음의 준비가 안 되어 불안만 심해졌다. 음악과 예술을 좋아하는 교코는 문화부를 지망하여 기자가 되었다.

*

도치기현 아시카가시에 살고 있는 혼다 에이스케(23세)는 이날 낮에 와타라세강 하천부지에 차를 세우고 편의점에서 산 주먹밥을 먹고 있었다. 등 뒤에는 야구장이 넓게 펼쳐져 있어 주말에는 어린이 야구팀으로 무척 북적거린다. 하지만 오늘은 평일이라 아무도 없다. 풀을 베고 땅을 평평하게 다져서 만든 주차장에는 다른 차가 없고 에이스케 혼자다. 점심을 먹고 나면 시트를 젖히고 낮잠을 잘 생각이다. 간토 북부의 5월 날씨는 일을 빼먹고 농땡이를 치기에 안성맞춤이다. 죄책감 같은 건 전혀 없다.

에이스케는 치과 의료 기기 회사에서 영업을 담당하고 있다. 이 지역 공업고등학교를 졸업한 후 일단 대형 부품 제조 회사에 취직했지만, 공장 노동이 성미에 맞지 않아 1년 만에 그만두었다. 그 후 아르바이트를 하며 겨우 살아왔다. 하지만 이대로는 결혼 상대도 만나지 못할 거라는 생각에 친척에게 부탁하여 1년 전에 찾은 일자리였다.

도치기현 내의 치과를 돌며 의료 기기나 소모품 주문을 받으러 다니는 영업직으로, 영업용 차량인 밴을 타고 하루 종일 현내를 달린다.

남에게 머리를 숙이는 일이 힘들지 않은 에이스케는 영업 일이 적성에 맞는다고 생각하고 있다. 하지만 회사 월급은 굉장히 적어 그것만은 불만이다. 월급 실수령액이 대략 15만 엔이다. 일주일에 한 번은 '때려치우겠다'며 속으로 악담을 퍼붓고 있다. 애초에 사원 스무 명의 영세한 기업으로, 사장과 전무 형제가 오로지 사리사욕을 채우기 위해 운영하는 회사다. 전무는 무슨 일이 있을 때마다 경비 삭감을 요구하고, 잔업 수당에 트집을 잡아 깎으려 든다. 회사에 노동조합은 없으며 사원은 그저 고용된 사람에 지나지 않는다.

슬슬 그만둘 때인가, 하고 에이스케는 퇴직을 생각하고 있다. 계속 참는다고 해도 앞으로 뭔가로 이어질 것 같지는 않다. 아직 젊으니 좀 더 자신을 시험해볼 수 있는 일이 있을 것이다.

그런 생각을 하던 중에 다른 밴 한 대가 주차장으로 들어와 옆에 섰다. 누군가 하고 봤더니 같은 회사의 선배 스즈키였다. 웃는 얼굴로 차에서 내려 편의점 봉지를 흔들며 다가온다. 조수석 창을 똑똑 두드리며 "잠깐 괜찮아?" 하고 묻는다.

잠금장치를 풀어 들어오게 한다. 스즈키는 "여기 있어도 돼?" 하며 조수석에 앉더니 봉지에서 샌드위치를 꺼내 덥석덥석 먹었다.

"야오이초의 사카가미 치과, 어땠어?" 스즈키가 물었다.

"안 됐어요. 거기는 니시키초의 업자가 들어와 있어서 상대도 해주지 않더라고요." 에이스케가 고개를 저으며 대답한다.

"그럼 아사히초의 기무라 치과는?"

"거기도 마찬가지예요. 원장은 대가 바뀌었지만 업자는 바꾸지 않겠다던데요."

"그렇겠지. 이렇게 작은 동네에서 신규로 개척하는 건 어려운 일이야. 전무는 지시만 내리고 시장조사도 안 하니까."

"그러니까요. 전무는 말만 꺼냈다 하면 신규, 신규라고 떠들어대고. 아시카가에 치과가 몇 군데나 있다고 말이에요."

에이스케가 불만을 토로한다. 스즈키와는 늘 전무 험담이다.

"어쩔 수 없지. 작은 회사가 살아남으려면 신규 개척밖에 없으니까."

"선배님은 잘 아시네요."

"그건 아니지만, 불평을 해봐야 현실이 바뀌는 건 아니니까……."

"전 회사를 그만둘까 생각하고 있는데요."

에이스케가 몸을 돌려 말했다.

"또 그 얘기야. 귀에 딱지가 앉도록 들었어."

"이번에는 진짜예요. 열받기도 하고요. 얼마 전에 전무가 했던 말, 선배님도 들었죠? 우리가 젊은 직원들의 월급 인상을 자제하는 것은 젊을 때 절약을 가르치기 위해서다, 너희들도 가정을 갖고 집이 생기면 월급을 올려주겠다, 이렇게 말한 거요."

"아, 그랬지, 그랬어."

스즈키가 웃으며 고개를 끄덕인다.

"그럼 대리나 과장이 얼마나 받고 있느냐고요. 저는 알고 있어요. 대리 월급도 실수령액 20만 엔도 안 되잖아요."

"하하, 그렇지."

"웃을 상황인가요? 전무랑 사장은 렉서스를 몰면서 말이에요. 정말 화가 난다니까요."

"그래도 그만두면 어떻게 하려고? 요즘 정규직을 경력 사원으로 채용해주는 회사 같은 데는 거의 없어."

"그거야 아시카가에 있을 때의 얘기죠."

"뭐야, 시외에서 찾는 거야? 통근은 힘들 텐데."

"도쿄로 올라갈까 싶어서요."

"정말이야? 봐둔 데는 있고?"

"없어요. 하지만 여기서 이대로 있어봤자 앞날이 뻔하니까요. 나처럼 학력도 자격증도 없는 사람은 다른 데에서 승부를 거는 수밖에 없어요."

"너, 도쿄에 가면 집세도 비싸고 차도 가질 수 없고, 생활은 더 힘들어질 거야. 그러니 그만둬. 살기에는 고향이 최고야."

스즈키가 부드러운 어조로 달랜다. 이 선배는 스물다섯 살에 이미 결혼해서 아이도 있다. 연상의 부인에게 꽉 쥐여살고 있다. 회사를 그만두는 것은 생각도 해보지 않았을 것이다.

"오줌 좀 누고 올게."

스즈키는 샌드위치를 다 먹고는 차에서 내려 앞쪽으로 걸어갔다. 완만한 언덕을 내려가 키만큼 높은 갈대가 무성한 덤불로 들어간다.

에이스케는 창을 열고 담배에 불을 붙였다. 이제 스물세 살인가―. 담배 연기를 내뿜으며 혼잣말을 한다. 아직 젊은데도 매일 조바심이 난다. 분명 고향에 죽치고 있기 때문일 것이다. 뭔가에 도전하여 성공한 선배가 가까이에 없다. 그러므로 고향에서는 꿈을 가질 수 없다.

하지만 고향을 떠나면 각종 어려움이 기다리고 있을 것이다. 무엇보다 부모가 허락해줄 것 같지 않다. 취직을 도와준 친척에게 면목이 없다고 화를 낼 것이 뻔하다.

그때 덤불 속에서 "아악!" 하는 외침이 들렸다. 무슨 일인가 하고 손을 멈춘다.

"아악, 아악, 아악."

괴성을 지르며 스즈키가 덤불에서 굴러 나왔다.

무슨 일인지 확인하려 에이스케가 차에서 내렸다.

"선배, 왜 그러세요?"

"시체! 시체! 저기 시체가—"

스즈키가 창백한 얼굴로 땅바닥을 기면서 호소한다. 에이스케는 그 말에 등줄기가 얼어붙었다. 바로 며칠 전 강변의 하천부지에서 젊은 여자의 사체가 발견된 직후였던 것이다.

"너도 보고 와!"

"에이, 싫어요."

"나만? 불공평하잖아. 넌 동료잖아!"

스즈키가 떨리는 목소리로 뭐가 뭔지 알 수 없는 말을 한다.

에이스케는 어떻게 할지 망설이다가 엉거주춤한 자세로 덤불 속으로 들어갔다. 금방 돌아서 나올 수 있도록 비스듬한 자세로 걸어가자 2미터쯤 앞에 하얀 두 다리가 보였다. 엎드린 시체로, 아무래도 전라인 듯하다.

"아악!"

에이스케도 비명을 질렀다. 기겁하여 덤불 밖으로 구르며 나간다. 보고 말았다. 태어나서 처음으로 장례식장이 아닌 곳에서 사람의 시체를 보고 말았다.

"선배. 경찰! 경찰!"

"네가 전화해!"

스즈키는 이미 2미터쯤 떨어진 곳에서 멀어져가고 있었다.

"잠깐만요, 선배. 두고 가지 마요!"

에이스케도 뒤를 따라 달려갔다.

"아악! 아악!"

둘이서 비명을 지르며 계속 달렸다. 그렇게 하지 않으면 정신이 이상해질 것 같았기 때문이다.

*

도치기현 경찰본부 아시카가 북부 경찰서 2층에 있는 형사1과의 경보기가 울린 것은 5월 13일 오후 12시 45분이었다. 노지마 마사히로 경사는 책상에서 여느 때처럼 아내가 싸준 도시락을 다 먹고 아르바이트 사무원이 끓여준 차를 마시던 참이었다. 무슨 사건인가 싶어 스피커에 귀를 기울인다. 요즘 현 남부에서 빈집 털이가 많이 발생하고 있다는 얘기였다. 우리 집이 아니라면 좋겠는데, 하고 마음속으로 빌었다. 소규모 경찰서의 형사1과는, 강력범과 절도범을 담당하는 본부의 1과와 3과를 합친 부서다. 경제사범과 조직범죄 이외에는 뭐든지 맡는다.

《본부 통신 지령 센터에서 각 지국에 알립니다. 현재 아시카가시 ××초, 와타라세 운동 공원 부근 하천부지에서 젊은 여성의 사체를 발견했다는 110번 신고가 들어왔습니다》

"우리 서 앞이잖아!"

창가의 자기 자리에서 배달 도시락을 먹고 있던 도이 과장이 벼락같이 소리를 지르며 일어났다.

《신고자는 주차장에서 점심을 먹은 후 휴식을 취하고 있던 남성 회사원. 부근에 사람은 없고 수상한 사람도 목격되지 않았다고 합니다. 아시카가 북부 경찰서 및 인근 경찰서, 기동순찰연합대는 즉시 현장으로 출동하십시오》

"이봐, 운동 공원이라면 우리 서 코앞이잖아. 하천부지에 젊은 여자의 사체라고? 기류 사건의 모방범인가?"

도이가 입에서 밥알을 튀기며 소리친다.

"서장실에 갔다 올게. 각 과에 지원 요청해. 너희들은 즉시 현장으로 가고."

도이는 머리에서 김을 폭폭 내뿜는 기세로 방을 나갔다.

"엄청난 사건이 들어왔군."

베테랑 형사인 야마시타 주임이 출동 준비를 하며 어두운 얼굴로 중얼거렸다. 형사1과 전원의 표정이 굳어졌다. 오늘 도치기현 경찰에게 최악의 사건이 발생한 것이다. 지난주 인근 기류시내에서 사체가 발견되었을 때부터 모두가 가슴에 불길한 예감을 품고 있었을 것이다.

"현관에 순찰차를 대놓겠습니다. 다들 정문으로 나오세요."

노지마는 방검 조끼를 입고 달려서 방을 나갔다. 형사1과에서 아직 젊은 축인 서른 살의 노지마는 의지와 성실함을 어필해야 한다.

스니커즈를 신고 계단을 뛰어 내려가 출입구를 통해 밖으로 나간다. 수사 차량에 올라타 시동을 걸었다. 무전기를 켜자 통신 지령 센터와의 무전 내용이 들려왔다.

《여기는 우쓰노미야103, 도치기 본부 나와라》

《여기는 도치기 본부. 우쓰노미야 103, 말하라》

《현재 현장에 도착. 신고자 이름을 다시 한번 알려주십시오》

본부의 기동수사대가 먼저 도착했나 싶어 노지마는 초조했다. 이쪽은 현장과 직선으로 500미터도 떨어져 있지 않으니 말이다. 그들은 우연히 부근을 순찰 중이었던 모양이다.

차를 현관 앞에 세워 선배 형사들을 태우고 네 명이 현장으로 향했다. 경찰서 부지를 나가자마자 사이렌을 울린다.

"노지마, 자네, 10년 전의 와타라세강 연쇄 살인 사건 알고 있나?" 뒷좌석에서 야마시타가 물었다.

"형사가 되었을 때 본부에서 수사 자료를 읽었습니다." 노지마가 대답한다.

그 사건은 도치기현 경찰의 큰 오점으로 남아, 현 경찰 전체가 회한을 품고 있다. 나이 지긋한 형사에게 무심코 그 이야기를 하면 순식간에 기분이 언짢아진다.

"그때 범인으로 지목된 이케다 기요시는 마약 소지 혐의로 징역을 살고 나와 다시 시내에서 살고 있어. 우선 그쪽부터 파봐야겠지."

야마시타의 의견을 다른 형사들은 잠자코 듣고 있었다. 자료를 읽어본 한에서는 당시 용의자로 체포한 이케다를 연쇄 살인 사건의 진범으로 보기에는 타당성이 없었다. 검찰이 불기소한 것은 노지마도 충분히 이해할 수 있었다. 아무도 다시 문제 삼지 않는 것은, 수사를 했던 선배 형사들의 체면을 손상하지 않기 위해서다.

불과 5분 만에 현장에 도착했다. 제방에서 언덕을 내려가 하천부지의 자갈길로 들어선다. 아직 학교 수업이 끝나지 않아 드넓은 야구장에 사람의 모습은 보이지 않는다. 그 앞에 기동수사대의 순찰차 한 대와 파출소의 스쿠터 한 대가 세워져 있다. 경찰관과 이야기 중인 젊은 남자 두 명은 신고자일 것이다.

"수고하십니다. 아시카가 북부 경찰서의 형사1과 노지마입니다."

노지마는 차에서 내려 먼저 도착한 이들에게 인사했다.

"수고하십니다. 다름 아니라 통제선 좀 부탁하겠습니다. 제방에서 이쪽까지 모두 출입을 금지하라는 본부의 지시입니다." 제복 차림에 작업모를 쓴 순찰차 대원이 말한다.

"자네들, 사체는 벌써 확인한 건가?" 야마시타가 물었다.

"예. 잠깐요. 젊은 여자인데 엎드린 자세이고 전라입니다."

"역시 기류 사건이랑 같은 건가." 야마시타가 얼굴을 찡그리며 한숨을 내쉬었다.

그때 관할 경찰서의 감식반이 도착했다. 이어서 도이 과장, 생활안전과와 지역과의 지원 부대를 태운 순찰차가 속속 모여들었다.

"도이 과장님. 본부에서 도착할 때까지는 족히 30분은 걸립니다. 먼저 다 같이 사체를 보시겠습니까?"

감식반장이 제안했다.

"그러지. 다들 똑바로 봐둬. 우리 앞마당에서 벌어진 사건이야. 어떻게든 범인을 잡지 못하면 우리가 있을 의미가 없어."

도이가 위엄 있는 목소리로 말하고, 전부 말이 없다.

"신고자는 자네들인가? 미안하지만 좀 기다려주게."

회사원으로 보이는 두 젊은이는 창백한 얼굴로 고개를 끄덕였다.

노지마가 수사관에게 비닐 신발 커버를 나눠준다. 파출소 근무자에게 지키고 있으라고 하고 다 같이 주차장에서 언덕을 내려갔다. 전날 비가 내린 탓에 땅이 질퍽거렸다. 발자국을 남기지 않으려고 풀이나 자갈이 있는 곳을 골라 걸었다.

"뒤로 돌아가자. 우리 흔적을 남길 수는 없으니까."

도이의 지시로 10미터쯤 우회하여 덤불을 헤치고 사체 유기 현장으로 나아갔다. 젊은 형사의 역할이라고 생각한 노지마가 선두에 섰다. 사체 냄새를 맡은 것인지 하늘에는 까마귀 몇 마리가 떠돌고 있다.

5분쯤 걸어 사체 유기 현장에 도착했다. 길고 하얀 물체가 가로놓여 있다. 여기저기 보이는 검은 점은 모두 벌레다.

노지마는 자기도 모르게 얼굴을 돌렸지만, 바로 뒤에 과장이 있다는 것을 떠올리고는 용기를 내서 응시했다. 두 손이 뒤로 묶여 있다. 얼핏 보아 눈에 띄는 외상은 없다. 머리는 갈색. 발톱에

빨간 페디큐어.

전원이 사체를 둘러쌌다. 본부 감식반에 속한, 경험 많은 도이가 한쪽 무릎을 꿇은 다음 사체의 머리카락을 잡고 얼굴을 반쯤 들었다.

"스무 살 안팎이군. 어쩌면 미성년자일지도 모르겠는데. 안면에 울혈, 코에서 피가 난 흔적이 있고. 목에 수평으로 동그랗게 끈에 졸린 흔적이 있어. 교살이야. 시반도 여럿 있고 안구도 물러졌어. 사후 경과 시간은 24시간에서 36시간 정도 되겠어."

도이가 냉정하게 사체를 관찰하고 소견을 말한다. 노지마는 구역질을 참고 열심히 들었다.

"과장님, 머리카락에 피가 묻어 있지 않습니까?" 알아차린 사람은 야마시타였다.

"아아, 정말 그렇군." 도이가 사체의 머리를 만졌다. "찢긴 자국이야. 둔기로 뒤통수를 맞은 건가……." 그러고는 머리카락을 좌우로 밀어 헤친다. "피부밑출혈이 광범위하게 있어. 꽃병이나 야구방망이라면 이렇게 적은 피로 끝나지 않을 테니 둔기보다는 뭔가 말랑말랑한 도구를 쓴 걸지도 모르겠는데."

"그게 무슨 뜻입니까?" 노지마가 물었다.

"머리를 이불로 뒤집어씌우고 방망이로 때린 느낌이야."

"그럼 피해자를 혼절시키고 나서 목을 졸랐다는 건가요?"

"그랬을 확률이 크지. 뭐, 정식 감식 결과를 기다려봐야겠지만……."

도이가 일어나 주위를 둘러보았다.

"대충 보니까 부근에 유류물은 없는 것 같군. 범인은 어딘가 다른 데서 살해하고 여기로 옮겼을지도 모르겠어. 어쨌든 우리도 강을 뒤져야지."

지난주 와타라세강 상류에서 사체가 발견되었을 때 군마현 경찰은 대대적으로 강바닥을 샅샅이 뒤졌다. 피해자의 옷이나 소지품, 스마트폰 등이 강에 버려졌을 가능성이 있는 이상 도치기현 경찰도 수색을 하지 않을 수 없다.

그때 동쪽에서 여러 대의 순찰차 사이렌 소리가 들렸다.

"수사1과가 도착한 건가. 혹독한 사건이 될 것 같군." 도이가 이렇게 말하며 크게 한숨을 내쉬었다. "잘 들어, 너희들. 피해자의 모습을 잘 기억해둬. 스무 살 안팎의 젊은 여성이 강제로 인생을 빼앗긴 거야. 나한테는 대학생 딸이 있다. 그래서 앞으로 신원이 밝혀지고 부모가 딸의 죽음을 알게 될 거라고 생각하니 가슴이 찢어질 것 같다. 이렇게 원통한 일이 어디 있겠나. 무슨 일이 있어도 범인은 우리 손으로 잡는다. 정신 똑바로 차리고 임하도록."

"예!" "예!"

각자 큰 소리로 대답한다. 노지마는 등줄기가 떨렸다. 형사가 된 후 맞이하는 가장 중대한 사건이다. 자신의 능력이 시험당하는 순간이다.

첫 번째 수사 회의는 그날 저녁 7시에 아시카가 북부 경찰서의 강당에서 열렸다. 정면의 연단에는 수사 간부가 늘어섰다. 이날은 본부에서 나카무라 형사부장도 나와 있었다. 소집된 수사관은 80명이다. 인접하는 사노 경찰서와 도치기 경찰서에서도 지원을 나왔다.

경찰서 밖에는 근방의 우쓰노미야시(市)뿐만 아니라 도쿄에서도 각종 언론이 몰려들어 중계차 여러 대가 늘어서 있었다. 지금도 뉴스 프로그램이 한창 생중계되고 있어 조명이 눈부시게 켜져 있다.

"일동, 일어섯! 경례!"

수사관 전원이 일어나 앞을 향해 고개를 숙인다. 구령을 외친 사람은 관리관 미야타다.

먼저 나카무라 형사부장이 마이크를 잡았다.

"여러분, 수고가 많다. 오늘 12시 45분경 와타라세 운동 공원 근처의 하천부지에서 젊은 여성의 사체가 발견되었다. 신원은 바로 밝혀졌는데, 슬픈 일이게도 아시카가 시민이다. 상세한 사항은 1과장으로부터 보고가 있을 테니 생략하겠지만, 이 사건이 도치기현 경찰에게 아주 중요한 사안이라는 것을 우선 가슴에 새겨주었으면 한다. 지금으로부터 정확히 10년 전인 2009년 5월, 마찬가지로 와타라세강 하천부지에서 젊은 여성의 사체가 발견되는 일이 도치기현과 군마현에서 연속으로 발생했다. 그때 합동수사본부는 용의자를 특정하여 일단 체포했지만 증거 불충분으로 기소에는 이르지 못했다. 이는 도치기현 경찰에게 원통하기 그지없는 일이고, 도치기현 주민의 신뢰를 크게 배반하는 일이 되었다. 그리고 이번 일을 맞이한 것이다. 지난주 8일, 군마현 기류 시내의 와타라세강 하천부지에서 젊은 여성의 전라 사체가 발견되었다. 그리고 오늘 아시카가 시내의 같은 하천부지에서 마찬가지로 젊은 여성의 전라 사체가 발견되었다. 예단은 금물이지만 동일범의 연쇄 살인 사건일 가능성이 크다. 아마 주민들은 누구나 그때의 살인범이 10년이 지나 다시 움직이기 시작했다고 생각할 것이다. 우리는 무슨 일이 있어도 범인을 체포하고 사건의 전모를 밝혀내 치안을 회복해야 한다. 각자 명심하도록."

나카무라 형사부장이 험악한 얼굴로 말한다. 수사관 전원은 긴장된 자세로 열심히 듣고 있었다.

이어서 히로카와 수사1과장에게 마이크가 건네진다.

"수사관 여러분. 본론부터 말해 현시점까지 판명된 것을 전달하겠다. 피해자는 아시카가시 ××초에 거주하는 와타나베 고이치 씨의 장녀인 21세 사야카 씨, 아르바이트 점원이다. 어제 저녁 가족에게 친구와 저녁 약속이 있다고 알리고는 자기 차를 몰고 나간 후 연락이 끊겼다. 무단으로 외박한 적이 있어 처음에 가족은 별로 걱정하지 않았다고 한다. 그런데 오늘 아침이 되어도 돌아오지 않아 핸드폰에 전화를 걸었는데 연결되지 않았고, 게다가 아르바이트를 하는 대형 식료품점에도 출근하지 않았다는 것을 알고 아시카가 북부 경찰서에 전화해서 상담했다. 그것이 오늘 오전 10시가 좀 지났을 때다. 그에 대응한 생활안전과의 시민 상담 부서는 오늘 저녁까지 기다려도 연락이 되지 않으면 실종 신고서를 제출하는 것으로 가족과 합의했다. 그러던 중 와타라세강 하천부지에서 신원 불명인 젊은 여성의 사체가 발견되어 혹시나 싶어 가족에게 확인을 부탁한 결과 사야카 씨로 판명되었다—"

가족이 확인했다는 것을 알고 노지마는 대각선 맞은편에 앉은 도이의 옆얼굴을 살폈다. 도이가 말한 것처럼 그 광경은 상상만으로 가슴 아프다.

"사인은 머리 압박에 의한 질식사로, 교살로 생각된다. 사망 추정 시각과 그 외의 것은 이후에 감식반장이 보고하겠지만, 중요한 것은 이 사안이 지난주 8일 기류시에서 발생한 사체 유기 사건과 아주 유사하다는 점이다. 나카무라 형사부장님의 말씀대로 예단은 금물이지만, 동일범의 소행일 가능성을 시야에 넣고 수사를 진행하지 않으면 안 된다. 군마현 경찰본부도 같은 생각이라 사건 당일 저녁에 바로 그쪽 수사1과장이 나한테 전화를 했고, 이번에 발생한 사안과의 유사성에 대해 협의하기로 했다. 따라서 오늘 여기 경찰서 안에 설치한 특별수사본부가 군마현 경찰과의 합동수사본부로 이행할 가능성이 크다는 것도 유념해주었으면 한다."

합동수사본부라는 말에 수사관 몇 명의 표정이 바뀌었다. 인접한 현 경찰들끼리의 협력 수사에는 여러 가지 어려움이 따른다. 노지마에게는 그런 경험이 없지만 쉽게 상상할 수 있었다.

"언론 보도로 이미 알고 있다고 생각하지만, 기류에서 발생한 사건에서도 피해자는 밝혀졌다. 기류 시내에 거주하는 안도 마이코 씨로 23세다. 무직이며 시내 연립주택에서 혼자 살고 있었기 때문에 가족과 지인이 행방불명을 알게 된 것이 늦어졌다. 그런데 료모선(線) 기류역 근처의 유료 주차장에 며칠간 세워져 있는 차들을 순찰 중이던 경찰관이 수상히 여겨 차량 번호를 조회했더니 소유자가 안도 마이코 씨였다. 그 가족에게 문의한 결과 마이코 씨가 며칠간 행방불명이었다는 사실을 알고 사체를 확인하게 해서 본인임이 확인되었다. 피해자의 행적과 지금까지의 신변 조사, 탐문수사로 군마현 경찰이 얼마만큼의 정보를 얻었는지 우리는 모르지만, 앞으로는 정보 공유가 불가피하다. 그에 관해서도 앞으로 군마현 경찰과 협의할 예정이다. 아울러 본부로 들어온 정보로는, 경찰청의 수사1과에서 인원을 파견한다고 한다."

히로카와 1과장의 말에 이번에는 수사관 전원의 표정이 굳어졌다. 경찰청 형사국 수사1과란 각 도도부현(都道府県)의 형사부 수사1과를 관리하고 지도하는 부서로, 광역 범죄 발생 시 조정 역할을 하며 등장하는 국가공무원이다. 이 사건에 경찰청 감시자가 들어오는 것이다.

"그리고 중요한 정보 하나를 말하겠다. 기류의 피해자는 인터넷 매칭 앱으로 불특정 다수의 남성과 데이트를 해왔고 그때마다 금전을 얻었다는 증언이 여러 개 나왔다. 간단히 말해서 원조교제를 했다는 거다. 현재 군마현 경찰은 피해자의 스마트폰을 찾지 못했다고 한다. 스마트폰 회수는 우리한테 지상명령이나 마찬가지다."

노지마는 점점 더 이 사건이 10년 전과 이어져 있다는 생각이 들었다. 당시에는 아직 학생이었지만 주간지를 비롯해 뉴스나 생활 정보를 전하는 텔레비전 프로그램을 통해 알고 있었다. 그때의 피해자도 만남 사이트로 원조교제를 하고 있던 평범한 아르바이트 점원과 전문대 학생이었다.

"그럼 이어서 감식반에서 감식 결과를 보고하겠습니다."

마이크가 건네지고 감식반장이 자리에서 일어난다. 펜을 쥐는 수사관들의 손에 힘이 들어갔다.

1장

추억

「피해 여성의 행적 CCTV로 분석, 와타라세강 연쇄 살인 수사에 진전인가」

군마현 기류시에서 사진관을 운영하는 마쓰오카 요시쿠니는 그날 아침 신문 표제가 눈에 들어오자마자 심한 현기증을 느꼈다. 이어서 심장이 두근거리기 시작하고 호흡이 곤란해졌다. 거실 테이블을 손으로 짚은 채 붕어처럼 입을 벌리고 열심히 숨을 들이쉰다. 잊어가던 공황장애의 발작이 지난 며칠 사이에 재발했다. 원인은 알고 있다. 10년이 지나 다시 시작된 사건 탓이다.

"여보, 또야? 괜찮아?"

아내 가즈코가 걱정스러운 얼굴로 부엌에서 달려왔다.

"괜찮아."

마쓰오카는 상체를 앞으로 구부린 자세로 계속해서 숨을 쉬려고 했다. 대처법은 잘 안다. 죽지는 않을 거라고 자신을 타이르며 시간이 지나기를 기다릴 뿐이다.

"이제 신문 보는 건 안 되겠어."

테이블 위 신문을 접고 가즈코가 타박하는 어조로 말했다.

"그렇게 되겠어? 범인이 다시 움직이기 시작했다고. 이건 기회야."

"무슨 말을 하는 거야? 그만둬. 그렇게 한다고 미키가 살아 돌아오는 게 아니잖아."

"당신, 엄마면서 어떻게 그런 말이 나와."

마쓰오카가 괴로워하며 목소리를 최대한 쥐어짜 호소하지만 가즈코는 상대해주지 않고 재빨리 부엌으로 돌아갔다. 이 일에 대해 가즈코는 진작에 체념한 모양이었다. 더는 신경 쓰지 않고 방관하기로 한 것이다.

2분쯤 입을 빠끔빠끔하고 있었더니 드디어 호흡이 편해졌다. 마쓰오카는 크게 숨을 들이쉬고 몸을 일으켰다. 이마에 식은땀이 맺혔다.

"아침 먹을 수 있어?" 부엌에서 가즈코가 물었다.

"어, 먹을게. 아무렇지 않아."

소파에서 일어난 마쓰오카는 불단 앞에 앉아 딸의 사진을 향해 "아빠가 원수를 갚아줄게" 하고 조그만 소리로 중얼거렸다. 가즈코가 들으면 또 "그만둬"라고 할 것이다.

딸 미키는 10년 전 아시카가와 기류에서 연달아 일어난 살인 사건의 기류 쪽 희생자였다. 스무 살의 전문대 학생으로, 미래에는 의류 업계에서 일하고 싶다는 꿈을 갖고 있었다. 그런 미키가 누군가에게 살해당해 와타라세강 하천부지에 전라 상태로 버려졌다. 당시 일은 너무나 충격적이어서 기억에서 누락됐다. 경찰의 연락을 받은 마쓰오카는 경찰서로 달려가 사체를 확인했다. 그리고 장례식에 갔을 텐데, 그 며칠간이 페인트로 하얗게 칠한 것처럼 공백이다. 아내가 졸도한 것도, 자신이 쓰러져 정신없이 울었던 것도 친척에게 들었을 뿐 기억나지 않는다. 그저 뇌리에 들러붙어 있는 것은 "다녀오겠습니다!" 하며 나간 미키의 뒷모습과 그 목소리뿐이다.

아내와 식탁에 마주 앉아 아침을 먹었다.

"오늘 일 괜찮겠어? 스튜디오 촬영, 두 건 들어왔지? 다쿠야한테 대신해달라고 하면 안 돼?"

밥을 먹으며 아내가 묻는다.

"괜찮아. 게다가 다쿠야는 보육원의 재롱 잔치 촬영이 있어."

마쓰오카가 대답한다.

다쿠야는 올해 서른두 살이 된 아들로, 결혼하면서 독립했지만 가업을 이어 매일 가게로 다닌다. 가업이란 동네 사진관이다. 사진의 디지털화로 업계 상황은 완전히 바뀌었지만, 기념사진 수요는 이전보다 늘어서 장사는 순조로웠다. 그래도 딸을 잃고 나서는 일할 의욕이 전혀 생기지 않는다.

"여보, 형사가 오면 어떻게 할까?" 아내가 묻는다.

"상대해줘야지. 가게에서는 방해가 될 테니까 집으로 들어오라고 해서."

"난 싫어. 이제 와서 뻔뻔하게."

"그렇게 말하지 마. 이번에는 그 사람들도 진심이니까."

마쓰오카는 이렇게 대답하고 밥을 입으로 가져갔다.

사실 경찰이 다시 움직이기 시작한 것에 적잖은 고양감을 느꼈다. 지금까지 내가 해온 일이 헛되지는 않았다. 그것이 증명될 날이 왔다. 경찰에 원망하는 마음도 없는 건 아니지만, 지금은 그렇게 말하고만 있을 수는 없다. 경찰한테는 수사할 권력이 있다.

밥을 다 먹고 스튜디오에 들어가 촬영 준비를 했다. 오늘은 아기의 백일 기념사진 촬영 예약 두 건이 연속해서 있다. 경삿날 촬영이라 마쓰오카도 환하게 대하지 않으면 안 된다. 아기의 비위를 맞추기 위해 장난감이나 봉제 인형을 준비하고 밝은색 셔츠로 갈아입는다. 아마도 오늘 손님으로 방문하는 젊은 부부는 마쓰오카 사진관의 딸이 10년 전 와타라세강 연쇄 살인 사건의 피해자라는 것을 모를 것이다. 사건은 순식간에 풍화한다. 마쓰오카는 그것을 이른 단계에 실감했다. 당사자 이외의 사람은 재빨리 일상생활로 돌아간다.

오전 9시 반이 되어 첫 손님이 찾아왔다. 젊은 부부와 두 살짜리 남자아이, 태어난 지 얼마 안 된 여자아이, 그리고 어느 쪽인가의 조부모, 이렇게 모두 가족 여섯 명이다.

"축하합니다. 어머, 아기가 귀엽네요."

아내가 나와서 평소보다 한 옥타브 높은 목소리로 칭찬한다. 마쓰오카도 웃는 얼굴로 손님을 맞이한다. 딸이 살아 있다면, 하고 매번 생각하는 순간이다. 그리고 그 감정을 억누르는 법도 익혔다. 10년이란 그런 세월이다.

오후가 되자 군마현 경찰본부의 형사들이 가게에 나타났다. 저번과 마찬가지로 젊은 형사 2인조다.

"마쓰오카 씨, 또 이렇게 찾아와서 죄송합니다."

이렇게 말하며 과자 상자를 건넨다.

"경찰이 선물이라니, 이런 것도 경비로 처리되나?"

"예, 됩니다. 마쓰오카 씨가 수사 협력비를 받지 않겠다고 하셔서 그 대신입니다. 빈손으로 가지 말라는 상사의 명령으로……."

형사가 솔직히 털어놓는다. 마쓰오카는 씁쓸하게 웃으며 받았다. 저번에 형사가 찾아왔을 때 수사에 협력하면 사례비가 나온다고 해서 거절했던 그였다. 심정적으로 돈은 받고 싶지 않은 것이다.

"본론으로 들어가자면 마쓰오카 씨가 찍어 보관해두신 사진, 과거 3개월 치를 추가로 빌렸으면 합니다만."

형사가 용건을 꺼냈다.

"3개월 치면 되나? 우리는 전부 빌려줄 생각이었는데."

"아뇨, 10년 치면 우리도 다룰 수가 없거든요. 게다가 범행의 연속성을 감안하면 작년 이전 데이터는 별로 의미가 없을 것 같다는 것이 수사본부의 견해입니다."

"아아, 그렇군. 뭐든지 좋지. 내 사진이 수사에 도움이 된다면야."

마쓰오카는 이렇게 대답하고 일단 자리에서 일어나 컴퓨터 앞에 앉았다. 과거에 찍은 사진을 USB 메모리에 옮겨 저장해주었다.

"수사는 얼마나 진행되었나? 오늘 아침 신문에 피해자의 CCTV 영상을 분석하여 행적을 알아냈다고 쓰여 있던데."

작업을 하며 마쓰오카가 물었다.

"그건 답해드릴 수 없습니다. 그 기사는 일부 신문의 날림 기사로, 수사본부가 정식으로 발표한 내용은 아닙니다."

형사가 관리 같은 답변을 한다.

"뭐야, 날림 기사라니?"

"확인도 안 하고 썼다는 뜻입니다."

"그럼 사실이 아니라는 건가?"

"그러니까 대답해드릴 수가 없습니다."

"당신들, 10년 전과 똑같군. 묻기만 하고 먼저 아무것도 알려주지 않고 말이야. 생각났어. 우리 딸의 컴퓨터 데이터를 전부 빼 가고, 내용은 마지막까지 가르쳐주지 않았지."

"죄송합니다. 저는 그때의 사정을 잘 모릅니다."

형사가 고개를 숙이고 말했다. 다만 저자세라도 알랑거리는 모습은 없고 자못 형사다운 건방진 태도였다.

사진 데이터가 든 USB를 건네자 형사는 가방에서 서류를 꺼내 차용서 같은 것에 필요 사항을 기입했다.

"송구스럽습니다만 여기에 도장을."

"서류투성이네, 경찰은."

마쓰오카는 빈정거리며 날인했다. 예순두 살인 마쓰오카의 입장에서 보면 두 사람 다 아들뻘의 나이다. 주눅 들 상대는 아니다.

"자네들 이름이 뭐였더라?" 마쓰오카가 묻자 연장자로 보이는 형사가 대답했다. "제가 경찰본부 수사1과의 사이토이고 이쪽은 기류 남부 경찰서의 이토입니다."

"얼마든지 협조할 테니까 알게 된 것을 공유해주게."

"그러니까, 그건 어렵습니다."

사이토 형사가 고개를 가로저으며 대답한다. 젊어도 눈빛은 날카롭고, 비집고 들어갈 틈이 없는 듯하다. 한편 이토 형사는 요즘 젊은이 같은 외견의 싹싹한 남자다. 형사들은 예를 표하고는 내놓은 보리차를 단숨에 들이켜고 급한 걸음으로 나갔다.

마쓰오카 요시쿠니가 형사에게 건넨 사진 데이터란 지난 10년간 딸의 사체 유기 현장인 하천부지에서 그곳을 찾아온 사람들을 찍은 사진이었다. 범인은 반드시 현장으로 돌아온다—. 이 한 문장을 어떤 책에서 읽고 마침 수사가 난관에 봉착한 무렵이기도 해서 이제 경찰에 맡겨둘 수 없다며 스스로 행동에 나선 것이다.

가게의 정기 휴일과 빈 시간을 이용하여 하천부지 입구에 차를 세우고, 차 안에서 그곳으로 들어오는 사람을 촬영했다. 대부분은 이 지역 시민과 아이들로, 별반 성과는 얻을 수 없었다. 그래도 가끔 수상한 인물이 있었고 그때마다 마쓰오카는 사진을 찍어 기류 남부 경찰서에 보여주었다. 처음에는 형사가 직접 대응했지만 머지않아 지역과로 바뀌었고, 1년쯤 지나자 거북하게 여겼다. 본 적이 없는 남자면 일일이 수상한 자로 신고하기 때문에 경찰에는 폐가 된다는 것도 이해할 수 있었다.

게다가 하천부지에서 수상한 남자가 몰래 촬영하고 있다는 신고가 몇 번이나 경찰에 들어왔고, 그때마다 기류 남부 경찰서에서 주의를 받았다. 다만 경찰 쪽도 범인을 아직도 잡지 못한 부담감에 강경한 말은 하지 못하여 거의 묵인된 형태로 촬영은 계속되었다. 그러던 중 다시 살인 사건이 발생한 것이다.

경찰은 태도를 확 바꿔 마쓰오카에게 그동안 찍어둔 사진 데이터를 제공해달라고 요청했다. 마쓰오카는 두말없이 협력할 생각이었지만, 이의를 제기한 것은 아내와 아들이었다. 지금까지 그렇게 매정하게 굴어놓고는 이제 와서 돌변하여 협력해달라는 것은 너무 뻔뻔하지 않은가. 아들이 그렇게 말하자 경찰은 온순한 태도가 되었고, 곧 기류 남부 경찰서 서장이 직접 인사하러 왔다. 그것은 사실상의 사죄로, 딸의 사진에 깊숙이 고개를 숙이는 서장의 모습을 보고 마쓰오카는 경찰에 대한 응어리가 조금은 풀렸다. 지금은 어떻게 해서든 범인을 체포하기 바랄 뿐이며 그것을 위해서는 협력을 아끼지 않을 것이다.

마쓰오카는 지금까지 이상의 사명감이 타올랐다. 이날도 촬영하러 가는 데 주저함이 없었다. 사건이 일어난 지 얼마 되지 않은 지금이야말로 구경꾼에 섞여 상황을 살피러 올 가능성이 크다.

스튜디오 뒷정리를 마치고 나갈 준비를 하고 있으니 아내가 "여보, 오늘도 가는 거야?" 하고 심각한 표정으로 물었다. 아내는 마쓰오카의 행동을 이해하지 못했다. 그런 일을 해도 미키는 돌아오지 않는다는 것이 아내의 생각이었다. 마쓰오카가 "당신은 단념할 수 있어?"라고 묻자 "슬퍼도 받아들일 수밖에 없잖아" 라고 대답하여 대화를 포기했다. 부성과 모성은 아마 다를 것이다. 범인을 밝혀내지 못하면 딸은 편히 눈을 감을 수 없다. 그것이 아버지인 마쓰오카가 해야 할 일이다.

가방에 카메라를 넣고 작업용 차량인 왜건에 올라탔다. 목적지는 일전에 사체가 발견된 와타라세강의 기류 하천부지다. 미키의 사체가 버려진 장소와 1킬로미터도 떨어지지 않은 곳이다. 이 도전적 소행을 어떻게 이해해야 할까. 마쓰오카는, 범인은 쾌락을 위해 사람을 죽이는 인간이 아닐까 하는 생각을 하기 시작했다.

마쓰오카에게는 범인이 체포되면 알고 싶은 것이 있다. 미키를 살해한 것은 무차별적 범행이었는지 아니면 의도적으로 표적을 정한 범행이었는지다. 10년 전, 두 건의 살인 사건이 일어나자 일부 언론은 피해자가 인터넷 만남 사이트에서 원조교제를 했다는 보도를 하여 가족을 더욱 힘들게 했다. 마쓰오카는 무슨 일이 있어도 딸의 오명을 씻어주고 싶었다. 미키가 원조교제 같은 걸 했을 리 없다. 직접 키운 아버지로서 그것만은 확신을 갖고 말할 수 있다. 새로운 희생자와 그 가족에게는 미안하지만, 마쓰오카는 범인이 다시 움직이기 시작한 것에 흥분하고 있었다. 이 일로 딸의 죽음은 풍화하지 않을 것이다.

크게 숨을 들이쉬고 자신에게 기합을 넣었다. 왜건을 출발시킨다. 간토 북부 지방의 5월 하늘은 투명한 하늘색이다.

*

「와타라세강 하류에서 옷과 신발 발견, 피해 여성의 것인가」

도치기현 우쓰노미야시 교외에 사는 다키모토 세이지는 그날 아침 식탁에서 지역신문을 펼치고는 눈에 들어온 사회면 표제를 보고 "의외로 빠르군" 하고 중얼거렸다. 강바닥을 훑어 유류품을 수색하기란 쉽지 않다. 그 자신도 10년 전 형사부장으로부터 총동원 명령이 내려와 수사1과의 고참 형사인데도 부하와 함께 강바닥을 훑었다. 하루 만에 허리가 아파 애를 먹었다. 후배들은 분발하는 모양이다. 다만 가슴속에 소용돌이치는 우울함이 한층 짙어졌다. 자신에게 아무런 방도가 없다는 게 속이 타서 견딜 수가 없다.

"여보, 뭐라고 쓰여 있는데?"

맞은편 자리에서 아침을 먹고 있는 아내 사치코가 물었다.

"며칠 전 사건, 피해자 옷과 신발이 발견된 모양이야."

"아, 싫어. 아시카가 같은 조용한 데서 살인 사건이라니."

"어쩔 수 없지. 어디든 범죄는 일어나는 거니까."

다키모토가 강한 말투로 응수하자 사치코는 "화낼 일은 아니잖아. 비난한 것도 아니고" 하며 기분이 상한 듯한 모습으로 미간을 찡그렸다.

다키모토 세이지는 일찍이 도치기현 경찰본부의 형사였다. 계속 형사로 일해오며 본부의 수사1과에 20년 가까이 속해 있었다. 3년 전에 정년퇴직하고 지금은 지역 택시 회사에 임원급으로 재취업하여 총무를 담당하고 있다. 주된 일은 법률 위반이나 사고가 일어났을 때 경찰과의 연락을 맡는 것이다. 요컨대 문제 처리 담당인 것이다. 이제 사건에 쫓기는 일은 없다. 형사로서 남들보다 세 배는 일해왔다. 지금은 그동안의 인생에 포상받듯 조용한 일상을 즐기고 있다.

"그래, 맞아. 어제 마을 회장이 찾아와서 방범 차원에서 야간 순찰을 돌기로 했는데 당신한테도 참가해달라던데."

아내가 말했다.

"뭐? 아시카가랑 우쓰노미야라면 50킬로미터 넘게 떨어져 있잖아. 범인이 이런 데까지 출장을 오겠어?"

"하지만 같은 현이고 고속도로를 이용하면 차로 한 시간쯤이잖아."

"쓸데없는 짓이야. 범행은 와타라세강 유역에서 일어나. 그 주변이 범인의 영역이고, 잘 알지 못하는 지역에서는 일을 저지르지 않아."

다키모토가 코웃음을 치며 대답한다. 퇴직해도 형사의 습성은 사라지지 않았다. 매일 신문 기사를 체크하며 수사 상황을 상상하고 있다.

"꼭 범인을 잡으려고 하는 것만은 아니야. 아이들이나 여자들이 외출하는 걸 불안해하니까 순찰을 하려는 거잖아."

"그것도 소용없어. 무차별 살인이 아니야. 범인은 표적을 정해서 일을 저지르고 있어."

다키모토가 계속 못마땅한 반응을 보이자 사치코는 "당신이 아직도 형사라고 생각해?" 하고 비꼬며 더는 말하려 하지 않았다.

아이들이 독립하고 부부 둘이서만 생활하게 되자 사치코는 남편을 지겨워했다. 다키모토도 지금까지 남편다운 일, 아버지다운 일은 아무것도 하지 않았으므로 어쩔 수 없다고 생각한다. 최소한의 보상은 자신이 먼저 죽는 것이라고 진심으로 바라고 있다.

아침 식사가 끝나기를 기다리고 있었다는 듯 그때 다키모토의 스마트폰이 울렸다. 예전 수사1과의 부하 히라노였다.

"이야, 히라노가 오랜만에 어쩐 일이지?"

"선배님, 아침 댓바람부터 죄송합니다."

히라노가 민망해하며 말한다. 다키모토는 사건 때문이라는 걸 금세 알아챘다. 아니, 기다리고 있었다고 해도 좋다.

"알고 있어. 이케다 기요시 건이지? 10년 전 놈을 조사한 건 나야. 이케다에 대해서라면 내가 제일 잘 알지."

"그렇습니다. 이케다 건입니다. 놈은 현재 생활보호를 받으며 아시카가 시영 주택에 살고 있습니다만, 여전히 상습 범죄자로 작년에도 마약 소지로 교도소에 들어갔습니다. 그런데 이번 사건으로 수사본부가 이케다한테 접근해 임의로 이야기를 들어볼 수 없느냐고 물었습니다. 그랬더니 이케다 그놈이 선배님이라면 이야기해도 좋다고 해서요."

"뭐라고?"

다키모토는 으르렁거리면서도 갑자기 피가 끓어올랐다. 이케다 기요시의 뱀 같은 눈이 떠오른다. 타고난 범죄자를 드물게 겪는데, 이케다가 바로 그런 사람이었다.

"오후에 아시카가 북부 경찰서로 부를 예정입니다. 죄송합니다만 시간 좀 내주실 수 있으십니까?"

"물론 내야지. 어렵게 여길 것 없어. 그보다 히로카와는 뭐라고 해? 지금은 히로카와가 수사1과장이지?"

"1과장님은 선배님께 꼭 부탁하고 싶다고……."

"하하하, 나를 거북해하던 히로카와가 그렇게 말했다고?"

다키모토는 씁쓸하게 웃었다. 예전 부하들이 지금은 모두 출세했다.

"낮 12시에 선배님 근무지로 차를 보내겠습니다. 회사에는 저희가 미리 양해를 구해놓을 테니까요."

"됐어, 됐어. 내가 말하지. 어차피 한가한 일이라 사장도 불평하지 않을 거야."

전화를 끊자 다키모토는 몸이 안쪽에서 후끈 달아오르는 것을 느꼈다. 퇴직한 지 3년이지만 형사로서의 감은 둔해지지 않았다. 둔해지기는커녕 일선에서 떨어져 있어선지 더욱 냉정해졌다. 다키모토는 지금 수사에 도움이 될 자신이 있었다.

"여보, 무슨 전화야?" 사치코가 물었다.

"아무것도 아니야."

"아무것도 아닌 건 아니잖아. 경찰서지?"

"당신하고는 관계없는 일이야."

다키모토는 아무렇게나 대답하고 출근 준비를 했다. 불단 앞에 서서 손바닥을 마주쳐 소리를 냈다. 이 동작도 3년 만이다.

정오가 지나 경찰 차량이 근무지인 택시 회사로 데리러 왔다. 중년의 여성 사무원에게 "그럼 난 조퇴합니다"라고 말하자 상사로부터 사정을 들은 모양인지 "다키모토 씨, 10년 전의 와타라세강 연쇄 살인 사건 담당자셨어요?" 하고 물었다.

"예, 그렇소. 범인을 놓쳐서 짤린 거요."

다키모토가 무뚝뚝하게 대답한다. 여성 사무원은 농담인지 진담인지 알 수 없는 모양인지 어색하게 웃었다.

회사의 현관 앞에는 모르는 얼굴의 젊은 형사가 서 있었다.

"아시카가 북부 경찰서 형사1과의 노지마라고 합니다. 선배님에 대해서는 다른 선배와 상사로부터 많이 들었습니다. 잘 부탁드립니다."

큰 소리로 말하며 허리를 90도로 꺾었다.

"다들 뭐라고 하던가? 괴팍하고 완고한 형사였다고 하던가?"

"아니요, 수사1과의 우두머리 같은 분이었다고 들었습니다."

"하하하, 됐어. 잘 부탁하네."

다키모토는 쓴웃음을 짓고 차의 뒷좌석에 탔다.

"이케다는 이미 서에 와 있나?"

"예."

"어떻던가?"

"이상하게 고양되어 있고, 도치기현 경찰이 모두 무릎 꿇고 사죄하게 하겠다고 아주 서슬이 대단합니다."

"원래 그런 사람이지. 일종의 이상인격이네. 경찰과 싸우는 것이 기뻐서 어쩔 줄 모르는 거겠지. 이케다는 반사회성이 아주 강한 사람이야."

다키모토가 말하자 운전대를 잡은 노지마는 납득한 듯이 고개를 끄덕였다.

"그런데 수사는 도치기현과 군마현이 합동하기로 된 건가?"

다키모토가 뒷좌석에서 묻는다.

"아니요, 공동수사입니다."

"공동수사?"

다키모토는 의외의 대답에 당황했다.

"경찰청에서 수사1과장 보좌가 파견되어 그분과 두 현 경찰본부의 본부장님이 의논하여 결정했습니다. 당분간은 공동수사본부여서 두 현 경찰본부가 각각 수사 지휘권을 갖고, 회의는 매일 양측의 관리관 직급 이상이 참여합니다. 조정 역할은 1과장 보좌가 맡습니다. 이런 시스템이 되었습니다."

"흐음……."

"인근 현끼리는 이례적인 일이어서 선배들도 어리둥절해하고 있는 것 같습니다."

"뭐, 좋은 거 아닌가? 나는 경찰청에서 나온 1과장 보좌가 조정 역할을 하는 것에 찬성하네. 공동수사본부는 확실히 낭비가 많을지도 모르지만 이점도 많지."

"그렇습니까. 저는 아직 경험이 부족해서……."

"10년 전에는 합동수사본부 체제가 해가 되는 부분도 있었거든. 인근 현끼리 경쟁하는 것은 어디나 마찬가지라서 큰 해는 없어도 문제는 수사 회의가 격식만 차리게 된다는 거지."

"격식 말입니까……?"

"어어, 그래. 이런 정보를 말하면 군마현 경찰이 비웃지는 않을까 해서 망설이게 될 때가 있었어. 그쪽도 마찬가지였을 거네."

"그렇습니까?"

"1과장 보좌는 당연히 커리어(일본 국가공무원 종합직 시험에 합격하여 경찰청에 채용되는 경우를 말한다. 이 과정을 통해 임용되어야 최고위직에 오를 수 있다)겠지?"

"그렇습니다. 덧붙여서 말하자면 군마현 경찰본부의 본부장님이 이전에 오사카 경찰본부의 형사부장을 한 적도 있는 분인데, 수사에 적극적으로 나서지 않겠느냐는 소문입니다."

"형사 쪽에서 일해온 커리어는 출세에 흥미가 없으니까."

"그런 겁니까?"

"그렇다네. 경찰 관료의 세계에서 형사는 주류가 아니지. 애초에 치안정감이나 치안총감이 될 가능성이 없어. 그래서 실패를 두려워하지 않지. 무사안일주의자인 커리어 출신 관료들과는 종이 달라. 혈기도 왕성하고."

"좋은 공부가 되었습니다."

다키모토는 이야기를 하는 중에 마치 현역 형사로 돌아간 듯한 기분이 들었다. 이래서는 안 된다고 스스로 경계한다. 이제 일반 시민인 그에게는 체포할 권리도, 조사할 권리도 없다. 다만 범인을 붙잡고 싶은 마음을 억누를 수 없었다.

아시카가 북부 경찰서에 도착하자 히라노가 현관에서 맞이했다.

“수고하셨습니다. 이케다 그놈이 건방진 말을 해서요.”

“괜찮아. 내가 도움이 된다면 영광이지.”

“서장실에 도시락을 준비해두었습니다. 거기서 드시겠습니까? 일단 절차를 밟아야 해서…….”

“그래, 알았어.”

경찰은 계급사회이기 때문에 체면을 중시한다. 요컨대 현역 간부에게 인사 한마디를 해달라는 이야기다.

서장실로 가자 서장과 히로카와 1과장이 도시락을 다 먹고 차를 마시고 있었다.

“이야, 오랜만이네.”

다키모토가 입꼬리를 올리며 말을 건다.

“선배님도 건강해 보이시네요.”

히로카와가 일어나 다키모토에게 윗자리에 앉도록 권했다.

“아니, 평등하게 가세. 나는 이제 민간인이야. 자네들 상사가 아니잖아. 한 시민으로서 경찰에 협조하는 입장일 뿐이네.”

“선배님, 변하셨네요. 호랑이 같은 다키모토가 들어온다고 다들 겁먹고 있습니다.”

서장이 하얀 이를 드러내며 말한다. 그들과 만나는 것은 3년 만이지만, 순식간에 옛날로 돌아갈 수 있었다. 다만 속마음은 알 수 없다. 히로카와는 마중을 나왔지만 나카무라 형사부장이 이

자리에 없는 것은 우연이 아니라 다키모토의 얼굴을 보고 싶지 않아서일 것이다.

배달 도시락을 먹으며 즉시 히라노에게 이케다에 대해 묻는다.

"이케다한테 알리바이는 있나?"

"아니요. 본인은 집에 있었다고 합니다만, 뒷받침할 만한 것은 없습니다."

"쭉 무직인 건가?"

"그렇습니다. 마흔다섯이 된 지금도 생활보호를 받아 매일 파친코를 하며 살고 있습니다. 무슨 수를 쓴 것인지 장애인 등록증을 갖고 있어서 시청도 엉거주춤한 태도이고……. 뭐, 끼어들고 싶지 않겠지요."

"차는 갖고 있나?"

"아니요. 하지만 친척의 차를 자유롭게 쓰고 있는 것 같습니다."

"그 차, 차내 DNA 채취는 가능한가?"

다키모토가 묻자 히로카와가 "선배님, 그게 말인데요" 하며 이야기를 이었다.

"차를 임의로 조사하게 해달라고 했더니 그 바보 같은 자식이, 너희들한테 협력할 이유는 없어, 나한테 부탁하려면 일단 다키모토를 불러와, 라고 해서—"

"나한테는 존칭도 생략하던가?"

다키모토는 씁쓸하게 웃었다. 10년 전, 조사실에서 몇 달에 걸쳐 이케다와 대면했다. 대화 시간이 아마 아내보다 길었을 것이다.

도시락을 다 먹고 차를 마시며 길게 심호흡을 했다. 조사의 비법은 상대에게 표정을 읽히지 않는 것이다. 손바닥으로 얼굴을 문지르며 일어났다.

"그럼 이케다와 대면해볼까."

다키모토는 서장실을 나섰다. 히라노를 따라 계단을 올라가 2층 형사1과로 가자 이케다는 조사실이 아니라 사무실 구석의 방문용 의자에 몸을 뒤로 젖히고 앉아 있었다.

"이야, 이케다. 건강해 보이는군."

가슴을 펴고 내려다보는 형태로 말을 건다.

"아, 다키모토. 당신, 정년퇴직했다면서."

이케다가 다키모토를 째려보며 말했다. 여전히 광기를 품고 있는 눈이다.

"아아, 그랬지. 난 민간인이야. 이제 너를 체포할 수가 없어. 하지만 말이야, 네가 나한테 위해를 가해주면 경찰이 체포할 수 있지. 어때, 한 대 갈겨볼래?"

다키모토가 머리를 쑥 내밀자 이케다는 순식간에 얼굴을 붉히며 격한 어조로 말했다.

"바보 같은 놈! 누가 너 같은 놈을 때려! 그보다 여기서 무릎 꿇고 빌어! 10년 전 너는 나를 엄청나게 바보 취급했잖아. 네놈 때문에 일자리는 날아갔고 여자도 도망갔어. 일단은 그 사죄부터 해. 자, 무릎 꿇어!"

이케다가 테이블을 걷어찬다. 방에 있던 형사들이 안색을 바꾸고 일어났다.

"뭐야, 그런 뜻이야? 그래서 나를 부른 거야?"

"어, 그렇다. 일단 무릎부터 꿇어! 이야기는 그다음이야!"

"그래? 그렇군. 그건 쉬운 일이지. 내 무릎으로 해결된다면야." 다키모토는 엷은 웃음을 띠고 그 자리에 무릎을 꿇었다. "자, 이케다. 잘 봐둬."

다키모토가 무릎을 꿇고 바닥에 엎드려 머리를 조아린다. 히라노가 새파란 얼굴로 달려와 "선배님, 그만두세요"라고 귓가에 속삭인다.

"스마트폰으로 찍어놔야 하지 않겠어? 네가 말만 하면 난 뭐든지 할게."

다키모토가 무릎을 꿇고 바닥에 머리를 조아리자 이케다는 침을 삼키고 한층 얼굴을 붉혔다. 형사들은 증오에 찬 눈빛으로 이케다를 에워싸고 있다.

*

군마현 오타시(市) 오타역 남쪽 출입구에 있는 술집 '리오'에서는 그날 밤에도 주앙 지우베르투의 달콤한 노랫소리가 흐르고 있었다. 지난 몇 년은 가게 안에 보사노바 음악을 틀어놓았다. 무심코 삼바를 틀었다가는 브라질인 손님이 춤을 추기 시작하기 때문이다.

고용 마담인 요시다 아키나는 오직 카운터에서만 손님을 상대한다. 대부분 공장노동자로, 돈 벌러 온 외국인이나 계절노동자다. 그러므로 2, 3년마다 단골손님이 교체되는 독특한 술집이기도 하다.

"마담, 카레라이스." 한 손님의 주문이 들어왔다.

"여기는 식당이 아니라니까요. 술이나 한 병 주문하세요."

"메뉴에 딱 올려놓고 그게 먼 소린교?"

간사이 사투리를 쓰는 손님은 입을 삐죽이며 불평을 했지만, 아키나는 개의치 않고 코웃음을 쳤다. 카레를 보기 좋게 담아 카운터에 놓는다. 사실 카레에는 자신이 있고 간판 메뉴였다.

"마담 언니, 여기 얼음이요."

칸막이석에서도 말을 걸어온다. 필리핀인 호스티스가 손을 흔들고 있다.

"캐서린, 얼음은 네가 가져가. 우리는 보이가 없다고 몇 번이나 말해야 알겠니."

강한 어조로 말해도 호스티스는 "마담 언니, 화났다"라고 손님과 장난만 칠 뿐 반성하는 기미는 없고 행동도 느려터졌다.

'리오'의 호스티스는 절반이 외국인이다. 모두 열 명인데 교대로 일해서 그중 다섯 명이 먼저 출근한다. 외국인 호스티스는 대부분 아이가 있어서 근무시간에 융통성이 있고 수지가 맞는 물장사는 구인 광고를 내자마자 응모가 쇄도한다. 그리고 '리오'는 손님 또한 절반이 외국인이다. 오타시와 인접한 오이즈미마치에는 스바루 자동차나 파나소닉처럼 일본을 대표하는 대기업 공장이 있어 외국인 노동자가 많이 거주하는 지역으로 전국에 알려져 있다. '리오'도 이전에는 평범한 가라오케 술집이었지만 외국인, 특히 일본계 브라질인을 상대로 해야 장사가 된다고 하여 오너가 가게 이름을 바꾸었다.

아키나는 이 지역 출신으로, 어렸을 때부터 외국인에게는 익숙했다. 초등학교도 중학교도 항상 반에는 일본계 브라질인 학생이 있었고, 동네 여기저기에 흐르는 브라질 음악도 귀에 친숙했다. 다만 그 후 20년 사이에 이렇게까지 늘어날 줄은 생각도 못 했다. 옆의 오이즈미마치 같은 곳은 포르투갈어 간판투성이여서 대체 어느 나라인가 싶을 정도다. 슈퍼마켓의 정육 코너에 새끼 돼지가 통째로 진열되어 있는 것을 보면 이 동네의 변화에 압도당하고 만다.

"마담 언니, 이 테이블에 카이피리냐 세 잔 부탁해요."

또 칸막이석에서 말을 걸어온다.

"네, 네. 카이피리냐 셋이요."

아키나는 냉장고에서 라임을 꺼내 얇게 자른다. 이제 브라질 칵테일은 대부분 만들 수 있다. 고용 마담이지만 월급은 실적제라서 자연히 장사에는 열심이다. 브라질 사람은 많이 마시기 때문에 다소 소란을 피워도 고마운 손님이다.

그때 손님 네 명이 들어왔다. “어서 오세요.” 근처에 있던 호스티스가 가서 구석의 칸막이석으로 안내한다. 네 명 다 낯선 얼굴로, 전체적으로 촌티가 났다. 처음 오는 가게에 주뼛주뼛하는 느낌이다. 모두 이십대일까.

아키나는 어느 공장의 계절노동자일 거라고 추측했다. 봄은 계절노동자가 교체되는 시기로, 새로운 노동자가 동네로 우르르 들어온다. 그리고 새로운 생활에 익숙해질 때쯤 그들은 밤거리로 몰려나온다. 그때가 5월이다.

4인조는 맥주를 주문하고 조심스럽게 건배를 하고 있다. 우연히 직장에서 함께한 동년배 사내들일 것이다. 아키나는 카운터에서 나와 기본 안주를 가져갔다.

“어서 오세요. 손님들, 스바루 공장에서 근무하는 분들인가요?”

밝게 말을 건다. 사내들은 어색한 웃음을 띠며 “아뇨, 저희는 제너럴중기(重機) 직원입니다”라고 시내에 있는 대형 부품 공장 이름을 댔다.

“아아, 제너럴이군요. 스바루보다 월급이 많죠?”

아키나는 가벼운 말을 하며 웃는 얼굴을 흘렸다.

“손님, 괜찮으시면 병으로 주문하세요. 우리는 자릿값이 1500엔, 산토리 위스키가 6000엔이에요. 이 부근에서는 싼 편이니까 많이 드세요.”

미리 가격을 말하자 안심한 것인지 한 사람이 "그럼 병으로 시킬까?" 하고 규슈 사투리로 말했다.

"5번 테이블, 산토리 주문이요."

아키나의 목소리가 가게 안에 울려 퍼진다. 일단 카운터로 돌아가 잔과 위스키, 물을 준비하고 다시 테이블로 날랐다.

"손님, 규슈에서 왔어요?"

아키나가 소파에 앉으며 물었다.

"예. 나는 후쿠오카 출신이고 다들 달라요."

이렇게 말하고는 다른 세 명을 턱으로 가리킨다. 두 사람이 각각 니가타, 야마가타 출신이라고 밝혔지만 한 사람은 대답하지 않았다.

"군마는 처음이에요?"

"예, 이 사람은 아닌 것 같지만."

손가락으로 가리킨 사람은 출신지를 말하지 않은 사내였다. 앉아 있어도 덩치가 크다는 것을 알 수 있다. 팔도 다리도 럭비 선수처럼 굵다. 아키나의 머릿속에 뭔가 번뜩인다. 어딘가에서 본 적이 있는 듯한…….

"손님, 전에도 군마에 있었어요?"

"옛날에요."

"일로요?"

"아, 예."

"언제쯤이요?"

"까먹었어요."

사내가 무뚝뚝하게 대답한다. 별로 말하고 싶지 않은 것 같아서 아키나는 그 이상 묻지 않았다. 애초에 손님의 프라이버시에는 흥미가 없다.

"다들 35개월은 있는 거죠?"

"마담, 잘 아시네요." 규슈 사투리의 사내가 씁쓸하게 웃었다.

계절노동자의 만기는 2년 11개월이다. 3년을 고용하면 기업 측에 정식 고용 의무가 생기기 때문에 그것을 피하기 위한 계약 기간이다. 기업이라는 곳은 완전히 자신들에게만 유리하게 돌아간다.

"하지만 모두 만기까지 있는 건 아니에요. 일이 힘들기도 하고. 나는 3백만 엔만 모으면 그만두고 후쿠오카로 돌아갈 생각이에요."

"맞아요. 오래 일해봤자 정규직이 될 수 있는 것도 아니고."

"어차피 다들 단기간에 돈을 버는 게 목적이니까."

사내들이 각자 말한다. 아직 젊어서 초조하지도 않을 것이다.

"다들 이십대인가요?" 아키나가 물었다.

"이 사람만 삼십대."

손가락으로 가리킨 사람은 또 덩치가 큰 사내였다. 사내는 눈을 내리깔고 쓴웃음을 짓고 있다. 그 표정을 보고 있자니 역시 전에 본 적이 있다는 생각이 들었다.

"저도 삼십대예요."

아키나가 보조를 맞추었다.

"그래요? 삼십대로는 보이지 않는데요."

"서른두 살인걸요. 이십대에 넣어줘요."

익살맞게 말하자 사내들은 슬슬 술기운이 돌았는지 편안한 자세로 "하하하" 하고 웃었다.

"가리야 씨도 서른둘 아니었나?" 한 사람이 말한다.

"어, 맞아."

덩치가 큰 사내가 나직이 대답한다. 가리야라는 이름은 들어본 기억이 없다. 그렇다면 낯이 익은 건 그냥 기분 탓인가.

그때 카운터석에서 말다툼이 시작되었다. 일본계 브라질인 손님끼리 포르투갈어로 욕을 퍼붓고 있다.

"마리아 씨, 좀 말려봐요."

아키나는 페루인 호스티스에게 부탁했다. 그런데 마리아는 "마담 언니, 내버려두면 돼요"라고 말하고는 태평하게 방관한다. 카운터에는 스무 살의 일본인 호스티스 에리카가 있었다. 아키나와 눈을 마주치지 않으려고 했으므로 대번에 알아차렸다. 에리카는 용돈 벌이로 손님과 잔다. 아마 착각한 손님끼리 젊은 호스티스를 두고 쟁탈전을 벌이게 된 것이리라.

아키나는 칸막이석에서 나와 그들 사이에 끼어들었다.

"손님, 가게에서 싸우면 안 돼요. 일본 법은 폭력에 엄격해요. 당신들, 강제송환될 수도 있어요."

한 마디 한 마디 끊어서 전하지만 흥분한 손님은 들으려고 하지 않는다. 겉모습은 일본인이어도 속은 완전히 브라질인이다. 원래가 정열적인 데다 술을 마셔 마음이 급해진 것이다.

한쪽이 어깨를 밀치자 순식간에 맞붙어 몸을 엉키고 싸우기 시작했다. 의자가 쓰러지고 몹시 소란스러운 소리가 가게 안에 울린다.

"누가 좀 말려봐요."

혼자 힘으로는 무리였던 아키나는 주위 손님들에게 간청했다. 그러자 안쪽 칸막이석에서 가리야가, 산이 움직이는 것처럼 느릿느릿 다가왔다. 한 사람의 팔을 잡고 한 손으로 비틀어 올린다. 또 한 손으로 상대를 밀쳐 두 사람을 떨어뜨린다. 그리고 더욱 폭력적이었던 쪽을 바닥에 깔고 올라타서 얼굴을 꽉 누른다. 브라질인 동료들이 이제 용서해달라고 부탁하여 불과 10여 초 만에 소동은 진정되었다.

너무나도 훌륭한 대처에 손님도 호스티스도 그저 넋을 잃고 볼 뿐이었다. 브라질인들도 가리야의 체격에 압도되어 다가가지도 못한다. 180센티미터, 80킬로그램. 아니, 좀 더 큰가.

그와는 별도로 아키나의 머릿속에서 기억의 상자가 열렸다.

아키나는 분명하게 떠올렸다. 가리야라는 사내와 이전에 만난 적이 있다. 10년 전 일하던 시내의 다른 술집에서 그는 가끔 오는 손님이었다. 손님끼리 싸움이 벌어지자 가리야가 말려준 적이 있다. 말수가 적고 취하지 않으며 동료의 이야기를 듣고 있기만 하던 조용한 손님. 그때도 계절노동자였다.

"저기, 가리야 씨. '린카'라는 술집 기억해요?"

아키나가 묻자, 갑작스러운 물음에 가리야는 당황하는 표정을 지었다.

"역 반대쪽에 있던 술집이요. 실내가 붉은색이고 천장에 미러볼이 있던 가게. 10년 전에 거기서 호스티스로 일했어요. 가리야 씨, 그 가게에 왔었죠?"

아키나가 성급한 말투로 물었다. 가리야는 잠깐 생각하고 나서 고개를 가로저었다. 아니, 기억하지 못할 뿐이다. 아키나는 확신했다. 가리야는 10년 전 그 손님이다.

"이봐요, 사례로 과일 좀 드릴 테니 드세요."

칸막이석으로 돌아가 과일을 내놓았다. 함께 온 사내들은 생각지 못한 동료의 강인함에 놀라 "난 가리야 씨와 싸우는 것만은 피할래" 하고 말하며 존경의 시선으로 바라본다.

"이봐요, 이봐요, 손님. 전에 군마에 있었던 적이 있다고 했는데 그거 10년 전이죠?"

아키나가 팔을 잡고 흔들며 묻는다. 가리야는 어색한 미소를 지으며 긍정도 부정도 하지 않는다. 수줍어하는 것일까, 아니면 꼬치꼬치 캐묻는 것이 성가신 것일까. 잘은 모르겠지만 어쨌든 오늘 밤은 싸움을 말려준 고마운 손님이다.

"남은 술은 보관해뒀으니까 앞으로도 들러요."

무릎에 손을 놓고 조르자 조금은 미인계가 통했는지 가리야가 쑥스러워하며 하얀 이를 드러냈다.

*

기류시 사건의 사체가 발견된 지 열흘이 지나자 어렴풋하게나마 사건의 윤곽이 드러나기 시작했다.

피해자인 안도 마이코(23세, 무직)는 황금연휴 기간인 5월 3일 오후 5시, 료모선 기류역 북쪽 출입구 근처의 유료 주차장에 빨간색 경차를 직접 운전하여 들어갔다. 주차장 끝에 세우고 곧바로 하차. 복장은 흰색 바지에 파란색 청재킷. 분홍색 가방을 어깨에 메고 주차장을 나와 역 쪽으로 걸어서 파출소를 통과한다. 역 앞 교차로의 버스 정류장에서 멈추지만, 버스에는 타지 않고 벤치 부근에서 누군가를 기다리는 모습으로 시간을 보낸다. 그리고 오후 5시 10분, 검은색 미니밴이 교차로에 나타나 피해자 앞에 멈추자 창문 너머로 한두 마디 대화를 나누고, 피해자는 조수석에 승차한다. 미니밴은 그대로 교차로를 빠져나가 동쪽으로 향한다. 그리고 혼초 5초메 교차로에서 왼쪽으로 꺾어 도로 66호선을 북상한다. 여기까지가 동네 CCTV 영상을 분석하여 밝혀낸 것이다.

검은색 미니밴이 역 앞 교차로에 다시 나타난 것은 그날 저녁 8시 35분이다. 야간이어서 CCTV 영상에 차종이나 인물은 확실히 찍히지 않았지만, 흰색 바지를 입은 젊은 여성이 내린 것이 확인되어 해당 차량 및 피해자일 가능성이 크다. 검은색 미니밴은 그대로 떠나고 피해자는 혼자 한동안 스마트폰을 만지작거리고 있다. 그리고 걸어서 교차로를 떠나 현도(縣道) 3호선 서쪽으로 걸어가 편의점 앞을 통과한다. CCTV에는 피해자의 차가 주차장에서 다시 나오는 모습은 찍히지 않았다. 그사이 누군가에게 납치되었거나 아니면 운전자가 다른 차에 옮겨 탔을 거라는 추리가 가능하지만 어느 쪽도 증거는 없다.

피해자의 옷과 가방은 사체 발견 현장인 와타라세강 하류의 약 100미터에서 500미터 범위에서 나무와 돌에 걸린 상태로 발견되었다. 수사관 백 명을 투입하여 사흘이나 걸려 강을 수색한 성과다. 일단 범인이 버렸다고 봐도 무방하다. 가방 안에는 지갑이나 화장품이 그대로 들어 있고 뒤진 흔적은 없었다. 그리고 중요한 스마트폰은 아직 발견되지 않았다. 기기에서 나오는 미약한 전파를 바탕으로 위치 정보를 추적했지만, 사체 유기 현장까지는 더듬어 갈 수 있어도 그 뒤는 신호가 끊겼다. 다시 말해 스마트폰도 강에 버려졌을 가능성이 크다. 성가시게도 사체가 발견되기 전날 많은 비가 내려 와타라세강이 불어나 있었다. 단숨에 흘러갔다면 발견하기는 어렵다. 물론 수사본부는 포기하지 않고 지금도 수색을 계속하고 있다.

이날 밤 수사 회의는 사이토 가즈마의 보고로 시작되었다. 많은 수사관이 재킷을 착용하고 있는 것은 회의실 연단에 군마현 경찰본부 본부장인 무타 치안감과 경찰청에서 파견된 1과장 보좌 가와세 총경이 착석해 있기 때문이다. 사이토도 평소에는 어두운 남색 점퍼만 입는데 계장 명령으로 재킷을 착용했다.

"수사1과의 사이토입니다. 기류 남부 경찰서의 이토 형사와 함께, 피해자를 태운 검은색 미니밴을 추적하고 있습니다. 며칠 전부터 기류 시내 여기저기에 위치한 러브호텔의 CCTV의 5월 3일 기록을 전부 조사하고 있습니다. 그런데 오늘 히시마치 3초메, 227호선 도로 연변의 러브호텔 '로미오와 줄리엣'에서 피해자로 추정되는 인물의 영상을 확인해서 보고합니다."

사이토의 말에 수사관들이 '드디어 나왔구나' 하는 얼굴로 시선을 향한다.

"여러분께는 영상 속 사진 몇 장을 프린트해 배포하니 자료로 삼아주십시오. 이봐, 이토."

사이토의 지시를 받고 이토가 약 여든 명의 수사관들에게 자료를 배포했다. 이토는 날씬한 정장 차림이었는데 얼굴이 작고 키가 커서 케이팝 아이돌 같다. 이런 사람이 형사가 되는 건가 싶어 사이토는 늙은이가 된 기분이다.

"그럼 보실까요. 먼저 첫 번째 사진입니다. 여기에는 5월 3일 오후 5시 32분 호텔 게이트에 설치된 카메라에 검은색 미니밴이 들어가는 모습이 찍혔습니다. 차종은 도요타 벨파이어입니다. 이어서 두 번째 사진입니다. 현관홀의 카메라에 찍힌 두 남녀의 모습입니다. 주목해야 하는 것은 여성의 인상착의로, 흰색 바지에 청재킷 차림에 분홍색 가방을 들고 있습니다. 피해자 안도 마이코 씨로 단정해도 좋을 것 같습니다. 다시 말해 5월 3일 저녁, 피해자는 기류역 앞에서 만나기로 약속한 남자의 미니밴을 타고 히시마치 3초메의 러브호텔에 들어갔다는 것입니다."

"화상이 꽤나 조잡하군."

진행을 맡은 니시무라 관리관이 떨떠름한 표정으로 말했다.

"그렇습니다. CCTV 장치가 20년이 넘은 것이라, 디지털이긴 하지만 해상도가 낮아 차량 번호를 읽을 수가 없고 두 사람의 얼굴도 또렷이 찍히지 않았습니다. 다만 과학수사연구소에 문의했더니 화상 처리로 선명하게 할 수 있다고 해서 의뢰해놓은 상태입니다."

"알았네. 계속하게."

"예. 문제는 카메라에 찍힌 남자를 특정하는 것과 두 사람의 관계입니다. 그런데 이 영상에서 보이기로 연인 사이는 아니라는 것이 저희의 심증입니다. 그 이유로는 첫째, 두 사람의 거리입니다. 러브호텔에 들어갈 때도 나올 때도 몸을 바싹 붙이는 느낌이 아닙니다. 둘째, 나이 차이입니다. 화상이 조잡해서 확실하진 않습니다만 남자는 아마 사십대가 아닐까 싶습니다. 차가 벨파이어라는 것도 그렇습니다. 신차라면 4백만 엔이 넘을 텐데, 젊은 사람들이 사기엔 부담스러울 차종이기도 합니다. 여러분, 뭔가 의견이 있으시면……."

사이토가 반응을 유도하자 "나도 동감이야"라고 무타 본부장이 먼저 말했다. 현 경찰본부의 수뇌가 수사 회의에서 발언한 것에 수사관들은 깜짝 놀라 동요했다.

"아까 역 앞 교차로에서 만난 영상을 확인했을 때도 느꼈는데 두 사람은 첫 대면일 거야. 승차할 때까지 말을 주고받잖아. 적어도 연인 사이의 동작은 아니야. 분위기로 보면 원조교제 같은 거겠지. 1과장, 피해자 주변 수사에서 그런 이야기는 안 나왔나?"

"본부장님, 그건 이어서 말할 테니 우선 미니밴 남자의 행적에 대해……."

연단에 늘어선 호리베 수사1과장이 간언했다. 강경한 자세의 1과장도 오늘 밤에는 얌전하다.

"아, 미안하네. 이야기의 흐름을 끊었군. 사이토, 계속하게."

무타가 사이토를 보고 말한다. 본부장에게 이름이 불린 것은 경찰관이 되고 나서 처음이다. 이번 본부장은 형사 분야만 걸어온 인물이라고 듣기는 했지만 역시 현장을 좋아하는 모양이라고 사이토는 생각했다.

"그럼 계속하겠습니다. 미니밴이 러브호텔을 나온 것은 같은 날 저녁 8시 10분입니다. 대략 두 시간 반을 머물렀습니다. 그리고 다시 역 앞의 교차로에서 피해자를 내려준 것은 저녁 8시 35분입니다. 시간으로 봐서 도중에 어딘가에 들르지는 않은 것으로 보입니다. 일이 끝나고 데려다준 것뿐인 듯합니다. 그 후 미니밴은 역에서 현도 3호선을 타고 서쪽으로 향합니다. 이는 상점가에 설치된 CCTV 여러 대에 찍힌 것입니다. 차량 번호 분석에 성공하면 N 시스템(차량 번호 자동 인식 장치)을 이용해 신원을 밝힐 수 있습니다. 어쨌든 현재는 과학수사연구소의 분석을 기다리고 있는 상황이고, 그것이 끝나면 남자를 특정하여 당일의 사정을 알 수 있을 것입니다."

"수고했네. 미니밴 남자에 대한 이치우마의 소견도 듣고 싶은데……."

니시무라 관리관이 사이토에게 물었다.

"아마 매칭 앱으로 알게 된 하룻밤 상대가 아닐까 싶습니다. 그러니까 남자를 밝혀내더라도 살해와 관련이 있을지는 의문입니다."

사이토는 솔직하게 자신의 생각을 말했다. 실제로 대부분의 수사관들도 같은 심증을 품고 있다. 범인은 미니밴 남자와 헤어진 후에 만난 남자다. 우연인지 기다린 것인지는 알 수 없지만.

이어서 주변 수사반 반장의 보고가 있었다.

"그럼 보고하겠습니다. 피해자의 친구와 지인에게 물었더니 처음에는 피해자에게 조심스러웠는지 무난한 이야기만 했습니다. 그런데 살인 사건이고 범인을 놓칠 수는 없으니 협조해달라고 설득했더니 몇 명이 입을 열었습니다. 피해자는 고등학교를 졸업한 후 일단 이 지역 기업에 취직했지만 스무 살에 그만두고 나서는 물장사 아르바이트와 파파카쓰(パパ活. 젊은 여성이 중년 남성들과 데이트하고 돈을 받는 행위를 의미하는 말)—, 이건 젊은 사람들 사이의 용어입니다만, 이른바 원조교제로 생활비를 벌었던 것 같습니다. 물장사 아르바이트 이력에 대해서는 기록부에

올려두겠으니 각자 참조해주십시오. 피해자에게 이런 말을 하는 것은 뭐합니다만, 일했던 술집에서의 평판은 좋지 않았습니다. 시간관념이 허술하고, 취하면 손님과 싸우고, 다른 호스티스 손님을 가로채고, 뭐, 어디든 오래 일하지 못했다고 하니 느낌을 상상할 수 있을 겁니다. 물론 유족은 슬픔에 빠져 있습니다. 그런데 개중에는 돈을 빌려주었는데 죽어버렸다, 차용증도 쓰지 않아서 분하지만 단념할 수밖에 없다며 분개하는 호스티스도 있습니다."

"원한에 의한 범행도 생각할 수 있나?" 니시무라가 물었다.

"현재는 누군가의 강한 원한을 샀다는 정보는 드러나지 않았습니다. 연쇄 살인, 게다가 엽기적인 범행이라는 것에 비춰보면 매칭 앱으로 원조교제를 하던 중 우연히 악랄한 놈한테 걸렸다는 게 진상이 아닐까 싶습니다. 물론 예단은 금물이지만요."

"원조교제로 말썽이 있었다는 이야기는 나오지 않았나? 이상한 남자가 따라다녀 힘들었다든가."

"그쪽도 파보고 있습니다만, 특별한 말썽이 있었다는 이야기는 듣지 못했습니다. 기본적으로 만나는 것은 한 번뿐이고, 특정한 상대도 없었던 것 같습니다. 아아, 다만 피해자한테는 스물네 살의 남자 친구가 있는데 그 남자는 원조교제 사실을 모르고 있다가 이야기를 듣고 충격을 받은 모양입니다. 물론 그 남자도 폭주족 출신이고 상해죄로 체포된 이력이 있지만요."

"그 남자 친구라는 자의 알리바이는?"

"물론 알아봤습니다. 입증되었습니다."

"인터넷상의 이야기는 어떤가?"

"그건 다른 반의 도움을 받아 현재 조사 중입니다만, 유감스럽게도 피해자에 관한 댓글이 죄다 지독해서 유익한 정보는 기대할 수 없을 듯합니다. 뛰어다닐 수밖에 없겠지요."

"알았네. 수고했어."

주변 수사반의 보고가 끝난 후 탐문수사반의 보고가 이어졌다. 피해자의 행적에 기반해 사망 추정 일시가 5월 3일 저녁 8시 35분 이후로 확정되었기 때문에 그때부터 사체가 발견된 5월 8일 오후 3시경 사이에 누군가에게 살해되어 와타라세강 하천부지로 옮겨져 버려졌다는 이야기가 된다.

"보고하겠습니다. 사체 유기 현장인 하천부지로 들어가려면 기류 대교나 나카도리 대교, 둘 중 하나를 지나야 합니다. 거리상 가까운 것은 기류 대교입니다만, 좁은 골목을 통과하지 않으면 들어갈 수 없어 그 지역 사람이 아니면 알 수 없는 루트입니다. 한편 나카도리 대교는 다리에서 제방 입구가 보이고 누구나 알 수 있는 루트입니다. 다만 어느 쪽이나 부근에 상점이나 공동주택이 없기 때문에 CCTV가 없어 이 잡듯이 샅샅이 뒤졌습니다. 그랬더니 딱 한 곳, 치과 주차장 CCTV에 제방 출입 차량이 찍혀 있다는 걸 발견했습니다. 다만 야간에는 가로등 불빛뿐이라 간신히 차체의 모습이나 색상을 알 수 있는 정도여서……."

"그것만도 어딘가. 해당 기간 중에 통과한 차량 전체를 출력해서 제출하도록."

"알겠습니다."

"그리고 마쓰오카 사진관의 주인으로부터 제공받은 사진은 어떻게 되었나? 이봐, 이치우마. 자네 담당 아니었나?"

사이토가 다시 지명을 받고 대답한다.

"일단 모두 출력해서 열람할 수 있게 되어 있습니다. 사진이 너무 많아서 현시점에서는 단서가 잡히지 않은 상태입니다만, 앞으로 피의자가 떠오를 때는 이용 가치가 있지 않을까 싶습니다."

"알았네. 마쓰오카 사진관과는 계속해서 관계를 유지해주게."

"알겠습니다."

그 후에도 탐문수사반의 보고가 이어져 회의는 한 시간 넘게 이어졌다. 의견도 활발하게 제시되어 사이토는 공동수사 방식의 이점을 실감했다. 도치기현 경찰본부와의 합동수사였다면 조심스러워 발언하지 않는 수사관도 있을 것이다. 시간도 배나 걸린다. 마지막으로 무타 본부장이 마이크를 잡았다.

"수사관 여러분. 사건 발생 이래 귀가도 못 하고 있는 사람이 많을 거라고 생각한다. 일단 수고가 많다. 말할 것도 없이 이 사안은 반드시 범인을 체포해야 하는 중요 사안이다. 현 경찰본부로서도 전력을 다해 뒷받침해줄 생각이다. 오늘은 그것을 전하러 왔다. 앞으로 수사에 필요한 것은 뭐든지 신청하면 된다. 그리고 이 사안은 10년 전에 발생한 미제 연쇄 살인 사건과 모든 점에서 유사하여 그것도 각별히 유의해야 할 것이다. 나도 현재 10년 전의 수사 기록을 보고 있는 중이다. 수사본부에서도 사체 유기 현장, 수법, 증거품, 피해자들의 공통점 등을 다시 한번 엄밀히 수사해주었으면 한다. 그리고 피해자 둘 다 젊은 여성이라는 것과 사건의 엽기성에 비춰볼 때 이 사안은 쾌락 살인일 가능성이 크다. 따라서 나는 프로파일링이 필요하지 않을까 생각한다."

무타의 말에 수사 간부들이 고개를 끄덕인다. 사이토도 동감이었다. 이번 사건 수사는 병리적 범죄에 대한 수사다.

"그래서 여기에 있는 경찰청 형사국 수사1과 가와세 1과장 보좌의 제안에 따라 경시청(도쿄를 관할하는 경찰본부)의 SSBC에서 담당관을 파견받아 조만간 강의를 듣기로 했다. 여러분도 준비해두도록."

거명된 가와세 1과장 보좌가 가볍게 고개를 숙인다. 아직 삼십대로 보이는 커리어 관료는 보기만 해도 영리해 보인다. 덧붙여서 SSBC란 경시청의 '수사 지원 분석 센터'의 약자로 CCTV 분석이나 전자 기기의 분석, 그리고 범죄 수법에서부터 범인상을 분석하는 프로파일링 전문 부서다. 예산이 현격하게 다른 경시청만이 둘 수 있는 조직으로, 지방의 현에 속한 경찰로서는 우러러볼 뿐이다.

프로파일링이라는 말을 듣고 사이토는 은밀히 투지를 불태웠다. 형사가 된 이래 시간을 내서 심리학 서적을 탐독해왔다.

그 지식을 시험해보고 싶다.

*

아시카가시 사건의 사체 발견으로부터 닷새가 지나, 피해자인 와타나베 사야카(21세, 아르바이트 점원)의 행적이 밝혀졌다. 피해자는 5월 12일 일요일 오후 6시, 친구와 식사를 한다고 가족에게 알린 다음 ××초의 자택에서 자신의 경차를 몰고 나갔다. 그녀가 향한 곳은 료모선 아시카가역 북쪽 출입구로, 역 근처의 유료 주차장에 차를 세운 피해자는 차에서 내리지 않고 차내에 10분쯤 머물렀다가 하차했다. 그때의 복장은 청바지에 하얀색 스니커즈, 분홍색 스웨트셔츠였다. 피해자는 역까지 걸어갔고, 곧이어 나타난 실버 세단 차량에 다가가 운전석의 남자와 짧은 대화를 나눈 후 조수석에 탔다. 그리고 세단은 출발하여 쇼와 거리를 북쪽으로 달려간다. 역사(驛舍)와 주차장의 CCTV에 찍힌 것은 여기까지다.

다만 역사의 CCTV 영상에 세단의 차량 번호가 또렷이 찍혀 소유자는 금세 밝혀졌다. 아시카가시에 거주하는 오카모토 데쓰야(33세, 회사원)로, 인터넷 매칭 앱으로 피해자와 연락을 취해 그날 만나기로 한다. 그 후 국도 293호선 연변의 러브호텔 '에게해'에 들어가 그곳에서 두 시간쯤 보낸다. 이는 호텔의 CCTV에 찍힌 것과 일치해 증언에 거짓은 없다.

러브호텔을 나온 것은 저녁 8시 반이다. 약 20분 후 두 사람은 아시카가역 북쪽 출입구로 돌아간다. 그곳에서 남자는 피해자를 내려주고 그대로 귀가한다. 혼자가 된 피해자는 역에서 주차장 방향으로 걷기 시작하지만 그 뒤로 CCTV에는 모습이 찍히지 않았다. 차는 사체가 발견된 다음 날 순찰 중이던 아시카가 북부 경찰서 대원이 주차장에서 발견. 차량 번호를 조회하니 신원이 밝혀졌다.

피해자와 만났던 오카모토 데쓰야는 처자식이 있는 회사원으로, 사건 당일 저녁 9시가 넘어 귀가한 후에는 외출하지 않았다. 경찰이 아내에게 확인하려 하니 오카모토는 "아내한테 들키면 이혼당한다"며 처음에 협조를 거부했다. 하지만 그러면 피의자가 될 거라고 설득하자 아내로부터 증언을 얻을 수 있었다. 오카모토에게는 그 후에도 임의로 사정을 들었으나 사건과 연결되는 정보는 없었다. 매칭 앱을 통한 일회적인 원조교제라고 경찰은 판단하고 있지만 만약을 위해 DNA 감정용으로 모발을 제공받았다.

피해자의 의류와 신발은 사체 유기 현장에서 2킬로미터 떨어진 하류의 강바닥에서 발견되었다. 하지만 스마트폰은 아직 발견되지 않았다. 기류에 비해 강폭이 넓고 깊어서 수색에 애를 먹고 있는 것이 현 상황이다.

이처럼 하나부터 열까지 기류에서 발생한 사건과 흡사해서 도치기·군마 두 현 경찰의 공동수사본부는 동일범에 의한 연쇄 살인 및 사체 유기 사건으로 수사한다는 방침을 굳혔다. 그리고 이 사안은 10년 전의 미제 사건을 떠올리게 하여 형사들은 더욱 큰 압박감을 느끼고 있었다. 이번에도 범인을 놓친다면 경찰의 신용은 땅에 떨어질 것이다.

아시카가 쪽 '와타라세강 연쇄 살인 사건 수사본부' 회의에는 매번 히로카와 수사1과장과 나카무라 형사부장, 두 간부가 출석했다. 경찰청에서 담당관이 파견된 탓에 도치기현 경찰본부 간부들은 중앙을 의식하지 않을 수 없을 것이다. 기류 쪽 수사 회의에는 커리어 관료인 1과장 보좌가 매번 출석하는 모양이다. 이 사건은 이미 경찰청 사안이 된 것이다.

아시카가 북부 경찰서 형사1과의 노지마 마사히로는 사건 발생 이래 한 번도 귀가하지 못했다. 신혼인 아내에게 갈아입을 옷을 부탁해 일인 기숙사의 목욕탕에서 씻고 도장에서 묵고 있다. 형사가 되고 나서 처음으로 맞이하는 큰 사건이어서 노지마는 온 힘을 다하고 있다.

이날의 수사 회의는 감식반 계장의 보고로 시작되었다.

"아시다시피 피해자 사체에서 몇 개의 유류물이 채취되었으며 그 검사 결과를 보고하겠습니다. 우선 머리의 상처에서 발견된 빨간 섬유 조각은 면, 폴리에스테르, 폴리우레탄의 혼방이라는 것이 판명되었습니다. 이 섬유들은 튼튼하고 잘 말라서 주로 의류에 사용됩니다. 머리를 구타했을 때 붙은 것으로 보이는데 범인이 몸에 걸치고 있었던 것인지 여부는 알 수 없습니다—. 다음으로 피해자의 목에 붙어 있던 초록색 파편은 고무로 판명되었습니다. 고무 밴드 같은 것으로 조른 것인지 아니면 손바닥에 고무 코팅이 된 목장갑을 꼈던 것인지, 거기까지는 판단할 수 없습니다. 마지막으로 피해자의 입을 막은 초록색 접착테이프는 공업사 '펄'에서 제조한 마스킹 테이프로 판명되었습니다. 공예 용품점이라면 어디서든 입수할 수 있는 물건이지만 편의점에서 파는 일반적인 박스 테이프나 천 테이프와는 다르고 업자가 작업할 때 사용하는 것입니다. 그러므로 조금은 단서가 되지 않을까 싶습니다……. 또한 이상의 세 가지에 대해서는 기류 쪽에서 일어난 사건에서도 같은 유류물이 채취되었습니다. 현재 섬유에 대해서는 우리가, 고무에 대해서는 군마현 경찰본부의 과학수사연구소가 같은 물건인지 확인을 위해 감정하고 있는 중입니다. 한편 피해자를 뒤로 묶은 비닐 끈에 대해서는 두 사건 모두 같은 비닐론과 폴리에스테르의 혼합 소재라는 감정 결과가 오늘 나왔습니다. 이상입니다."

"그 비닐 끈의 주된 용도는 뭔가?"

사실상 현장을 지휘하고 있는 미야타 관리관이 질문했다.

"짐을 싸는 용도일 겁니다. 상당히 튼튼한 것으로, 지름은 6밀리미터입니다."

"제조사는 모르나?"

"현재 조사 중입니다만, 섬유 끈 제조사는 상당히 많기 때문에 얼마간 시간을 주셔야 할 것 같습니다."

"이건 우리가 담당해도 괜찮겠나?"

"그렇습니다. 군마현 경찰본부도 이미 합의했습니다."

감식반에 이어 주변 수사반에서 보고한다.

"보고하겠습니다. 피해자인 와타나베 사야카 씨입니다만, 친구와 지인에게 물었더니 역시 매칭 앱을 이용해 여러 남성과 이른바 원조교제를 했다고 증언했습니다. 부모님께 그 사실을 전하고, 따님의 소지품에 뭔가 단서가 될 만한 것이 없는지 방을 한번 보여줄 수 없겠느냐고 부탁했더니 아버님이 화를 내셔서 협조를 얻지 못했습니다. 뭐, 그 심정은 이해합니다만……. 지금도 설득 중입니다. 그 이외에는 특별히 누군가 따라다녔다거나 원한을 살 만한 일이 있었다는 정보는 나오지 않았습니다."

"좀 물어봐도 되겠나?"

나카무라 형사부장이 가볍게 손을 들고 질문했다.

"인터넷에 어두워서 미안하네만, 매칭 앱이라는 건 누구나 사용할 수 있는 건가?"

"물론입니다. 유료와 무료를 포함해 많은 매칭 앱이 있는데 등록한 사람끼리 서로 연락해서 만나는 것입니다."

"예전에 있던 다이얼 Q2(전화를 통한 유료 정보 서비스의 요금을 전화 요금과 함께 징수하는 서비스로 1989년에 시작되었다) 같은 건가?"

"뭐, 그럴지도요."

나카무라의 비유에 수사관들 사이에서 웃음소리가 새어 나왔다. 다만 나카무라는 밝은 성격이라 함께 웃었다.

"계속하겠습니다. 그리고 기류 쪽 피해자와 아시카가 쪽 피해자에게는 현재 공통점이 보이지 않습니다. 출신 학교, 직장 이력, 겹치는 친구나 지인, 그 어느 것도 연결되는 부분이 없고 완전한 타인인 것 같습니다. 따라서 두 사건 모두 불특정한 사람을 노린 범행이라고 추측할 수 있습니다."

주변 수사반 다음으로 탐문수사반의 보고가 시작되었다. 이번 탐문수사에서 중요한 것은 범행 당일 하천부지에 들어간 수상한 차량을 알아내는 일이다.

"보고하겠습니다. 사체 유기 현장이 된 와타라세 운동 공원의 하천부지입니다만, 차를 타고 들어갈 수 있는 루트는 다나카교 북쪽 교차로 근처의 제방 도로에서 내려가는 것이 일반적이고, 그 밖에는 이와이교를 건너 모래톱에서 우회하는 방법이 있습니다. 후자는 이 지역 사람이 아니면 모르는 루트일 겁니다. 어쨌든 이 부근에 설치된 CCTV는 없고, 제방 가까이에 있는 시청 건물 옥상의 방재용 CCTV가 하천부지 전체를 찍고는 있습니다만, 어디까지나 전반적인 모습을 찍는 것뿐이라서 차량을 특정할 수 있는 것은 아닙니다. 믿을 수 있는 것은 다나카교 북쪽 교차로에 설치된 CCTV로, 피해자의 행적이 끊긴 5월 12일 저녁 8시 반부터 이튿날인 13일 정오까지의 영상은 확보했습니다. 다만 하천부지 방향으로 통과한 차량 전체를 조사해봤자 의미는 없고, 게다가 야간이기 때문에 차량 번호를 알아내는 건 어렵습니다. 따라서 기류 쪽에서 수상한 차량이 발견됐을 때 같은 차량이 아시카가 쪽의 하천부지에도 나타났는지를 확인하는 것이 유효할 거라고 생각합니다."

"목격 정보는 어떤가? 야간에도 그곳은 출입이 자유롭겠지?"

미야타 관리관이 물었다.

"사흘 전부터 하천부지 입구에 입간판을 설치해서 정보 제공을 요청하고 있습니다. 지금까지는 유력한 정보가 들어오지 않았습니다. 오늘은 토요일이고, 주말이면 데이트를 위해 커플들이 차를 타고 찾아오기 때문에 오늘 밤부터 내일까지 그들을 상대로 탐문수사를 할 예정입니다."

"좋아, 알았네. 그럼 다음, 이케다 기요시에 대해서다. 이봐, 노지마. 자네가 다키모토 씨 담당이지?"

"예, 그렇습니다."

지명을 받은 노지마 마사히로가 발언했다. 담당이라고 해도 젊은 축이기에 심부름꾼에 지나지 않는다.

"이케다는 다키모토 씨와의 면담에는 응했지만, 다시 10년 전 조사를 문제 삼아 매일 몇 번이고 사죄를 요구하고 있습니다. 어제는 세 시간, 오늘은 두 시간에 걸쳐 조사실에서 면담을 했습니다만, 다키모토 씨를 상대로 언쟁하는 것이 기뻐서 어쩔 줄 모르는 것 같은 모습이었습니다."

"이케다는 이를테면 사이코패스지. 한니발 렉터 박사(미국의 소설가인 토머스 해리스가 발표한 한니발 렉터 시리즈에 등장하는 가상의 인물. 뛰어난 정신과 의사이자 식인 습관을 지닌 연쇄 살인범이다. 미국에서 실존했던 연쇄 살인마 헨리 리 루커스를 모티브로 창조했다고 알려져 있다) 같은 자야. 누군가를 공격할 때만 생기가 넘치거든. 10년 전에도 그랬어. 내가 조사를 담당해서 매일 침 세례를 받았지. 그런데 임의 가택수색과 차내 DNA 채취는 할 수 있을 것 같나?"

"모르겠습니다. 경찰은 아직 반성이 부족하다고 욕을 퍼붓기만 해서요……."

"정직하게 상대하지 마. 차의 소유자는 이케다의 친족이지? 그쪽은 알아봤나?"

"물론입니다. 다만 친족은 엮이고 싶지 않아 하고, 이케다 이야기를 자기들한테 하지 말라며 문전박대를 했습니다."

"그렇겠지. 그놈은 누구한테나 역귀니까."

이케다 기요시에 대한 탐문수사는 연일 계속되었다. 보조를 하는 노지마에게는 정신적으로 힘든 시간이었다. 이케다의 입에서 나오는 말은 과거 범죄에 대한 자랑뿐이었다. 열다섯 살 때 처음으로 여자를 강간했을 때의 일이나 소녀를 마약에 찌들게 하여 폐인으로 몰아갔을 때의 일 등 귀를 막고 싶은 내용뿐이었다. 이케다는 그런 얘기를 다키모토의 반응을 살펴가며 희희낙락 떠들어댄다. 노지마는 이런 종류의 인간이 세상에 존재하는 사실에 충격을 받았다. 나이 지긋한 형사가 술자리에서 10년 전을 돌아보며 누명이라도 좋으니까 우리는 그놈을 교도소에 처넣을 생각이었다고 무심결에 털어놓았는데, 노지마는 그 심정을 이해할 수 있을 것 같았다. 이케다는 내일 당장 무슨 짓을 할지 알 수가 없는 사람이다.

"이케다 기요시는 행확(行確)하지 않아도 되나?"

나카무라 형사부장이 말했다. 행확이란 행동 확인의 약어로 24시간 미행하는 일을 뜻한다.

"만약을 위해 하게 할까? 검거할 수 있는 죄상이라도 찾아낼 수 있을지 모르니까."

히로카와 수사1과장이 호응하며 수사관들을 둘러봤다.

"히라노, 수고스럽겠지만 자네 반에서 탐문수사와 병행해서 해주게. 자네는 다키모토 씨와 제일 잘 통하는 사이라 협조하기도 쉬울 테니까."

"알겠습니다."

히라노 경위가 대답한다. 히라노 반에 속하는 노지마는 내심 한숨을 내쉬었다. 앞으로도 이케다를 봐야 한다고 생각하니 형사라도 기분이 우울해진다.

*

도쿄 본사에서 지원 부대가 와서 〈주오신문〉 마에바시 지국은 몹시 비좁게 느껴졌다. 지노 교코는 지국의 책상을 선배 기자에게 내주고, 현 경찰본부의 기자실에서만 일하고 있다. 하지만 하루 대부분을 취재를 위해 이리저리 뛰어다니기 때문에 전혀 불편하지 않았다.

교코의 루틴은 매일 오전 11시에 군마현 경찰본부에서 열리는 호리베 수사1과장의 정례 회견에 참석하는 것과 지검을 포함한 수사 관계자에 대한 야간 취재다. 그 외에는 재량이지만 이날은 본사 출판국에서 간행하는 주간지 〈주오신문〉의 의뢰로 도쿄에서 범죄심리학을 전공하는 대학 조교수가 온다고 해서 안내하는 역할을 맡게 되었다. 프로파일링 연구자라는 이야기를 듣고 교코가 스스로 지원한 것이다.

오전 10시, 마흔 살의 조교수 시노다를 마중하러 조에쓰 신칸센 노선의 다카사키역으로 나갔다. 자못 학자인 체하는 꾸밈없는 풍모다. 잠을 자고 일어나서 그런지 뒷머리의 머리카락이 뻗쳐 있어 아내가 없는 건가, 하고 교코는 생각했다.

"이야, 이거 미안합니다. 무리한 부탁을 해서."

시노다는 겸손한 사람인 듯 어린 교코에게 정중하게 고개를 숙였다. 현장 취재는 그가 직접 요청한 모양이었다.

"범인이 본 경치를 자신의 눈으로도 보는 것, 같은 공기를 마셔보는 것, 이런 게 꽤 중요해서요. 범죄심리학에서 현장 조사는 빼놓을 수 없거든요."

그 설명에 교코는 납득했다. 기자의 취재와 마찬가지다.

"자료는 보셨나요?" 교코가 묻는다.

"편집부에서 제공해준 것은 대충 봤습니다. 그리고 10년 전의 사건 기사도요. 기류와 아시카가 시민들은 평온하지 않겠군요."

"시민들은 동요하고 있습니다. 밤에 돌아다니는 게 무서워 외출하지 않으니까 음식점도 타격을 받고 있는 모양입니다."

교코는 취재로 모은 시민의 목소리를 전했다. 실제로 술집도 노래방도 밤에는 텅텅 비는 상황이었다.

교코가 운전하는 취재 차량을 타고 와타라세강으로 향했다.

"하지만 이 주변은 아주 넓고 평탄하네요. 그래서 대기업 공장들이 진출한 건가."

시노다가 차창으로 간토평야를 바라보며 감상을 말하며 가져온 카메라로 풍경을 찍기 시작했다.

"좀 더 시골일 거라고 생각했는데 의외로 번화한 곳이군요. 도로변에 대형 상점과 패밀리 레스토랑이 여럿 있고."

"공장이 진출해서 시의 재정이 윤택합니다. 다만 간토 북부 지방은 계절노동자와 외국인 노동자가 많이 사는 동네가 되어 사람들이 계속 들어왔다 나가는 것 같습니다."

교코가 대답한다.

"역시 그렇군요. 기존의 커뮤니티가 없어져 범죄자도 유입되는 셈이고."

"선생님은 범인이 외부에서 온 사람이라고 생각하시나요?"

"그건 모르지요. 다만 10년이나 공백이 있었다는 게 마음에 걸리지만."

시노다가 당연한 의문을 입에 담았다. 기자들 사이에서도 10년의 공백이 무엇을 의미하는지 여러 가지 추리가 난무했다. 교코는 사건기자로서의 경험이 얼마 안 되어 짐작도 못 하지만.

한 시간가량 이동해 첫 사체 발견 현장인 기류시 쪽의 와타라세강 하천부지에 도착했다. 평일 오전이어서 사람은 거의 없다. 차에서 내려 현장까지 걸어간다. 시노다는 바람에 가로로 길게 뻗친 덤불 앞에서 "이러면 발견이 늦어졌겠네요"라며 감상을 말했다.

"지노 씨, 자료에 따르면 살해 추정 날짜가 5월 3일이고, 발견된 것은 5월 8일, 맞습니까?"

"네, 맞아요. 발견자는 개 산책을 시키고 있던 이 지역 주민이에요."

"범죄자 중에는 사체를 일부러 사람들 눈에 띄는 곳에 놓고 살인을 과시하는 사람도 있는데, 이번 살인에 그런 성벽은 없어 보이네요."

"그럼 숨기려고 한 건가요?"

"아니요, 사체를 숨기고 싶었다면 산에 묻었겠지요. 범인은 곧 발견될 곳에 사체를 두고, 그때까지의 시간을 두근두근하는 마음으로 기다리는 쾌락을 즐기는 사람인 거지요."

시노다가 담담하게 해설한다. 교코는 그렇게 해석할 수 있다는 것에 감탄했다.

"좀 들어가볼까요?"

시노다가 덤불 속으로 들어간다. 더러워질 것을 예상하고 등산화를 신고 온 교코도 뒤를 따랐다. 조금 나아가자 덤불이 밟혀서 다져진 공간이 나왔다. 이곳이 사체 유기 현장임을 알 수 있었다. 교코는 어쩐지 섬뜩해 마음이 진정되지 않는다.

"다른 곳에서 살해했다고 한다면 차로 하천부지까지 옮기고 트렁크에서 꺼내 이곳까지 사체를 끌고 오는 데 상당한 체력이 필요했겠네요."

시노다의 지적에 교코가 고개를 끄덕인다. 확실히 힘이 없는 사람은 무리일 것이다.

"피해자의 키와 체중은요?"

"모릅니다."

"알아놓으세요. 기류 쪽도 아시카가 쪽도, 그리고 10년 전의 미제 사건 두 건도요."

"알겠습니다. 곧 알아보겠습니다."

교코는 이 취재의 안내 역할을 자청하길 잘했다고 생각했다. 피해자의 신체적 공통점까지는 미처 생각하지 못했다.

시노다가 현장 사진을 찍는다. 범인의 눈에 비친 것은 모두 담고 싶은 것인지 360도를 빙 돌며 찍었다.

기류 다음으로 아시카가 쪽의 사체 발견 현장으로 갔다. 이곳은 우거진 초목이 전체적으로 낮고, 야구장 주차장에서 덤불 속으로 들어가자마자 유기 현장이다. 발견자는 외근하러 나와 점심을 먹은 후 휴식을 취하고 있던 영업직 사원이다. 소변을 보려고 덤불 속으로 들어갔다가 사체를 발견했다.

"이곳은 비교적 발견되기 쉬운 장소네요. 기류 쪽 피해자가 발견될 때까지 며칠 걸렸으니까 이번에는 조절을 한 건가?"

시노다가 현장으로 헤치고 들어가 소견을 말한다.

"그런 건가요?"

"숨길 생각이 없으니까 과시하려는 심리가 어딘가에 있는 거지요. 발견해보라는 도발도 포함된 건가."

"아, 그렇군요. 공부가 되네요."

"자료를 읽었는데 사체는 모두 머리를 강타당해 혼절한 뒤에 살해되었습니다. 입을 테이프로 막은 것은 소리를 내면 곤란하기 때문이겠지요. 그렇다면 기절에서 깨어난 후 여자가 괴로워하는 표정을 보면서 차분히 목을 졸랐을 겁니다. 역시 전형적인 쾌락 살인으로 봐야겠네요. 그 때문에 범행을 벌일 살해 현장을 확보해둘 필요가 있었을 겁니다. 누구한테도 방해받지 않고 시간에 쫓기지 않으며 천천히 젊은 여성을 죽일 수 있는 장소가요. 적어도 벽이 얇은 연립주택 같은 곳은 아닐 겁니다. 외딴 단독주택이거나 창고, 차 안이나……."

시노다의 냉정한 분석에 교코는 등줄기가 서늘했다.

"다만 여태 범행에는 강간 흔적도, 사체 손괴도 보이지 않았기 때문에 그런 점은 정상인 건가?"

"사체 손괴란 뭔가요?"

"잘게 잘라 살점을 간직해두거나 먹거나 하는 거지요. 쾌락 살인에 자주 보이는 경우입니다. 요컨대 전리품이지요. 하긴 최근에는 스마트폰이 통용돼서 동영상을 찍어 손괴 대용으로 삼는 경우도 보이지만요. 아마 경찰은 인터넷에서 그런 유의 영상이 나오지 않을까 계속 감시하고 있을 겁니다."

"그런가요……?"

교코는 속까지 안 좋아졌다.

"그런데 군마현 경찰본부에 프로파일링 팀은 있나요?"

"아뇨, 지방경찰에는 없을 거예요. 경시청에서 전문가를 부르는 식이지요."

"아아, SSBC로군요, 역시."

시노다는 일관되게 쾌활한 태도였다. 적어도 이 불길한 연쇄살인 사건을 두려워하는 모습은 없다. 학자에게는 어디까지나 연구 대상일 것이다.

시노다는 여기서도 현장 사진을 찍었다. "지노 씨"라고 불러서 돌아보았더니 교코까지 사진을 찍었다.

"일단 기념으로." 시노다가 말했다.

"네에……."

학자 중에는 별난 인간이 많은 것 같다.

2장

재방문

마쓰오카 요시쿠니는 사진관 일이 손에 잡히지 않았다. 10년의 세월이 지나 다시 동일한 연쇄 살인이 반복되었다. 그것은 범인이 뭔가에 도전하고 있다는 증거 같아 마쓰오카는 복받치는 초조감에 하루하루 시달렸다. 그 '뭔가'란 안식, 가족, 친구 같은, 보통 사람이 평범하게 손에 넣을 수 있는 행복이자, 야심도 욕망도 잠잠한 나날의 평온한 생활을 말한다. 범인은 그것을 위협하고 파괴하고 싶은 게 아닐까. 그렇다면 범인은 이 지역에 머물며 그 성과를 관찰하고 싶은 게 아닐까. 범인은 가까이에 있다고, 마쓰오카는 거의 확신하고 있었다.

그런 마쓰오카를 가족은 암울하게 바라보고 있다. 아내 가즈코는 "밤중에 나다니는 것만은 그만둬"라고 간청하고, 아들 다쿠야는 "병원 정신과에 한번 가보는 게 어때요?"라고 안색을 살피며 권했다. 마쓰오카는 가족에게 이해받는 건 이미 포기했다. 프리랜서 사진사를 임시로 고용해 일을 맡기고 자유롭게 움직이기 시작한 것은 갑자기 태도를 바꾸고 나서다. 수십 년이나 일해서 모은 충분한 저축이 있기 때문에 돈 걱정은 없다. 그래서 이번 일을 계기로 은퇴해도 된다고도 생각하고 있다.

이날은 아침부터 작업실에 틀어박혀 과거에 하천부지에서 찍은 사진을 다시 체크했다. 지금까지 몇 번이나 거듭 봐온 것이지만, 다시 검증해보기로 했다. 범인이 사체를 유기하는 경우, 대부분 사전 조사를 하지 않을까 하는 생각이 문득 떠올라서다. 계획 살인이라면 더더욱 그럴 가능성이 높다. 신문 보도에 따르면 기류 사건에서 피해자는 5월 3일 밤까지 CCTV로 행동이 확인된다. 살해당한 것은 그날 밤이니 거슬러 올라가 4월 말부터 체크해가면 수상한 인물이 나타날지도 모른다.

컴퓨터 화면을 응시하며 찍은 사진을 차례로 띄운다. 환갑이 지나고 나서 눈의 피로를 심하게 느끼게 되었지만 불평하고 있을 수만은 없다. 몸도 고장이 났다. 바짝 긴장하고 작업에 몰두하면 어깨나 등이 금세 뻐근해진다.

"여보, 손님. 증명사진 찍고 싶대."

가즈코가 와서 말했다.

"다쿠야는?"

"학교 행사 촬영하러. 미야케 씨도 같이 갔고. 아침에 말해줬잖아."

프리랜서 사진사의 이름을 들며 타박하듯이 말한다.

"오전에는 나도 집안일이 있으니까 가게 정도는 봐줘야지."

"아, 거참 시끄럽네."

손님을 돌려보낼 수도 없어서 어쩔 수 없이 가게로 나갔다. 여권용 사진을 찍으러 온 거라서 특별히 신경을 써야 하는 촬영은 아니다.

손님인 젊은 여성을 호리촌트(무대 뒷면에 설치한 U자 모양의 굽은 막. 조명을 이용해 넓게 트인 하늘 등의 배경을 나타내는 데 쓴다) 앞에 앉히고 조명을 비추고는 카메라를 삼각대에 설치한다.

"자아, 그럼 렌즈를 보고 살짝 웃어주세요."

목소리를 한 옥타브 올리고 초점을 맞춘다. 그때 시야가 흐릿해졌다. 두 번 세 번 눈을 깜박여보지만 나아지지 않는다.

"잠깐 기다려주세요."

마쓰오카는 이렇게 말하고 일단 안쪽으로 들어갔다.

"여보, 미안하지만 초점 좀 맞춰줘." 작은 소리로 가즈코에게 부탁한다.

"왜 그래?"

"사진 체크를 해서 그런지 시야가 좀 흐릿해서."

"아, 정말. 매일 그런 일만 하니까 그렇지."

가즈코가 볼을 볼록하게 한다. 마쓰오카는 화가 치밀었지만 부부 싸움을 할 상황이 아니다. 가즈코의 도움을 받아 그럭저럭 촬영을 마쳤다. 쉬는 동안 안약을 넣는다.

"여보, 눈 검사 한번 받고 와." 가즈코가 걱정스럽다는 듯이 말했다.

"난리 좀 피우지 마. 눈이 피로한 건 다들 마찬가지야."

"아니, 그러고 보니까 전에도 그랬어. 촬영할 때는 아니지만 지난달 대지(사진 뒤에 붙여 그 바탕이 되게 하는 두꺼운 종이) 발주 전표, 당신이 쓴 숫자가 전부 칸에 안 맞아서 내가 다시 썼잖아."

"다음부터는 컴퓨터로 칠게. 그럼 되겠지."

"진짜, 안과에 좀 가봐."

"시끄러워."

마쓰오카는 상대하지 않고 작업실로 돌아갔다. 사진 체크를 계속한다. 몇 장이고, 몇 장이고 오른쪽에서 왼쪽으로 밀며 살펴보았다.

한 시간쯤 보고 있으니 마음에 걸리는 사진이 있었다. 4톤 정도의 중형 트럭이 찍힌 사진이었다. 짐칸이 덮개형이 아닌 컨테이너형인데, 하천부지에는 흔치 않은 차종이다. 운전사가 일하러 가지 않고 쉬러 온 것일까. 아니면 폐기물을 불법으로 버린 걸까. 문제는 두 번 찍혔다는 사실이다.

첫 번째는 4월 20일 정오가 지나 기류 대교 쪽의 제방에서 하천부지로 들어가더니, 미니 골프장 옆의 주차장에 트럭을 세우고 운전사가 차에서 내렸다. 조수석 방향에서 찍혔기 때문에 운전사의 모습은 보이지 않는다.

두 번째는 4월 29일 오후 3시가 지난 시간에, 마찬가지로 기류 대교에서 하천부지로 들어가지만 주차장에 세우지 않고 미니 골프장을 통과하여 안쪽까지 들어간다. 그리고 10분쯤 지나 같은 길로 돌아 나온다. 나가는 길이 없다는 것을 알고 유턴한 것인지도 모른다. 하필이면 앞 유리가 하얗게 반사하여 운전사의 얼굴은 보이지 않는다. 그러나 차량 번호는 확실히 찍혀 있기 때문에 경찰서에 제출하면 소유자는 어렵지 않게 알아낼 수 있다.

마쓰오카는 즉각 4월 말에 두 차례 하천부지에 나타난 트럭 사진을 몇 장 프린트해서 기류 남부 경찰서로 가져가기로 했다. 경찰에 품은 감정은 복잡했으나 지금은 기댈 수밖에 없다. 딸의 원통함을 풀어주기 위해서라도.

오후에 차로 기류 남부 경찰서로 가자 경비를 서는 젊은 경찰관이 또 이 아저씨인가 하는 표정을 지었다. 이전에는 "무슨 일로 오셨어요?"라고 물었지만, 지금은 아무 말 없이 한 번 쳐다볼 뿐이다. 개의치 않고 관내로 들어간 마쓰오카는 접수처를 그대로 지나 계단으로 올라갔다. 2층 복도를 걸어 수없이 방문한 형사과로 들어간다. 가장 가까이 있는 중년 여성 사무원에게 "사이토 형사나 이토 형사는 없습니까?" 하고 물었더니 이번에도 불쾌한 듯한 표정을 보였다.

"사이토 형사는 본부 수사1과 형사라서 이곳에 자리가 없습니다. 이토 형사는 일로 외출 중이고요."

사무원이 억양 없는 목소리로 대답한다.

"사이토 씨는 기류 남부 경찰서에 있다고 하던데요."

"그건 수사본부를 말하는 걸 겁니다. 5층 회의실인데요."

"그럼 그곳으로 가면 되는 겁니까?"

"아, 잠시만요—"

마쓰오카가 발길을 돌리려고 하자 사무원이 황급히 말렸다.

"일반인이 마음대로 들어갈 수 없습니다. 게다가 사이토 형사는 거기에도 없습니다. 낮에는 다 나가고 없거든요."

"그럼 몇 시에 돌아오나요? 직접 만나서 정보를 전하고 싶으니까 시간을 알려주시면 다시 오겠습니다."

"지금은 한창 수사 중이라서 몇 시라고 정해진 것은……."

"하지만 수사 회의는 매일 여기서 하잖아요."

"그거야 그렇지만……."

한참 입씨름을 한 끝에 수사 회의가 통상 저녁 7시에 시작한다는 것을 알아낸 마쓰오카는 다시 찾아오기로 했다. 이제 경찰에 주눅 들지 않는다. 딸을 살해한 범인을 체포하지 못한 조직일 뿐이다.

계단으로 로비로 내려가자 지하에서 올라온 사이토와 이토 형사와 맞부딪쳤다.

"뭐야. 서 안에 있잖아. 있으면서 없는 체하다니."

마쓰오카가 이렇게 말하자 사이토는 순간적으로 안색이 바뀌어 "없는 체하다뇨, 남부끄럽게. 점심을 먹으러 돌아왔을 뿐입니다" 하고 마땅찮다는 듯이 대답했다.

"외식은 돈이 들어서요. 경찰서 식당이라면 양도 많고 싸거든요."

"그런 건 상관없어. 사이토 씨, 사진 중에서 수상한 차를 발견해서 꼭 당신한테 보여주고 싶소."

"예에……."

사이토는 귀찮아하는 듯했지만, 마쓰오카는 개의치 않고 가방에서 봉투를 꺼내 내밀었다.

"이 트럭이 수상해. 4월 말에 두 번이나 사체 유기 현장인 하천부지에 나타났거든. 운전사의 얼굴은 찍히지 않았지만 차량 번호는 또렷하게 나왔으니까 금방 알아낼 수 있을 거요."

"그렇습니까. 알겠습니다. 그럼 받겠습니다."

사이토는 받아 들자 사진을 보려고도 하지 않고 예를 표하고는 그 자리를 떠나려고 한다.

"사이토 씨, 잠깐만요. 여기서 보시오." 마쓰오카가 붙든다.

사이토는 살짝 한숨을 내쉬고는 봉투에서 사진을 꺼냈다.

"자, 보게. 이 차. 첫 번째는 운전사가 내려서 어슬렁거렸지만, 두 번째는 안쪽까지 가서 되돌아왔을 뿐이지. 행동이 수상하잖소."

마쓰오카가 자리에 서서 강한 어조로 계속 말한다.

"그렇군요. 다만 4월분이라면 이미 사진 데이터 전체를 제공해주셔서 수사본부에서도 분담해서 체크하고 있습니다. 이 사진의 차도 누군가가 차량 번호를 조회해서 소유자를 특정했을 겁니다. 경찰을 믿어주십시오. 빈틈없이 하고 있습니다."

"아니, 믿지 않는 건 아니지만……. 그럼 이미 차량 번호 조회는 끝난 거지요? 알려줘요, 어디의 누구 차인지."

"그걸 일반 시민에게 알려줄 수는……."

"어째서요, 내가 제공한 정보잖소?"

"물론 감사하고 있습니다. 하지만 수사상 비밀 사항은……."

사이토가 난감한 얼굴로 고개를 가로젓는다. 이토는 옆에서 입을 다문 채다.

"그럼 사이토 씨, 핸드폰 번호 좀 알려주시오. 경찰서에 걸어도 늘 없으니까." 마쓰오카가 말했다.

"아니, 그건 좀……."

"어째서요. 신속히 알려야 할 것이 나올지도 몰라서 그러는데."

"알겠습니다……."

사이토는 잠시 생각하더니 핸드폰 번호를 알려주었다.

"그럼 이만."

사이토가 한 손을 올리며 도망치듯 가버린다. 문득 시선을 느끼고 돌아보니 1층 카운터의 제복을 입은 경관들이 서둘러 시선을 피했다. 아무래도 그는 기류 남부 경찰서에서는 아주 유명한 민폐 시민인 모양이다.

마쓰오카는 경찰이 알려주지 않는다면 직접 찾기로 했다. 컨테이너형 트럭은 그리 많지 않다. 적어도 프리우스나 코롤라 같은 흔한 차종을 찾는 것보다 쉬울 것이다. 시내의 모든 주차장을 이 잡듯이 뒤질 것이다. 낮에는 사용 중일 가능성이 크기 때문에 조사는 밤과 주말이 좋다. 아내가 뭐라고 하겠지만 마쓰오카는 하기로 정했다. 어차피 가만히 있을 수는 없는 노릇이다. 게다가 나이도 나이다. 움직일 수 있을 때 움직이고 싶다.

경찰서를 나와 차를 타고 달린다. 우선 서점에서 백지도를 구입할 생각이다. 거기에 주차장을 전부 표시할 것이다. 목표가 생기니 마음이 부풀었다. 사건의 실마리는 보이지 않지만 완전히 깜깜한 것도 아니다. 어쨌든 범인은 가까이에 있다. 마쓰오카는 자기도 모르는 사이에 기세가 당당해졌다.

*

다키모토 세이지는 어느새 아시카가 북부 경찰서에 드나드는 것이 일과가 되었다. 처음에는 젊은 형사가 경찰차로 데려오고 데려다주었지만 귀중한 인력을 운전사로 쓰는 것은 미안하다며 직접 운전해서 가기로 했다. 히로카와 수사1과장은 수사협력비를 최대한의 범위에서 지급하겠다고 했다. 다키모토는 교통비만으로 충분하다며 거절했다. 이케다 기요시에 대한 조사는 자신의 형사 인생에 마무리를 짓기 위한 책무라고 생각해서다. 그 남자를 꼭 교도소에 처넣어야 한다.

재취업한 택시 회사에는 임시 휴직서를 제출했다. 경찰에 호의적인 사장은 유급휴가를 써도 좋다고 했지만, 다키모토는 성격상 거절했다. 아무에게도 폐를 끼치지 않고 자기 뜻대로 움직이고 싶다.

그런 남편의 행동에 아내 사치코는 뭔가 말하고 싶었으나 옥신각신하는 것도 성가신지 잠자코 있었다. 다키모토가 집에 없는 것이 편안한 휴식이므로 아내는 의외로 홀가분하게 생각하는지도 모른다. 집이 있는 우쓰노미야에서 아시카가 북부 경찰서까지는 차로 한 시간쯤 걸리기 때문에 매일 아침 8시에는 집을 나선다. 귀가는 저녁 8시가 지나서다.

이날도 조사실에서 이케다와 마주 앉았다. 벽 쪽 의자에는 노지마 형사가 보조관으로 앉아 있다. 노지마는 수사1과 배치를 희망하는 의욕이 충만한 젊은이다.

"자, 이케다, 이제 그만 차내 DNA 감정을 하게 해주지 않겠나? 켕기는 게 없다면 상관없잖아. 그걸로 네 혐의는 풀리는 거야."

다키모토가 여느 때의 스스럼없는 말투로 말한다.

"아직 안 돼. 반성이 부족해. 경찰은 건방져."

이케다는 의자에 책상다리로 앉아 염치없이 뻔뻔한 웃음을 짓고 있다.

"반성하고 있다니까. 무엇보다 무릎도 꿇었잖아."

"당신 혼자로는 안 되지. 10년 전 서장을 데려와서 그놈한테도 무릎을 꿇게 해."

"이케다, 공교롭게도 그때의 서장은 퇴직한 후에 죽었어. 폐암으로."

"그럼 10년 전의 도치기현 경찰본부의 본부장, 그놈을 불러."

"그 사람도 공교롭게 뇌졸중으로 죽었어."

"지금 장난쳐? 야, 다키모토, 사람을 놀리는 것도 정도가 있지."

이케다가 얼굴을 붉히고 침을 날리며 고함을 지른다. 다만 화가 났다기보다는 언쟁을 즐기고 있는 것처럼 보였다.

"저기 말이야, 이케다. 계속 고집을 부리면 경찰은 검거할 만한 다른 죄상을 찾아서 너를 강제로 끌고 올 거야. 그렇게 되면 가택수색도 들어가겠지. 뭔가 거북한 물건이 나오는 거 아냐?"

"아니, 그걸로 협박할 생각이야? 가택수색을 하고 싶으면 얼마든지 해. 내가 그런 얼간이로 보여?"

이케다가 득의의 미소를 짓는다. 이케다는 경찰의 수법을 속속들이 알고 있었다. 마약 소지 혐의로 여러 차례 체포당했어도 입수 경로만은 밝힌 적이 없다. 어쩌다 주웠다며 끝까지 버텼다.

"이케다, 이제 그만 나 좀 벗어나게 해줘. 매일 우쓰노미야에서 다니는 것도 힘들어."

"뭐야, 경찰서 도장에 묵는 거 아니었어?"

"무슨 뚱딴지 같은 소리야. 나는 이제 민간인이라고. 내가 여기에 있는 것만으로도 아주 이례적인 일이야. 공안 위원회에서 알면 도치기현 경찰본부가 퇴직자한테 피의자 조사를 시켰다고 문제 삼을 거야."

다키모토가 씁쓸하게 웃으며 말한다. 실제로 도치기현 경찰본부는 면담 장소로 경찰서를 쓸 것을 원칙으로 하고 있었다.

"그쪽 사정 같은 건 내 알 바 아니고. 내 요구는 도치기현 경찰본부의 공식적인 사죄야. 10년 전에는 오인 체포였다, 죄송했다, 하고 기자회견을 하라고."

"이봐, 이케다. 원한을 살 일 좀 적당히 해. 그때 너를 체포했지만 혐의는 마약류 관리에 관한 법률 위반이야. 이 건으로는 체포도 기소도 안 했어. 그래서 신문에는 이름이 안 나왔잖아. 익명으로 나간 것은 경찰의 배려였다고."

"소문이 났지. 작은 동네에서는 그걸로 충분해."

"그 정도의 일로……. 제대로 말해둘 테니까 잘 들어. 체포하고 기소까지는 가져갈 수 없었지만, 나는 네가 무죄라고 생각하지 않아, 알았어?"

다키모토가 이케다를 응시하며 말하자 이케다는 순식간에 얼굴을 붉혔다.

"그럼 지금부터 증거를 찾아봐. 살인에 시효는 없잖아?"

"어어, 그렇게 해야지. 네 꼬리를 잡아야지."

다키모토와 이케다가 서로 노려본다. 옆에서 노지마가 굳은 표정으로 그저 지켜보고만 있었다.

"……자, 그럼 싸움은 여기까지. 그런데 이케다, 오늘은 무슨 이야기를 들려줄 거지?"

다키모토가 의자에 고쳐 앉아 상대가 관심을 갖도록 유도한다. 이케다는 어쩐지 기분 나쁘게 히죽거리며 "당신은 뭐가 듣고 싶은데?" 하고 되묻는다.

"어제는 강간 이야기였으니까 오늘은 다른 게 좋겠군."

"그럼 2003년에 회사 임원을 협박해서 체포된 이야기는 어때?"

"아아, 그런 일이 있었지. 미성년자 성매매를 한 회사 임원을 감금하고 폭행하고 협박한 사건이었지. 지독했어. 다리미로 남자 거기를 지지다니, 너나 되니까 하는 거야. 그런데 그건 미인계였나? 얼마나 우려냈어? 이제 솔직히 말해봐."

"응? 글쎄……."

이케다가 기쁘다는 듯이 입을 연다. 이 남자는 자신이 지금까지 저지른 범죄를 떠들고 싶어 매일 다키모토를 불러내는 것이다. 다키모토도 그것을 알고 상대해주고 있었다. 물론 다키모토의 목표는 10년 전과 현재의 연쇄 살인 사건 입건이다. 쾌락 살인의 범인은 대부분 과시하려 하거나 기념물을 남긴다. 사소한 것이라도 좋으니 그 실마리를 대화를 통해 찾아내고 싶은 것이다.

"그건 여자도 나빴어. 미성년자인 주제에 돈, 돈, 돈만 밝히고…….”

이케다가 이야기를 시작한다. 다키모토는 이따금 장단을 맞추며 듣는 입장이었다.

이케다의 이야기는 두 시간 가까이 이어졌다. 끝난 것은 정오가 지나서였다. 이케다는 경찰서 사무원이 운전하는 차로 집까지 돌아갔고 그날의 청취는 끝났다. 보조관을 맡은 노지마는 아주 녹초가 된 표정이었다.

“노지마, 수고했네. 젊은 탓에 이런 일을 억지로 떠맡다니 날벼락이겠군.”

다키모토가 웃으며 말한다.

“아뇨, 저한테는 귀중한 경험입니다. 저는 지금까지 절도범이나 폭력범 정도를 다뤄왔는데, 이케다 같은 특수 범죄자는 처음입니다. 그런 인간이 세상에 있다는 걸 인식하는 것만으로도 공부가 됩니다.”

노지마가 얼굴에 홍조를 띠며 대답한다. 눈썹을 가늘게 정돈한 것이 조금 마음에 들지 않지만 대체로 멋진 청년이라고 다키모토는 평가했다. 틈만 나면 질문 공세를 하는 점이 특히 좋다.

그때 수사1과의 히라노가 찾아왔다.

“선배님, 휴게실에 도시락을 준비해뒀으니 드시고 가십시오.”

“그럼 먹어볼까.”

셋은 1층 휴게실로 가서 늘 먹는 배달 도시락을 먹는다.

"그런데 이케다의 미행은 어떻게 되었나?" 다키모토가 물었다.

"지금까지 특별히 달라진 점은……. 여섯 명이 24시간 감시하고 있는데 매일 오후에는 파친코를 하고, 밤이 되면 술집을 전전하는 그런 상황이라고 할까요." 히라노가 대답했다.

"마약은 어떤가? 그걸로 잡아 오면 확실히 유치장에 처넣을 수 있을 텐데 말이야."

"물론 주변은 자세히 조사하고 있습니다. 다만 조심해서인지 꼬리를 드러내지는 않고 있습니다."

"뭐, 기다릴 수밖에 없겠군. 놈의 마약 이력은 20년 이상이야. 반드시 손을 댈 거네."

"그건 그렇고 이케다한테는 여자가 있습니다. 이세초의 술집 마담인데 오십대 여성입니다."

"참 신기하단 말이지. 그런 개망나니 같은 놈한테도 여자가 생기니, 원."

"서로 의존하는 관계겠지요. 혼자 있을 수가 없는 겁니다."

"어, 그렇겠지."

다키모토는 얄궂다고 생각하지 않을 수 없었다. 가정 폭력 상습범에게도 늘 여자가 있다. 인간의 심리는 수수께끼투성이다.

"아, 그런데 이케다 차의 N 시스템 이력은?"

"거의 알아냈고, 현재 정밀 조사 중입니다. 군마현 경찰본부에도 감시해야 할 차량이라고 전해두었습니다. 가까운 시일 안에 조정 작업이 이루어지겠지요."

"그렇군. 그런데 공동수사본부는 어떤가? 일하기는 편한가?"

다키모토는 궁금했던 것을 물었다. 자신은 현역 시절 한 번도 경험한 적 없는 수사 체제다.

"대체로 좋다는 분위기입니다. 회의에서 마음껏 발언할 수 있으니까요. 군마 입장도 같겠지요."

"역시 그렇군. 자네들은 10년 전의 실패를 되풀이하지 않았으면 하네. 내 바람은 그것뿐이야."

"실패라니요, 저는 검찰이 너무 신중했던 것이……."

"아니, 우리의 실패네."

다키모토는 실패라는 말을 음미했다. 연쇄 살인의 범인을 놓쳤다. 그것은 형사에게 평생의 상처다.

점심을 먹고 난 후 다키모토는 아시카가 북부 경찰서를 뒤로하고 차로 와타라세강으로 향했다. 지난 며칠 동안 오후에는 10년 전의 현장을 다시 찾아갔다. 현장을 백 번 찾는 것. 형사의 습성이다. 99퍼센트는 헛걸음이지만 1퍼센트라도 가능성이 있다면 찾아가야 한다.

하천부지에서는 두 번째 사체 발견 현장이 된 주차장에 차를 세우고 부근을 걸었다. 경찰이 다 뒤진 후이기에 뭐가 나올 리는 없지만, 그 자리에 서서 범인이 본 경치를 자신의 눈에도 각인해 두고 싶다.

이케다라면 어떻게 했을까. 다키모토는 심호흡을 한 번 하고 공상했다. 젊은 여자를 전라로 만들어 꽁꽁 묶고 교살한다. 이케다는 발버둥을 치며 괴로워하는 여자의 표정을 천천히 관찰하며 일을 해치운다. 체액은 남기지 않았으니 강간은 하지 않았던 것 같다. 쾌락 살인이라는 점이 오히려 사건의 냉혹함을 두드러지게 한다. 성욕을 채우기 위해서가 아니라 살인 자체를 목적으로 사람을 죽인 것이다.

그런 것을 곰곰이 생각하며 하천부지를 걷고 있던 중에 문득 왜건 한 대가 눈에 들어왔다. 운전석에 사람이 있다. 카메라 망원렌즈가 이쪽을 향하고 있다. 다키모토는 직감으로 형사라고 생각했다. 범인은 범행 현장으로 돌아온다는 말을 믿고 감시하고 있을 것이다. 감탄하면서도 한편으로는 쓴웃음을 지었다. 나를 모르다니, 신참 형사인가, 아니면 군마현 경찰인가.

천천히 걸어서 다가가 운전석을 응시한다. 뜻밖에도 동년배 남자였다. 그렇다면 형사가 아니란 말인가.

문 옆으로 더욱 다가간 다키모토는 깜짝 놀랐다. 그쪽도 놀란 모습으로 경계했다. 운전석 창문이 천천히 내려간다.

"마쓰오카 씨입니까?" 다키모토가 물었다.

"당신은 도치기현 경찰본부의 형사……."

"다키모토입니다."

"아아, 그렇군요. 생각났습니다. 수사1과의 다키모토 씨군요."

"이야, 오랜만입니다. 10년이 지났는데도 잊지 않으셨군요."

"그야 그렇지요. 다키모토 씨, 저희 집에도 몇 번이나 오지 않았습니까?"

서로 웃음을 교환했다. 10년 전의 사건은 합동수사본부였기 때문에 기류시에서 일어난 사건에도 다키모토가 관여하고 있었다. 그 수사에서 몇 번이나 피해자 집을 방문했다.

"오늘은 여기서 뭘 하고 있습니까?" 다키모토가 물었다.

"사체 유기 현장이라 수상한 인물이 보이면 찍어두려고 왔습니다."

"아, 그렇군요. 오늘은 제가 수상한 인물이었겠군요."

다키모토는 가볍게 웃으면서도 딸이 살해당한 아버지의 심정을 생각했다. 그에게 지난 10년은 어떤 세월이었을까.

"기류 남부 경찰서에서는 저를 거북하게 여깁니다. 수상한 사람 사진을 가져가서 수사하라고 재촉하니까요."

"그렇습니까? 아니, 그 심정은 이해합니다."

"다키모토 씨는 여기에 어쩐 일로?"

"저는 3년 전에 정년퇴직하고 지금은 택시 회사의 고문을 하고 있습니다. 똑같은 사건이 또 일어나 예전에 있던 데서 나와달라는 부탁을 받고……."

다키모토는 지금까지의 사정을 간단히 설명했다. 마쓰오카는 옛 친구라도 만난 것처럼 표정을 풀고 고개를 끄덕였다.

"다키모토 씨는 10년 전과 동일범이라고 생각하십니까?" 마쓰오카가 물었다.

“잘 모르겠습니다. 수법은 비슷한 것 같습니다만.”

다키모토는 이렇게 대답했다. 사실 지금의 자료만으로는 어떤 판단도 할 수 없었다.

잠깐 서서 이야기를 나누고 하천부지를 떠났다. 마쓰오카는 날이 저물 때까지 여기에 있겠다고 한다. 다키모토는 새삼 피해자 유족이 입은 마음의 상처를 본 것 같았다. 그 책임의 몇 할쯤은 범인을 놓친 경찰에 있다.

내일이라도 10년 전의 아시카가 피해자의 유족을 찾아가보자고 생각했다. 유족과 경찰의 관계는 좋지 않지만, 동일한 사건이 일어난 이상 누군가 찾아가야만 할 것이다.

운전대를 잡고 도로를 달린다. 다키모토는 사건이 해결될 때까지 모든 시간을 바칠 마음이었다.

*

술집 ‘리오’는 매일 새벽 3시까지 영업한다. 공장은 대부분 연속 2교대제를 채택해서 계절노동자에게 1조는 오전 6시부터 오후 3시까지, 2조는 오후 3시부터 저녁 12시까지다. 보통 그렇다. 계절노동자 중에는 젊은 사람이 많아서 일이 자정에 끝나더라도 얌전히 기숙사에 있지 않는다. 그래서 ‘리오’도 어쩔 수 없이 심야 영업을 하고 있다.

그날 밤은 금요일이기도 해서 자정이 지나자 단체 손님 여러

팀이 들어왔다. 절반은 브라질 사람이었는데 타고난 목소리가 큰 탓에 가게 안의 떠들썩함은 마치 브라질 길거리 같다. 요시다 아키나는 카운터와 칸막이석을 왔다 갔다 하며 바쁘게 움직이고 있었다. 일정 매출을 넘기면 나머지는 성과제여서 고용 마담으로서는 긴장하게 된다.

본 적이 있는 한 팀이 들어왔다. 이전에 가게에서 손님끼리 싸움이 벌어졌을 때 말리러 끼어든 가리야라는 손님을 포함한 4인조다.

"어머, 와주셨군요. 정말 기뻐요."

아키나가 온 얼굴에 웃음을 띠고 맞이한다. 서비스업에서 가장 기쁜 것은 손님이 다시 찾아주었을 때다.

"술을 보관해뒀으니까요. 안 오면 손해지요."

단체 중의 한 사람인 갈색 머리의 남자가 말한다. 칸막이석으로 안내하고 모두에게 물수건을 건넸다.

"가리야 씨, 저번에는 고마웠어요. 그 뒤에도 저희들끼리 말했어요. 그 사람 강했다고요. 유도나 뭔가를 하는 사람 아니냐고 말이에요."

아키나가 말하자 가리야는 멋쩍은 듯이 눈을 내리깔고 미소를 지었다.

"아니, 마담. 가리야 씨 이름만 기억하고." 갈색 머리 남자가 말했다.

"어머, 여러분의 이름도 기억하고 있어요. 이쪽부터 다나카 씨, 사토 씨, 와타나베 씨."

아키나가 익살을 떨며 적당한 이름을 늘어놓자 사내들은 배를 잡고 웃어 술자리의 분위기가 순식간에 달아올랐다.

"내일은 토요일이라 쉬겠네요? 천천히 드시고 가세요."

"아니, 우리 공장은 토요일에도 가동해요."

"어머, 제너럴중기는 그렇군요."

"주휴 이틀과 유급휴가는 보장되지만 공장은 한 달에 두 번 있는 정비일 빼고는 풀가동해요."

"흐음, 경기가 좋나 보네요."

"그게 아니라 자동차랑 달리 중기는 부품 구조가 단순한 만큼 제조 과정 기계화가 쉽거든요. 그래서 기계가 자동으로 움직이면 우리는 보고 있기만 하면 되니까요."

"보고 있기만 해도 월급이 나오는 거구나."

"맞아요. 나는 스마트폰으로 만화를 보기도 하고."

사내들은 분위기를 잘 타는 편이라 아키나는 농담으로 분위기를 누그러뜨렸다. 아키나를 도와 자리에 앉은 에리카는 손뼉을 치며 자지러지게 웃었다. 다만 가리야만은 조용히 술잔을 들이켤 뿐이고 대화에 끼어들지 않았다. 저번에도 그랬지만 사람과의 교제가 서툰 타입 같다고 아키나는 생각했다.

"가리야 씨도 스마트폰으로 만화를 봐요?" 아키나가 말을 걸었다.

"아니요. 나는 배송이라서요." 가리야가 고개를 가로젓는다.

"배송이라뇨?"

"제너럴중기는 군마현의 오타시와 기류시, 도치기현의 아시카가시, 이렇게 공장이 세 군데에 있으니까 완성된 부품을 다른 공장의 다음 라인으로 보내야 하거든요. 그 배송 담당이라는 거지요."

대답한 사람은 갈색 머리 사내로, "가리야 씨는 트럭 운전사 경험이 있어서 그걸로 득을 보고 있지"라고 덧붙였다.

"배송도 힘들어." 가리야가 어처구니없다는 듯이 말했다.

"아, 미안해요."

"너, 가리야 씨를 건드린 거야. 난 모른다."

"가리야 씨, 이 녀석 졸라도 돼요."

사내들은 농담을 하고 테이블은 점점 더 시끌벅적해진다. 아키나는 에리카에게 손님들을 맡기고 카운터로 돌아왔다. 안면이 있는 오타 동부 경찰서의 형사가 손님으로 와 있었기 때문이다.

"마담, 별일 없소?"

위스키 잔을 기울이며 후지카와 형사가 묻는다. 같이 온 젊은 형사가 우롱차를 마시는 것은 운전 때문일 것이다.

"없어요. 밤거리는 평화 그 자체예요."

"와타라세강의 하천부지에서 젊은 여자의 사체 둘이 발견된 것은 알고 있소? 손님 수에 영향은 없고?"

"네. 손님은 대부분 계절노동자들이니까요."

"호스티스는 무서워하지 않소?"

"그거야 경계는 하지만…… 아시카가시가 바로 옆이니까요."

"무슨 소문은 없나? 살해당한 기류시 피해자는 호스티스 경험이 있다고 하던데."

"글쎄요, 기류 쪽은 별로 아는 게 없어서요."

후지카와와 대화를 하며 아키나는 칸막이석을 봤다. 에리카가 가리야와 나란히 앉아 서로의 스마트폰을 들고 연락처를 교환하고 있다.

저 애는 또……. 아키나는 속으로 혀를 찼다. 가리야를 가게 밖에서 만날 생각임이 틀림없다. 에리카는 맘에 드는 남자라면 누구든 가리지 않고 꼬리를 친다. 영업이 끝나면 주의를 줄 생각이다. 남녀 사이의 말썽은 물장사의 큰 적이다.

"그런데 말이야, 와타라세강 사건의 범인이 외국인 노동자라는 소문이 동네에 돈다는데 마담은 들어본 적 없소?"

후지카와의 이야기가 이어진다.

"글쎄요, 들어보지 못했는데요. 그건 편견 아니에요? 저번에도 편의점에 강도가 들었을 때 범인이 브라질 사람이라는 유언비어가 돌아 다들 의심암귀(疑心暗鬼, 의심하는 마음이 있으면 있지도 않은 귀신을 만들어 낸다는 뜻)가 되었는데 결국 사이타마 출신의 떠돌이 일본인이었잖아요."

아키나가 응수했다. 매일 외국인을 접하면 조금은 편을 들고 싶어진다.

"뭐, 그렇긴 하지만 경찰로서는 저번 사건과 10년이나 공백이 있으니까 동일범이라면 이 지역 사람이 아니라 딴 데서 들어온 사람이 아닐까—. 그런 추리를 하는 거지."

"흐음, 하지만 10년 전의 사건 때는 아시카가에서 누군가 한 사람 체포되었던 거 아네요?"

"아아, 이케다라는 남자. 악명 높은 상습 범죄자에다 마약중독자지."

"그 남자는 관계없어요?"

"글쎄, 도치기현 경찰본부는 지금도 이케다를 범인이라고 생각하는 것 같지만 군마현 경찰본부는 무관심하지. 알리바이를 깨지 못했으니까 아무리 나쁜 놈이라도 결백한 것은 결백한 거니까."

"이번에 후지카와 씨는 관여 안 해요?"

"우리도 몇 명은 수사본부에서 데려갔지. 두 현의 경찰 백 명 이상이 동원되었으니까. 순조롭게 진행되지 않으면 나도 호출되겠지."

"아. 지겨워, 세상이 뒤숭숭해서……."

아키나는 담배 연기와 함께 한숨을 내뱉었다.

"아직 비밀 이야기인데, 오타 시내에 사는 현 의회 의원 아들이 감시를 받고 있는 모양이야."

"진짜요?"

"삼십대의 은둔형 외톨이인데 밤이 되면 차로 동네를 돌아다니는 이상한 놈이야. 전에는 젊은 여성을 미행해서 몇 번이나 신고당한 적이 있었고. 그놈이 수상한 게 아니냐고 말이야."

"10년 전의 사건도요?"

"그건 모르겠어. 모방범인 경우도 있고 말이지."

"흐음……." 아키나는 어쩐지 기분이 안 좋아졌다.

"마담, 무슨 소문을 들으면 나한테 전화해줘."

"기억해두긴 하겠는데……."

후지카와의 위스키를 더 따라주며 문득 칸막이석을 본다. 에리카가 가리야의 가슴 근육을 손에 대보고 있다. "와아" 하고 간드러진 소리를 지르며 기뻐하고 있다.

"에리카가 우리 가리야 씨의 가슴을 만졌겠다. 내가 대표해서 복수를 해주지."

갈색 머리가 농담으로 손을 뻗자 테이블의 분위기는 한층 달아올랐다.

가리야와 눈이 마주쳤다. 아키나가 미소를 짓자 멋쩍어하면서도 미소를 지어주었다.

*

기류시 살인 사건에서 중요 참고인이 한 사람 떠오른 것은 사건 발생으로부터 열흘이 지난 무렵이었다. 일반 시민이 수사본부에 제공한 정보였다. 오타 시내에 거주하는 삼십대의 무직인 남성이 낮에는 집에만 틀어박혀 있지만 밤이 되면 자가용 차로 외출하는데 볼일도 없이 동네를 돌아다니며, 그뿐이라면 모르겠지만 그 사람은 수년 전에 젊은 여성을 쫓아다녀 경찰에 신고당한 과거가 있어서 어쩐지 기분이 나빠서 견딜 수가 없다는 신고였다. 이름은 히라쓰카 겐타로, 나이는 서른한 살이다.

정보를 제공한 시민은 아무쪼록 개인 정보는 꼭 지켜달라며 몇 번이나 확인을 받고 "우리 집은 근처이고 딸이 있어서 두렵거든요"라고 호소했다.

즉각 오타 동부 경찰서 지역과에 문의하자 스토킹과 유사한 민폐 행위로 경찰의 주의를 받았기에 한동안 정기 방문을 하고 있었는데 그 이후에는 특별한 문제를 일으키지 않아 감시를 멈췄다고 한다. 그러나 만약을 위해 히라쓰카의 자가용 차량 번호를 현 내의 N 시스템에 검색했더니 첫 번째 범행 일시로 추정되는 5월 3일 오후 9시경 피해자가 마지막으로 발견된 기류역 현도 3호선을 주행한 사실이 밝혀졌다. 그리고 도치기현의 N 시스템에서도 두 번째 범행일로 추정되는 5월 12일, 그 차량이 아시카가역 근처의 국도 293호선을 주행한 사실이 밝혀져 수사본부는 나설 수밖에 없게 되었다. 우연이라고 보는 견해도 있지만, 유력한 용의자가 떠오르지 않은 현 상황에서는 귀중한 발견이다.

다만 한 가지 걱정스러운 것은, 히라쓰카의 아버지가 현 의회 의원이고 보수계 정당 현 의원 연맹의 유력 인사라는 점이었다.

수사는 신중을 기할 수밖에 없어 임의 조사를 하기 전에 우선 주변 조사와 감시로 상황을 지켜보기로 했다. 임명된 것은 사이토와 이토, 젊은 콤비였다. 경험보다는 체력을 감안해서 뽑은 것인데 사이토는 해볼 마음이 있었다. 사건의 진상에 한 발짝이라도 다가가고 싶은 것이다.

먼저 이토와 둘이서 히라쓰카 겐타로의 자택을 보러 갔다. 오타시 중심부 근방의 조용한 전원지대에 녹음이 풍성한 산을 배경으로 한 장의 그림엽서처럼 자리 잡은 곳이었다. 2미터쯤 되는 지붕 달린 담장이 부지를 둘러싸고, 근사하게 가지 뻗은 나무들과 대문이 서로 어울려 절이나 신사로 착각할 정도다.

"옛날부터 이어져온 대지주 가문이라고 들었지만 이건 장난 아니군."

조금 떨어진 곳에 차를 세우고 사이토가 혼잣말을 했다.

"전쟁 전에는 오타역에서 자택까지 가문 소유의 토지만 밟고도 갈 수 있었다고 합니다. 전후에는 농지개혁 영향으로 반쯤 줄었다고 하는데, 그래도 고도 경제 성장기에 들어서자 새로 진출하는 공장에 토지를 빌려주며 재산을 축적했다고 합니다. 아마도 다음 세대까지 놀고먹을 수 있겠지요."

이토가 조수석에서 스마트폰에 적은 메모를 읽는다. 이토는 예습을 좋아하는지 뭐든 사전에 조사해두는 편리한 남자였다. 아울러 이날은 감색 슈트에 흰색 티셔츠, 흰색 스니커즈 차림이었다. 형사인 주제에 멋쟁이다.

"아버지 히라쓰카 고이치는 현재 59세입니다. 현 의회 의원은 8기째로 터줏대감입니다. 가업은 부동산업과 운송업이고, 가족은 아내와 자녀 세 명입니다. 차남과 장녀는 결혼하여 독립했는데 장남 겐타로는 무직이고 자택에서 살고 있습니다. 겐타로는 도쿄에서 사립대학을 졸업한 후 바로 대형 은행에 취직했지만 2년 만에 퇴사했습니다. 그 후에는 고향으로 돌아와 가업을 도우려 했습니다만, 자택에 틀어박히게 된 것 같습니다. 이때부터 사소한 문제를 일으킵니다. 2014년부터 2015년에 걸쳐 오타시와 그 주변에서 밤중에 젊은 여성이 운전하는 차를 자택까지 미행하는 민폐 행위를 빈번히 벌인 것입니다. 이에 대한 경찰 기록이 여러 건 있는데 당초부터 히라쓰카 고이치의 아들이 아닐까 하는 이야기가 나온 것 같습니다. 그러던 중 어느 날 밤, 순찰 중이던 위장 순찰차가 젊은 여성의 차를 따라가는 수상한 차를 목격해 그 자리에서 정차시키고 불심검문을 하여 히라쓰카 겐타로라는 사실을 확인했습니다. 오타 동부 경찰서까지 임의동행을 요구해 조사를 했는데, 겐타로는 처음에 그런 적이 없다고 끝까지 버텼습니다. 하지만 당시 서장이 히라쓰카의 집을 방문하여 민폐 행위를 인정하고 두 번 다시 하지 않겠다는 서약서를 제출하면 주의만 주는 것으로 끝내겠다고 제안했더니 순순히 받아들였는지는 모르겠지만 아무튼 응했던 것 같습니다. 묘한 소문이 돌아 선거에 악영향을 끼치는 것보다는 재빨리 일을 수습

하고 싶었겠지요."

"명문가의 은둔형 외톨이 장남, 게다가 이상 성격자라. 부모도 머리깨나 아프겠군."

사이토는 이토와 함께 차에서 내려 집 앞을 걸었다. 담장에는 CCTV 몇 대가 있지만 몸을 감출 수가 없어서 대담하게 나가기로 했다. 2층 건물의 산뜻한 저택을 올려다보니 윗층 끝 방만 덧문이 닫힌 걸로 보아 그곳이 겐타로의 방인 듯했다.

"겐타로는 방에서 뭘 하는 거지?" 사이토가 묻는다.

"글쎄요, 모르겠습니다. 은둔형 외톨이의 패턴으로 보면 온라인 게임이나 채팅 아닐까요?" 이토가 어깨를 으쓱하며 대답했다.

대문 앞에 서서 안을 들여다보자 차고에는 한 세대 전 모델인 BMW 3시리즈가 세워져 있었다. 겐타로가 매일 밤 몰고 다니는 차다.

"현 의회 의원인데 스바루가 아니어도 되나? 표밭이 크잖아?"

"그런 걸 왜 저한테 물으세요?"

둘이서 씁쓸하게 웃고 일단 히라쓰카가 저택을 뒤로했다. 우선 근처에서 탐문수사를 해야 한다. 경찰이 냄새를 맡고 다닌다는 것이 현 의회 의원인 아버지의 귀에 들어갈 가능성이 크지만 "신경 쓸 것 없어, 해"라는 호리베 수사1과장의 지시를 받았다. 상사가 강하게 나오면 현장의 사기는 올라간다.

우선 신고자인 동네 주부의 집을 방문했다. 인터폰으로 경찰이라고 알리자 중년 여성이 나와 "형사님, 집에는 찾아오지 말라고 했잖아요" 하며 당황한 기색으로 속삭였다.

"괜찮습니다. 이 동네를 다 돌 겁니다. 그러니 눈에 띄지 않겠지요."

"정말요? 그렇다면 상관없지만……."

"신고하셨을 때 다른 형사가 물었을 것이라 생각합니다만, 다시 한번 확인하겠습니다. 히라쓰카 씨의 장남이 차를 몰고 집을 나서는 것은 매일 밤입니까?"

"네. 엔진 소리로 알 수 있어요. 비 오는 날도 바람 부는 날도 저녁 8시나 9시쯤 나갔다가 한밤중에 돌아와요."

"한밤중이라고 하면?"

"글쎄요, 11시나 그 이후요. 저는 11시에 자니까 심야라면 알 수 없지만요."

"가는 곳이 어딘지 들어본 적은 없습니까?"

"아뇨, 이웃들하고 교제가 없어서요."

주부의 이야기에 따르면 히라쓰카가의 장남은 대학생 무렵까지는 근처에서 얼굴을 마주하면 인사를 했지만, 틀어박히게 되고 나서는 눈도 마주치지 않으려고 한다는 것이었다. 그리고 은둔형 외톨이가 된 장남을 걱정하는 어머니도 이웃과의 교제를 피하게 되어 길에서 지나칠 때도 가볍게 눈인사만 하고 빠른 걸음으로 지나간다는 것이다.

"그 밖에 마음에 걸리는 점은 없습니까?"

"차의 속도가 굉장해서 그것도 무서워요. 좁은 길인데도 부앙하고. 우리 집에는 단기대학에 다니는 딸이 있는데 밤에 역에서 자전거를 타고 돌아올 때 뒤에서 빠르게 달려와 접촉 사고가 날 뻔한 일이 여러 번 있었다고 했어요."

"그건 위험하겠네요. 알겠습니다. 속도위반이 확인되면 저희가 주의를 주겠습니다."

"저기, 형사님, 제발 우리 이름은 나오지 않게 해주세요."

주부가 간청하듯이 몇 번이고 다짐을 받았다. 사이토는 진지한 얼굴로 "약속하겠습니다"라고 대답했다.

이어서 동네의 다른 집도 찾아다니며 탐문한다. 와타라세강에서 발생한 연속 사체 유기 사건으로 조사를 하고 있다, 그런데 밤중에 돌아다니는 수상한 인물은 없는가 등을 묻는다. 그렇게 물으면 주민들은 히라쓰카가의 장남을 떠올릴 것이다.

이웃과 어색한 관계가 되고 싶지 않기 때문인지 대부분 모른다는 대답이었지만 몇몇 집은 히라쓰카가의 장남에 대해 목소리를 죽이고 말했다.

"백수라고 해서 나쁘게 말하는 게 좀 그렇긴 하지만, 어쩐지 기분이 나빠요. 그렇잖아요? 나잇살이나 먹은 사람이 낮에는 방에 틀어박혔다가 밤이 되면 차를 몰고 나가니까요. 상대를 가리지 않고 젊은 여자를 미행한다는 소문도 들리고요."

또 가정 내의 긴장을 추측하게 하는 증언도 얻을 수 있었다.

"한번은 그 집 앞을 지나는데 아들의 고함이 바깥까지 들린 적이 있었어요. 부모한테 마구 고함을 치다니, 정말 무서워서."

사이토는 가정 폭력도 의심해볼 필요가 있다고 생각했다. 은둔형 외톨이는 폭력이나 학대와 쌍을 이루는 경우도 있다.

탐문을 끝내자 히라쓰카가 저택의 대문이 보이는 곳에 차를 세우고 잠복에 들어갔다. 지루한 시간이지만 감시하라는 명령을 받으면 한시도 눈을 떼서는 안 된다.

"이치우마 씨, 겐타로는 참고인이라고 생각합니까?"

조수석에서 이토가 말했다. 어느새 사이토를 별명으로 부르게 되었다. 경찰은 통상 직위로 부르지만, 친해지면 그러지 않아도 된다. 사이토도 때로 이토를 '케이팝'이라 부르고 인사 대신 머리카락을 흐트러뜨린다.

"모르지. 단순히 수상한 자에 불과하니까 말이야."

"10년 전의 사건과 동일범이라면 겐타로는 당시 도쿄의 대학생입니다. 일단 당시의 알리바이를 조사해둘까요?"

"그렇군. 가능성은 전부 없애야겠지. 도쿄에 있었다고 해도 뭔가 사건과 관계가 있었을지도 모르고."

사이토는 자신에게도 타이르는 듯이 대답했다. 수사본부는 여전히 암중모색 상태였다. 동일범인지 모방범인지 그 윤곽조차 잡히지 않았다.

저녁 9시가 되자 히라쓰카가 저택 안에서 차에 시동을 거는 소리가 들려왔다. 사이토와 이토는 드디어 온 기회에 준비하고 기다렸다. 문에서 밖으로 빛이 쏘아지고, 은색 BMW가 천천히 모습을 드러내더니 그대로 북동쪽으로 달려갔다.

사이토가 운전대를 잡고 스바루로 뒤를 밟는다. 바짝 따라붙으면 안 되기에 꼬리등의 모양을 똑똑히 뇌리에 새기고 거리를 둔 채 쫓아간다. BMW는 오타 우회로를 북쪽으로 올라가 기류시로 들어갔다.

"목적지라도 있는 듯이 달리네요."

조수석에서 이토가 말했다.

"글쎄, 어떨지. N 시스템의 이력으로는 그저 늘 정해진 길을 돌아다니는 느낌이었는데……."

사이토는 경시청에서 단기 파견된 SSBC 담당관의 말을 떠올렸다. 연쇄 살인범에게는 루틴이 있다……. 살인이 아니어도 확실히 상습 범죄자들은 자신만의 규칙을 갖고 있다. 이렇다 할 일과가 없으므로 스스로 하루의 마침표를 찍는 것이다.

겐타로가 운전하는 BMW는 상당한 속도를 내고 있었다. 일반 도로에서 시속 80킬로미터는 엄연한 속도위반이다. 다행히 간선도로는 속도를 내면 빨간불에 걸리도록 프로그램되어 있어 놓칠 일은 없지만 그래도 주의한다.

"운전대를 잡으면 성격이 바뀌는 놈일까요?" 이토가 묻는다.

"그럴지도 모르지. 비행 이력은 없어. 근처에서 듣기로도 소년 시절에는 얌전했던 모양이야."

사이토는 뒤를 따라가며 가벼운 연민의 정을 품었다. 서른을 넘긴 남자가 매일 밤 뭘 하는 걸까.

기류 시가지로 들어선 지점에서 BMW의 속도가 떨어졌기 때문에 사이토는 사이에 다른 차를 두고 거리를 넓혔다. 그대로 기류역 앞을 통과한다.

"야, 여기는 피해자의 마지막 모습이 찍힌 길이잖아." 사이토가 말했다.

"그렇습니다. 아울러 겐타로가 다녔던 고등학교는 기류 시내의 평범한 현립 고등학교였습니다. 그러니 이 지역 사정에도 밝을 겁니다."

BMW는 역 앞을 200미터쯤 나아가 왼쪽 골목으로 들어갔다. 바로 앞에 있는 편의점의 주차장으로 들어가 제일 끝에 세웠다.

"뭐지? 만화 주간지라도 사러 일부러 기류까지 온 건가?"

이토가 일부러 찬물을 끼얹는다. 사이토는 일단 편의점을 지나쳐 조금 떨어진 곳에 차를 세웠다. 둘이서 뒤를 돌아본다.

겐타로는 작은 가방을 들고 차에서 내리더니 편의점으로 들어가지 않고 온 길을 총총걸음으로 걸어 돌아갔다. 전체적인 모습은, 몸집이 다소 작아 보인다. 키는 165센티미터 정도 될까. 수십 미터를 걷더니 '인터넷·만화 카페'라는 간판이 있는 주상복합건물 안으로 들어갔다.

"야, 이토. 넌 저 카페 알고 있었어?"

"아뇨, 몰랐습니다. 하지만 탐문수사반의 누군가는 알아봤겠지요. CCTV도 있을 거고, 조사했을 겁니다."

사이토는 생각지도 못한 정보를 얻은 것에 마음이 조급해졌다. 히라쓰카 겐타로라는 수상한 인물이 피해자의 마지막 행적이 된 장소 근처의 인터넷 겸 만화 카페에 드나들고 있다.

"놈은 안에서 뭘 하는 걸까?" 사이토가 말한다.

"글쎄요, 인터넷을 하거나 만화를 보겠지요. 그런 가게니까요." 이토가 하품을 삼키며 대답한다.

"사건과 관계가 있을 것 같아?"

"저는 그냥 심심풀이일 거라고 생각하는데요. 장소가 기류라는 것도 단순한 우연이겠지요."

"넌 참 냉정한 놈이구나."

사이토가 노려보자 이토는 입을 조그맣게 오므렸다.

"뭐, 됐어. 나중에 가게에 들어가서 물어보면 되는 일이야."

하여튼 잠복하기로 했다. 차로 밤거리를 돌아다니는 것보다는 훨씬 낫다.

겐타로가 주상복합건물에서 나온 것은 날짜가 바뀐 새벽 1시 반이었다. 편의점 주차장으로 돌아가 BMW에 탄다. 물건을 사러 온 손님도 아닌데 장시간 주차하는 행위는 가게에 민폐가 되는 일인데도 아르바이트 점원은 주의를 주는 것이 귀찮아서 내버려두는 듯하다.

시동을 걸고 출발한다. 도로를 우회전하여 오타시 방향으로 간다. 100미터쯤 거리를 두고 따라간다. 다른 차가 없어서 숨을 수가 없다. 돌아가는 길에도 속도위반이다. 시속 90킬로미터를 가볍게 넘어선다.

사이토는 스바루의 가속기를 밟았다.

"좋아, 불심검문을 하자. 사이렌을 울려."

"정말이요?" 이토가 놀라 되물었다.

"빨리 해! 도망친단 말이야!"

지붕의 일부가 뒤집히며 경광등이 겉으로 드러났다. 동시에 사이렌이 울려 퍼진다. 단숨에 차간거리를 좁히고 이토가 마이크를 쥐었다.

"BMW, 갓길에 차를 세우세요."

이토가 확성기로 외치자 겐타로는 당황한 듯이 속도를 떨어뜨리고 갓길에 정차했다. BMW 바로 뒤에 스바루를 세운다.

"자, 그럼 면상 좀 볼까."

사이토가 말했다. 이토는 조수석에서 괜찮겠느냐는 표정을 짓고 있다.

위장 순찰차에서 내려 천천히 BMW에 다가가 운전석 창을 내린 겐타로에게 환한 어조로 말을 걸었다.

"안녕하세요. 경찰입니다. 속도를 너무 내셨네요. 급하셨나 보죠?"

"죄송합니다."

겐타로가 굳은 표정으로 고개를 숙인다. 어디에라도 있을 법한, 조금은 한창때가 지난 청년의 외모다. 검은색 티셔츠에 검정 점퍼. 아래는 청바지에 스니커즈. 머리 모양은 아주 평범한 6 대 4 가르마. 반항적인 모습도 없다.

면허증을 보여달라고 하자 겐타로는 가방에서 면허증을 꺼냈다. 맨 먼저 눈에 들어온 것은 겐타로의 가냘픈 손이었다. 팔이 가늘어 여중생 같다.

손전등을 비춰 사진과 이름을 확인해보니 면허증은 본인 것이고, 특별히 문제는 없었다. 만약을 위해 자동차 검사증도 보았으나 본인 명의의 차라는 것도 확인되었다.

"이런 밤중에 어디에 가는 건가요?"

"집에 가는 길입니다."

"퇴근인가요?"

"아, 예."

이 대답은 거짓말이지만, 사이토도 캐물을 생각은 없었다.

"미안하지만 트렁크 좀 볼 수 있을까요?"

"트렁크 말인가요?" 겐타로가 의아하다는 듯이 묻는다.

"예. 별다를 게 없으면 되니까요."

사이토가 저자세로 부탁하자 겐타로는 잠깐 생각에 잠기더니 "그러지요" 하고 응했다.

BMW의 트렁크가 열리자 손전등으로 안을 비춘다. 안에는 비닐우산 하나가 있을 뿐이고 깨끗했다.

트렁크 바닥을 손바닥으로 가볍게 문질러 이상한 것이 없는

지 수색한다. 만일의 가능성을 생각하면 머리카락 하나도 놓치면 안 된다. 신경을 집중하고 냄새도 맡아본다. 이토도 가세하여 펠트로 된 바닥을 어루만졌다.

특별히 이상한 것은 발견되지 않았다. 얼룩도 없다. 광택을 유지한 차체를 포함하여 깨끗하게 사용한다는 인상이다.

"뒷좌석 좀 봐도 되죠?"

"아, 예……."

겐타로는 여기에도 순순히 따랐다. 손전등으로 비추고 구석구석 체크한다. 바닥에는 흙도 풀도 발자국도 없었다.

"깨끗하네요. 항상 청소기를 돌리는 건가요?"

사이토가 묻는다. 겐타로는 모호하게 "아, 예"라고 대답할 뿐이었다.

"미안합니다. 이번 과속은 주의만 드리고 딱지는 끊지 않을 테니 앞으로는 제한속도를 지켜주세요."

사이토가 미소를 지으며 이렇게 알린다. 겐타로는 뺨을 살짝 일그러뜨리며 "예" 하며 고개를 끄덕였다. 마지막까지 표정은 굳은 채였다.

불심검문에서 해방되자 겐타로는 자택 방향으로 달려갔다.

"특별히 이상은 없었네요. 여자 머리카락이라도 있었다면 중요한 증거였을 텐데 말이에요."

이토가 붉은 꼬리등을 바라보며 유감스럽다는 듯이 말한다.

"겐타로는 결백한 거겠지." 사이토가 말한다.

"왜요?" 이토가 눈을 부릅뜨며 물었다.

"저렇게 몸집이 작은 남자가 사체를 어떻게 들겠어? 애초에 성인 여성이 저항하면 도망칠 수 있을 정도야. 놈이 죽일 수 있다면 어린 여자애뿐이야."

사이토가 자신이 받은 인상을 말했다.

"아, 확실히 그렇겠군요."

"뭐, 예단은 금물이니까 당분간은 감시해야겠지."

하늘을 올려다보자 별이 총총했다. 잠시 넋을 잃고 보면서 같은 하늘 아래 살인마가 있는 세상의 끔찍함을 생각했다. 휘잉. 큰 소리를 내며 바로 옆을 대형 트럭이 지나간다. 이토가 옆에서 크게 하품을 했다.

*

경찰본부의 공동수사본부 체제는 현장의 수사관들에게 대체로 좋은 평가를 받았다. 회의에서는 의견이 활발하게 오가고 때로는 신랄한 말을 주고받기도 하지만, 어디까지나 거리낌이 없기 때문이고 회의 내용은 늘 밀도가 높았다. 조정자 역할인 경찰청의 담당관도 만족하는 듯했다.

이날 아시카가 북부 경찰서에서 열린 수사 회의에서는 미야타 관리관이 군마현 경찰본부 쪽에서 떠오른 참고인에 대한 보고를 했다.

"군마현 경찰본부의 수사로 새롭게 참고인이 떠올랐다고 해서 여러분한테도 그 건에 대해 보고해두겠다. 이름은 히라쓰카 겐타로, 31세, 무직. 주소는 군마현 오타시 —"

미야타가 화이트보드에 주소와 이름을 쓰자 각자 메모를 한다. 노지마 마사히로도 수첩에 펜을 놀린다.

"군마현 수사본부에 따르면 대상 인물은 이른바 은둔형 외톨이로, 2014년부터 2015년에 걸쳐 야간에 젊은 여성을 차로 미행하는 민폐 행위로 경찰로부터 엄중 주의를 받은 전력이 있다고 한다. 그 외에도 집에서 큰 소리가 들리는 등 인근 주민으로부터 기분 나쁘다는 소리를 듣는 것 같다. 여기까지는 단순히 수상한 것에 불과하지만 문제는 이자가 매일 밤 차로 오타, 기류, 아시카가를 돌아다니고 있고, 기류 사건 현장 근처를 범행 일시로 추정되는 5월 3일 밤에 차로 주행했다는 것이다. 그리고 아사카가 시내에서도 N 시스템에 빈번히 차량 번호가 기록되어 있고, 아시카가 사건 범행 일시로 추정되는 5월 12일 저녁 9시대에 국도 293호선을 북쪽으로 올라가는 해당 인물의 차가 찍힌 것이 확인되었다. 아울러 차종은 한 세대 전 모델의 BMW 3시리즈 4도어 세단이고, 색상은 실버, 차량 번호는 '군마 331 테 54××'이다."

다시 수사관들이 메모하는 소리가 회의실에 조용히 울려 퍼진다.

"현재 군마현 경찰본부가 감시 중이기 때문에 대상 차량을 발견해도 우리가 불심검문을 하는 건 삼가도록. 아울러 해당 인물의 아버지는 현 의회 의원이고 그 지역 유력자다. 군마현 경찰본부도 그 점을 신경을 쓰는 것 같다. 또 해당 인물이 드나드는 곳은 모두 인터넷 겸 만화 카페다. 아시카가에서는 도부 이세사키선(線) 아시카가시역 근처의 가게와 쇼와 거리 시민 회관 근처의 가게에 빈번히 출입하는 모양이다. 가게의 주소와 이름은 나중에 화이트보드에 써두겠다—. 이야기를 정리하면 이렇다. 오타시에 거주하는 히라쓰카 겐타로라는 자는, 낮에는 집에 틀어박혀 있다가 밤이 되면 차를 몰고 나간다. 가는 곳은 오타, 기류, 아시카가 시내의 인터넷 겸 만화 카페다. 조사한 바로는 모든 가게가 인터넷과 만화를 갖추고 있는 곳으로 24시간 운영한다. 그런 가게에서 보통 세 시간쯤, 때로는 아침까지 시간을 보내고 다시 집으로 돌아간다—. 이 건에 대해 뭔가 짚이는 것이 있는 사람은 말해보라."

미야타가 얼굴을 들고 수사관들을 둘러본다.

"BMW를 타고 빈번히 인터넷 카페에 가는 남자라면 우리도 파악하고 있습니다. CCTV 영상을 입수할까요?"

아시카가 북부 경찰서의 베테랑 형사가 말하자 경찰청의 담당관이 "꼭 그렇게 해주게"라고 반응했다. 공동수사도 긴밀히 소통하면 잘될 것 같다.

"그럼 빨리 입수해주게. 그리고 노지마, 자네는 젊으니까 인터넷 카페에 대해 잘 알겠지? 의견을 말해보게."

"예." 노지마는 지명을 받고 일어났다. "밤마다 가는 가게를 바꾸는 것은 이목을 꺼리기 때문일 겁니다. 매일 오는 이상한 손님으로 보일까 봐 몇 가게를 교대로 가는 게 아닐까요?"

"아, 어쩐지 알 것 같은데." 미야타가 말한다.

"그리고 매일 밤 돌아다니는 것은, 은둔형 외톨이라도 일과가 필요해서가 아닐까 싶습니다. 이케다 기요시가 매일 파친코를 이곳저곳 돌아다니는 것과 같겠지요."

노지마가 의견을 말했다. 실제로 무직인 이케다에게도 일과가 있다.

"또 다른 의견 없나?"

미야타가 의견을 요구하지만 발언하는 사람은 없었다. 대체로 이 정보에는 관심이 희박한 분위기다.

회의는 그 후 CCTV 영상의 분석 보고로 이어졌다. 도심과 달리 CCTV가 적기 때문에 점을 선으로 연결하는 것은 아주 힘든 작업이다. 유력한 정보는 나오지 않았고, 피해자의 스마트폰은 아직 발견되지 않았다.

저녁 8시, 수사 회의가 끝나자 노지마는 본부 수사1과의 히라노와 함께 수사 차량을 타고 이케다 기요시의 미행에 나섰다. 감시반은 3교대제로 이케다를 감시하고 있다.

"아까 회의에서 나온 오타시 현 의회 의원 아들 말이야. 노지마, 너는 어떻게 생각해?"

조수석에서 히라노가 물었다.

"글쎄요. 밤마다 돌아다니는 것은 모르겠지만 젊은 여성을 미행했다는 전력은 마음에 걸리는데요……."

노지마가 운전대를 잡으며 대답한다.

"하지만 고작 미행광이잖아. 성인 여성을 몇 명이나 죽이려면 특이한 폭력성이 보여야 하지 않을까?"

"그러고 보니 그렇네요."

노지마는 베테랑 형사의 진단을 납득했다. 확실히 성인 여성을 죽이는 것은 간단하지 않다.

"물론 예단은 금물이지만, 사람은 정말 모르겠어. 하물며 무차별 살인을 하는 자라니, 알 턱이 없지."

히라노가 자신에게 타이르듯이 말한다. 지난 수사 회의에서는 경시청에서 프로파일링 전문가를 불러 병리성 범죄에 대한 강의를 들었다. 정곡을 찌르는 분석에 감탄할 뿐이었지만, 동시에 인간 마음의 어둠에 망연자실했다. 좋은 예가 이케다 기요시다. 이케다의 범죄 이력을 조사하면 할수록 범인은 이 남자일 거라고 생각하게 된다. 아무렇지 않게 사람을 죽이는 인간이 세상에는 있는 것이다.

감시 중인 수사관과 교대하기 위해 지시받은 도로변 파친코 주차장으로 들어갔다. 차에서 내려 수사관에게 상황을 물으니 이케다는 저녁에 가게로 들어가 아직 나오지 않았다고 했다.

"그런데 놈은 따고 있을까?" 히라노가 말한다.

"따고 있는 모양입니다. 거의 매일 경품 교환소에 갑니다."

"생활보호와 파친코로 먹고살 수 있다니 천국이 따로 없군."

망원렌즈가 달린 카메라와 함께 캔 커피를 받고 감시를 교대했다. 노지마와 히라노는 차 안에서 파친코 입구와 이케다의 차를 감시했다. 차는 10년 된 크라운이다. 이케다는 이 중고차를 소중하게 사용하고 있었다. 흉포한 이케다가 매주 세차를 하는 것이 노지마에게는 의외였다.

"다키모토 씨가 10년 전 아시카가 사건 피해자의 집에 간 모양이야. 불단에 향을 피우고 나서 지금 일어나고 있는 사건에 대해 얘기하고 왔다고 하더라."

히라노가 캔 커피를 마시며 말했다.

"그렇습니까? 수사 기록에서 읽었는데 평범한 회사원 가정이더군요."

"그래. 다만 범인을 놓친 일과 살해당한 따님의 원조교제를 경솔하게 언론에 누설한 일로 경찰과의 관계가 안 좋은 상태지. 그래도 제대로 찾아가 인사했다니 다키모토 씨는 훌륭해. 그 사람은 책임에서 도망치지 않으니까. 다키모토 씨라면 따라가겠다는 사람이 수사1과에는 많이 있지. 나도 그렇고."

히라노의 말에 노지마가 고개를 끄덕인다. 다키모토가 퇴직 후에도 존경받는 것은 자기 안위 지키기에 치우치지 않고 정이 두터우며 무슨 일이든 이치에 맞게 하기 때문이다. 며칠 동안 시간을 함께 보낸 것만으로 알 수 있다.

저녁 9시가 지나 이케다가 파친코에서 혼자 나왔다. 그길로 주차장 옆의 경품 교환소로 간다. 오늘 밤에도 딴 모양이다. 그리고 자신의 차로 돌아가 타기 전에 주위를 둘러보았다. 경찰 차량이 있는지 확인했을 것이다. 그 모습을 본 노지마와 히라노는 먼저 주차장을 나갔다. 그렇지만 그가 봤다 한들 크게 불편할 것은 없다. 이케다는 자신이 경찰의 감시 대상이라는 것을 진작부터 알고 있다.

이케다의 크라운이 출발했다. 국도를 벗어나 서쪽으로 향한다. 노지마와 히라노는 차간거리를 충분히 두고 따라갔다. 앞의 삼거리에서 우회전하면 자택으로 돌아간다. 좌회전하면 여자가 하는 술집에 들르는 것이다. 이케다의 행동 패턴은 대체로 알고 있었다.

오늘 밤은 좌회전이다. 이케다의 크라운은 사람의 왕래가 완전히 끊긴 상점가를 지나 고가도로를 빠져나가더니 역 뒤쪽의 작은 술집 거리를 천천히 달린다. 공터에 줄을 쳤을 뿐인 공동주차장으로 그대로 들어가 굵은 자갈을 밟는 소리를 울리며 멈췄다. 차에서 내려 길 맞은편의 술집 '아케미'로 사라진다. 노지마와 히라노는 입구가 보이는 곳에 차를 주차하고 시동을 껐다. 어둑한 술집 거리에서 가게의 붉은 간판이 화려하고 야릇하게 빛나고 있다.

이케다가 지금 교제하고 있는 사람은 오야마 아케미라는 쉰두 살의 여성이었다. 현 경찰본부의 자료를 보면 수년 전에 풍속 영업법 위반으로 불구속 송치된 전력이 있었다. 이혼한 이력이 있고 성인이 된 자식도 있는 듯하다.

"뭐가 좋다고 이케다 같은 놈과……." 조수석에서 히라노가 내뱉는다.

"다음에 가게에 가서 물어볼까요? 마담, 이케다의 어디가 좋으세요, 하고 말이에요." 노지마가 농담으로 말했다.

"야, 물어보고 와. 그런데 여자는 대부분 이렇게 말하지. 자기한테는 자상하다고 말이야. 조사나 재판 때 그런 말을 하는 여자를 얼마나 많이 봤는지 몰라."

히라노가 코웃음을 치자 거기에 이끌려 노지마도 웃었다. 확실히 범죄자의 남녀 관계는 그런 것투성이다.

"주임님은 이번 사건도 이케다가 범인이라고 생각합니까?"

노지마가 물었다. 매일 행동을 같이하며 슬슬 물어봐도 좋을 것 같아서다.

"몰라. 증거가 없잖아. 다만 10년 전의 사건은 무조건 이케다라고 믿고 있어. 그래서 우리한테는 복수인 거야."

"그런가요?"

"형사한테 용의자가 떠오르지 않는 일은 마음을 초조하게 할 뿐이야. 범인은 진작 도망친 거 아닐까, 그것도 해외로 달아나버린 게 아닐까. 그런 생각을 하기 시작하면 불안해서 견딜 수가 없지. 그래서 자신에게 타이르는 거야. 그놈을 교도소에 처넣는 것은 세상을 위해서라고 말이지."

히라노가 힘주어 말하는 옆얼굴을 노지마는 경외심을 갖고 보고 있었다. 다키모토와 마찬가지로 형사부 수사1과는 강한 의지를 가진 남자들의 모임이다. 그에 비해 자신은 이케다의 독기에 중독되어 식욕부진에 빠진 연약한 사람이다.

자정이 지났을 무렵 '아케미'에서 남성 손님 둘이 나왔다. "아니, 저놈은……." 히라노가 소리를 지른다.

"아는 남자입니까?" 노지마가 물었다.

"스에히로초의 산업폐기물 처리업체 사장인데 원래는 폭력단 우두머리야. 이름은 후쿠다 에이이치. 회사명이 후쿠다흥산이라고 했던가. 표면적으로는 손을 씻었지만 지금도 뿌리는 야쿠자야."

"이케다와는 아는 사이입니까?"

"응. 이케다는 젊었을 때 폭력단 조직원이었거든. 마약에 손을 대서 곧 파문당했는데 그 무렵부터 알고 지낸 거 아닐까?"

두 남자는 주차장에 세워져 있던 렉서스에 올라타더니 젊은 쪽이 운전하여 떠났다.

"무슨 이야기를 했는지 궁금하군. 내일 후쿠다의 회사로 가봐야겠어."

"알겠습니다."

잠시 후 술집 간판이 꺼졌다. 그리고 문이 열리고 이케다와 오야마 아케미가 팔짱을 끼고 나온다. 주차장까지 걸어가 두 사람은 이케다의 차에 올라타 아케미가 운전하여 출발했다.

골목을 돌아 나가자 노지마는 시동을 걸었다. 거리를 두고 미행한다. 오늘은 어느 쪽 집으로 갈까. 조수석에서는 히라노가 크게 하품을 했다.

"귀가를 확인하면 오늘은 철수하자." 히라노가 말했다.

"알겠습니다."

노지마는 신중히 뒤를 쫓았다. 심야의 아시카가에는 달리는 차가 거의 없었다.

이튿날 히라노와 둘이서 후쿠다흥산을 방문했다. 후쿠다 사장은 폭력단의 전 우두머리라는 경력을 그대로 보여주는 인상의 소유자였다. 그는 수사1과의 형사가 찾아온 것에 의아해하는 것 같았으나 히라노가 "이케다에 관한 일"이라고 하자 갑자기 표정이 흐려지더니 "이번엔 뭔가요? 이케다 그 녀석, 무슨 일이라도 저지른 거요?"라고 우울하게 말했다.

"아직 몰라요. 사장님, 이케다와는 친한 사이인가요?"

"그럴 리 없지요. 그놈과 어울려서 좋을 건 하나도 없거든요." 후쿠다가 언짢음을 감추지 않고 허어, 하고 숨을 내쉰다.

"마담과 이케다는 어땠던가요?"

"글쎄, 모르죠."

"정부인가요?"

"모르지, 몰라."

귀찮다는 듯이 손을 좌우로 흔든다.

"우리가 쫓는 것은 이번 달에 일어난 와타라세강의 연쇄 살인 사건입니다. 사장님, 무슨 정보라도 없습니까? 협조해주면 신세는 꼭 갚겠습니다."

히라노가 털어놓자 후쿠다의 얼굴은 더욱 흐려져 "역시 그건가?" 하고 말했다.

"역시라는 건 짚이는 거라도 있다는 겁니까?"

"없어요. 그렇지만 10년 전의 사건 때도 이케다가 임의인가 별건체포인가로 몇 달이나 조사를 받았잖소. 이번에 젊은 여자 사체가 나왔을 때 그 일이 생각나서 우리끼리 이케다가 아닐까 하는 얘기는 했지요. 어쨌든 그놈은 정상이 아니오. 당신들, 얼른 이케다를 교도소에 처넣어주시오."

후쿠다가 이렇게 말하며 얼굴을 찌푸린다. 이케다는 폭력단의 전 우두머리까지 우울하게 만드는 남자인 것이다.

"어제저녁에는 이케다와 무슨 이야기를 했습니까? 가게에서 만난 것은 우연인가요?"

히라노가 묻자 후쿠다는 대답이 궁한 듯했다. 시선을 피하고 입을 다문다.

"사장님, 말해주세요. 못되게 하지 않을 테니까요."

히라노가 다그치자 후쿠다는 잠깐 틈을 두더니 "이야기를 매듭지으러 갔던 거요"라고 당당한 기세로 말했다.

"내 동료 중에 가네무라라는 철거업자가 있는데 말이오. 옛날 동생이었는데 지금은 어엿한 직업을 가진 남자요. 그 가네무라한테 사노시(市)의 볼링장 철거 공사 건으로 이케다가 트집을 잡고 나왔소. 돈을 요구해서 가네무라가 그놈을 그냥 두지 않겠다며 격노해서―. 그런데 나로서는 건실한 사람이 된 옛날 동생한테 난폭한 짓을 시킬 수 없어서 이케다한테 너는 무슨 생각이냐고―. 어젯밤은 그 이야기를 하러 '아케미'에 갔던 거요."

"그래서요?"

"아무 일도 없었소. 이케다 그놈은, 당신들 돈 많이 벌었으니까 쩨쩨하게 굴지 말라고 해서―. 내 체면을 구길 생각이냐며 협박해도 실실 웃으며 받아넘기기만 합디다."

"당신들한테 돈을 우려내려고 하다니, 이케다도 참 배짱 좋네요. 그런데 무슨 트집이었습니까? 약점이라도 잡혔나요? 경우에 따라서는 경찰이 나서줄 수도 있는데요."

히라노가 묻자 후쿠다는 다시 입을 다물고 나서 "아무것도 아니오"라고 말했다.

"사장님 옛날 동생한테 불리한 이야기가 있다면 어느 정도는 넘어가겠습니다. 우리는 이케다를 잡아넣을 정보가 필요한 거니까요. 웬만한 일이라면 눈감아줄 거고요."

"아아, 그런 거라면 유념해두겠소."

후쿠다가 한숨을 한 번 쉬고 나서 대답한다. 그리고 잠깐 뭔가 말하려는 듯한 표정을 보인 후 뒤숭숭한 일을 입에 담았다.

"형사님, 만약 내가 행방불명되면 이케다를 의심해주시오."

"뭔가요, 사장님? 불길하게."

히라노가 눈살을 찌푸렸다.

"이케다라면 할 거요. 내가 상대라도."

후쿠다가 눈에 핏발을 세우고 말한다. 노지마는 그 어투에서 오싹함을 느꼈다. 역시 이케다는 들판에 풀어놔서는 안 되는 인간이다.

*

〈주오신문〉 기자 지노 교코는 그날 오전 7시에 마에바시 지국으로 출근하여 우쓰노미야 지국과의 원격 회의에 임했다. 군마·도치기 두 현의 경찰이 공동수사본부 체제를 취했기 때문에 신문사도 정보 조정이 필요해진 것이다. 경찰의 기자회견이 따로 이루어진다는 것은 언론에 성가신 일일 수밖에 없다.

도쿄 본사의 정보기술부가 가져온 원격 회의 시스템은 맥이 빠질 만큼 간단히 설치되어 젊은 교코조차 최신 기술에 감탄할 수밖에 없었다. 중년의 지국장과 캡은 기계가 두려운지 멀리서 바라볼 뿐이다.

"내가 젊었을 때 회의만을 위해 본사에 오가던 날들은 뭐였을까?"

"하지만 인터넷 시대가 되어도 여전히 분주한 건 어떻게 된 일이지?"

아저씨들은 제각기 시대의 변화를 탄식하고 있었다.

회의 테이블 앞쪽에 카메라가 달린 모니터를 두고 기자들이 의자를 좁혀 앉았다. 우선 서로 자기소개를 한다. 사건 발생 이후 개별적으로 정보 교환을 하고 있었지만 한자리에 모이는 것은 처음이다. 지방 지국은 경찰 전담 기자가 세 명뿐이라서 사건이 발생하면 지원받는 것이 보통이었다. 이번에는 중요 사건이라 본사에서 일정 부서에 속하지 않고 대기 상태인 기자까지 달려와 두 지국 모두 열 명이 넘는 취재 태세다.

"그럼 시작할까요? 진행을 맡게 된 군마현 경찰 담당 캡 고사카입니다. 와타라세강 연쇄 살인 사건의 기류 쪽 사체가 발견된 지도 약 2주가 지났습니다. 하지만 아직도 유력한 단서는 얻지 못했습니다. 수사본부는 과거에 범죄 이력이 있는 이상 성격자, 마약 상습 복용자 등을 이 잡듯이 뒤지고 있고, 참고인 몇 명을 추려냈습니다. 하지만 수사관을 만나보니 그들 모두 수상한 정도에 그치는 것이 현 상황인 것 같습니다. 딱 한 명, 수사본부가 감시하고 있는 인물이 있는데 현재 우리도 감시 중입니다. 그 인물의 이름은 히라쓰카 겐타로, 서른한 살……."

고사카가 인물 자료를 읽어가는 중에 교코는 정보기술부 직원의 지도로 키보드를 조작하여 그 자료를 화면 한 귀퉁이에 띄웠다. 아저씨들은 "오오" 하고 감탄한다.

고사카의 보고가 이어졌다. 그 인물이 과거에 여성을 미행했던 민폐 행위, 밤거리 배회 등 기자가 탐문하여 얻은 정보가 공유됐다.

"현재 그 인물의 감시에 이어서 수사본부는 오타, 기류, 아시카가 시내에 있는 인터넷 카페의 CCTV 영상을 모으고 있습니다. 저희도 해당 가게들을 돌아다니며 확인을 끝냈습니다. 범행 추정 일시 이전의 것을 모으는 듯하기 때문에 우선 틀림없는 것으로 보입니다."

고사카의 보고가 끝나자 이번에는 우쓰노미야 지국으로 배턴이 넘어가 그쪽 캡이 보고를 시작했다.

"도치기현 경찰 담당 캡 나카이입니다. 군마현 경찰본부와 마찬가지로 이쪽도 유력한 단서를 얻지 못한 것이 현 상황입니다. 그런데 10년 전의 사건에서 용의자로서 장기간 조사를 했던 이케다 기요시라는 참고인에 대해 수사본부가 연일 임의 조사를 하고 있습니다. 아울러 10년 전에는 별건체포였기 때문에 정식으로 언론 브리핑이나 보도가 이루어지지 않았습니다. 하지만 당시의 기자라면 모두 알고 있을 겁니다. 그런데 친한 형사의 이야기에 따르면, 이케다는 수사본부의 호출을 싫어하기는커녕 오히려 경찰을 도발하며 재미있어한다고 합니다. 덧붙여서 이케다 기요시의 현주소와 자동차 종류 및 번호는 모니터에 보이는 대로입니다."

도치기현의 자료도 화면 한 귀퉁이에 표시되어 교코는 그것을 메모했다.

"이케다 기요시는 파친코에 드나들며, 기류나 오타에 가는 것도 확인되었습니다. 또한 이케다가 사는 시영 주택단지에서 탐문을 했더니 주민들은, 아무튼 엮이고 싶지 않아서인지 이케다의 이름이 나오면 표정이 어두워지며 모른다는 말만 되풀이합니다. 요컨대 위험인물이라는 것입니다."

"그쪽에 이케다와 이야기를 한 적이 있는 기자가 있나요?" 고사카가 물었다.

"한 명 있습니다. 이봐, 고즈."

이름이 불린 고즈라는 젊은 남성 기자가 손을 들고 노트를 펼쳐 대답한다.

"지난주 이케다 씨의 단골 술집에 가서 신분을 밝히고 이야기를 들었습니다. 연일 수사본부에 불려 가고 있는 것 같습니다만, 어떤 이야기를 했느냐고 물었더니 이케다 씨는 갑자기 눈빛을 번쩍이며 경찰이 얼마나 인권을 무시하는 수사를 하는지 거침없이 말하기 시작했습니다. 다만 형사 이름을 들먹이며 욕을 해댈 뿐이고 특별히 내용이 있는 것은 아니었습니다. 제 인상으로, 이케다 씨는 항상 인정 욕구를 품고 있는 것이 아닐까 싶습니다. 명함을 건넸더니 이케다 씨가 매일 밤 제 핸드폰으로 전화를 하고 있습니다. 지금 술집에 있는데 할 이야기가 있으니 오라고요."

"그럼 가나?" 고사카가 묻는다.

"아니요, 거절합니다." 고즈가 고개를 가로젓고 모두가 쓴웃음을 지었다.

교코는 왠지 모르게 이케다 기요시라는 인물이 상상되었다. 이상할 정도로 자기애가 강하고 무시당하는 것을 참지 못하는 자일 것이다.

이어서 교코가 보고했다. 범죄심리학자 시노다 조교수를 안내한 건에 대해서다.

"경찰 담당 지노입니다. 일전에 〈주오신문〉에 기고하기 위해 현지 취재를 온 시노다 선생님의 안내를 담당하여 그 보고를 하겠습니다. 시노다 선생님의 프로파일링에 의한 범인상은 다음과 같습니다. 10년 전의 연쇄 살인 사건과 동일범일 가능성은 90퍼센트 이상이라는 게 선생님의 판단입니다."

모니터 화면의 한 귀퉁이에 시노다가 조목조목 쓴 범인상이 표시된다. 거기에는 체력이 강한 젊은 남자, 그 지역 사정에 밝은 사람, 차를 갖고 있든가 자유롭게 사용할 수 있는 입장에 있는 사람, 사체에 흥미를 가진 사람 등 여러 항목이 열거되어 있다.

"체력이 강한 젊은 남자라는 것은, 시노다 선생님의 요청에 의해 10년 전과 이번에 희생된 여성 네 명의 키와 체중을 조사한 결과에 따른 진단입니다. 특별히 몸집이 작은 여성을 골라 노린 경향은 없고 희생자 중 한 명, 즉 이번에 아시카가 쪽에서 살해당한 스물한 살의 아르바이트 점원은 키 168센티미터, 체중 55킬로그램이며 몸집이 큰 편입니다. 그러므로 힘이 없으면 살해하기가 어렵고 사체도 운반할 수 없을 거라는 추측입니다."

"이런 걸 단독 범행이라고 단정해도 되는 건가?"

모니터 화면 속의 나카이가 질문했다.

"그것에 대해서는 시노다 선생님도 잘 모르겠다고 했습니다.

과거의 사례에서 쾌락 살인은 대부분 단독 범행이지만, 요즘은 인터넷의 다크웹에서 같은 유의 인간끼리 아주 간단히 연결되기도 하니 예단은 금물이라고요……. 다만 이 사안의 범인에게 쾌락은 여성의 목을 졸라 절명할 때까지의 과정을 천천히 관찰하는 것일 거라는 점에서 은밀한 즐거움을 타인과 공유할 생각은 없는 게 아닐까, 라고도 했습니다."

"그렇군. 그런 관점도 가능하겠네." 나카이가 씁쓸하게 웃으며 고개를 끄덕인다. "그럼 10년의 공백에 대한 견해는?"

"동일범이라면 그동안 이 지역을 떠나 있었다는 것이 선생님의 가설입니다. 10년 전의 범인이 어떤 사정으로 10년간 이 지역을 떠났다가 다시 돌아왔다—. 쾌락 살인은 범행에 주기가 있는데 10년이나 공백이 있는 것은 그다지 예가 없다고…… 물론 단정은 할 수 없지만요."

"이케다 기요시는 쭉 아시카가에 살았나?" 고사카가 물었다.

"그렇습니다. 그런데 10년 중 약 절반은 교도소에 있었습니다. 마약과 공갈입니다." 나카이가 대답한다.

"그럼 돌아오는 주기가 복역으로 틀어졌을 가능성도 있는 셈이군."

"경시청에서 파견된 SSBC 담당관도 그 점을 주시하고 있어서 이케다의 연표 작성을 지시했습니다."

"연표라고? 마치 위인 대접 같군." 고사카가 빈정거리듯이 웃었다.

"그런데 시노다 선생님이 10년 전의 사건을 조사하던 중 이케다 기요시에게 이상한 흥미를 보이며 만나서 이야기할 수 없겠느냐고 했습니다만, 어떻게 해야 할지……."

교코가 이야기에 끼어들어 물었다. 시내 비즈니스호텔에 묵고 있는 시노다가 어제 꺼낸 말이다.

"시노다 선생은 정신과 의사인가?" 나카이가 물었다.

"아니, 원래는 사회학자지." 질문에 고사카가 대답했다. "천성이 타고난 건지 배짱이 두둑한 건지 겁을 먹지 않고 명확하게 말하는 타입이라 언론도 소중히 여기고 있어. 앞으로 유명해질 선생님이니까 우리도 관계를 다져두려는 참이지."

"우리가 막을 이유는 없지만 책임은 질 수 없지. 고즈의 의견은?"

지목을 받은 고즈는 "상관없지 않을까요"라고 대답했다.

"대학 선생님한테 위해를 가할 거라고는 생각하기 힘듭니다. 뭐, 난감하게 할 것은 확실하지만요."

"알겠네. 이봐, 지노. 고즈와 날짜를 정해서 단골 술집에 선생님을 모시고 가봐."

"알겠습니다."

교코는 대답을 하며 우울해졌다. 상습 범죄자를 기꺼이 만나러 가는 취미는 없다.

이어서 기자들이 지금까지의 취재로 얻은 정보를 보고했다. 그에 따르면, 공동수사본부는 시내 비디오 대여점에서 올해 들어 피가 튀는 호러 영화를 자주 대여한 인물이 없는지 조사하고 있다. 또 오타 시내의 CCTV 영상을 제공받고자 협조를 요청 중이며, 경찰은 이미 수사 범위를 넓혀 수상한 차량을 몇 대로 좁혔을 수도 있다는 보고가 이루어졌다. 유류물 수사에 대해서는, 끈이나 테이프 등은 모두 공예 용품점에서 구입할 수 있는 것이라 사실상 보류 상태라고 한다. 다만 사체의 목에서 소량 발견된 고무 조각은 미끄러짐을 방지하기 위해 목장갑 안쪽에 대는 것으로 추측된다는 점에서 범인은 공사 관계자가 아니냐는 의견도 나왔다. 어쨌든 경찰이 여전히 더듬더듬 나아가는 상태인 것은 변함이 없고 수사관들의 입은 무겁다.

"과학수사연구소의 조사는 어떻게 되었는지, 아는 게 있으면 알려주었으면 좋겠는데." 고사카가 우쓰노미야 지국 쪽에 물었다.

"언론 브리핑은 전혀 없습니다. 1과장도 그에 관해 아무 말도 하지 않습니다." 나카이가 대답한다.

"그럼 군마현 경찰본부와 같군. 피해자의 스마트폰이 발견되었는지조차 알려주지 않고 말이야."

"아마 발견되지 않은 것으로 보입니다. 그랬다면 발표했겠지요. 숨길 이유가 없으니까요."

"그렇지. 게다가 지난번에 비가 꽤나 내려 와타라세강이 불어났어. 강에 버렸다면 지금쯤 도네강에 합류했겠지."

"일단 인터넷에 올라온 글이나 다크웹 등을 체크하고 있습니다만, 기분이 나빠질 뿐이고 단서가 될 만한 것은 나오지 않았습니다."

"불쾌한 취재겠지만 어쩔 수 없지. 분담해서 계속해보자고."

인터넷 이야기가 나오면 모두가 우울해졌다. 거기에 올라온 말들이나 엽기적인 동영상에 인간의 악의와 마음속 어둠을 보게 되어 우울해지는 것이다. 교코도 인터넷 취재를 담당할 때마다 기분이 안 좋아지곤 했다.

"그런데 수사관들 야간 취재는 어떻게 하고 있습니까? 이번에는 아무래도 방어가 단단해서 고전하고 있는데요." 나카이가 말했다.

"여기도 마찬가지야. 야간 취재에 응하는 사람은 1과장뿐이지. 다른 형사의 자택으로 몰려가면 이튿날 공보과에서 항의가 들어오고 말이야."

고사카가 얼굴을 찌푸리며 대답했다.

실제로 각 언론사에 아침 일찍이나 밤늦게 불시에 찾아가는 취재는 삼가달라는 요청이 들어온 상태였다. 교코 같은 신참 기자는 수사 간부에게 말을 붙일 수도 없고, 그저 현장의 형사를 자꾸 봐서 얼굴을 익힐 뿐이다. 그만큼 경찰도 신경이 예민해져 있다는 의미일 것이다. 첫 번째 사체 발견으로부터 슬슬 2주가 되어가고 있다.

원격 회의가 끝나자 교코는 군마현 경찰본부로 가서 기자실을 그대로 지나쳐 직접 공보과의 호시노를 찾아갔다. 매일 보도 자료는 배포해주지만, 내용은 대부분 공란으로 '예의(銳意) 수사 중'이라는 글자뿐이다. 수사본부가 생긴 뒤 호시노는 완전히 서먹서먹하게 굴지만, 그렇다고 해서 사리고 있을 수만은 없다. 교코의 무기는 젊음이다. 실패해도 창피하지 않다.

"안녕하세요."

입구에서 인사를 하자 호시노는 작업대에서 각 신문사의 조간신문을 펼쳐놓고 비교하며 읽고 있었다.

"지노 씨, 무슨 볼일이라도 있습니까?"

호시노가 쌀쌀맞게 대답한다. 보통은 젊은 기자의 이름에 '짱'을 붙여 부르지만 장벽을 쳤을 때는 '씨'를 붙인다.

"용건은 두 가지입니다. 일단 듣기만 해주세요."

젊은 여성의 붙임성도 통할 것 같지 않아서 교코도 사무적으로 말했다.

호시노가 잠시 대답이 궁했다. 가볍게 숨을 내쉰 후 "좋아요, 들어와요" 하고 허락했다.

"그럼 용건을 말하겠습니다. 첫 번째는 이번 사건에 관해 〈주오신문〉은 범죄심리학 연구자인 시노다 조교수에게 기사 집필을 의뢰했는데, 그 건으로 경찰청에서 파견된 1과장 보좌나 경시청에서 파견된 SSBC의 담당관 중 한 명을 시노다 선생님과 만나게 해줄 수 없겠느냐는 부탁입니다."

교코가 막힘없이 늘어놓는다. 시노다가 바랐던 경찰 취재를,

캡의 허락을 받고 의향을 떠보는 것이다. "안 됩니다." 호시노가 곧바로 차갑게 대답했다. "왜냐하면 그 선생님한테 말한 내용은 모두 〈주오신문〉에 곧바로 누설되잖아요? 그럼 당연히 안 되지요."

"시노다 선생님은 엽기적인 사건이나 쾌락 살인에 대해 상당한 현장 조사 경험을 가지고 있어서 경찰에도 이점이 있을 것 같아 제안드리는 건데요."

"안 돼요."

"알겠습니다."

교코는 깨끗하게 물러났다. 집요해서 좋은 일은 없다.

"그럼 두 번째로 10년 전 사건을 담당한, 이미 퇴직한 전 형사를 소개해주지 않겠느냐는 부탁입니다."

"무슨 뜻이지요?"

"10년 전의 연쇄 살인 사건이 어떤 것이었는지, 실제로 용의자를 어디까지 좁혔는지, 현장에서 조사했던 전 경찰의 이야기를 들을 수 있었으면 해서요."

교코가 요청하자 호시노는 잠시 생각에 잠기더니 "알겠습니다. 고려해보겠습니다" 하고 대답했다.

"저희 회사의 고사카 캡이라면 전 형사 중에 연줄이 있을 거라고 생각하지만, 우리 쪽에서 수소문해 직접 찾아가면 호시노 씨가 야단칠까 해서요—"

"그러니까 잘 알았습니다. 곧 연락드리지요."

호시노가 교코를 응시하며 말한다.

"감사합니다. 이상입니다."

교코가 발길을 돌려 나가려고 하자 "잠깐만요" 하고 호시노가 붙잡았다.

"시노다 씨라는 범죄심리학자 건도 검토해보겠습니다. 어쩌면 다케다 부장님이나 호리베 1과장님이 흥미를 보일지도 모르겠습니다."

"정말 감사합니다."

교코는 머리카락을 휙 솟구치게 하며 고개를 숙였다. 이럴 때는 기자로서 한 발짝 앞으로 나아간 느낌이 들어 조금 기쁘다.

*

현 의회 의원의 아들 히라쓰카 겐타로는 마치 그것이 업무인 것처럼 매일 밤 차를 몰고 돌아다녔다. 가는 곳은 늘 인터넷 겸 만화 카페다. 그것도 오타, 기류, 아시카가에 걸친 지역의 여러 가게를 교대로 방문한다. 머무는 시간은 두 시간에서 다섯 시간 사이로, 그 이외에는 들르는 곳도 없다.

"오늘 밤에도 온라인 게임일까요?"

잠복 중인 수사 차량 조수석에서 이토가 편의점 샌드위치를 덥석덥석 먹으며 말했다.

"나한테 물어봤자 어떻게 알겠어? 궁금하면 보고 와."

사이토가 아무렇게나 대답한다. 잠복이 계속되면 대화 소재도 없어져 시시한 대화뿐이다. 낮의 탐문수사 때 인터넷 카페 종업원에게 "BMW를 모는 남자는 여기서 뭘 하던가요?"라고 묻자 "피자를 개인실로 배달했을 때 힐끗 화면을 봤더니 온라인 게임이었습니다"라는 증언을 얻고 사이토와 이토는 맥이 빠졌다. 일부러 카페까지 올 필요도 없는, 완전한 시간 때우기다. 그의 목적은 하루에 한 번, 집에서 나가는 것뿐일 것이다.

"저번에 이치우마 씨가 말한 대로 겐타로는 결백하겠네요."

이토가 말했다.

"나도 그렇게 생각하지만 방심하지 마. 가능성이 있는 이상 내버려둘 수는 없어."

사이토는 자신에게도 그렇게 타일렀다. 유력한 단서를 얻을 수 없는 상태가 지속되면 수사본부는 사기가 떨어져 의심암귀에 빠진다. 그리고 그럴 때는 뭔가를 놓친다.

그 후의 수사에서 BMW를 포착한 CCTV 영상이 차례로 나와 수사본부는 겐타로의 행동을 더욱 무시할 수 없게 되었다. 두 건의 살인이 벌어진 시간대에 범행 현장 근처를 돌아다닌 영상이 남아 있어 우연이라고 넘기기에는 확실한 근거가 필요한 상황이다. 호리베 1과장이 "임의로 부를 수 없을까"라고 제안하긴 했지만 진전된 것은 없었다. 현 의회 의원인 그의 부친을 의식하는 것으로 보였다. 현장은 답답할 뿐이다.

"이치우마 씨, 현 의회 의원의 아들 문제라 역시 성가시게 될 것 같습니까?"

샌드위치를 다 먹은 이토가 이번에는 콜라를 마시며 물었다.

"글쎄, 수사1과장님은 강경한 태도지만 형사부장에게도 나름의 입장이 있겠지. 히라쓰카 현 의회 의원이 부모처럼 의지하는 사람은 국회의원인 노노무라야. 장관 경험도 있는 자라서 그쪽이 연관되면 무타 본부장님이 대응할 수밖에 없게 될 거야. 그러니 본부장님한테 달려 있다고 봐야지."

"저는 무타 본부장님이라면 방패가 되어줄 거라고 생각하는데요."

"나도 그렇게 생각해. 니시무라 관리관님에 따르면 본인은 수사 회의에 무척 나오고 싶어 하나 보더라고."

"하하하. 정말 그런 느낌이지요."

이토가 트림과 함께 웃음을 터뜨렸다.

무타 본부장은 기자들이 둘러싸고 취재하는 것도 싫어하지 않아서 비서관이 자료를 모으느라 아주 바쁜 모양이었다. 본인의 기분만큼은 수사 지휘관인 것이다.

그런 이야기를 하고 있었더니 겐타로가 인터넷 카페에서 나왔다. 시계는 새벽 1시를 가리키고 있다. 건물 주차장에 세워진 BMW에 올라탄다.

"아이고, 이제 우리도 돌아갈 수 있으려나."

BMW가 출발하고 사이토가 운전대를 잡은 수사 차량이 약간 거리를 두고 뒤쫓았다. 이대로 귀가를 확인하면 오늘 일은 끝난다.

"오늘 밤에는 훨씬 빠르게 달리네요."

조수석에서 이토가 발로 버티며 차내 보조 손잡이를 쥐고 말했다. 수사 차량도 따라서 속도를 올린다.

"다음에는 교통 기동대한테 추적하게 해서 속도를 재볼까. 일반 도로에서 30킬로미터를 넘기면 현행범 체포도 가능하니까."

그 순간 BMW가 신호가 빨간색으로 변한 교차로로 돌진하더니 마찰하는 타이어 소리를 울리며 우회전했다. 사이렌을 울릴지 망설이던 차에 한 스쿠터가 불꽃을 일으키며 아스팔트에 넘어졌다. 겐타로가 접촉 사고를 일으킨 것이다. 스쿠터에는 소년 둘이 타고 있는데 이들도 도로교통법 위반이었다.

"사이렌을 울릴까요?" 이토가 물었다.

"잠깐 기다려." 사이토가 말했다.

"아니, 사고예요."

"알았으니까 기다려."

수사 차량이 교차로에 당도하여 오른쪽 방향을 보니 BMW는 맹렬한 속도로 달아나고 있었다.

"좋아, 울려! 뺑소니다!"

한산한 도로에 사이렌이 매우 소란스럽게 울려 퍼진다. 사이토는 더할 나위 없는 전개에 마음이 조급해졌다. 이렇게 겐타로를 현행범으로 체포하면 적어도 48시간은 조사할 수 있다.

사이렌을 울리며 추격하자 BMW는 수백 미터를 달린 후 갓길에 정차했다. 수사 차량을 뒤에 붙이고 차에서 내려 BMW의 운전석까지 간다.

"당신, 뺑소니를 쳤네요." 사이토가 말하자 겐타로는 새파래진 얼굴로 "아니, 부딪치지 않았는데요"라고 대답했다.

"우리가 봤는데. 두 사람이 탄 스쿠터와 저기 교차로에서 부딪쳤잖아요."

이렇게 말하며 뒤를 돌아본다. 저 멀리서 두 소년은 스쿠터를 일으키고 서둘러 떠나려는 참이었다. 이봐, 도망치지 마—. 이렇게 말하려고 했으나 거리로 보아 들릴 것 같지 않아 관뒀다.

이토도 내려서 다가와 BMW 주위를 빙 돌았다. 사고 흔적이 없는지 잠시 차체를 자세히 살피다가 "있습니다"라고 말한다. 사이토도 확인해보니 살짝 벗겨졌는데 확실히 접촉 사고가 의심되는 흔적이었다.

겐타로에게 차에서 내리도록 하고 차체에 난 흔적을 확인하게 했다. "아닌 것 같은데요"라고 작은 목소리로 부정한다. 도주한 스쿠터를 잡아낼 수 있을까 하는 걱정이 사이토의 뇌리를 스쳤다.

"뭐, 상관없어. 자세한 것은 경찰서에서 묻지. 도로교통법 위반은 확실하고 신호를 무시한 것도 우리가 확인했으니까."

사이토는 이토에게 순찰차 지원을 요청하라고 지시했다. 겐타로의 신병 확보가 좋은 일일까, 나쁜 일일까. 그것은 사이토 자신도 짐작할 수가 없다.

*

그날 밤 술집 '아케미' 앞에서 이케다 기요시를 감시하고 있던 와중 남녀 세 명이 가게로 들어갔다. 변두리 술집에는 어울리지 않는 나이라서 어쩔 수 없이 눈에 띈다.

"야, 노지마. 방금 들어간 젊은 남자, 〈주오신문〉의 고즈 기자지?"

수사 차량 운전석에서 히라노가 말했다.

"그렇습니다. 젊은 여자도 〈주오신문〉 기자입니다. 이름이 아마 지노던가……. 군마현 경찰 담당 기자인데 아시카가 북부 경찰서에도 몇 번 취재하러 와서 명함을 받은 적이 있습니다."

조수석에서 편의점 주먹밥을 볼이 미어지게 밀어 넣으며 노지마 마사히로가 대답한다.

"나머지 한 사람은?"

"모르겠습니다."

일행 중에는 마흔 살 정도의, 기자로는 보이지 않는 부스스한 머리의 남자가 섞여 있었다.

"하지만 신문 기자들은 이케다한테 볼일이 있는 거겠지."

"그런 것 같습니다. 이케다는 언론도 주목하고 있는 것 같으니까요."

실제로 수사본부와는 별도로 각 신문사 기자들이 이케다에게 접근을 시도하고 있었다. 그중에는 체포를 예측하고 "디데이전에 코멘트를 따와"라고 부추기는 데스크도 있었다. 그래서 간부들 입장에선 더욱 골치 아파진 것 같았다. 별건으로 잡아 와도 용의자 체포인가, 하며 시끄러워질 게 뻔했다.

"나는 마약이라도 손을 대주었으면 싶어. 그러면 유치장에 처넣고 조사하는 동안 가택수사를 해서 증거품을 압수할 수 있을 테니까."

히라노가 한숨 섞어 말한다.

"마약 담당 부서는 움직이지 않습니까?"

주먹밥을 우롱차로 넘기며 노지마가 물었다.

"물론 움직이지. 수사1과의 요청으로 예전에 이케다와 관련이 있던 판매자의 움직임을 추적하고 있을 거야."

"그럼 곧 꼬리를 드러내는 거 아닐까요?"

"그게, 인력이 부족한 모양이라서 말이야. 조직범죄 대책반의 과장님은 수사본부에서 몇 명 복귀시켜달라며 화가 나 있는 상태지."

히라노가 쓴웃음을 지으며 말한다. 지방경찰은 큰 사건이 일어나면 인력 부족에 시달리는 것이 상례였다. 수사관 여든 명 태세라고 해도 실제 구성은 전문적인 수사관 스무 명 정도에 생활안전과나 지역과, 교통과, 파출소 경찰관까지 긁어모아 머릿수를 채운 것에 지나지 않는다.

한 시간쯤 지나 기자들이 가게에서 나왔다.

"이봐, 불러서 무슨 얘기를 했는지 물어보고 와."

히라노의 명령으로 노지마가 차에서 내려 달려갔다.

"기자님." 노지마가 부르자 기자들은 그를 돌아보더니 살짝 몸을 뒤로 젖혔다.

"아시카가 북부 경찰서의 노지마입니다. 아시겠지만 이케다를 감시하는 중입니다. 이케다와는 무슨 이야기를 했습니까?"

고즈와 지노가 얼굴을 마주 본다. 몇 초 간격을 두고 나서 "별로 특별한 이야기는……" 하고 고즈가 대답했다.

"경찰에 대한 원망과 사건에 대한 추리지요."

옆에서 다른 남자가 웃으며 말했다.

"당신도 〈주오신문〉 기자입니까?" 노지마가 묻는다.

"아뇨, 이분은 대학의 조교수이자 범죄심리학자인 시노다 선생님입니다." 지노가 대답했다.

듣고 보니 주간지에서 얼굴과 이름을 본 적이 있다.

"괜찮으면 잠깐 이야기 좀."

노지마가 머리를 조아리며 부탁하자 시노다는 "좋습니다"라고 가볍게 승낙했으므로 수사 차량으로 안내했다. 뒷좌석에 두 기자와 시노다를 앉게 했다.

"아, 이게 위장 순찰차로군요. 처음으로 타봤습니다."

시노다가 어린애처럼 눈빛을 빛내며 뒤에서 카메라를 꺼내 콘솔의 계기판과 무전기에 렌즈를 향했다.

"잠깐만요, 선생님. 촬영은 안 됩니다." 히라노가 서둘러 손으로 제지한다.

"이런, 아쉽네요. 그런데 엔진은 고성능으로 튜닝하나요?"

"아니요. 시판하는 차 그대로입니다. 무전기를 싣기 때문에 배터리를 강화한 정도지요."

"아, 그렇군요. 이것도 방탄 같은 건 아니겠네요."

시노다가 유리창을 톡톡 두드리며 말했다.

"선생님, 그보다 이케다와 한 대화 내용 좀 들려주지 않겠습니까?" 히라노가 말했다.

"이케다 씨의 자기 자랑이었지요. 나는 경찰을 찍소리 못 하게 한다, 나는 그만한 힘을 갖고 있다, 경찰 따위 조금도 두렵지 않다, 증거만 남기지 않으면 그놈들은 손도 댈 수 없다고 말이지요. 옛날에 자신이 저질렀던 범죄를 떠벌리며 경찰과 검찰은 증거를 갖추지 못해 기소할 수도 없었다는 그런 얘기였습니다."

시노다가 말한 내용은 노지마가 이미 이케다에게 들은 이야기였다. 이케다에게는 무용담일 것이다.

"이케다 씨는 책을 꽤 읽더군요. 그것도 범죄 관련 책을요. FBI 심리학자의 회고록에서도 몇 군데 인용하는 걸 보고, 역시 이 사람은 자의식이 부풀어 범죄학에도 흥미를 가지는구나 하는 인상을 받았습니다. 도서관을 자주 다니는 게 아닐까요?"

시노다의 질문에 히라노의 대답이 막혔다. 정확히 이케다는 그 지역 도서관을 빈번하게 이용하고 있다.

"경찰은 이케다 씨의 책 대출 현황을 조사하지 않았습니까?"

"선생님, 그 질문에는 답할 수 없습니다." 히라노가 말했다.

"그렇습니까? 조사상의 비밀도 있겠지요."

"선생님, 괜찮으시면 전화번호를 교환하지 않겠습니까? 앞으로 여러 가지로 의견을 듣고 싶기도 해서요."

히라노가 말하자 지노가 즉각 끼어들었다.

"죄송합니다. 선생님은 저희 신문사의 취재로 오셨기 때문에 연락은 저희를 통해서……."

과연 전국 주간지는 강경하구나, 하고 노지마는 감탄했다. 지역신문의 경우 서로 도움을 주고받는 구석이 있다.

"〈주오신문〉은 인색하군요."

히라노가 얼굴을 찌푸린다. 그렇다면, 하는 마음에서 노지마는 지노와 전화번호를 교환했다.

"이케다는 무섭지 않았습니까?" 노지마가 묻자 지노는 대답했다. "무서웠어요. 하지만 기분이 좋은 것 같았으니까요." 실제로 이케다는 차례로 이야기 상대가 찾아와 기쁘기 그지없었을 것이다.

기자와 조교수가 돌아간 후에도 잠복을 계속했다. 그러자 날짜가 바뀔 무렵 화려한 알루미늄 바퀴를 장착한 중고 세르시오 차량이 가게 앞에 멈춰서더니 야쿠자풍의 중년 남자 둘이 내렸다. 간판을 올려다본 후 '아케미'로 들어간다. 사방이 어둑하지만 표정이 험악하다는 것을 알 수 있었다. 적어도 취객의 얼굴은 아니다.

"이봐, 저번에 후쿠다흥산 사장님이 얘기했던 철거업자와의 말썽 건 아냐?"

히라노가 응시하며 말한다. 노지마도 직감으로 동의했다.

"확실히 불온한 느낌이 드네요. 문 앞에서 상황을 볼까요?"

"그렇군. 갔다 와."

노지마는 수사 차량에서 뛰어나가 잔달음질을 쳐서 술집 앞까지 갔다. 허리를 숙이고 귀를 기울인다. 안에서 남자들의 고함이 들렸다.

"야, 이케다. 너, 후쿠다 사장의 얼굴에 먹칠을 할 생각이야!"

"이런 짓을 해서 그냥 끝날 거라고는 생각하지 마!"

노지마는 긴장했다. 이러다가 칼부림 사태도 일어날 수 있다.

"이 바보 같은 자식, 날 우습게 보지 마. 후쿠다 같은 놈은 하나도 안 무서워!"

한동안 성난 목소리가 어지러이 오간 후 큰 소리가 들렸다. 유리가 깨지는 소리까지 나자 노지마는 서둘러 문을 열고 안을 들여다보았다. 이케다를 포함한 남자 세 명이 난투극을 벌이고 있었다.

"꼼짝 마. 경찰이다!"

노지마가 소리를 질렀다. 남자들은 한순간 돌아보긴 했지만 흥분해서 서로 치고받는 싸움을 멈추지 않는다.

노지마는 수사 차량에서 대기하고 있는 히라노에게 오라고 손짓했다. 이미 차에서 내리고 있던 히라노가 안색을 바꾸고 달려온다. 그리고 가게로 들어가 뒷주머니에서 경찰수첩을 꺼내 내밀었다.

"경찰이다! 폭행죄 현행범으로 세 명 모두 체포한다. 움직이지 마!"

히라노의 목소리는 노지마의 세 배쯤 컸다.

"이봐, 도치기현 경찰. 나는 아무 짓도 안 했어. 피해자야."

크게 찌그러진 철제 얼음 통을 손에 든 이케다가 엷은 웃음을 띠며 말했다.

"그럼 기물 파손이야. 이야기는 서에서 천천히 듣도록 하지."

"그건 아니지 않소? 나는 피해자라니까."

"시끄러워! 그럼 이 사람 피는 뭐야!"

뛰어들어 행패를 부린 남자의 입가는 피로 얼룩져 있다.

"피는 나도 났어. 자, 보라고."

이케다가 머리를 뒤로 넘겨 피가 난 부위를 보여준다.

"아무튼 세 명 다 체포야. 야, 노지마, 지원 요청해."

히라노의 지시를 받고 스마트폰으로 경찰서에 연락하여 긴급 지원을 요청했다.

이제 이케다를 정식으로 조사할 수 있다. 최소한 48시간, 잘되면 23일간 신병을 구속할 수 있다. 노지마는 열게 소름이 돋았다. 수사본부가 가장 바라는 것은 가택수색과 차내 DNA 채취다.

3장

실마리

마쓰오카 요시쿠니는 근처 부동산에 부탁해 프린트한 백지도에 의지하여 기류 시내의 주차장을 이 잡듯이 뒤지고 있었다. 움직이는 것은 주로 이른 아침이다. 차가 주차되어 있을 가능성이 크기 때문이다. 통근 시간이 되면 수많은 차가 움직이기 시작한다. 특히 마쓰오카가 찾고 있는 컨테이너형 4톤 트럭의 경우 낮에는 다 나가고 없을 게 분명하다. 그렇다면 이른 아침이나 늦은 밤에 찾을 수밖에 없다.

마쓰오카는 새벽 5시에 일어나 바나나 하나만으로 아침 식사를 마쳤다. 아내 가즈코는 "주먹밥이라도 괜찮으면 밤에 만들어 놓을게"라고 말했으나 그렇게 말하는 가즈코의 눈에 동정의 빛이 보여 마쓰오카는 그 제안을 거절했다. 가즈코는 딸의 죽음을 아직도 받아들이지 못하고 범인 찾기를 계속하는 마쓰오카를 불쌍히 여기고 있는 것이다.

슬슬 초여름이 되어 완전히 환해진 이른 아침의 동네를 마쓰오카는 왜건을 몰고 달린다. 옆에는 지도가 펼쳐져 있다. 부동산 업자가 쓰는 지도는 토지 소유자부터 빌딩 이름까지 다 나와 있어 대단히 실용적이다. 월정액 주차장도 모두 실려 있다. 게다가 매달 업데이트되기 때문에 막상 가보면 빌딩이 세워져 있는 경우도 없다.

주차장에 도착하면 우선 차 안에서 전체를 둘러본다. 대개는 차에서 내리지 않고도 체크가 끝난다. 월정액 주차장 이용자는 태반이 개인으로, 트럭 자체가 그다지 보이지 않기 때문이다. 트럭이 주차되어 있으면 마쓰오카는 차에서 내려 번호판을 확인했다. 찾고 있는 것은 '군마100 아215×'다. 모래밭에서 바늘을 찾는 작업이지만 고생스럽지는 않다. 고생스럽기는커녕 해야 할 일이 생겨 매일 의욕이 넘친다. 어쩌면 굳이 이러지 않고도 차량 번호로 소유자를 알아내는 숨겨진 기술이 있을지도 모른다. 하지만 이렇게 우직한 방법이 지금의 자신에게는 어울린다고 생각했다. 매일 정해진 일을 하고 싶은 것이다. 아무것도 하지 않는 편이 더 괴롭다.

그러다 한 주차장에서 컨테이너형 트럭을 발견했다. 혹시나 하는 생각에 마음이 조급해진다. 마쓰오카는 차에서 내려 주차장 안으로 들어가, 천천히 발길을 옮겨 트럭으로 다가간다. 이럴 때 느껴지는 희미한 고양감이 마쓰오카에게는 하루하루의 위안이다. 그리고 여느 때처럼 기대가 어긋나지만 낙담하지는 않았다. 다음에는 꼭, 하고 생각할 뿐이다.

자신의 차로 돌아가 출발하려고 하자 시야가 부예졌다. 또 이러나 싶어 마쓰오카는 등골이 오싹해졌다. 시야 일부가 흐려진 듯했다. 이 상태로는 운전할 수 없어서 안약을 넣고 잠시 눈을 감았다. 대개는 5분쯤 지나면 원래대로 돌아온다. 아내가 말한 것처럼 안과에 가서 진찰을 받아보는 것이 좋을지도 모른다. 다만 결과가 두려워 미루고 있다.

오전 9시 가까이 되어 집으로 돌아가 다시 밥을 먹었다. 된장국을 직접 데우고 연어구이를 반찬으로 밥을 먹고 있으니 아들 다쿠야가 식탁 앞에 앉았다.

"아버지, 가게 일은 제가 할 테니까 당분간 쉬셔도 돼요."

갑작스럽게 이런 말을 한다.

"왜? 내가 방해가 되냐?"

마쓰오카는 젓가락을 멈추고 물었다.

"그런 게 아니에요. 미야케 씨가 거들어주어 일손은 충분하니까 아버지는 시간을 마음껏 써도 된다는 뜻이에요."

"그래……."

마쓰오카는 힘없이 대답했다. 부모를 염려해서 한 제안일까, 일에 집중하지 못하는 마쓰오카가 실수하는 것을 걱정해서 한 제안일까. 아마 양쪽 다일 것이다. 최근 그의 마음은 일을 떠나 있었다.

"알았다. 그럼 이번 주는 쉬어야겠다."

"그렇게 하세요. 가게 걱정은 안 해도 되니까요."

"고맙다."

"그런데 말이에요, 아버지가 하는 일, 마음은 알겠지만 그 트럭이 수상했다면 경찰이 진작 수사했을 거예요. 차량 번호로 알아낼 수 있으니까요. 경찰이라면 곧바로 소유자를 특정해서 어떤 인간인지 정도는 알 수 있지 않았겠어요?"

"그거야 그렇겠지."

"시민은 수사권도 없고, 경찰한테는 이길 수 없으니까 맡기는 것이 현명하지 않을까요?"

"그렇게는 안 되지. 맡겨둔 결과가 10년이잖아. 경찰은 범인을 놓쳤어. 100퍼센트 신용할 수는 없다는 거다."

마쓰오카가 말하자 다쿠야는 살짝 한숨을 내쉬고는 "네, 알았어요. 아버지 직성이 풀릴 때까지 하세요"라고 말했다.

"아, 그렇지. 월정액 주차장을 조사하시는 것 같던데 거기에서 그 트럭을 찾을 가능성은 거의 없을 거예요. 전에 알려준 차량 번호, '아'로 시작했었죠? '아' 행이나 '가' 행은 사업자한테 할당되는 번호래요. 개인 소유가 아니라는 걸 고려한다면 군마 지역의 공장이거나 사무소, 가게, 어쨌든 회사일 거예요."

"그게 사실이냐? 넌 어떻게 그런 걸 다 알고 있어?"

마쓰오카는 엉겁결에 아들을 쳐다봤다.

"인터넷으로 찾아봤어요. 인터넷에는 뭐든지 올라와 있으니까요."

"빨리 말하지."

"어제야 알았어요. 알고도 말 안 한 건 아니에요."

다쿠야가 고개를 가로저으며 말한다.

그렇구나, 인터넷이구나―. 마쓰오카의 얼굴에 그림자가 진다. 인터넷의 막대한 정보량은 충분히 인식하고 있었으나 마쓰오카는 아무리 해도 다가갈 수가 없었다. 10년 전에 딸이 살해당했을 때 사건을 검색했더니 딸에 대한 근거 없는 비방과 악담이 산더미처럼 쌓여 있었다. 그때 충격으로 졸도할 뻔했기 때문이다. 그 이후 마쓰오카는 거의 공포증처럼 인터넷을 피하고 있다.

"그럼, 무리하지는 마세요."

다쿠야는 용건만 말하고 자리에서 일어나 가게로 돌아갔다.

사업자 소유의 트럭이었구나―.

아무튼 아들이 준 정보는 유익했다. 식사를 마친 마쓰오카는 식탁에 지도를 펼치고 공장, 사업장, 가게에 표시를 해나간다. 상당한 수였지만 새롭게 의욕이 생긴 것도 사실이다. 사업자의 트럭이라면 낮에도 드나든다. 다시 말해 이른 아침에 조사하지 않아도 된다는 뜻이다.

당장 오늘부터 시작하기로 했다. 가즈코에게는 말하지 않기로 했다. 어차피 우울한 표정을 지을 게 뻔하기 때문이다.

사업장 잠복은 시간을 요하는 것이지만 편하기도 했다. 공장 출입구가 보이는 장소에 차를 세우고 거기에 출입하는 트럭을 감시하면 된다. 게다가 수송하러 나간 트럭이 저녁에 일제히 돌아오기 때문에 한꺼번에 체크할 수 있어서 효율적이다. 다만 트럭이 입구에서 서행할 때 차량 번호를 망원경으로 읽어야 하기에 눈의 피로는 지금까지보다 더 심했다. 이따금 시야가 흐릿해진다. 그때마다 마쓰오카는 안약을 넣었다. 문득 불안감이 스친다. 시력이 쇠하면 사진사로서도 끝이다. 아니, 지금은 그보다 범인을 찾으러 다닐 수 없어지는 것이 더 두렵다.

일을 시작하는 아침 8시와 끝내는 오후 5시, 점심시간 전후의 시간대를 노리고 시내 공장을 차례로 돌았다. 군마현 동부는 대기업에서 중소기업까지 많은 공장이 진출해 있어 그렇게 간단히 끝나지 않을 것 같다. 그것이 오히려 고마웠다. 마쓰오카는 어려운 일에 몸을 두고 싶은 마음이었다.

공장 문 앞에 주차하고 있었더니 경비가 다가와 "여기서 뭘 하세요?"라고 추궁했다. 마쓰오카는 그럴듯한 거짓말이 생각나지 않아서 복잡한 사정을 숨기지 않고 이야기했다. 그러자 난감한 표정이 된 경비가 상사에게 보고하여 공장 총무부 사원까지 나왔다. 마쓰오카가 설명을 되풀이한다. 그들의 반응은, 이 사람은 제정신인가 하는 것이었다.

"아무튼 여기는 주차 금지 구역이라서요." 총무부 사원이 말한다.

"아니, 운전사가 타고 있으니까 위반은 아니잖소?" 마쓰오카가 응수한다.

한동안 승강이가 이어지고 부아가 치민 공장 측이 경찰을 불렀다. 10분쯤 지나 기류 남부 경찰서의 순찰차가 나타난다. 경관은 마쓰오카를 보자마자 '아아' 하는 표정을 지었다. 마쓰오카는 경찰서 지역과에도 잘 알려져 있었다.

"마쓰오카 씨, 차에 타고 있어도 장시간 주차는 위법입니다. 즉시 이동해주세요."

"장시간이 아니오. 트럭이 공장에 출입하는 시간대만이니까 한 시간도 안 될 거요."

"한 시간이면 충분히 깁니다."

여기서도 입씨름이 벌어졌다. 그리고 결말이 안 날 거라고 생각했는지 경관이 조그만 소리로 귀엣말을 했다.

"그럼 좀 더 떨어지세요. 아무리 사정이 있더라도 문 바로 앞이면……."

마쓰오카는 뜻을 굽히고 그 말을 따르기로 했다. 경찰도 일을 키우고 싶지 않은 것이다.

"이봐요, 수사본부의 사이토 형사한테 말해두시오. 사이토 형사가 차량 번호 조회 결과를 알려주면 나도 이런 짓을 안 해도 된다고 말이오. 알겠소?"

마쓰오카가 호소하자 경관은 씁쓸하게 웃고는 아무 대답도 하지 않은 채 돌아갔다. 이렇게까지 무시한다면 마쓰오카는 역으로 대담하게 나가고 싶은 마음이 생겼다. 얼마든지 해주겠다고—.

공장 감시를 시작한 지 사흘째 되는 날이다. 이날은 공교롭게도 아침부터 계속 비가 내렸다. 유리창에 맺히는 물방울과 증기로 밖이 잘 안 보여 한층 눈에 부담을 주었다. 오늘 감시하는 곳은 제너럴중기 기류 공장으로, 이 지역 주민이라면 누구나 아는 대형 부품 제조사다.

정문에서 약간 떨어진 갓길에 차를 세우고 아침 8시부터 트럭의 출입을 감시한다. 큰 공장인 만큼 반입과 반출이 많다. 하지만 마쓰오카를 흥분시킨 것은 오가는 트럭 대부분이 컨테이너형 짐칸으로, 찾고 있는 트럭과 같은 차종이라는 점이다.

이건 적중 아닐까—. 이렇게 생각하자 자세에도 힘이 들어가 마쓰오카는 한 대도 놓치지 않으려고 망원렌즈를 계속 들여다본다.

한동안 관찰이 이어지자 트럭 한 대가 공장 내부로 들어가면 20분쯤 지나 다시 나온다는 것을 깨달았다. 이것은 곧 공장에 들어가 짐을 두거나 내린 다음 목적지로 간다는 것을 의미한다. 아마 공장 사이의 정기편 같은 것이리라. 다만 이만한 대기업이 관리하는 차를 범죄에 쓰기엔 어렵지 않을까 하는 생각도 고개를 쳐들어 문득 냉정해졌다.

아니, 누구의 소유이든 상관없다. 내가 해야 할 일은 해당 번호의 트럭을 찾아 운전사를 알아내는 것이다.

오전 9시가 지나 공장에서 나온 트럭의 차량 번호를 망원렌즈로 확인하던 마쓰오카는 심장이 멎는 것 같았다. 찾았다. '군마 100 아 215×'. 범행일 전에 두 번에 걸쳐 사체 유기 현장에 모습을 드러낸 트럭이다.

마쓰오카는 렌즈를 운전석으로 향하고 셔터를 누른다. 작업복에 모자를 쓴 젊은 남자가 운전대를 잡고 있다.

트럭은 마쓰오카의 차 옆을 천천히 통과하여 앞의 네거리에서 좌회전한다. 마쓰오카는 서둘러 시동을 걸고 유턴하여 뒤를 따라갔다.

심장이 두근두근 심하게 뛴다. 마침내 찾았다. 지금까지의 수사가 헛일은 아니었다. 마쓰오카는 마음이 조급해져 앞쪽 유리창에 얼굴을 가까이 들이민 채로 차를 달렸다.

트럭은 도로를 달려 와타라세강을 건너더니 머지않아 오타시로 들어선다. 마쓰오카는 트럭 바로 뒤에 붙어 달린다. 미행은 약간 거리를 두고 하는 편이 좋을지 모르지만 신호등 빨간불에 걸려 놓칠까 두렵다. 트럭 짐칸이 컨테이너형이어서 백미러로 이쪽을 볼 수가 없다. 그러므로 가까이 따라붙어도 괜찮을 거라고 자신을 납득시켰다.

10여 분 후, 도로 연변에 있는 제너럴중기 오타 공장의 정문에 이르렀을 때 트럭의 방향 지시등이 깜박였다. 역시 공장 사이를 다니는 정기편인 것 같다. 트럭이 들어간다. 마쓰오카는 일단

문을 지나 차를 세우고 돌아보았다.

트럭은 경비실 앞에서 멈췄다. 운전사가 창 너머로 통행증을 제시한다. 그리고 천천히 공장 안으로 들어간다.

자, 어떻게 할까. 일단 트럭의 정체는 알았다. 이제 이 차가 범행과 관계가 있는지를 밝혀야 한다. 마쓰오카는 사이토 형사에게 전화를 걸었다. 누군가에게 보고를 하고 싶은 것이다.

"예, 사이토입니다."

전화에서 서먹서먹한 목소리가 들려왔다.

"나, 마쓰오카요. 그 차량 번호의 트럭 찾았소. 지금 추적해서 그 트럭을 보유한 사업자를 알아낸 거요."

"아, 그렇습니까?"

마쓰오카는 흥분하여 강한 어조로 말했지만 사이토는 대단히 사무적이다.

"제너럴중기. 알죠? 대형 부품 제조사."

"물론 압니다."

"그 공장을 다니는 정기편이었소. 이미 알고 있던 거요?"

"아뇨, 그건 좀 대답하기 어렵습니다만……."

"왜요? 저번에 차량 번호를 알려준 날 곧바로 조사했을 거 아니요? 어떻소? 사건과 관계가 있을 것 같소?"

"죄송합니다, 마쓰오카 씨. 거듭 말씀드린 것처럼 수사 상황에 대해서는 외부에 알릴 수 없습니다."

"그럼 한 가지만 알려주시오. 해당 차량 번호의 트럭 운전사는 알아낸 거요?"

마쓰오카가 묻자 사이토는 대답이 막혔다.

"괜찮잖소? 알려주시오."

계속해서 물고 늘어진다. 사이토가 마지못해 입을 열었다.

"……차량 담당 부서가 있는데 거기서 조사합니다. 그런데 공장을 다니는 정기편 트럭은 24시간 3교대제라서 특별히 운전사를 배정하지 않는다고 합니다."

"하지만 공장이 배정하지 않는다 해도 운전사들 사이에서는 규정이 있을 거요. 왜냐하면 차마다 특성이 있으니까 늘 같은 차를 운전하고 싶지 않겠소? 시트 위치나 운전대 각도 조정도 있을 거고 말이오. 교통경찰 오토바이나 순찰차도 그렇지 않소?"

마쓰오카가 지적하자 사이토는 전화 너머에서 가볍게 한숨을 내쉬고 "알겠습니다. 다시 확인해보겠습니다"라고 말했다.

"그런데 마쓰오카 씨는 그 트럭을 어떻게 찾아낸 겁니까?"

"내가 찾는 차량 번호를 보고 우리 아들이 그건 사업자 등록 번호니까 회사나 공장을 알아보는 것이 좋을 거라고 가르쳐주었소. 그래서 먼저 이 지역 공장에 출입하는 트럭을 감시한 거요. 기류 남부 경찰서의 지역과 경찰관이라면 알고 있을 거요. 한 번 불심검문을 받았으니까. 댁들은 서로 정보를 공유하는 거 아니었소?"

"그렇습니까? 잘 알겠습니다. 마쓰오카 씨, 아무쪼록 엉뚱한 일은 하지 말아주세요. 저희가 제대로 수사하고 있으니까요. 제발 믿어주십시오."

믿어달라는 말을 듣고 마쓰오카는 나쁜 말이 나오려고 했다. 10년 전 범인을 놓친 주제에 뭘 믿어달라고 하는 건가.

"아, 알았소."

마쓰오카는 감정을 억누르고 대답했다. 전화를 끊고 한숨 돌린다. 그때 왼쪽 눈의 시야를 검은 그림자가 가로질렀다. 앗 하는 틈도 없이 이번에는 그림자가 띠가 되어 그대로 남았다. 눈을 감는다. 5초쯤 감았다가 뜨자 아직 그림자가 남아 있다. 시야의 3분의 1 정도가 새까맣다.

마쓰오카는 온몸의 핏기가 가셨다. 눈에 뭔가 이상한 일이 일어나고 있다. 결코 가벼운 증상이 아니다.

떨리는 손으로 안약을 넣고 1분쯤 눈을 감았다. 주뼛주뼛 눈을 뜨자 그림자가 옅고 탁해졌다. 일단 안도했다. 당장 차는 운전할 수 있다.

마쓰오카는 차 시동을 걸고 출발했다. 오늘은 이것으로 마치기로 했다. 성과는 있었다.

비가 본격적으로 내리기 시작하여 시야가 한층 안 좋아졌다. 마쓰오카는 몸을 앞으로 내밀고 신중하게 운전했다.

*

이케다 기요시의 가택수색 영장이 나온 것은, 이케다가 술집에서 기물 파손 현행범으로 체포된 다음 날이었다. 그 소식을 들은 다키모토 세이지는 드디어 움직인 건가 싶어 흥분하면서도 한편으로는 안이한 기대는 하지 않을 거라고 스스로 타일렀다. 10년 전에도 그랬다. 마약류 관리에 관한 법률 위반 혐의로 잡아 와 단숨에 살인 사건으로 체포하려고 했지만, 증거가 나오지 않았다. 이번에도 그럴 가능성이 크다. 이케다는 꽤 조심성이 많은 사람이다. 잔인하지만 어딘가 냉정하고 머리는 잘 돌아간다. 중퇴한 고등학교는 현에서 다섯 손가락 안에 드는 명문 학교다.

수사1과의 히라노가 전화로 "그렇게 되었으니 선배님께서는 잠시 쉬고 계십시오"라고 했다.

"수사 상황은 하나하나 자세히 보고하겠습니다. 또 만약 이케다가 선배님과 만나게 해달라고 하면 출근 요청을 드릴 테니 잘 부탁드리겠습니다."

"중요한 것은 이케다가 평소 타고 다니는 크라운의 차내 수색이겠군."

"저도 그렇게 생각합니다. 사체는 차로 옮겼다고 볼 수밖에 없으니까요. 그래서 저희는 뒷좌석이나 트렁크 안에서 피해자의 체액이나 모발이 검출되기를 기대하고 있습니다."

"나도 기대하고 있네."

다키모토는 이렇게 말하고 전화를 끊었다. 역시 이케다가 간단히 꼬리를 드러낼 리는 없다. 상습 범죄자이므로 경찰의 수사 기법을 속속들이 알고 있다.

아시카가 북부 경찰서에 갈 용무는 없어졌지만, 사건 발생 이후 이케다와 면담했던 탓인지 현역 형사가 된 기분이어서 가만히 있기가 힘들다. 다키모토는 잠시 고민하다 오늘도 돌아다녀 보기로 했다. 10년 전 사건의 행적을 다시 쫓다 보면 이번 사건과 연결되는 뭔가가 보일 것만 같다.

"여보, 오늘도 경찰 일이야?"

외출할 준비를 하고 있자 아내 사치코가 물었다.

"응, 그래."

다키모토가 대답한다.

"이번 일요일에 유야의 유치원 재롱 잔치가 있는데 안 갈 거지?"

사치코가 손자 이름을 들먹였다. 딸의 장남이다.

"안 갈 거지라니―. 그렇게 묻는 게 어딨어?"

"그럼 갈 거야?"

"……몰라. 일이 어떻게 되는지 봐서."

속으로는 물론 가고 싶지만 괜히 성이 나서 일부러 쌀쌀맞은 대답을 했다.

"일이라니, 자원봉사 아냐?"

"내가 놓친 범인이야. 나한테도 책임이 있으니까."

사치코가 다시 뭐라고 할 것 같아 다키모토는 뿌리치듯 집을 나섰다.

경우회(警友會) 동료에게 들으면 전직 형사는 모두 정년퇴직

후 가족과의 관계에 고심하고 있었다. 지금까지 가족을 돌보지 않았으므로 어떻게 해야 좋을지 모르는 것이다. 다키모토는 이것도 자업자득이라며 체념하고 있었다. 지금까지 수많은 범죄자와 피해자를 접해온 탓에 자신까지 업보를 짊어진 것 같다.

이날은 아시카가로 가지 않고 우선 우쓰노미야 시내에 있는 어느 경찰학교를 찾아갔다. 10년 전 사건 당시 감식반에 있었던 시마다라는 전 동료가 정년퇴직 후 재임용되어 교관으로 근무하고 있다. 전화를 했더니 환한 목소리로 "언제든지 오게"라는 답이 돌아왔다.

경찰학교 정문으로 차를 몰고 가서 젊은 경비에게 이름을 말하자 이미 이야기를 해둔 모양인지 방문객용 주차장까지 안내해주는 지나치게 정중한 대접을 받았다. 속속들이 알고 있는 건물 내부를 걸어 교관실로 향한다. 거기서 기다리고 있던 시마다가 "다키모토 씨, 건강해 보이는군" 하고 얼굴에 웃음을 띠었다.

"뭐, 몸만은. 바보라서 감기도 안 걸리고."

"무슨 말을. 은퇴하자마자 싹 늙어버린 사람이 많아서 건강한 은퇴자를 보면 기쁘다네. 이케다를 조사한다고 하던데? 히라노한테 들었네."

시마다가 의자를 권하며 곧바로 이야기의 핵심을 건드렸다.

"아니, 잡담을 하고 있을 뿐이네. 우선 나는 민간인이니까."

"하지만 다시 연쇄 살인 사건이 일어나 당시 수사에 관여했던 사람으로서 하루하루가 괴로운 거겠지."

"자네도 그런가?"

"당연하지. 동일범일 경우 그때 우리가 범인을 잡았다면 이번 두 건의 살인은 없었을 거 아닌가."

시마다는 눈썹을 팔자로 내려뜨리며 가슴 아파했다.

"오늘 찾아온 것은 10년 전 사건 복습을 하고 싶어서네. 시마다 씨, 처음으로 현장에 달려갔을 때의 일, 기억하고 있나?"

"어떻게 잊겠나? 와타라세 녹지의 나카바시 대교 부근, 본부에서 맨 먼저 들어간 게 우리 감식반이었지. 최초 발견자는 그 지역에 사는 중학생이었네. 갈색으로 염색한 애들이 새파랗게 질려 있던 것을 또렷이 기억하고 있지. 덤불을 헤치고 안쪽으로 들어가자 전라의 여자 사체가 눕혀져 있었네……."

시마다가 먼눈으로 이야기한다. 그날의 감식 활동, 검시, 사체 반출까지 모든 것을 완벽하게 기억하고 있었다.

"그럼 유류물이나 사체의 부착물도 기억하고 있나?"

"물론이지. 초록색 접착테이프, 짐을 쌀 때 쓰는 비닐 끈. 제조사도 찾아냈었지. 부착물은 사체의 목과 뒤통수의 섬유 조각. 죄다 이번 사건과 같지?"

"약간은 다른 점도 있다네. 히라노한테 들은 바로는 목에 고무 조각이 부착되어 있었나 보더군."

"고무 끈으로 조른 건가?"

"아니, 목장갑의 손바닥 쪽에 코팅된 고무 같다더군."

"그럼 같네. 목장갑이 바뀐 것뿐이지. 그렇게 생각하고 싶지는 않지만 누가 봐도 동일범의 소행이야."

시마다가 한숨을 내쉬고 의자에 깊숙이 기대었다.

"그런데 군마에도 같은 사건이 발생해서 합동수사본부가 세워지고 양쪽의 감식반끼리 분쟁이 있지 않았나?"

다키모토가 이렇게 말하자 시마다는 곧바로 "자네도 괴로운 일을 떠올리게 하는군" 하고 말했다.

"미안하네. 당시는 조심스러워서 물어보지 못했지."

"분쟁이라고 할 정도는 아니었네. 유류물에 대한 의견을 조정할 때 비닐 끈의 제조사를, 그쪽은 대강 살펴보기만 하고 이쪽 감식 결과에 맞춘 것 같아서 당시 과장님이 제대로 조사하라고 했더니 그쪽이 불쾌하게 생각해서 관계가 나빠졌지."

"하하하, 그런 일이 있었지."

"아니, 우리 과장님의 말투도 좀 안 좋았네. 사람끼리 하는 일이니까. 부드럽게 주의만 주면 되었을 것을."

"그거야 알지. 나도 군마 쪽 사람들을 여러 번 화나게 했네. 사건을 해결했다면 화해할 수도 있었겠지만 그러지 못했으니……."

다키모토 자신에게도 그때의 수사에 대한 미련이 남아 있었다. 원래 형사는 자신이 직접 범인을 검거하겠다는 욕망이 강하다. 바꿔 말하면 공을 세우고 싶은 것이다.

"그 증거품은 장기 보관해두었겠지?" 다키모토가 물었다.

"물론이지. 특별수사반이 계속 수사했네. 모든 증거품이 남아 있지. 군마현 경찰본부도 같을 거네."

"그럼 됐네. 이번 사건과의 관련성이 확실해지면 다시 조사하면 되는 일이니까."

"그런데 다키모토 씨. 이케다는 어떻던가? 별건으로 잡아서 어떻게 좀 될 것 같은가?"

"가택수색에 달려 있겠지. 히라노가 열심히 하고 있네."

"자네는 후배 생각이 각별하군그래."

"나도 여러 선배들한테 이쁨을 받았으니까."

잠시 전직 형사끼리 추억담에 빠졌다. 전우 같은 사이이기에 할 이야기는 얼마든지 있다.

"여기서는 또 어디로 가나?" 시마다가 물었다.

"구로사키 씨와 약속이 있네."

다키모토는 구로사키라는 당시 수사1과의 관리관 이름을 꺼냈다. 10년 전 사건을 실질적으로 지휘한 인물로, 은퇴한 지금은 민간 회사의 임원이다.

"구로사키 씨라, 가장 불리한 일을 억지로 떠맡게 된 사람이었지."

시마다가 불쌍히 여기는 듯한 미소를 지으며 말했다. 구로사키는 우수하고 인망이 두터운 사람이었으나 10년 전 수사본부가 해산하자 강제로 사직당하며 형사부를 나갔다.

"당시 관계자를 순서대로 만나러 갈 생각이네. 지난번에는

10년 전 피해자 유족을 찾아가 향을 올렸다네. 당사자에게는 모든 게 시간이 멈춘 그대로더군."

"응, 그렇겠지. 나도 늘 뭔가를 잊어먹고 살아온 기분이네."

서로 한숨을 내쉬며 헤어졌다. 다키모토는 오랜만의 만남에 용기를 얻은 느낌이었다. 적어도 집에 있는 것보다는 나았다.

교관실을 나와 복도를 걷고 있으니 다키모토가 찾아왔다는 이야기를 들은 예전 동료가 차례로 나와 인사를 나눴다. 건물을 나가는 데만 10분 넘게 걸릴 정도였다.

구로사키가 재취업한 곳은 우쓰노미야 시내의 부동산이었다. 그곳으로 찾아갔더니 책상 위가 서류 더미로 가득해, 언뜻 보기만 해도 아주 바쁜 듯했다. 낙하산으로 가서 딱 몇 년만 일하고 말 거라고 확신했던 다키모토는 살짝 놀랐다. 물어보니 경찰관 시절에 법무 담당으로 일하며 얻은 지식이 크게 도움이 된다는 것이었다.

"마음 편한 은거 생활을 꿈꾸고 있었는데 한동안은 무리겠군."

구로사키는 이렇게 말하며 쾌활하게 웃었다.

"실은 지금 이케다 기요시를 상대하고 있네." 다키모토가 이야기를 꺼낸다.

"알고 있네. 퇴직한 형사부 사람들 사이에서는 지금 그 소문이 자자하다네. 자네가 엄청난 재난을 당하고 있다고 말이지."

"재난은 아니네. 예전 후배들이 부탁하면 나야 영광이지."

"그런데 뭔가? 나한테도 도와달라는 건가?"

"그래, 도와주게. 이야기를 들려주기만 하면 되네. 10년 전에는 이야기하지 못했지만, 지금이라면 꺼낼 수 있는 것도 있을 거 아닌가?"

"그야 없는 것도 아니네만……."

구로사키가 눈을 내리깔고 쓴웃음을 지었다.

"뭐든지 괜찮다네."

다키모토가 재촉하자 구로사키는 긴장을 푸는 것처럼 목을 좌우로 두세 번 움직이고는 천천히 이야기하기 시작했다.

"군마 쪽에서 들어온 정보였는데, 두 번째 사체 유기 사건에 대해 반년쯤 지나고 나서 목격 증언이 나왔어. 심야에 와타라세강 하천부지를 산책하고 있었는데 웬 트럭에서 몸집이 큰 남자가 내리더니 짐칸에서 모포에 싼 짐을 끌어내 짊어지고 덤불 속으로 들어갔다고 말이네. 그런데 그런 중대한 목격 증언이 어떻게 반년이나 지나 나온 거냐고 마에바시 지검이 수상하게 여겼다더군. 지당한 의심이지. 조사해보니 목격자로 나선 사람이 치매를 앓고 배회하는 노인이었고, 당연히 증거 채택이 되지 않을 거라며 흐지부지된 일이 있었다네."

"아, 그 이야기는 들었네. 회의에는 본격적으로 올라오지 않았지만 말이야."

"맞아. 지휘 회의에서는 언급됐지만 합동수사 회의에서는 의

제에 올리지도 못했지. 그쪽도 조심스러웠겠지. 우리가 이케다의 신병을 확보하고 있는 상황에서 혼란을 일으키면 안 된다고 생각해서 말이야. 하지만 나는 내버려두는 것도 찝찝하니까 부하를 시켜 사정을 들어보러 찾아가보게 했네. 일단 군마 쪽에도 미리 알리고 말이지. 그랬더니 그 부하가 보고하기를, 증언이 꽤 상세해서 제대로 수사하는 것이 좋을 것 같다고 하더군. 알아봤더니 치매도 이따금 제정신이 돌아온다고 하더군. 그 치매 할아버지가 텔레비전에서 서스펜스 드라마를 보다가 살해 장면에서 부인한테 '난 봤어. 와타라세강 사건의 범인을 봤어'라고 불쑥 말했다더군. 처음에 부인은 상대해주지 않았지만, 이튿날이 되어도 똑같은 말을 하니까 아들을 불러 경찰에 연락해달라고 했다고 하네."

"흐음, 그랬었군."

다키모토는 어쩐지 그 광경이 눈에 선했다. 확실히 치매 환자는 갑자기 뭔가를 떠올리는 경우가 있다.

"난 지휘 회의에서 제대로 조사하는 게 좋겠다고 보고했는데 어쨌든 지검이 흥미를 보이지 않아서……. 그럭저럭하는 사이에 할아버지는 시설에 들어가고 말았지. 지금은 살아 계시지도 않겠지만."

"이케다의 인상착의와는 일치하지 않았군그래."

"그렇지, 할아버지가 본 것은 몸집이 큰 남자였던 모양이네. 이케다는 키가 175센티미터니까 몸집이 큰 남자라고는 할 수 없지. 그래서 나도 좀 맥이 빠졌네."

"그렇군. 치매 환자의 증언이라면 어쩔 수 없지."

다키모토는 희미하게 쓴웃음을 지으며 말했다. 검찰은 무엇보다 증거의 유효성을 중시한다. 증거로 받아들이지 않았던 것은 충분히 이해할 수 있었다.

"다키모토 씨, 언제까지 경찰과 함께할 건가?" 구로사키가 물었다.

"도움이 된다면 끝까지 해야지." 다키모토가 대답했다.

"직성이 풀릴 때까지 해주게. 그 사건은 자네 사건이라고 생각하네. 이케다의 체포와 기소를 위해 가장 열심히 뛰었던 사람이 자네였으니까."

"지금도 이케다가 범인이라고 믿나?"

다키모토가 시험하듯이 물었다.

"물론이지. 범인은 이케다 외에는 없네. 적어도 첫 번째 살인과 사체 유기는 증거도 충분히 있었어."

구로사키가 즉답을 해서 다키모토는 만족했다.

"이케다 같은 범죄자가 자유롭게 활보하는 것 자체가 경찰한테는 가장 통탄할 만한 일이지. 이번에야말로 감방에 처넣으라고 후배들한테 말해주고 싶네. 안 그런가, 다키모토 씨?"

"그럼, 나도 같은 마음이네."

만난 김에 서로 근황도 나누었다. 구로사키도 아내에게 외면당하고 있는 모양인지 부부 여행 같은 건 꿈같은 이야기라며 웃었다. 손자와 노는 것이 유일한 위안거리인 듯하다.

"여기서는 또 어디로 가나?" 구로사키가 물었다.

"우쓰노미야 지검의 당시 사무관을 만나고 올 거네. 전화를 했더니 나를 기억하고 있어서 말이야. 언제든지 오라고—"

"자네를 잊은 사람이 어디 있겠나?"

구로사키가 어깨를 흔들며 웃는다. 다키모토는 새삼 동료의 존재를 고맙게 생각했다. 동료들의 원통함을 풀기 위해서라면 자신은 어떤 희생도 마다하지 않을 것이다.

다키모토는 다음으로 향하는 발걸음이 가벼워졌다.

*

예상대로 히라쓰카 겐타로의 아버지인 현 의회 의원 히라쓰카 고이치가 경찰서로 찾아왔다. 찾아온 곳은 군마현 경찰본부의 형사부로, 다케다 형사부장에게 면회를 요구해 호리베 수사1과장도 함께 응대했다. 뺑소니 혐의라고 하는데 스쿠터를 탄 피해자가 그 자리에서 도망쳐 피해 신고도 하지 않은 상태에서 왜 아들을 구속하느냐는 항의였다. 다케다는 순찰 중이던 경찰관이 접촉 사고와 뺑소니를 모두 목격해서 체포의 위법성은 없다, 현재 스쿠터를 타던 소년들을 수색 중이고, 찾는 대로 피해 신고를 하게 할 거라고 항변했다. 그런데 뒤늦게 달려온 변호사가 피해 신고가 들어오면 곧바로 출두하게 할 테니 일단 석방해달라 요구했고 경찰은 받아들일 수밖에 없었다. 차체를 살펴보니 살짝 긁힌 자국밖에 보이지 않아, 스쿠터 운전자 측의 불찰로 인한 사고일 가능성도 배제할 수 없어 접촉 사고로 단정할 수는 없다는 이유에서였다.

하지만 무엇보다도—. 수사본부를 경악하게 한 것은 조사 중 겐타로가 다중 인격 증세를 보인 일이었다. 조사를 한 사람은 사이토 가즈마와 이토다. 체포 당시는 늦은 밤이라 유치장에 하룻밤 두고 이튿날 아침부터 조사를 시작했다. 겐타로는 얼마 동안 물음에 조곤조곤 대답했다. 그러다 10초쯤 고개를 숙이고 신음 비슷한 소리를 냈고, 다음에 얼굴을 들었을 때는 돌연 다른 목소리로 말하기 시작했던 것이다.

"겐타로를 괴롭히지 마세요. 그냥 은둔형 외톨이일 뿐이니까. 겐타로는 그저 타인과 엮이고 싶지 않은 거라서 뺑소니를 냈다고 하더라도 그냥 무서워서 도망쳤을 거예요."

사이토는 아연실색했다. 무슨 일이 일어난 건지 순간적으로는 판단할 수 없었다.

"겐타로라니—. 당신이 그 겐타로잖아요."

상황을 엿보며 묻는다.

"나는 아니에요. 겐타로에 대해 잘 알고 있긴 하지만."

겐타로가 의자에 기대고 온화하게 대답했다. 사이토는 무심결에 침을 꿀꺽 삼키며 이토와 얼굴을 마주 보았다.

"이봐요, 무슨 농담을 하는 겁니까?" 이번에는 이토가 말한다.

"농담이 아니에요. 나는 겐타로가 아니에요."

"그럼 누군데요? 말해봐요." 사이토가 물었다.

"어떡하지……."

겐타로는 고개를 갸웃하며 신음했다. 약 올리는 게 아니라 정말 어쩔 줄 몰라 하는 듯하다.

"이름 정도는 괜찮잖아요?"

"겐타로는 나를 마코토라고 부르기는 해요."

사이토는 온몸에 소름이 끼쳤다. 지금까지 가벼운 정신 질환을 가진 용의자를 조사한 적은 있지만, 이렇게까지 현실과 괴리된 사람과 대면하는 것은 처음이다. 이토도 옆에서 파랗게 질려 있었다.

그런 이토에게 손짓하여 사이토가 귓속말을 했다.

"스마트폰으로 동영상을 찍어. 보고해도 위에서는 믿지 않을지 모르니까."

"알겠습니다."

이토가 벽으로 떨어져 스마트폰으로 찍는 자세를 취한다. 마코토라고 하는 겐타로를 힐끗 쳐다봤지만 특별히 싫어하는 것 같지는 않았다.

"그럼 이어서 얘기해보지요. 겐타로는 지금 어디 있나요?"

"안에 숨어 있어요. 그는 겁쟁이라 상황이 안 좋으면 숨거든요."

겐타로—아니, 마코토라고 해야 하나—가 자신의 가슴을 가볍게 두드리며 말한다.

"그럼 마코토, 자기소개를 해주겠어요?"

"스물세 살의 대학교 5학년. 학교에는 전혀 가지 않으니까 졸업은 절망적이지만요."

"어느 대학이죠?"

"말해도 모를 거예요."

"괜찮으니까 말해봐요."

사이토가 계속해서 묻자 마코토의 눈이 흔들렸다. 머리를 앞뒤로 흔들며 다시 신음 소리를 내기 시작한다.

"왜 그래요?"

대답이 없다. 사이토는 눈앞의 인물에게 뭔가 불안정한 동요를 느끼고 질문을 바꿨다.

"겐타로와는 언제 알게 된 거죠?"

마코토가 눈을 뜬다. 5초 정도 뜸을 들이더니 "그 질문은 좀 요점에서 벗어난 거 아닌가요?" 하고 말했다.

"무슨 뜻이죠?"

"알게 된 게 아니라 겐타로가 내 존재를 깨닫고 관계성이 생긴 거니까요."

"잘 모르겠는데요."

"음, 잘 모르겠지요. 6년 전 크리스마스 무렵이었나, 겐타로가 온라인 게임 중에 막다른 곳에 몰려 죽을 뻔한 적이 있었거든요. 그걸 도와준 게 나예요."

"온라인 게임? 무슨 게임인데요?"

"말해도 모를걸요."

"몰라도 되니까 말해봐요."

"그건 좀……." 다시 마코토의 눈이 흔들리기 시작한다.

"아, 잠깐만. 좀 더 거기 있어봐요. 이야기를 듣고 싶으니까. 우리가 경찰이라는 건 알고 있죠?"

"알죠."

"그럼 여기가 어디인지도 알고 있어요?"

"네, 알아요. 경찰서의 조사실이잖아요."

"한 가지 물어보고 싶은 게 있어요. 기류시와 아시카가시에서 일어난 연쇄 살인 사건은 알고 있죠?"

"대충은요. 항상 바깥 세계와 접하고 있는 건 아니니까 자세히는 몰라요."

"바깥 세계?"

"네. 실제 세계요."

사이토는 잠시 말문이 막혔다. 이 자리에서 어디까지 파고들어야 되는지 짐작도 할 수 없다. 게다가 아침 일찍 우치다 계장으로부터 들은 정보로는 현 의회 의원인 부친이 경찰본부 형사부장에게 아들의 석방을 요구했다고 했다. 신병 구속은 기껏해야 오늘 오전까지일 것이다.

"저기, 마코토. 우리는 그 연쇄 살인 사건을 쫓고 있는데 말이죠, 뭔가 아는 것 없어요?"

사이토가 주뼛주뼛 말을 꺼냈다.

"글쎄요, 저는 모르죠."

"겐타로는요?"

"걔도 모를걸요."

"그럼 또 한 가지만 묻고 싶은데, 겐타로 안에는 또 누가 있죠?"

"으음……." 마코토가 생각에 잠겼다. "알고 있는 것만 셋이 더 있으려나. 남자 고등학생과 서른이 넘은 남자, 그리고 이십대 여자……."

그때 마코토의 눈이 흔들렸다. 머리를 빙빙 돌리며 신음 소리를 낸다. 고개를 툭 떨어뜨렸을 때 마코토가 사라지고 겐타로가 돌아와 있었다.

"죄송합니다. 무슨 이야기를 했죠?" 겐타로가 원래 목소리로 말한다.

사이토는 온몸에 소름이 돋았다. 이렇게까지 당치도 않은 일을 당하면 사람은 어찌할 도리가 없다. 과연 감당할 수 있을까.

"당신, 어디 갔었어요?"

"아니, 특별히……." 겐타로가 고개를 숙이고 얼버무린다.

"방금 마코토라는 대학생하고 이야기를 나눴는데요."

"그렇습니까……?"

지적을 해도 겐타로는 동요하는 구석이 없고 그저 눈을 내리깔 뿐이었다.

"당신 안에 여러 사람이 있다는 걸 가족은 알고 있어요?"

"모릅니다."

"병원에는 다니는 겁니까?"

"전에는 도쿄의 병원에 다녔지만 지금은 다니지 않습니다."

"그렇군요. 알았어요. 괜찮으면 다시 한번 진찰을 받아보지 않을래요? 경찰이 도와줄 겁니다."

"글쎄요……."

겐타로는 확실히 대답하지 않고 심드렁한 표정이다.

사이토는 겐타로를 체포한 것을 반쯤 후회하고 있었다. 뽑은 것은 난이도 C의 퍼즐이다.

"아마 오후가 되면 가족이 데리러 올 거니까 오늘은 그냥 돌아가요. 하지만 뺑소니는 반드시 입건할 겁니다. 아직 끝난 건 아니에요."

사이토가 이렇게 말하자 겐타로는 중학생처럼 순순히 고개를 끄덕였다.

그날 밤 수사 회의에서는 당연히 히라쓰카 겐타로의 다중 인격 증상이 보고의 중심이 되었다. 다중 인격의 정식 병명은 해리성 정체 장애라고 하는데 수사본부는 그 명칭을 사용하기로 했다. 수사관 전원이 지금까지 그런 정신 질환과는 인연이 없어 흥미가 절반, 피하고 싶은 기분이 절반인 듯한 얼굴이었다.

"수사1과의 사이토입니다. 오늘 뺑소니 혐의로 현행범으로 체포한 히라쓰카 겐타로를 조사하던 중 해리성 정체 장애로 보이는 증상이 나타나 보고합니다. 이 정신 질환은 일반적으로 다중 인격이라 불리는 것으로 환자가 여러 개의 인격을 가지며, 그 인격들이 어떤 순간에 교체되는 것입니다. 인격끼리는 연결된 경우가 많고 서로의 기억을 공유하기도 하는 것 같습니다. 다만 인격끼리 항상 모든 기억을 공유하는 건 아닌 듯합니다. 즉 겐타로가 다른 인격의 행동에 관해 기억하지 못하는 일이 간혹 있는 것 같습니다."

사이토가 여러 장의 프린트물을 읽으며 설명했다. 오후 내내 인터넷을 참고하여 조사한 내용이다.

"이 장애의 증상은 쓰라린 체험에서 자신을 분리하기 위한 일종의 방어 반응으로 여겨집니다. 겐타로의 성장 과정 등 상세한 이력은 알지 못하지만, 아마 여러 요인이 쌓여서 방에 틀어박히게 되었고, 그 과정에서 해리성 정체 장애 증상이 나타나기 시작한 게 아닐까 싶습니다. 오늘 조사 중에 나타난 증상에 대해서는 말보다는 증거가 나을 것 같아 동영상을 찍었으니 그것을 보시고 의견을 주시면 좋겠습니다."

사이토가 지시하자 이토가 정면에 설치된 프로젝터에, 조사 중에 스마트폰으로 찍은 동영상을 띄웠다.

겐타로가 다른 사람 목소리를 써서 사이토의 질문에 담담하게 대답한다. 표정까지 달라져 누가 봐도 다른 사람이었다.

"꾀병 아니야?" 니시무라 관리관이 말했다.

"아니, 이게 꾀병이라면 엄청난 배우겠지." 호리베 1과장이 대답한다.

여러 수사관이 고개를 끄덕이고 동영상을 응시하는 눈에도 힘이 들어갔다.

"마코토라는 건 누구야? 단순히 가상의 인물인가?" 호리베가 묻는다.

"모릅니다. 조사해봤더니 가상의 인격, 예컨대 애니메이션의 주인공 등이 나오는 일은 없고 각각 구체적인 관계나 역할이 있는 모양입니다만, 현 상황에서는 어떤 말도 할 수 없습니다. 내일이라도 대학 병원에 가서 전문가의 말을 들어볼 생각입니다."

"일이 성가시게 되었군. 어떡하지?"

다케다 형사부장이 콧등에 주름살을 지으며 말했다. 해리성 정체 장애라면 겐타로의 감시는 더욱 중요해지지만, 한편 조사가 힘들어진다.

"이치우마. 자네 심증을 말해보게." 호리베가 말했다.

"현 상황에서는 어쩔 도리가 없는 것 같습니다. 앞으로 겐타로 안에 들어 있는 인격이 교대로 연달아 나와 뭔가를 말한다고 해도 그것이 객관적인 증거가 될지는 알 수 없습니다."

사이토는 솔직히 대답했다. 속으로는 누군가 대신해주었으면 좋겠다고 생각했다.

"1과장님. 그런데 가족은 겐타로의 병을 알고 있습니까?"

"본부로 찾아온 부친께 물어봤는데 얼버무리는 느낌이었네.

아드님이 조사 중에 의미 불명의 말을 하는 모양인데 뭐 짐작 가는 일이라도 있느냐고 완곡하게 물었지. 그랬더니 경찰 조사를 받는 것이 낯설어서 당황했을 거라는 답이었어. 친족으로서는 감추고 싶겠지. 하물며 현 의회 의원이니까. 이 지역에서 묘한 소문이라도 나면 큰일일 테고."

"하지만 그렇게까지 증상이 확실한데 숨길 수가 없겠지요."

"그래서 아들이 방에 틀어박힌 것이 부모한테는 안성맞춤인 거 아닌가?"

"아아, 그렇겠군요."

호리베의 지적에 사이토는 납득했다.

"조사받을 때 겐타로의 태도는 어떻던가?" 니시무라가 물었다.

"고분고분합니다. 반항적인 태도를 취하는 일은 없었습니다. 다만 대화가 고통스러운지 입이 무겁습니다."

"이치우마, 어떻게든 관계를 만들어보게. 나이도 비슷하니까 말이야."

니시무라의 말에 다케다와 호리베는 진지한 얼굴로 고개를 끄덕였다.

"제가 하는 겁니까?"

"무슨 일이든 경험이야. 대학 병원에서 정신과 의사를 소개받아 다음에 부를 때 동석하게."

"아, 그러고 보니……." 이때 호리베가 말했다. "공보과의 호시노가 도쿄에서 범죄심리학 선생님이 와 있는데 누가 좀 만나보겠느냐는 이야기를 하더군. 〈주오신문〉이 데려온 사람인 듯한데 일단 대답을 피했지만 이치우마, 괜찮다면 자네가 만나서 이야기를 듣고 오게. 도움이 될지도 모르니까. 참고로 도치기현 경찰본부는 그 선생님과 이미 접촉을 했다고 해."

"알겠습니다. 전문가가 있으면 도움이 될 겁니다. 솔직히 저희만으로는 버겁다고 할까……."

"확실히 그렇지. 해리성 정체 장애를 가진 피의자는 여기에 있는 누구도 경험해보지 못했으니까. 얻어들은 풍월로 임하는 것은 삼가야지. 편견도 금물이네. 그런데 이치우마, 뺑소니 쪽은 어떻게 되었나? 입건할 수 있을 것 같나?"

"현재 관할 경찰서 교통과의 협력을 요청하여, 사고로 넘어진 스쿠터를 찾는 작업을 하고 있습니다. CCTV 영상으로 스쿠터 번호까지는 알 수 없습니다만, 교통과가 현장 부근에서 탐문을 했더니 매일 밤 둘이서 스쿠터를 타고 상점가를 돌아다니는 불량 고등학생들이 있다는 증언이 있어 아마 그들일 거라 짐작하고 있습니다. 내일이라도 집으로 찾아가서 접촉 사실을 확인하는 대로 피해 신고서를 내게 할 생각입니다."

"좋아, 알았네. 그럼 경찰청의 가와세 1과장 보좌, 의견 좀 들을 수 있을까?"

호리베의 지명을 받고 가와세가 마이크를 잡았다. 가와세는 일주일에 사흘은 수사 회의에 출석한다.

“여러분, 수고 많으십니다. 새로운 피의자가 떠오른 것에 대해서는 저도 무척 흥미를 갖고 있습니다. 예단은 금물이지만 감시에서 제외하는 선택지는 없겠지요. 해리성 정체 장애를 다루는 것에 대해서는, 여기에 있는 누구도 경험이 없는 것 같으니 조속히 경찰청에 문의해서 선례 자료를 요청하도록 하겠습니다. 다만 정신 질환자의 조사에 대해서는 진술의 신빙성이 항상 문제가 되기 때문에 증거 수집이 한층 중요해진다는 점을 잊지 않기를 바랍니다. 히라쓰카 겐타로의 사건 발생 전후의 행적을 도표로 작성해 그간의 행동을 확인하는 것이 긴요할 것 같습니다.”

가와세가 척척 지시를 내린다. 이 관료는 군마현 경찰본부에 파견되어 보름쯤 지났다고 하는데 항상 청결한 복장으로, 수염이 덥수룩한 모습을 한 번도 보여주지 않았다. 현 경찰본부의 형사들이 촌놈으로 보일 정도다.

“나도 한마디 해도 되겠나?” 마지막으로 다케다 형사부장이 마이크를 잡았다. “겐타로의 아버지인 현 의회 의원 히라쓰카 씨는 본부장님에게도 면회를 요청했지만, 무타 본부장님이 현재 도쿄에 계셔서 만나지는 못했다. 아마 현 의회는 다양한 경로를 통해 경찰이 아들과 접촉하는 것을 방해할 것으로 보인다. 하지만 여러분은 위축되지 말고 수사에 임해주기 바란다.”

다케다가 코맹맹이 소리로 말하자 수사관들은 긴장된 표정을 지었다. 역시 간부가 강하게 나오면 현장의 사기가 올라간다.

수사 회의를 마치자 사이토는 이토와 둘이서 경찰서를 나와 수사 차량에 올라탔다. 오늘 밤에도 겐타로를 감시하기 위해서다. 석방 직후니까 오늘 밤에는 집에 있으리라 단정할 수 없는 것이 잠복의 괴로운 점이다. 우치다 계장이 이들을 동정하여 식당에서 주먹밥을 만들게 해 들려 보냈다.

*

이케다 기요시의 체포로 도치기현 수사본부에는 긴장감이 감돌고 있었다. 술집에서 맞붙어 싸운 전 폭력단 조직원을 설득하여 폭행 피해 신고서를 확보하고 술집의 마담인 오야마 아케미에게도 경찰에 협조하지 않으면 주변을 탈탈 털겠다고 반쯤 위협하는 형태로 기물 파손 피해 신고서를 내게 했다. 이것으로 이케다 기요시의 가택수색 영장을 청구하여 자택과 차를 수색할 수 있게 되었다. 수사본부는 어딘가에서 피해자의 DNA가 검출되지 않을까 하는 기대를 품고 있었다. 머리카락 한 올이라도 채취되면 모든 것을 뒤집을 만한 증거가 된다. 그리고 스마트폰도 증거품으로 압수하여 사용 내역을 조사할 수 있게 되었다.

히로카와 수사1과장은 모든 법령을 이용하여 최대한 오랫동안 이케다의 신병을 구속하라는 지시를 내렸다. 예전에 호되게 당한 경험이 있는 수사관들은 이번에야말로 감방에 처넣겠다며 씩씩거리고 있다.

이케다가 혼자 사는 시영 주택은 지은 지 40년이 된 4층짜리 콘크리트 건물로, 녹슨 철근이 표면에 드러난 낡아빠진 공동주택이었다. 재건축도 검토되는 곳이라 입주자는 노인이 많고 아이 소리는 들리지 않는다. 안뜰의 터에는 놀이기구가 있지만 아무도 사용하지 않아 비닐이 씌워져 있었다.

가택수색 담당은 수사1과의 히라노반으로, 노지마 마사히로도 포함되었다. 감식반에서는 과장이 얼굴을 내밀었다. 그래서 현장 분위기가 한층 긴장되었다. "이케다라는 이름을 들으면 가만히 있을 수가 없어"라고 말한 것은 감식반장이지만, 그것은 수사관들의 공통된 의견이라고도 할 수 있었다.

왜건 두 대와 수사 차량 두 대를 타고 주택단지 안으로 들어서자마자 순식간에 구경꾼이 몰려들었다. 대부분은 여기에 사는 노인들이고, 멀리서 에워싸고 바라보며 잡담을 하고 있다. 노지마가 입구 근처에 통제선을 치자 한 노인이 다가와 "저 남자가 또 무슨 일을 저지른 거요?"라고 물었다.

"말씀드릴 수 없습니다만……." 노지마가 대답을 흐린다.

"저런 사람이 같은 주택단지에 있으면 우린 무서워서 어쩔 도리가 없다오. 가끔 큰 소리로 떠드는데 그때마다 누군가가 110번으로 신고하지만, 파출소의 경찰관만 와서는 가벼운 주의만 주고 돌아간다오. 얼마 전에는 역으로 경찰한테 고래고래 고함을 질러 계속 욕만 먹었는데도 체포하지 않았소. 경찰이 돌아가고 나니 누가 110번에 전화했느냐며 한 집 한 집 초인종을 누르며 돌아다녔지. 우리 집도 몇 번 당해서 아내가 부들부들 떨었다오. 경찰이 시민을 좀 더 지켜줘야 하는 거 아니오?"

"죄송합니다. 앞으로는 제대로 하겠습니다. 방금 들은 이야기는 서장님께도 전하겠습니다."

노지마는 고개를 숙였다.

"그런데 와타라세강 살인 사건인 거요?" 노인이 목소리를 죽여 물었다.

"아니요, 좀……." 맞다고는 대답할 수 없어 말을 흐린다.

"그 사건 이후로 형사가 몇 번이나 그 사람 일로 물어보러 왔으니까 아무래도 그건가 싶었는데 말이오."

"그렇습니까? 대답해드릴 수가 없습니다."

"뭐, 됐소. 최대한 오래 유치장에 넣어주시오. 그 사람이 없을 때만 우리는 편히 잘 수 있소."

노지마는 시민으로부터 이케다의 품행에 대한 이야기를 직접 듣고 새삼 사명감이 솟아났다.

줄줄이 계단을 올라가 3층 이케다의 집 앞까지 갔다. 시의 직원이 열쇠로 문을 열고 수사관들이 안으로 들어간다. 노지마는 맨 뒤다. 방 두 개에 부엌 겸 거실이 있는 전형적인 구조로, 들어간 순간 곰팡이 냄새가 풍겼다.

"으악." 한 수사관이 무심결에 소리를 지른다. 현관과 이어진 부엌 바닥은 책더미다.

"생각났어." 히라노가 얼굴을 찌푸리며 말했다. "10년 전에도 이랬어. 이케다는 책 수집가거든."

각자 흰 장갑을 낀 채 신발을 벗고 방으로 들어간다. 먼저 두 방을 전원이 순서대로 들여다보았다. 어느 방이나 책이 엄청나게 많았는데 흐트러진 상태가 아니었다. 쌓아둔 것이 꼭 헌책방의 창고 같다. 노지마는 쓰레기가 방치된 집 같은 내부를 상상했기에 허탕을 친 꼴이다. 책이 산더미처럼 쌓여 있을 뿐 쓰레기는 커녕 먼지 하나 없다. 청소가 잘되어 있다.

"컴퓨터가 보이지 않네요."

노지마가 말했다. 어떤 가택수색이든 요즘은 가장 먼저 확인하는 압수 품목이다.

"그럼 없는 거겠지. 요즘에는 스마트폰만으로 충분하니까. 이상한 것도 아니야." 히라노가 말했다.

"이봐, 1과. 단정하지는 마. 별건으로 체포해서 가택수색을 할 거라 예상하고 처분했을 수도 있으니까. 주변의 중고 컴퓨터 가게를 조사해주게. 어쩌면 여자한테 맡겼을지도 모르지. 알다시피 이케다는 용의주도한 사람이니까."

감식반장이 이의를 제기하자 히라노가 "확실히 그렇긴 하네요"라며 고개를 끄덕였다.

일단 부엌에 모여 일의 순서를 의논했다.

"압수할 것은 범죄와 관련되어 있을 것 같은 책, DVD, 신문이나 주간지를 오려낸 종이 등이다. 그리고 기록이 남는 전자 기기, 메모장, 서류철. 그 이외에도 여자 옷이나 소품 등 마음에 걸리는 것은 다 넣도록."

히라노가 지시를 내려 다섯 반으로 나눴다. 수색하는 것은 부엌과 방 두 개와 베란다, 욕실이다.

노지마는 책이 쌓인 거실을 맡았다. 벽가에 놓인 텔레비전은 큰 화면의 최신형으로, 검은 평면체가 마치 영화 〈2001: 스페이스 오디세이〉에 나오는 모노리스(스탠리 큐브릭 감독의 영화에 나오는 사각 돌기둥 모양의 신비한 검정 물체) 같다. 그리고 의자는 임스사(社)의 라운지체어로, 발을 올려두는 오토만도 세트로 딸려 있다.

"여기만 고급 취향이군."

같은 반 수사관이 어쩐지 기분 나쁘다는 듯 말했다. 노지마는 이케다의 취향에 가벼운 현기증을 느꼈다. 하나부터 열까지 이해할 수 없었다.

노지마는 마음을 가다듬고 책꽂이의 책을 봤다. 대개 논픽션으로, 범죄물이 많았다. 그다음이 경찰 관련 분야다. 전문가용 경찰 서적이 여러 권 늘어서 있다.

히라노에게 묻자 "손대지 않아도 돼"라는 지시가 돌아왔다.

"그놈의 경찰 관련 지식은 진작부터 알고 있어."

노지마도 납득했다. 책꽂이를 보고 느낀 것은 종류가 제대로 분류되어 꽂혀 있다는 점이었다. 흉악성이 유독 두드러지는 이케다가 성격은 꼼꼼한 것이다.

경찰 관련 책 이외에는 역사물이 눈에 띄었다. 가이온지 조고로의 《하늘과 땅과》와 요시카와 에이지의 《미야모토 무사시》는 상자에 담긴 하드커버 장정으로 가장 눈에 띄는 곳에 꽂혀 있다.

"이케다는 책을 많이 읽는 사람인가."

한 수사관이 중얼거린다. 노지마에게는 '성가시게 생겼군'이라고 말한 것처럼 들렸다.

한동안 수색을 한 노지마는 서류철 하나를 발견했다. 거기에는 10년 전 연쇄 살인 사건을 보도한 신문과 주간지 기사를 복사한 것이 담겨 있었다.

"이거 어떻게 생각합니까?"

같은 반의 수사관에게 보여주자 "이건 증거품이겠군" 하며 긴장한 빛을 드러내곤 히라노를 불러 서류철을 열심히 살펴봤다.

"이건 SSBC의 프로파일러가 말했던, 살인범의 기념품 수집 같은 거 아냐?"

"그럴지도 모르지. 쾌락 살인 컬렉션의 일환이야."

이런 대화가 오간 후 압수품 상자에 넣었다.

다만 노지마는 도리어 마음에 걸려 냉정해졌다. 이건 경찰에게 주는 간단한 선물이 아닐까. 뒤가 켕기는 것이라면 책꽂이에 꽂아놓지는 않을 것이다. 이케다는 가택수색 자체를 예상하고 즐기고 있는 게 아닐까 하는 생각이 뇌리를 스쳤다.

이케다의 정체를 알 수 없는 면은 사람을 불안하게 한다.

이케다에 대한 조사 담당자로 히라노, 보조로는 노지마가 지명되었다. 지금까지의 경위에 따르면 타당한 배정이지만 노지마는 마음이 무거웠다. 완전히 이케다 담당으로 인식되어 스트레스가 쌓일 뿐이다.

"너희들, 폭행 현장도 보지 않고 잘도 나만 현행범으로 체포했군그래. 검찰은 뭐라고 하지? 창피를 당하는 건 도치기현 경찰본부야."

이케다는 체포되어도 위세가 당당하다. 오히려 앞으로의 전개를 상상하며 즐기는 것처럼 보인다.

"가택수색은 어땠나? 아무것도 안 나오지? 평범하게 살고 있을 뿐이야. 차만 해도 그렇지, 설령 사체를 옮겼다고 해도 내가 그대로 방치해둘 거라고 생각해? 꼼꼼하게 청소를 하거나 약품을 뿌려 체액을 제거하든가 해서 DNA 같은 건 절대 남기지 않겠지."

이케다는 도발적인 말투로 핵심을 찔렀다.

"이케다, 그럼 네가 했다고 생각해도 되는 거네?"

히라노가 책상을 탁 치고 강한 어조로 물었다.

"글쎄, 어떨까? 그렇다고 해도 나는 절대 자백하지 않아. 그러니 경찰은 증거를 수집할 수밖에 없지. 10년 전에도 그랬잖아? 의심만으로는 기소할 수 없으니까. 아주 멋지다니까, 법치국가는. 중국이나 북한이었다면 나 따위는 몇 번이고 사형을 당했겠지. 다행이야, 일본에 태어나서. 안 그런가, 히라노?"

"이케다, 이렇게 까불 때가 아닐 텐데. 일단 빈틈 하나만 드러나면 사형은 확실하니까 말이야. 지금 참회라도 해두는 게 어때?"

"히라노, 너도 말주변이 늘었군그래. 수사1과에서 날카롭게 닦아세울 줄 아는 사람이 다키모토뿐이라고 생각했는데 꽤 하는데? 다키모토한테 직접 전수라도 받은 건가?"

"어, 그렇다. 서당 개 3년이면 풍월을 읊는다고 하잖아."

이케다와 히라노가 한 치의 양보도 없이 맹렬한 입씨름을 이어간다. 노지마는 노트북을 펼치고 대화를 적어가지만 말이 너무 빨라 따라가는 게 고역이었다.

"그런데 다키모토는 어째서 안 오는 거지?"

"야, 이 바보 같은 놈아. 다키모토 씨가 일일이 너 같은 놈 상대를 해주겠어? 게다가 체포되었으면 너는 정식 용의자야. 민간인인 다키모토 씨를 내세울 수는 없지 않겠어?"

"뭐야, 시시하게. 다키모토가 상대가 아니면 나도 흥이 안 나는데."

이케다가 몸을 의자 깊숙이 기대고 책상에 다리를 올렸다.

"안심해. 조사 상황은 하나하나 자세히 다키모토 씨한테 보고해줄 테니까."

안색 하나 바뀌지 않고 히라노도 책상에 발을 올린다. 마치 무슨 연극이라도 보고 있는 것 같다.

"그런데 이케다, 너, 인터넷 게시판을 보고 있는 거야?"

히라노가 물었다. 이케다가 순간적으로 말문이 막힌다.

"아케미 마담이 말하던데. 그 사람, 스마트폰을 보고는 '멋대로 지껄이고 말이야'라며 화를 냈다고 말이지."

"알고 있으면 묻지 마. 내 스마트폰을 압수했잖아. 검색 내용을 조사하면 알 거고."

이케다가 내뱉듯이 대답했다.

"우리는 사건 발생 이후 인터넷을 늘 참고해. 하기 싫은 일이지만 당번이 매일 체크하고 있어."

"허어, 경찰이 인터넷을 체크하고 있다고?"

"그거야 당연하지. 너는 인터넷 세계에서는 완전히 유명인이야. 어떻게 생각해?" 히라노가 물었다.

"아무 생각 없어."

"아케미 마담은, 이케다는 인터넷 게시판에 분개하면서도 한편으로는 즐긴다고 말하던데."

"수다쟁이 여자가 말이야. 나가면 한 대 갈겨주지."

"그렇게 말하면 안 되지. 유일한 네 편인데. 이케다를 믿는다면 뭐든 말할 수 있지 않냐고, 협조하지 않으면 불리하게 작용할 거라고 했더니 순순히 이야기하더라고. 순박하고 좋은 마담이잖아."

히라노가 아케미 마담을 감싸준다. 아케미의 증언이 아니더라도 이케다가 자신이 사건의 소용돌이 속의 인물이라는 것을 즐긴다는 것은 몇 가지 언동에서도 보였다. 말썽이 생긴 철거업자에게 "너도 와타라세강 하천부지에 발가벗겨 던져줄까"라는 식으로 협박했다고 한다. 애초에 자신의 욕설이 쓰여 있을 게 분명한 게시판을 매일 들여다보는 행위로 보아 보통 사람의 정신은 아니다.

지난번 경찰청에서 SSBC 전문가를 불러 강의를 들었을 때 노지마는 범죄와 인격 장애에 대한 설명을 듣고 많은 것이 이해되었다. 이케다는 히스테리성 인격 장애, 자기애적 인격 장애인 것이다. '항상 주목받고 싶다', '나는 특별한 인간이다'라는 마음이 지나치게 강하고, 그것이 충족되지 않을 때는 과도하게 공격적으로 변한다. 반대로 말하자면 이렇게 경찰을 상대하고 있을 때는 기분이 좋다.

"이봐, 히라노, 경찰은 인터넷에서 누가 게시판에 글을 썼는지 알아낼 수 있지?" 이케다가 물었다.

"그렇지, 전문 팀의 도움을 받으면."

"몇 명 좀 알아내서 알려줘. 어떻게 앙갚음을 할지, 벌써부터 두근두근해, 나는."

이케다가 눈에 핏발을 세우고 말한다. 노지마는 귀에 신경을 집중하고 키보드를 계속 쳤다.

*

군마·도치기현의 경찰본부가 각각 중요 참고인의 신병을 확보했다는 정보가 들어와 기자들은 혼란에 빠졌다. 와타라세강 연쇄 살인 사건은 동일범, 또한 단독범일 가능성이 매우 크다.

기자들도 그렇게 믿고 취재를 진행해왔다. 그런데 두 현의 경찰이 서로 다른 인물을 구속했다는 것이다. 그리고 별건체포인 듯하다. 이는 용의자가 아직 좁혀지지 않았다는 뜻인지, 아니면 다음 한 수가 있어서 체포한 것인지 기자들도 판단하지 못하고 있다. 특히 군마현 경찰본부가 체포한 사람은 현 의회 의원의 아들인 히라쓰카 겐타로다. 그런 사람을 연행했다니 뭔가 유력한 실마리라도 잡은 것이 아닐까 하고 각 언론사는 의심암귀가 되어 기자실에서 서로 의중을 떠보는 중이다.

그날 아침, 지노 교코는 군마현 경찰본부의 기자실로 가자마자 공보과 호시노의 호출을 받았다. 드문 일이게도 직접 전화를 걸어와 "잠깐 와주겠소?"라고 한다. 그것도 공보실이 있는 1층이 아니라 형사부실이 있는 4층이다. 교코는 내밀한 이야기일 거라고 짐작하고 파우치를 들고 화장실에 가는 척하며 기자실을 나왔다.

형사부실에 들어서자 회의 테이블로 안내되었다.

"지노 짱, 저번에 10년 전 사건을 맡은 형사한테 이야기를 듣고 싶다고 했잖아요."

호시노가 접이식 의자에 앉아 쾌활하게 말했다. 오늘은 '짱'을 붙인다.

"네. 부탁드렸었습니다."

"수사1과의 전 형사 중 취재에 응해도 좋다는 사람이 있어서 소개할게요."

호시노가 주소와 핸드폰 번호, 이름이 쓰인 메모지를 탁자 위에 미끄러뜨리며 건넸다.

"나카니시 도시카즈 씨. 10년 전 사건 때는 수사본부의 중심에 있었고 해산한 후에도 특별수사반에서 계속 수사를 했던 전 경감이에요. 2년 전에 퇴직했으니까 세세한 부분까지 기억하고 있겠지요. 오타시에 살고 있고, 지금은 민간 기업에 재취업했습니다. 본인은 언제든지 좋다고 했으니까 그쪽으로 연락해서 약속하고 만나러 가세요."

"감사합니다."

교코는 호시노에게 감사를 표했다. 하지만 변변찮은 인물이라면 언론사에 소개할 리가 없기 때문에 어디까지나 경찰 쪽에 설 게 확실한 전 형사를 골랐을 것이다.

"그런데 지노 짱. 일전에 범죄심리학자 선생님을 수사관과 만나게 해달라고 말했지요?"

"네, 시노다 선생님입니다."

"우리한테 그분 의견을 들어보고 싶은 사람이 있어서요. 그 선생님은 우리 현에 있겠지요? 전화번호 좀 알려줄 수 있을까요?"

역시 상냥했던 것은 부탁할 일이 있어서구나, 하고 교코는 그제야 이해가 되었다.

"개인 정보라서 지금 이 자리에서는……. 제가 동석하는 건 안 됩니까?"

"그건 곤란해요. 수사상의 비밀이 나올지도 모르고요."

"하지만 저희 측 취재로 와 있는 선생님이라서 완전히 입을 막는 것은 어려울 거라고 생각하는데요."

교코가 응수하자 칸막이 너머에서 "괜찮지 않을까" 하고 굵은 목소리가 날아왔다. 관리관 니시무라가 쑥 얼굴을 내민다.

"오늘 정례 회견에서 1과장님이 겐타로에 대해 이야기한다던데. 어떤 언론사가 이미 정보를 입수한 모양이라서. 그렇다면 비보도 원칙으로 기자회견을 열어서 기사를 막는 것이 나을 거라는 판단이야."

니시무라가 교코에게는 눈길도 주지 않고 이야기를 계속했다.

"게다가 개인의 정신 질환에 관한 정보야. 언론사도 신중해지겠지. 그리고 히라쓰카 현 의회 의원을 견제하려는 의도도 있는 것 같아. 그쪽은 끝까지 숨기고 싶어 하니까 그것을 역이용하여 반격하자는 계획이야. 우리 1과장님은 머리가 좋다니까."

"하지만 동석하는 것은……." 호시노가 난색을 표한다.

"그럼 그만두게. 어차피 경찰청에서 참고 자료는 나갈 거야. 대학 선생님을 무리해서 만날 필요는 없겠지."

"알겠습니다. 저는 동석하지 않겠습니다."

교코가 말했다. 무리인 줄 알면서 말해봤을 뿐이다.

"이봐, 이치우마, 어떡할까?"

니시무라가 돌아보며 말하자 수사1과의 사이토가 모습을 드러냈다.

“저는 만나보고 싶습니다. 전문가의 의견은 중요하니까요……. 기자님, 선생님의 일정을 물어봐주세요. 우리는 언제든지 상관없으니까요.”

사이토가 교코에게 말했다. 사이토에게는 지금까지 몇 번인가 말을 걸었지만 매번 무시당했다.

“그럼 바로 물어보겠습니다. 특별히 궁금하신 것이 있습니까? 질문을 알면 선생님도 미리 준비해두실 테니까요.”

교코가 말하자 세 남자가 얼굴을 마주 보았다.

“해리성 정체 장애지.”

조금 틈을 두고 니시무라가 대답했다.

“관리관님, 그걸 말해도 괜찮습니까?”

호시노가 미간을 찌푸리고 말한다.

“상관없어. 어차피 1과장님이 회견에서 언급할 일이니까.”

니시무라가 난폭하게 말한 후 다시 교코를 향했다.

“잘 들으시오, 기자 양반. 그제 체포한 히라쓰카 겐타로는 해리성 정체 장애가 있는 인물이오. 그래서 수사본부는 어떻게 다뤄야 할지 고심 중이다, 그런 얘기요.”

“저, 해리성이라는 게…….”

“쉽게 말하자면 다중 인격이라는 말이오. 그놈 안에 들어 있는 몇 사람이 연달아 교대로 나오는 거요. 여기 있는 사이토는 조사실에서 굉장히 놀랐다, 뭐 그런 얘기지.”

교코는 다중 인격이라는 말을 듣고 말문이 막혔다. 어디까지나 지식으로 알고 있었을 뿐 가까이에 있을 거라고는 생각도 해 보지 않았다.

"히라쓰카 의원의 아드님은 지금 어떤 상태입니까?"

"불구속 송치하고 풀어줬지. 앞으로는 소환해서 조사해야 하는데 변호사가 붙어 있으니까 어떻게 될지 알 수가 없는 상황이오."

니시무라가 거리끼지 않고 내부 사정을 다 이야기했다.

"지노 짱, 기사로는 쓰지 마세요." 호시노가 말했다.

"물론입니다. 뻥소니 혐의잖아요."

"맞아요. 그러니까 지레짐작해서 실수하지 말아야지."

"이 기회에 물어보고 싶은데요, 도치기현 경찰본부가 신병을 확보한 이케다 기요시에 대해 군마현 경찰본부는 어떤 견해를 갖고 있나요?"

교코가 묻자 세 명 모두 순간적으로 표정이 굳어졌다. 니시무라가 대표로 "노코멘트"라고 대답했다.

"이케다 기요시는 폭행 혐의로 구류 중인데 조사 상황은 하나하나 자세히 들어오는 거죠?"

"그러니까 노코멘트라니까요."

이번에는 호시노가 제지한다. 조금 전까지의 미소가 사라져 있었다.

기분을 상하게 하고 싶지 않아 교코는 물러나기로 했다. 히라쓰카 겐타로가 다중 인격이었다는 건 특종이지만 물론 기사로 쓸 수는 없다. 살인 혐의로 체포되었다고 해도 그렇다. 정신 질환에 관해 언론은 무척 조심한다.

기자실로 돌아와 우선 인터넷으로 해리성 정체 장애에 대해 조사했다. 벼락치기로라도 공부해둬야 한다. 관련 동영상 몇 개가 올라와 있었다. 자신이 이 병리와 마주할 수 있을까 싶어 마음이 불안해졌다. 사건기자는 언제든 마음의 준비도 없이 소용돌이 속에 내던져진다.

이어서 시노다의 핸드폰에 전화를 걸었다. 시노다는 아직 호텔에서 자고 있는 모양인지 쉰 목소리로 응답했다. 그런데 중요 참고인이 해리성 정체 장애이고, 형사가 전문가의 의견을 구하고 있는데 만나볼 의향이 있느냐고 물으니 갑자기 목소리가 높아지며 "만나야지, 만나야지요" 하며 달려들었다.

"가능하면 그 참고인과도 만나고 싶은데 말이지."

"그건 선생님이 경찰에 부탁해보세요."

"오케이."

시노다는 콧노래를 부르는 것처럼 대답했다.

그날 오후, 교코는 전 형사 나카니시와 약속을 잡았다. 호시노의 소개 덕에 수월하게 진행되어 새로 다니는 회사에서 오늘 당장 만나준다고 한다. 과자 상자를 들고 찾아가자 환갑이 지나서도 여전히 눈빛이 날카로운 몸집이 작은 남자가 젊은 기자를 눈여겨보며 맞이했다. "고사카 씨는 아직 있나요?" 하고 상사 이름을 언급한다.

"네, 군마현 경찰 담당 캡입니다."

"그래요? 아마 아버님이 사고로 휠체어 생활을 하게 되어 본가가 있는 마에바시 지국 근무를 희망한 사람이었지. 고사카 씨한테는 심야와 새벽 시간에 집요하게 기습 취재를 당하곤 했어요. 내 아내가 만든 우동을 제일 많이 먹은 사람이 고사카 씨일 거요."

나카니시가 이렇게 말하며 웃었기 때문에 교코는 안도했다. 형사 중에는 전 형사를 포함해 완고하고 성격이 비뚤어진 사람이 많지만 나카니시는 다른 것 같다.

"그런데 기자 양반, 묻고 싶은 게 뭐요?"

응접실 소파에 앉아 나카니시가 재촉했다.

"떠올리고 싶지 않을지도 모르겠습니다만, 10년 전의 일을……." 교코는 머리를 낮추고는 눈을 치뜨고 말을 꺼냈다. "당시 나카니시 씨는 수사1과의 계장으로 부하를 이끄는 위치에 계셨습니다. 가장 고생스러웠던 점은 무엇이었습니까?"

"고생이라고 하지만 형사의 일은 모두 고생스러운 일이라……." 나카니시가 씁쓸하게 웃는다. "굳이 말하자면 명령이 내려오는 지휘 라인이 여러 번 바뀌어서 부하들을 불편하게 한 것일까요. 그건 나도 미안하게 생각해요."

"구체적으로 말씀하신다면요?"

"요컨대 도치기현 경찰본부와 합동수사를 하게 되어 줄다리기가 시작되었어요. 현역 형사는 말할 수 없을 테니까 내가 대신 말하겠지만, 처음으로 파견되어 온 경찰청 사람이 현장에 익숙하지도 않은 주제에 뭐든지 자신이 지휘하려고 해서 말이지요. 조령모개(朝令暮改)의 반복이어서 수사관들은 우왕좌왕했지요. 도쿄에서 언론이 몰려들면 대개는 그렇게 되잖아요. 뭐, 세상의 이목이 집중되면 경찰도 격식을 차리게 되는 거지요."

"이번 사건은 공동수사인데요……."

"아, 그건 호시노한테서 들었소. 예전 일을 반성하기 때문이겠지만 아무리 봐도 동일범이니 어쨌든 합동수사 형태가 되겠지요. 그렇게 되었을 때 하나로 잘 모아질 수 있으면 좋겠지만……."

"10년 전 사건에서 이케다 기요시가 별건으로 도치기현 경찰본부에 체포되었을 때 나카니시 씨는 어떻게 생각했습니까?"

교코가 묻자 나카니시의 표정이 싹 바뀌었다. 지뢰를 밟은 건가 싶었지만 묻지 않으면 찾아온 의미가 없다.

"어떻게 생각하느냐라……. 처음에는 도치기현 경찰본부에 선수를 빼앗긴 건가 싶어서 발을 동동 굴렀지만, 군마 쪽에서 일어난 살인 사건과 대조해봤더니 앞뒤가 맞지 않은 점이 많이 나왔고, 게다가 알리바이까지 나와서, 이렇게 되면 이케다는 결백하겠구나 싶었지요."

나카니시가 고개를 가로저으며 말했다.

"당연히 군마현 경찰본부는 그렇게 주장했지요."

"그야 주장은 했지. 그런데 도치기현 경찰본부와 경찰청은 이케다의 체포로 흥분해서 진범이다, 진범이다, 하며 아무리 말해도 듣지 않고 고집을 부렸지. 우리가 이케다의 알리바이를 제시해도 그것을 무너뜨리는 것이 형사의 일이라는 둥 터무니없는 말을 하면서요. 게다가 지검의 담당 검사까지 도치기현만이라도 기소할 수 있다는 말을 하니까 어느새 우리는 구석으로 밀려나고……. 뭐, 마지막에는 지검의 부장이 뒤집었지만 말이지. 뭐요, 당신. 그런 이야기를 들으러 온 거요?"

나카니시가 불쾌하다는 듯이 얼굴을 찡그렸다.

"죄송합니다. 제가 알고 싶은 것은 10년 전에 왜……."

"범인을 놓쳤는가 하는 건가?"

"아, 아니……."

퉁명스러운 나카니시의 말에 교코는 당황해 횡설수설했다.

"괜찮아요. 우리는 범인을 완벽히 놓쳤으니까. 지난달 와타라세강 하천부지에서 연속해서 사체가 발견되었을 때 10년 전의 수사관들은 모두 새파랗게 질렸을 거요. 나는 한동안 잠을 잘 수 없었고요. 아내가 신경을 써서 손님방에 이불을 깔았을 정도니까요. 그때 범인만 검거했다면 이번의 두 아가씨가 목숨을 잃는 일도 없었겠지요."

"그럼 나카니시 씨는 10년 전과 동일범이라고 생각하시나요?"

"아니었으면 좋겠소. 하지만 동일범이라 생각하는 것이 일반

적이겠지요. 그래서 우리는 책임을 느끼고 있는 거요."

어느새 나카니시의 말투가 강해져 있었다. 콧구멍이 넓어지고 얼굴이 붉어져 있다.

"군마현 경찰본부는 범인에게 다가갔었나요?"

"그건 대답하기 어렵소. 몇 명이 수사선상에 올랐고, 수사본부가 해산되고 나서도 계속 추적했지요. 다만 모두 결정적인 증거를 찾지 못해서 체포에 이르지 못했던 거요. 뭐, 그렇게 된 거지."

"히라쓰카 겐타로는 당시 감시 대상이었습니까?"

"아니요, 처음 듣는 이름이오." 나카니시가 즉시 고개를 가로저었다. "그래서 호시노한테서 듣고 깜짝 놀랐소. 10년 전에도 수상한 사람은 철저히 조사했으니까. 그때 걸리지 않았던 사람이 이번에 어떻게 수사선상에 올랐는지 의문이오."

"10년 전에 나카니시 씨가 마지막까지 감시했던 피의자가 있었습니까?"

교코가 묻자 나카니시는 순간적으로 말이 막혀 "그건 말할 수 없지요"라고 대답했다.

"특별수사반 수사관은 아직 현 경찰본부에 남아 수색을 계속하고 있소. 그들이 가진 정보를 폭로하는 일이 될 테니까."

"현역 부하와는 지금도 연락을 취하고 계십니까?"

"몇 명과는. 게다가 경우회가 있으니까 자연히 귀에 들어오지요."

"그렇습니까……."

질문이 끊기자 나카니시는 호주머니에서 담배를 꺼내 "담배 좀 피우겠소" 하며 교코에게 양해를 구하고 나서 불을 붙였다.

"지금은 경찰본부도 경찰서도 실내는 금연인데, 좋은 때에 정년을 맞았지요."

그래도 조심히 옆을 향해 담배 연기를 내뿜는다. 잠깐의 침묵.

"내가 속한 반은 외국인 노동자와 계절노동자를 조사했었소."

나카니시가 먼눈으로 불쑥 말했다.

"이 근처는 공장이 생긴 이래 국내외에서 수많은 외국인 노동자와 계절노동자가 들어왔지요. 그중에는 질 나쁜 사람도 있어서 패거리를 만들어 싸움을 하기도 하고 도둑질도 했소. 실제로 범죄는 늘고 있지요. 그래서 그자들을 수사 대상에서 제외할 이유는 없다고 생각해서 조사한 거요."

"아, 역시 그렇군요."

교코가 고개를 끄덕인다. 이번 수사본부에서도 외지 출신 노동자를 수사의 시야에 넣을 거라는 것은 기자들도 예측하고 있었다.

"처음에는 사건이 일어난 뒤 갑자기 공장을 그만두고 군마를 떠난 사람들을 리스트로 만들어 일일이 추적 조사했지요. 정신이 아찔해지는 작업이었지만 안 할 수가 없었소. 하지만 주소 불명인 사람이 많았고 공장 측도 사람이 계속 바뀌는 것에 익숙하여, 갑자기 그만두었다고 해서 그다지 신경 쓰는 것도 아니었지요. 게다가 외국인 노동자는 모국으로 돌아가게 되면 어쩔 도리가 없소. 솔직히 현장의 사기는 올라가지 않았지요."

나카니시가 담배를 재떨이에 비벼 끄고 이야기를 계속한다.

"그런데 두 달 넘게 탐문수사를 계속했더니 일본계 브라질인 이주 노동자 그룹 중에 기류 쪽 피해 여성과 여러 번 관계를 가진 젊은 남자가 있다는 이야기가 나왔소. 그 남자가 뭔가 알고 있을 것 같아 잡아 올까 싶었는데—. 마침 타이밍 좋게 그 그룹이 이 지역 폭주족과 난투를 벌였기에 체포 영장을 받아서 조사한 거요. 그 사람은 살인을 의심받고 있다고 생각했는지 새파랗게 질려 나는 아니에요, 나는 아니에요, 하며 필사적으로 부정했지요—. 그런데 이야기를 듣다가 피해 여성의 원조교제 상대 중 한 사람이었다는 것을 알게 된 거요. 1만 엔으로 30분간 카섹스. 옛날의 공창 지역 같은 거지요."

나카니시가 여기서 살짝 한숨을 내쉬었다.

"이건 말하면 안 되는 것인데, 은퇴했으니까 말하자면 피해 여성이 보통의 청초한 아가씨였다면 우리도 분노에 휩싸여 좀 더 수사에 힘이 들어갔을 거요. 탐문을 하면 나오는 것은 성매매 이야기뿐이라 좀 지겨워진 것도 사실이오—. 기자 양반, 우리만의 이야기니 다른 데서는 말하지 말아주시오."

"물론입니다. 알고 있어요."

교코가 진지하게 고개를 끄덕인다. 믿어준 건지 나카니시의 표정이 풀어졌다.

"애써 찾아왔는데 그 이후 일도 이야기할까……."

나카니시가 두 대째 담배에 불을 붙였다. 담배 연기를 내뿜으며 이야기를 계속했다.

"그 일본계 브라질인 말인데, 의심받고 싶지 않으면 알고 있는 걸 다 말하라고 추궁했더니 마음에 걸리는 얘기를 했지요. 밤중에 하천부지 주차장에 차를 세우고 피해 여성과 안에서 하고 있었는데 창 너머로 엿보는 남자가 있었다고 하더라고. 그래서 차에서 내려 '너, 뭐 하고 있어'라고 위협하며 손으로 가슴을 찔렀더니 그놈이 그 손을 비틀더니 아주 간단히 자신을 깔아 눕혔다네요. 그런데 그 남자는 아무 말 없이 그대로 달아나버렸대요. 피해 여성의 사체가 발견된 것은 그 일주일 후고요. 10년 전의 두 번째 사건 말이오. 그러니까 군마 쪽."

"그날 밤의 일과 살인 사건에 관련성이 있었나요?"

"모르지요. 다만 일본계 브라질인이 말하기를, 아무래도 그 남자를 어디서 본 기억이 있다는 거요. 어쩌면 오타 시내의 술집에서 본 손님일지도 모른다고―. 이십대 초반으로 보이는 젊은 일본인인데 덩치가 크고 완력이 있어, 술집 손님층으로 보면 그 지역 사람이 아니라 계절노동자가 아닐까 싶다고―"

"그 술집은 초동수사 때 조사했겠지요?"

"물론이지요. 손님과의 말썽은 없었는지, 마담이나 호스티스들한테 자세히 물어봤지만 아무것도 나오지 않았소. 일본계 브라질인이 말한 덩치가 크고 젊은 계절노동자에 대해서도 나중에 물어봤지만, 그러고 보니 그런 손님이 있었긴 한데 딱히 기억나지 않는다고 하더군요. 계절노동자를 상대로 하는 술집은 단기간에만 오는 손님들뿐이니까 말이오. 그래서 특정할 수 없었지요. 다만 탐문수사를 계속했더니 젊고 덩치가 큰 남자를 다른 데서도 목격했다는 증언이 나왔소. 밤늦은 시간에 편의점 앞에 우글거리는 불량한 아가씨들을 가만히 보고 있었다거나 심야의 만화 카페에 오가는 손님들을 힐끗힐끗 보고 있었다거나—. 사건과의 관련성은 명확하지 않지만 그런 증언이 나오면 그냥 내버려둘 수는 없지요. 그래서 특별수사반을 만들어 계속해서 탐문수사를 했었소. 그러던 중에 도치기현 경찰본부가 이케다를 체포해서 수사의 흐름이 크게 바뀌었고, 젊고 덩치 큰 남자 쪽은 구석으로 밀려나게 되었소. 그렇게 된 거요."

나카니시가 분한 심정을 음미하는 듯이 말한다. 말수가 많은 것은 누군가가 들어주기를 바랐기 때문인지도 모른다.

"그 술집은 지금도 있어요?"

"아뇨, 지금은 없소."

"특별수사반에서는 계속 젊은 남자를 추적했나요?"

"그럼요, 추적했지요. 다만 유감스럽게도 단서가 너무 적었소. 동네를 나가면 찾을 수가 없으니까요."

"지금 도치기현 경찰본부가 이케다를 체포한 건은 어떻게 생각하세요?"

"나야 이케다는 결백하다고 생각하지만, 도치기현 경찰본부가 하는 일은 이해하오. 형사의 집념은 어디든 같으니까. 어떻게 해서든 이케다를 검거할 생각이겠지요. 그러고 보니 도치기현 경찰본부에 개성이 아주 강하고 끈질긴 형사 하나가 있었소."

"다키모토 씨 말인가요?"

"뭐야, 다키모토 씨를 알고 있소? 나와 동년배라서 그 사람도 이제 정년일 거요."

"그렇습니다만, 이케다가 다키모토 씨라면 이야기하겠다고 해서 가끔 아시카가 북부 경찰서에 오십니다."

"하하하, 봉변을 당한 거군요. 모르는 사이도 아니고 다음에 전화라도 해볼까?"

나카니시가 하얀 이를 드러내며 말한다. 말을 다 하고 나니 표정이 후련해 보였다. 10년 전의 형사들은 모두 마음속에 뭔가를 품은 채 살고 있을지도 모른다.

교코는 나카니시에게서 들은 것을 직접 조사해보고 싶었다. 젊고 덩치가 큰 남자가 아무래도 마음에 걸린다.

*

일요일, 요시다 아키나는 정오 가까운 시각에 일어나 쌓인 빨랫감을 가방에 넣고 근처 빨래방으로 갔다. 아파트의 세탁기가 고장 난 지도 벌써 한 달 가까이 지났지만 좀처럼 새로 사지 않는 것은 전적으로 아키나의 게으른 성격 때문이다. 가전제품 매장에 가서 고르고 배달시키기만 하면 되는 일이 아키나에게는 귀찮은 것이다. 배달하는 날에 집에 있어야 한다거나 업자를 방에 들여야 한다는 걸 생각하면 성가셔서 다음 주에 하지 뭐, 하고 뒤로 미루게 된다. 잠깐만 걸어가면 깨끗한 빨래방이 있는 것도 거들었을 것이다. 나는 결혼을 할 수 없겠구나, 하고 아키나는 생각하고 있다. 요리 이외의 집안일은 전부 피하고 싶은 일상이다.

빨래방에서 빨랫감을 세탁기에 넣고 동전을 투입하고는 의자에 앉아 자판기에서 산 캔 커피를 마셨다. 담배를 피우고 싶지만, 요즘은 여기저기 다 금연 구역이어서 참을 수밖에 없다.

가게에 비치된 여성지를 펼쳐 패션 페이지를 봤다. 이십대를 겨냥한 잡지지만 갖고 싶은 옷이 잔뜩 실려 있다. 이제 서른두 살이니 좀 더 차분하게 입으려 하지만, 물장사를 하는 처지라 아무래도 젊게 보이도록 꾸미게 된다. 게다가 마음은 스무 살 때와 다르지 않다. 도대체 나는 언제쯤 어른이 될까. 동창들은 진작 결혼해 아이도 몇 명 낳고 바쁘게 살아간다.

문자 알림음이 울려 스마트폰 화면을 보니 같은 시내에 사는 어머니로부터였다. 그 순간 우울해진다. 무시할 수도 없어서 내용을 확인하자 예상대로 돈을 요구했다. "식비가 곧 떨어질 것 같으니 2만 엔만 보내줘." 실로 사무적인 말들이 늘어서 있다.

작년에 환갑을 맞은 어머니는 생활보호를 받으며 살고 있다. 아키나가 어렸을 때 남편과 이혼하여 혼자가 되었고, 그때 지원금을 받은 이후 우울증으로 건강을 해쳤다거나 요통으로 돌아다닐 수 없게 되었다며 생활보호 신청을 해서 오랫동안 복지에 기대어 살아왔다. 매일 하는 일이라고는 파친코와 수상한 신흥 종교의 도우미뿐이므로 존재 자체가 역겹다.

아키나는 자신이 결혼을 하지 않는 이유의 대부분은 어머니에게 있다고 생각한다. 행복한 가정을 경험하지 못했으므로 그 모습을 상상할 수가 없다. 게다가 결혼 상대가 생긴다고 해도 그와 그의 가정에 어머니를 소개하는 걸 상상하면 그것만으로도 몸이 떨린다.

문자에 답은 보내지 않았다. 늘 있는 일이라 어머니도 신경 쓰지 않을 것이다. 다음 주가 되면 어차피 은행 계좌에 돈이 들어와 있을 테니 대수롭지 않을 것이다.

아무래도 담배를 피우고 싶어서 휴대용 재떨이와 접이식 의자를 들고 밖으로 나갔다. 처마 밑에서 거리를 바라보며 멘톨 담배에 불을 붙인다. 하늘에는 여름 구름이 두둥실 떠 있고 햇살은 강했다. 지난 10년 동안 간토 북부 지방의 여름은 불볕더위다. 올해도 무더울 것 같다.

그때 빨래방에 남자 손님이 왔다. 아무렇지 않게 눈길을 향한 아키나는 깜짝 놀랐다. 두 번쯤 술집 손님으로 온 계절노동자 가리야다.

"가리야 씨." 엉겁결에 말을 걸었다. "저예요. '리오'의 마담, 아키나."

"아, 마담?"

가리야가 멈춰 서서 말했다. 말끝이 올라간 것은 아키나가 민

낮이어서 밤의 얼굴과 너무 다르기 때문일 것이다.

"네, 아키나예요. 화장을 안 해서 딴사람 같죠?"

"아니, 그런 건 아니고……."

가리야가 씁쓸하게 웃으며 고개를 가로젓는다.

"빨래 때문에? 공장 기숙사에는 세탁기 없어요?"

"있긴 한데 일요일에는 쟁탈전이 심해 비지를 않아서……. 그리고 기다리는 시간에 뭐 좀 살까 싶고……."

가리야가 이렇게 말하고 턱을 치켜올렸다. 그쪽에는 대형 쇼핑몰인 이온몰이 있다.

"이온몰까지 걸어가요?"

"예. 20분 정도라서……."

"저도 같이 가도 돼요? 이제 곧 여름이라 샌들 좀 사려고요."

아키나가 말했다. 두 번 왔을 뿐인 손님이지만 어쩐지 친근감이 들었다. 나쁜 사람은 아닌 것 같았고, 어딘가 그늘이 있는 만큼 자신도 꾸미지 않아도 된다.

"……예."

대답에 잠깐 시간이 걸렸지만 귀찮아하는 느낌은 없다. 스스럼없는 여자에게 당황한 것이리라.

가리야가 빨랫감을 세탁기에 넣기를 기다렸다가 둘이서 나란히 걸었다. 역시 크다. 키를 물으니 "183센티미터"라고 무뚝뚝하게 대답했다.

"가리야 씨, 무슨 운동이라도 했어요?"

"중학교와 고등학교 때 유도를 했는데요."

"어쩐지 강하더라. 저번에 가게에서 브라질인 손님이 싸우니 간단히 제압했잖아요."

"아니, 별로 그런 건 아닌데……. 유도부에서는 단체전에 나가지도 못했고."

가리야가 겸손한 태도를 보였다. 남자라면 허세를 부리고 싶어 하는데 그렇지 않은 모습에 아키나는 호감을 느꼈다. 동년배 남자와 둘이서 걷는 것도 오랜만이라 설렜다. 연인이 없는 지도 벌써 5년이 넘었다.

"가리야 씨, 이름 물어봐도 돼요?"

"후미히코."

"출신은요?"

"나가노현."

"으음, 그럼 여기서 돈을 벌면 나가노로 돌아가요?"

"특별히 정해둔 건 없는데……."

"군마로 오기 전에는 어디에 있었어요?"

"다른 공장에……."

가리야가 나직하게 대답한다. 별로 이야기하고 싶어 하지 않는 것 같아 캐묻지 않기로 했다. 서른두 살이고 계절노동자라면 무슨 특별한 사연이 있다고 해도 이상하지 않다. 계절노동자는 대부분 순수하게 돈이 목적이다. 3년간 일하면 5백만 엔은 모을 수 있다. 돈이 필요한 사람에게는 매력적일 것이다.

아키나는 자신에 대해 이야기했다. 미혼이고 이 근처 아파트에서 혼자 살고 있다. 이 지역 고등학교를 졸업하고 취직했지만 1년 만에 그만두고 물장사 세계에 들어섰다. 가족은 어머니가 있지만 형편없는 사람이라 거리를 두고 있다.

거리낌 없이 이야기한 것은 자신을 알아주었으면 했기 때문이다. 아직 윤곽조차 없는 감정이지만 가리야에게 호의를 품고 있는 것은 사실이다.

쇼핑몰에서는 먼저 아키나의 샌들을 샀다. 그리고 가게를 이동하여 가리야는 반팔 셔츠와 반바지를 샀다.

"저기, 가리야 씨, 선물 하나 하고 싶어요."

옆에서 보면 데이트 같은 쇼핑에 아키나는 기분이 좋아져 그런 제안을 했다.

"괜찮아요, 그건 좀……."

가리야가 곤혹스러운 얼굴로 고개를 가로젓는다.

"제가 드리고 싶어서요. 이런 건 어때요? 여름에 어울리고 멋져요."

아키나는 가로줄 무늬의 티셔츠를 집어 들었다. 가격표를 살펴보니 그다지 비싸지도 않다. 가리야의 대답을 기다리지 않고 점원에게 "이거 L 사이즈 있어요?"라고 묻자 점원은 가리야를 올려다보며 "남편분께는 XL 사이즈가 맞지 않을까요?"라고 되물었다.

부부라는 오해를 받았지만 부정하지 않았다.

"그럼 XL 사이즈로 주세요."

가리야는 아무 말도 하지 않고 희미하게 쓴웃음을 짓고 있다. 표정은 읽을 수 없지만 싫어하는 것 같지는 않다. 한층 들뜬 기분이다.

"그런데 점심은 먹었어요?" 아키나가 물었다.

"아뇨, 아직이요."

"그럼 같이 먹어요. 여기 일식, 양식, 중식, 뭐든지 있으니까요."

"그럼 점심은 내가 낼게요." 가리야가 말했다.

"정말요? 좋아요. 그럼 얻어먹을게요."

아키나는 호의를 스스럼없이 받아들이기로 했다. 가게 밖에서 교태를 부리다니, 몇 년 만의 일인가.

가리야가 가게를 골라 이탈리아 음식점으로 들어갔다. 가게 안을 들여다보았더니 아이들이 가장 적었기 때문이다.

창가 자리로 안내되어 메뉴판을 들여다본다. 파스타와 피자를 하나씩 주문해 나눠 먹기로 했다. "맥주 마실래요?" 하고 가리야가 제안하자 아키나는 웃는 얼굴로 고개를 끄덕였다. 밖이 무더운 와중 최고의 일요일 점심이다.

"일은 힘들어요?" 아키나가 물었다.

"나는 배송 담당이라 그렇지는 않아요. 조립라인에서 일하는 사람들은 마음대로 쉴 수가 없어서 힘들 겁니다."

"하지만 월급은 많지요?"

"뭐, 그럭저럭. 그렇지 않으면 구인 광고를 내도 모여들지 않을 거고."

아무래도 좋은 대화를 나눈다. 가리야는 먼저 말을 꺼내기보다 아키나가 묻는 것에 나직하게 대답할 뿐이지만, 그런 서툰 모습도 아키나에게는 마음에 들었다. 아마 사람들과의 교제가 서툴 것이다. 말주변이 좋은 남자는 이제 질렸다.

아키나는 가리야에게 안기고 싶어졌다. 그것도 언젠가가 아니라 오늘. 어떻게 유혹해야 가리야가 손을 내밀어줄까. 이쪽은 진작 오케이 사인을 보냈지만 가리야는 눈치채지 못한 것인지, 아니면 여자에게 흥미가 없는 것인지 아키나의 눈조차 마주치려 하지 않는다.

"저, 가리야 씨. 오늘 약속 있어요?"

"아뇨, 없는데요."

"빨래방에서 세탁물을 찾으면 우리 집에 가서 영화라도 볼래요? 케이블 텔레비전에 가입해서 이것저것 다 볼 수 있거든요."

아키나는 과감하게 말했다. 뭐, 거절당해도 상관없다. 그런 약한 여자가 아니다.

"좋지요……."

가리야가 부끄러워하며 대답한다. 아키나는 몸이 확 달아올랐다.

가리야와는 수월히 관계를 가졌다. 아키나의 아파트에서 커튼을 치고 2인용 소파에 나란히 앉아 〈쓰리 빌보드〉를 보는 중에 아키나가 몸을 바싹 옆으로 댔더니 자연스럽게 가리야의 손이 어깨를 두르며 몸을 밀착해왔다. 아키나가 키스를 요구하자 가리야가 응했고, 영화 보는 것을 그만두고 침대로 옮겨 갔다.

어둑한 방에서 가리야의 몸을 가까이 보니 큰 벽 같았다. 두 팔을 둘러 가슴의 두께를 몸으로 느끼고 남자의 야성에 몸을 맡기는 기쁨을 느꼈다. 아키나도 대담해졌다. 가리야에게 달라붙어 온몸에 키스를 퍼부었다.

침대를 삐걱거리게 하며 가리야가 몸을 움직인다. 하염없이 쾌감이 넘쳐 아키나는 여러 번이나 소리를 질렀다. 그리고 절정에 이른 순간 가리야의 큰 손이 아키나의 목을 감았다. “으윽.” 아키나는 저도 모르게 캑캑거렸다. 목이 졸린 것이다.

“이봐요, 숨 막혀요.”

아키나가 서둘러 손으로 뿌리쳤다.

“아, 미안, 미안해요.” 가리야가 거친 숨을 내쉬며 사과했다. “내가 너무 흥분해서 그만.”

서로 얼굴을 마주 보며 씁쓸하게 웃었다.

정신을 차리고 다시 움직이기 시작한다. 두 사람은 구슬 같은 땀을 흘리며 서로를 탐했다. 아키나에게는 그다지 좋은 일도 없는 인생에서 이대로 죽어도 좋다고 여겨지는 섹스였다.

4장

미로

아침에 일어났더니 왼쪽 눈의 시야가 일그러져 있어 마쓰오카 요시쿠니는 핏기가 가셨다. 잠에서 깬 직후의 현기증이었으면 했지만, 잠시 기다려도 나아지지 않는다. 그러기는커녕 시야의 한가운데에 블랙홀 같은 까만 원이 보이더니 이번에는 몸이 떨려왔다. 마쓰오카는 왼쪽 눈의 이상을 새삼 체감했다. 별것 아니라고 자신을 속여왔지만, 이제 방치할 수 없는 지경까지 왔다. 최악의 사태를 생각해야 할 것이다.

화장실로 가서 거울을 보니 왼쪽 눈이 확연하게 빨갰다. 이제 어물어물 넘길 수가 없겠군. 마쓰오카는 이렇게 생각하고는 아내 가즈코에게 선수를 쳐서 "안약이 안 맞았어"라고 변명했다. "가려워서 너무 비볐나 본데"라고도 했다.

가즈코는 걱정스러운 표정을 지었지만 꼬치꼬치 캐물으면 화를 낼 거라고 생각한 것인지 "조심해"라고만 했다.

마쓰오카는 가족에게 비밀로 하고 오늘 병원에 가기로 했다. 다행히 일은 아들이 도맡아 해주고 있어 가게 걱정은 안 해도 된다.

아무렇지 않은 얼굴로 아침을 먹고 여느 때처럼 집을 나섰다. 교통수단은 작업용 왜건이다. 오른쪽 눈은 괜찮기에 조심하면 한쪽 눈만으로 운전할 수 있다고 판단했다.

근처 병원이라면 지인을 만날지도 모르기 때문에 인근 오타시의 종합병원까지 갔다. 전원지대에 요새처럼 우뚝 솟은 큰 병원이다. 안과 접수창구에서 문진표를 쓰고 복도 의자에 앉아 이름이 불리기를 기다렸다. 이 나이가 되면 병원에 익숙해서 마음은 무척 평온하다.

스마트폰으로 뉴스를 보며 시간을 보내고 있으니 여기저기에서 외국어가 들려왔다. 주위를 둘러보니 중남미 쪽 얼굴을 한 남녀가 많다. 기류시에도 외국인 노동자는 많지만 오타시는 규모가 다르다. 공장이 많기 때문이다.

외국인이 유입되며 동네가 많이 변했다. 지자체는 주민 간 화합을 장려하고 인종차별에 신경을 쓰고 있지만, 예전부터 살아온 사람들은 금세 바뀌지 않는다. 이번 연쇄 살인 사건의 경우도 외국인의 소행이라는 말이 적지 않았다. 특히 나이가 지긋한 사람들은 지역 주민만의 평화로운 공동체 안에서 살아온 탓인지 외국인에 대한 경계심이 강하다. 우선 마쓰오카가 그렇다. 동네에서 외국인과 지나치기만 해도 경계를 하게 된다.

안과는 그다지 붐비지 않는 모양으로, 20분쯤 지나자 이름을 불렀다. 진찰실로 들어가자 젊은 남자 의사가 못마땅한 얼굴로 문진표를 보고 있다.

"마쓰오카 씨, 왼쪽 눈의 시야가 일그러졌다는 건가요?"

"예, 그렇습니다."

"그리고 가운데에 까만 원이 보인다고요?"

"예, 오늘 아침부터요."

"알겠습니다."

의사가 바퀴가 달린 의자를 움직여 가까이 다가와 마쓰오카의 왼쪽 눈을 들여다보았다. 조명을 비추고 안구를 진찰한다. "꽤 충혈되었네요"라고 혼잣말처럼 말하고는 언짢은 표정을 지었다.

"일단 시력을 측정해볼까요?"

그리하여 수십 년 만에 시력검사를 받았다. 오른쪽 눈은 시력이 0.8이었지만 왼쪽 눈은 문자와 기호를 거의 읽을 수 없어 마쓰오카는 충격을 받았다. 검사 결과는 0.07이었다. 얼마 전까지만 해도 멀쩡했기에 지난 몇 주 사이에 악화한 것으로 짐작했다.

이어서 측정 기기에 턱을 올리고 안압, 안저, 시야 등 필요한 검사를 받았다. 뭔가 사진도 찍었다. 그리고 다시 의사와 마주하자 그는 근심을 담은 표정으로 "노화로 인한 황반 변성으로 보입니다"라고 병명을 알려주었다.

"간단히 말하자면 나이가 들어 망막의 중심부인 황반에 장애가 생겨 잘 보이지 않게 되는 병입니다."

의사는 모형을 이용해 황반이 무엇인지 설명했지만, 마쓰오카는 거의 이해할 수 없었다. 다만 심각한 병이라는 것만은 의사의 표정으로 알아챌 수 있었다.

"마쓰오카 씨, 직업은요?"

"기류에서 사진관을 운영하고 있습니다."

"그럼 사진을 직접 찍으시는 건가요?"

"그렇습니다. 일은 거의 아들한테 맡기고 있습니다만 최근까지는 스튜디오의 기념 사진 촬영도, 야외 행사 촬영도 제가 했습니다."

"그렇습니까……."

의사의 표정이 한층 어두워진다. 그러더니 진료 기록부에서 마쓰오카의 나이를 확인했다. 다음 말은 이제 예상할 수 있었다.

"일은 한동안 쉬세요. 그보다 차라리 은퇴하시는 편이 낫지 않을까요……."

"하지만 오른쪽 눈은 괜찮은 거 아닌가요? 렌즈를 들여다보는 것은 오른쪽 눈이라서요."

"아뇨, 조심하셔야 합니다. 노화로 인한 황반 변성에는 비삼출성과 삼출성이 있는데, 비삼출성은 현재 치료법이 없습니다. 마쓰오카 씨의 경우는 지금 병변이 보이지 않기 때문에 삼출성으로 생각됩니다만, 다시 검사를 해봐야 하니까 일주일 후에 다시 내원하세요. 그동안은 안정을 취하셔야 합니다."

"저기, 오늘은 아무것도 안 해줍니까? 주사를 놓는다거나."

마쓰오카가 물었다. 무슨 특효약이라도 있지 않을까 기대하고 있었던 것이다.

"약물 치료도 레이저치료도 있습니다만 일단 상태를 지켜보겠습니다. 극적으로 낫는 일이 없고 최악의 경우 실명할 가능성도 있는 병이라는 걸 유의하셔야 합니다."

"실명이요?"

"그렇습니다. 위협할 생각은 없습니다만, 실명의 4대 원인 중 하나인 병입니다."

의사가 동정 어린 시선으로 알려준다. 마쓰오카는 갑자기 무서워졌다. 병 따위는 두렵지 않다. 환갑이 지난 뒤로는 죽는 것도 그다지 무섭지 않다. 다만 지금은 곤란하다.

간호사가 나와서 왼쪽 눈에 안대를 해주었다.

"설마 차를 운전하고 오시지 않으셨죠?" 의사가 옆에서 묻는다.

"예, 택시를 타고 왔습니다." 마쓰오카는 거짓말을 했다.

"그럼 일주일 후에 뵙겠습니다."

"알겠습니다."

진찰실을 나와 복도를 걷는다. 마음을 진정하려고 크게 숨을 쉬었다. 가족에게는 말하지 말자. 우선 스스로의 의사를 확인한다. 걱정을 끼치고 싶지 않고, 알게 되면 집 안에 갇힐 것이다. 그나저나 실명이라니. 한쪽 눈의 시력을 잃으면 차를 운전할 수도 없고, 행동에 상당히 제약이 생길 것이다. 그렇게 되면 범인 찾는 일도 할 수 없게 된다. 일에 대해서는 어딘가 낙관적인 마음도 있었다. 렌즈를 보는 오른쪽 눈만 보여도 괜찮을 거다. 나에게는 40년이나 되는 경험이 있다.

어쨌든 확실한 것은 이제 시간이 없다는 사실이다. 하루빨리 트럭 운전사를 알아내 경찰에 넘겨야 한다. 그 남자가 범인이라는 확증은 없지만 놓칠 수는 없다.

병원 주차장에서 왜건에 올라타 안대를 풀었다. 여전히 왼쪽 눈의 시야는 일그러져 있다. 가운데의 까만 원도 더 커진 것 같다. 정신이 사나워지기에 왼쪽 눈은 감았다. 시동을 걸고 차를 출발시킨다. 오른쪽 눈만으로도 어렵지 않게 운전할 수 있었다. 갈 수 있다, 갈 수 있다. 마쓰오카는 자신을 격려했다.

병원에서 돌아가는 길에 제너럴중기 오타 공장에 들렀다. 모처럼 오타시에 왔으므로 시간을 헛되이 보내기 싫었다. 정면 입구에 차를 세우면 또 경비가 나올 테니 철망 울타리를 따라 뒤로 돌아갔다. 그러자 체육관 셋을 합쳐놓은 것 같은 공장 건물 옆에 컨테이너형 트럭이 늘어서 있어 마쓰오카는 마음이 조급해졌다. 이 트럭들을 모는 운전사 중에 범행일 조금 전에 사체 발견 현장인 와타라세강 하천부지로 들어가 수상한 행동을 한 남자가 있다.

조금 앞에 작은 통용문이 있고 그곳을 흡연 장소 삼아 휴식 중인 직원들이 담배를 피우고 있었다. 마쓰오카는 차로 가까이 다가간 다음 내려서는 철망 너머로 말을 걸었다.

"실례합니다. 저는 사진관을 하는 사람인데 공장 총무에게 촬영을 의뢰받아 왔습니다만, 정문은 어느 쪽입니까? 오타 공장은 처음이라서요."

아무렇게나 핑계를 댔다. 남자들은 모두 젊고, 겉보기에는 순진한 것 같다. 왜건 차체에 '마쓰오카 사진관'이라는 글자가 쓰여 있어서 이상하게 보는 것 같지도 않다.

"저쪽인데요."

한 남자가 손으로 가리켜 알려주었다.

"아, 그래요. 그런데 다들 계절노동자인가요?"

"예, 그렇습니다만……."

"그렇군요. 아니, 저는 계절노동자 모집 팸플릿을 자주 찍어서 뭐랄까, 계절노동자는 친척 같은 기분이 들어서요."

마쓰오카가 웃는 얼굴로 거짓말을 거듭하자 뭐지, 이 아저씨는, 하는 얼굴을 하면서도 남자들은 쓴웃음을 지었다.

"제너럴중기는 트럭으로 공장들을 돌아다니잖아요. 그것도 계절노동자들 업무인가요?"

"그렇습니다. 면접 때 배송 일을 해본 경험이 있는 사람은 그쪽으로 보내는 것 같아요."

"그런 사람은 몇 명쯤 되나요?"

"글쎄요, 어느 정도지? 저는 모르겠는데요."

한 남자가 동료에게 얼굴을 돌리자 다른 남자가 "다섯 명쯤 되지 않나? 트럭 다섯 대가 돌아다니니까"라고 대답했다.

"밤에도 수송하나요?"

"그럼요. 조립라인이랑 똑같이 야근도 있으니까요."

"그거 참 힘들겠네요. 그 다섯 명 운전사의 이름은 모르죠?"

마쓰오카가 묻자 역시 수상히 여긴 건지 한 사람이 "아저씨, 그런 건 왜 물어보는 건데요?" 하고 되물었다.

"아니, 혹시 그중에 아는 사람이 있지 않을까 싶어서……."

마쓰오카가 어색한 핑계를 댄다.

"그럼 공장 총무한테 물어보세요. 계절노동자는 아주 많아서 같은 작업반이나 기숙사 옆방이 아니면 우리도 이름을 모르니까요."

"아, 역시 그렇군요. 이거 정말 고맙습니다."

마쓰오카는 더 이상 이야기해서 허점이 드러나지 않도록 그 자리를 떠났다. 운전사가 다섯 명쯤이라는 걸 알게 된 것은 큰 소득이다. 그들의 얼굴 사진을 찍는 데 그리 많은 품은 들지 않을 것이다. 공장 출입구를 24시간 지키고 있으면 될 테니.

마쓰오카는 당장 내일이라도 실행에 옮길 생각이었다. 눈병 따위에 마음을 쓰고 있을 수가 없다.

*

뺑소니 혐의 현행범으로 체포한 히라쓰카 겐타로에 대해 경찰은 피해자인 고등학생을 찾아내 피해 신고서를 제출하게 했다. 그것으로 겐타로는 불구속 송치되어 정식으로 피의자 신분이 되었다. 다만 경찰이 출두 요청을 하자 그의 아버지가 군마현 경찰본부로 찾아와 무타 본부장에게 직접 항의했다. 본인이 이미 인정했고 경미한 범죄라는 점에서 재빨리 불기소처분을 해야 한다는 주장이다. 그건 그렇지만 경찰이 알고 싶은 것은 그런 게 아니다.

무타는 형사 분야에서 일해온 관료답게 현 의회 의원의 항의에 동요하지 않고 "그럼 하루만 시간을 주세요"라고 설득하여 출두 요청에 응하도록 했다. 그리고 다케다 형사부장에게 "이 지역 유력 인사의 아들이라고 해서 거리낄 것은 없어"라고 말해 그 말을 들은 현장의 사기는 올라갔다. 다만 사이토 가즈마의 사정은 달랐다. 해리성 정체 장애를 가지고 있는 겐타로와 다시 마주하게 될 거라고 생각하면 솔직히 마음이 무거웠다. 경험이 없는 만큼 소극적으로 대응하게 된다.

이날 도쿄의 대학에서 왔다는 범죄심리학 조교수가 기류 남부 경찰서를 찾았다. 겐타로의 조사에 입회해달라고 하기 위해서다. 〈주오신문〉의 지노 기자를 따라온 그 학자는 오타쿠와 깊은 연이 있을 듯한 용모여서 사이토는 그를 보자마자 겐타로와 이야기가 잘 맞지 않을까 기대했다.

"안녕하세요. 시노다라고 합니다. 피의자가 해리성 정체 장애라면서요?"

쾌활한 말투에 병을 전혀 두려워하지 않는 모습이다.

"그렇습니다. 당사자 외에 네 명의 정체성이 있는 것 같습니다. 마코토라는 대학생과는 저번에 이야기를 나눴습니다만, 마코토가 언급한 나머지 세 명, 남자 고등학생, 서른 넘은 남자, 이십대 여자는 아직 확인하지 못했습니다."

"알겠습니다. 제가 얘기해보지요."

"지금 변호사가 동행하고 있는데, 외부인이 입회한다면 자신도 동석하게 해달라고 합니다. 물론 거부할 수는 있습니다만……."

"아뇨, 저는 상관없습니다. 오히려 공개적으로 해야 가족도 납득할 수 있지 않을까요. 가족이 병을 인정하는 것은 무척 중요한 일이니까요."

"그렇습니까……."

사이토는 맥이 빠졌지만 동석이 허락된 변호사는 더욱 맥이 빠진 듯 "아니, 괜찮다고요?" 하고 놀랐다.

그들을 데리고 2층 조사실로 간다. 지노 기자도 따라왔기에 "기자 양반은 여기까지"라며 손으로 제지했다. "기사로 쓰지 마세요"라고 못을 박아두었다.

조사실에는 이미 겐타로가 기다리고 있었다. 옆에서 이토가 비디오카메라를 설치하고 있었다. 변호사는 그것을 보고 뭔가 말하고 싶어 하는 것 같았으나 침묵했다.

시노다가 겐타로와 마주 앉는다. 사이토와 변호사는 벽에 붙어 섰다.

"자, 그럼 자기소개를 할까요. 저는 시노다라고 하고 도쿄의 대학에서 심리학을 연구하고 있는 학자입니다. 오늘은 당신과 이야기를 나누고 싶어서 왔습니다. 잘 부탁합니다."

시노다가 정중히 고개를 숙이자 겐타로는 지금까지와는 다르게 경계조차 없이 똑같이 고개를 숙였다.

"지금은 겐타로 씨인 거죠?"

"예, 그렇습니다."

"마코토는 안에 있나요?"

"잘 모르겠습니다."

겐타로가 자신 없는 듯이 대답한다.

"그렇겠지요. 만나본 적도 없으니까."

시노다가 미소를 지으며 고개를 끄덕이자 겐타로는 침착하지 못하고 주뼛주뼛하던 태도에서 돌변하여 청년다운 열기가 느껴지는 표정을 보였다. 서로 우호적인 눈으로 마주 보고 있다. 사이토는 두 사람 사이에 흐르는 공기에 깜짝 놀랐다. 여태 대화를 시도하려 온갖 고생을 했는데, 이 학자는 순간적으로 겐타로의 긴장을 풀게 한 것이다. 겐타로도 시노다가 자신을 이해해줄 사람이라는 걸 알아챈 것일까.

"형사분께 들은 이야기로는 당신 안에 네 명의 다른 인격이 있다고 하던데요."

시노다가 물었다.

"그것도 잘 모르겠습니다."

"아, 그렇군요. 그럼 누군가 있는 것 같다는 느낌은 있나요?"

"그건 있습니다."

"어떤 때 그걸 느끼죠?"

"이따금 기억에 공백이 생겨 몇 시간, 때로는 하루 동안 제가 어디서 뭘 했는지 기억나지 않을 때요."

"그렇겠네요. 다른 누군가로 바뀐다면 기억하지 못하겠지요. 자기도 모르는 사이에 다치거나 하는 일은 없었나요?"

"분명 집에 있었을 텐데 정신을 차리고 나니 옷이 흙투성이가 되어 있었던 적은 있습니다."

시노다의 질문에 겐타로는 순순히 대답했다. 그 생생한 어조는 드디어 이야기할 상대가 나타났다는 안도감으로 흘러넘치고 있다.

한편 옆에서 듣고 있던 사이토는 기억의 공백이라는 말에 불길한 예감을 느껴 가볍게 소름이 돋았다. 그것은 곧 범죄에 관해서도 기억이 없을 수 있다는 이야기다.

"누군가와 이야기를 해보고 싶은데, 우선은 마코토 씨와 할까요. 이봐요, 마코토 씨."

시노다가 부른다. 겐타로는 곤혹스러운 표정을 지었다.

"그냥 부르기만 하면 안 되는 건가? 그럼 실례 좀 할게요."

시노다가 배낭에서 일안 반사식 카메라(한 개의 렌즈를 통해 들어온 상을 거울로 반사, 굴절시켜 사진에 실제 나타날 모습을 그대로 보며 촬영할 수 있는 카메라)를 꺼냈다. 그리고 섬광등을 달고 겐타로에게 아주 가까이 다가갔다.

"미안하지만 커튼 좀 쳐주시겠습니까?"

시노다의 지시에 이토가 커튼을 쳤다. 전등을 켜지 않은 방이 어두워진다.

"겐타로 씨, 이쪽을 보세요. 눈을 크게 뜨고."

다음 순간 섬광등이 번쩍였다. 겐타로가 엉겁결에 몸을 뒤로 젖힌다. 사이토도 순간적으로 시야가 새하얘졌다.

"선생님, 뭘 하시는 겁니까?" 사이토가 서둘러 물었다.

"충격을 준 겁니다. 깜짝 놀라게 해서 순간적으로 패닉 상태를 일으키는 거지요. 괜찮아요. 아무 해도 없으니까요." 시노다가 아무렇지 않게 대답한다.

"공인된 방법입니까?"

"아뇨, 저만의 방식입니다. 최면요법으로 해리성 정체 장애의 다른 인격을 불러내기도 하지만 저는 그걸 못 하니까요."

"선생님, 그렇게 무모한……." 사이토는 어이가 없어 할 말을 잃었다. 애초에 시노다는 의사가 아니다.

"이봐요, 마코토 씨. 있으면 나오세요. 이봐요, 이봐요."

시노다가 몸을 앞으로 내밀며 두세 번 부른다. 겐타로는 고개를 숙이더니 몸을 덜덜 떨며 낮게 으르렁거리는 소리를 냈다. 그리고 다시 얼굴을 들자 다른 표정이 되어 있었다.

"마코토 씨인가요?" 시노다가 묻는다.

"그렇습니다. 시노다 선생님."

마코토가 히죽 웃으며 대답했다.

"나에 대해 아시는군요."

"그럼요. 겐타로 뒤에서 보고 있었으니까."

마코토의 말에 사이토는 말을 잃었다. 평소에도 겐타로를 지켜보고 있다는 것인가. 무엇보다 이 만화 같은 전개에 아연실색할 수밖에 없었다. 옆에 선 변호사도 믿을 수 없다는 듯 얼굴이 새파래져 있다.

"겐타로 씨는 당신의 존재를 확실히 인식하고 있지는 않은 것 같은데 당신은 겐타로에 대해 알고 있나요?"

"네, 알고 있지요. 오타쿠에 은둔형 외톨이지요."

"온라인 게임으로 알게 되었다고 하던데요."

"네, 맞아요. 겐타로는 실제 친구가 없으니까요. 내가 게임 상대를 해주는 와중에 동화했다고나 할까⋯⋯ 뭐, 설명할 수 있는 일은 아니지만요."

"겐타로 이외의 네 명은 서로 인식하고 있나요?"

"글쎄, 어떨까요? 나는 인식하고 있지만 다른 세 명이 어떤지는 몰라요. 직접 물어보는 게 어때요?"

"오케이. 알았어요. 그럼 삼십대 남자를 불러보고 싶은데요."

"아, 구루 말이죠?"

"구루?"

"나는 그렇게 불러요. 이 사람이 가장 오래되었을걸요. 겐타로가 고등학교 다닐 때 왕따를 당하면 나타나 매일 위로해준 모양이던데요."

마코토가 쾌활하게 이야기한다. 경계하는 기색도 없고 시노다를 오랜 친구 사이인 것처럼 대한다.

"그럼 나머지 두 사람은요?"

"남자 고등학생인 세카이, 이십대 여자 네일."

"알았어요. 그럼 구루와 이야기를 나눠보지요."

시노다가 다시 카메라를 들자 마코토는 "잠깐만요" 하며 손을 치켜올리며 "그러지 않아도 돼요. 내가 불러줄게요"라고 말했다.

그는 의자에 앉은 채 몸을 둥글게 하고는 다리를 떨기 시작한다. 점점 격렬해지던 순간 얼굴을 들자 다른 표정으로 변해 있다. 그리고 차분한 어른의 어조로 말한다. "처음 뵙겠습니다, 시노다 선생님." 사이토는 변호사와 얼굴을 마주하며 또다시 경악하는 마음을 서로 확인했다.

시노다는 겐타로가 뺑소니 사고를 일으키고 한창 경찰 조사를 받고 있다고 전해준다. 구루는 천천히 고개를 끄덕이더니 "그건 죄송하게 되었습니다"라고 대신 사과했다.

"겐타로는 그저 은둔형 외톨이일 뿐입니다. 그 이상 나쁜 짓은 하지 않습니다."

"하지만 안에 있는 다른 인격이 무슨 일을 저지를지 모르잖아요. 사실 지난달 와타라세강에서 두 건의 연쇄 살인 사건이 있었고, 겐타로 씨는 심야에 차를 타고 돌아다니는 수상한 행동으로 경찰의 의심을 받고 있습니다."

이봐, 쓸데없는 말 좀 하지 마. 사이토는 말이 목구멍까지 올라왔다. 옆에서 변호사의 표정이 갑자기 굳어졌다.

"확실히 수상하긴 합니다만, 그건 지나친 생각이지요. 증거는 있습니까?"

"경찰이 아니라서 모릅니다. 나중에 형사님께 물어보지요. 그보다 대답해주었으면 합니다만, 겐타로 씨 안에 살인을 벌일 만한 인격이 있습니까?"

"굉장한 걸 묻네요."

"미안해요. 너무 직접적이었나요?"

"잘 모르겠습니다만 제가 아닌 것은 확실합니다."

"그렇겠지요."

시노다의 청취는 계속 이어졌다. 사이토는 목이 바싹 말라 이토에게 음료수를 사 오라고 명했다. 변호사는 속이 안 좋아진 모양으로 "앉게 해주시오" 하며 새파랗게 질린 얼굴로 호소했다.

"선생님, 잠깐 쉬지 않겠습니까?" 사이토가 제안한다.

"자유롭게 쉬세요. 저는 아무렇지 않으니까요." 시노다는 돌아보지도 않았다.

그 후 시노다는 고등학생을 불러내 대화를 했다. 세카이라는 소년은 꽤 내성적인 모양으로 시노다의 질문에 조용히 대답할 뿐이었다.

이십대로 보이는 여자는 호출에 응하지 않아 마지막까지 나오지 않았다. 마코토에 따르면 네일이라는 여자는 조심성이 많아 좀처럼 나오지 않는다고 했다.

그리하여 시노다의 청취는 한 시간 반 만에 끝났다. 지켜보고 있던 사이토 일동은 기진맥진하고 말았다. 특히 변호사는 마음의 준비도 없이 이 자리에 나온 건지 몹시 당황한 기색이었다.

겐타로를 조사실에 남겨두고 일단 복도로 나갔다.

"다시 날을 잡아 또 부탁드리려 합니다만."

시노다가 사이토와 변호사를 번갈아 보며 양쪽에 물었다.

"저희가 부탁드리고 싶은 심정입니다."

사이토가 대답했다. 시노다가 없었다면 겐타로 안에 있는 인격을 불러내는 건 도저히 불가능했을 것이다.

"제 생각만으로 결정할 수는 없습니다. 가족분과 의논해보겠습니다."

변호사는 대답을 피했다. 그리고 사이토에게 "그보다 경찰이 촬영한 영상 말입니다만, 무슨 생각으로 녹화했던 겁니까?" 하고 조용한 어조로 물었다.

"믿지 못하는 수사 간부나 검사가 있을 거라고 생각해서 찍은 겁니다."

"그럼 공문서라고 봐도 되겠네요."

"그건 상사와 의논해서 답변드리겠습니다. 다만 의뢰인의 프라이버시는 최대한 고려하겠습니다. 그 점은 안심해도 됩니다."

"영상을 사용할 때는 매번 저희 허락을 구해주십시오. 그럼, 그렇게 하시는 것으로 알겠습니다."

변호사의 요구에 사이토는 고개를 끄덕였다. 경찰로서 흥미 때문에 찍은 것은 아니다.

새삼 정신 질환의 중대성을 통감한 사이토 일동은 멍한 상태였다. 변호사도 "깜짝 놀랐다"는 말을 되풀이할 뿐이다. 단 한 사람, 시노다만은 냉정했다. "그렇게 당황할 일은 아닙니다. 전 세계에 사례가 있는 질환이니까요. 쓸데없이 무서워하지 않는 것이 중요하다고 생각합니다."

"그럼 어떻게 하면……." 사이토가 묻는다.

"현 상황에서는 저도 잘 모릅니다. 치료법도 확립되지 않은 병이라서 아직 알려지지 않은 부분이 많을 거고……. 다만 다행히 겐타로 씨는 저를 믿고 경계심을 푼 것 같으니 카운슬링이라면 맡겠습니다."

"아, 그럼 또 부탁드릴지도 모르겠습니다."

변호사가 갑자기 태도를 바꾸고 명함을 내밀었다. 시노다의 명료한 말투 덕에 변호사의 신뢰를 얻은 것 같다.

사이토는 이토와 눈을 맞추며 살짝 한숨을 내쉬었다. 겐타로가 과연 사건과 관련이 있는지 지금의 사이토는 짐작조차 할 수 없었다.

그날 밤 수사 회의가 끝나자 겐타로의 감시 당번에서 벗어난 사이토는 오랜만에 집으로 향했다. 아내가 준비한 음식을 먹고 한창 어리광을 부리는 아이들의 상대를 해준 뒤 욕조에 느긋하게 몸을 담근다. 아이가 잠들고 나서 아내의 이런저런 잡담을 듣다 자려던 차에 스마트폰이 울렸다.

이런 시간에 전화라니, 불길한 예감이 들었지만 어쩔 수 없이 화면을 보니 마쓰오카였다. 순식간에 마음이 어두워진다.

"사이토 씨, 마쓰오카입니다. 저는 지금 제너럴중기 오타 공장 앞에 있습니다. 찍었습니다. 드디어 찍었습니다. 컨테이너형 트럭 운전사는 모두 다섯 명입니다. 그 다섯 명 전원을 찍었습니다. 이걸 경찰에 제공하면 신원을 밝혀줄 수 있겠지요."

마쓰오카가 흥분한 상태에서 기염을 토했다.

"마쓰오카 씨, 죄송합니다만 내일 기류 남부 경찰서로 다시 전화해주시겠습니까? 이건 제 개인 핸드폰이라, 긴급한 연락 외에는 걸지 말아주었으면 좋겠는데요."

사이토는 감정을 죽이고 대답했다.

"이건 긴급 연락이오. 수상한 사람을 다섯 명으로 좁혔으니까요. 즉각 신원을 밝혀내 조사해야지요."

"알겠습니다. 그럼 내일 연락드리죠."

"잠깐만요. 나는 필사적으로 범인을 찾고 있소. 당신, 방금 하품하지 않았소?"

마쓰오카가 전화 너머에서 멋대로 지껄였다. 사이토가 하품을 억지로 참은 건 맞지만 비난당할 이유는 없다.

"마쓰오카 씨, 형사도 생활이 있습니다. 지금 저는 집이고 막 자려는 참입니다. 이해해주십시오."

"이봐, 생활이라는 게 뭐요? 연쇄 살인범이 오늘 밤에도 동네를 어슬렁거릴지도 모르는데 생활이라니. 그러면서도 형사요?"

"이제 좀 그만하세요."

마지막에는 억지로 전화를 끊었다. "누구야?" 옆에서 아내가 걱정스럽다는 듯이 묻는다.

사이토는 부글부글 화가 끓어올랐다. 그 아저씨, 드디어 미쳤나. 피해자 유족이라고 생각해서 동정해왔지만, 최근의 행동은 도를 넘어 그냥 넘길 수가 없다.

전등을 끄고 눈을 감았지만 좀처럼 잠들지 못했다. 겐타로와 마쓰오카 탓이다. 정말 알 수 없는 것은 사람의 마음이다.

*

이케다 기요시가 증거 불충분으로 석방되었다. 그의 집에서 압수된 품목 중에 특별히 사건의 증거가 될 만한 것이 발견되지 않았고, 크라운 차내 어디에서도 피해자의 DNA가 검출되지 않았기 때문이다. 불기소처분이 아니라서 다시 체포할 수는 있지만, 지검은 냉정하게도 별건체포를 헛짓으로 만들어버렸다.

유치장을 나온 이케다는 "자, 이제 나에 대해 떠들었던 놈들한테 앙갚음이나 하러 가볼까" 하며 혼자 싱글벙글 경찰을 한껏 도발했다. 형사들은 감정을 애써 죽이며 입을 다물고 있을 수밖에 없었다.

노지마 마사히로를 포함한 히라노반은 일단 이케다의 담당에서 빠지게 되었다. 현 상황에서는 이케다가 기어오를 뿐일 거라는 간부의 판단이다. 이케다가 히라노 뒤에 다키모토가 있다는 것을 의식하여 도발 행위를 한다는 것은 누구나 느끼고 있었고, 실제로 히라노가 "네 담당에서 빠지게 됐어"라고 하자 이케다는 "그럼 이제 다키모토는 안 오는 거야?"라며 불만인 듯했다.

다만 이케다가 여전히 중요 참고인이며, 감시에서 제외해선 안 된다는 사실만은 변하지 않았다. 들판에 풀어놓으면 무슨 일이든 저지를 자라고 누구나 생각하고 있다.

히라노반은 행적 조사로 돌려져 노지마도 매일 탐문을 다니게 되었다. 이케다를 감시하는 일보다는 훨씬 나았다.

"주임님은 지금도 이케다가 범인이라고 생각합니까?"

차로 이동 중에 노지마는 히라노에게 소박한 의문을 말해봤다.

"어떤 사건 이야기야?"

"이번 사건 말입니다."

"모르지. 증거가 하나도 없으니까. 다만 10년 전 사건은 분명히 이케다야. 그놈 말고는 생각할 수가 없어."

조수석의 히라노가 매우 분하다는 듯이 말한다. 10년 전 사건의 수사에 임했던 형사들은 한결같이 이케다가 범인이라고 믿고 있다. 당시 상황을 모르는 노지마에게는 신앙으로 생각될 정도였다.

"노지마, 너는 어떻게 생각하는데? 솔직히 말해봐."

반대로 히라노가 물어왔다.

"이번 사건은 저도 잘 모르겠습니다. 다만 자기가 벌인 일이 아니니까 그렇게까지 경찰을 도발할 수 있는 게 아닌가 하는 생각도 듭니다."

노지마가 솔직한 의견을 말하자 히라노는 콧숨을 내쉬고는 "그렇긴 하지. 일리 있는 얘기야"라고 혼잣말처럼 중얼거렸다. 히라노도 속으로는 혼란스러울지 모른다. 유력한 정보가 전혀 나오지 않는 가운데 수사진은 모두 초조해하고 있다.

"그런데 다키모토 씨가 저번에 서로 와서 이야기한 것 말인데요." 노지마가 화제를 돌렸다. "실은 10년 전 사건의 목격자가 있었다는, 치매 노인이 트럭에서 큰 짐을 끌어내 하천부지의 덤불 속에 버리는 덩치 큰 사내를 봤다는 거요."

"아, 다키모토 씨가 그런 말을 했지. 나는 반쯤 흘려들었는데."

"다들 증거로 삼기에는 너무 모호하다고 하는데 저는 좀 마음에 걸려서……."

"뭔가 걸리는 거라도 있는 거야?"

"목격자의 증언에 나오는 트럭입니다. 중형이고 컨테이너식 짐칸, 이것과 비슷한 이야기를 최근에 들은 터라……."

"무슨 말이야. 말해봐."

"제너럴중기 아시카가 공장의 정문 앞에 왜건 한 대가 오랜 시간 정차한 채 그 안에서 수상한 사람이 카메라로 사진을 촬영하고 있다는 신고가 경찰에 들어왔습니다. 우리 지역과의 경찰관 두 명이 가서 불심검문을 했는데 그 사람이 자신은 10년 전 연쇄 살인 사건의 피해자 아버지로, 이번 사건에서 와타라세강 하천부지에서 사체가 발견되기 전인 4월 중순 컨테이너식 짐칸의 중형 트럭이 드나드는 것을 촬영했다, 그래서 그 트럭의 소유자를 알아내기 위해 공장을 돌고 있다고—"

"뭐야, 그건."

"기류시 사람입니다. 군마현 경찰본부도 그 사람의 행동을 파악하고 있는데, 기류 시내의 공장에서도 똑같은 신고가 들어왔다고 합니다. 아무래도 기류 남부 경찰서에서는 유명한 사람인 모양인데, 악성 민원인 취급을 받고 있는 것 같습니다. 이건 불심검문을 한 경찰관이 제 동기여서 서로 일 이야기를 하다가 들은 것입니다. 그때는 특별히 마음에 두지 않았는데 다키모토 씨한테 들은 이야기에도 컨테이너식 짐칸의 중형 트럭이 나와서 이건 우연인가, 아니면 사건과 관련된 건가, 갑자기 마음에 걸려서……."

"그래? 마음에 걸리면 조사해봐." 히라노가 페트병에 든 물로

목을 축이며 말했다. "조금이라도 마음에 걸리는 일이 있으면 납득할 수 있을 때까지 조사해보면 돼. 형사한테 첫 번째 금물은 의문을 방치하는 거야."

"알겠습니다."

노지마는 자신이 직접 움직여보기로 했다. 지금은 이케다로부터 해방되어 몸이 가벼워진 기분이다.

탐문을 할 때는 수상한 사람에 대한 얘기나 목격 정보에 중점을 두고 할당된 구역을 돌았다. 대부분 집과 가게가 이미 경찰의 방문을 받았지만, 시민은 불쾌한 얼굴 한 번 드러내지 않고 협조적이었다. 사건으로부터 대략 두 달이 지났지만 시민의 관심도는 여전히 높다. 다만 딸이 있는 가정에서는, 경찰은 뭘 하고 있는 거냐는 불만도 있어 일상의 불안이 계속되고 있다는 것을 통감하게 해주었다. 살인 사건은 도시 전체에 어두운 그늘을 드리운다.

그날 밤의 수사 회의는 특별한 보고 없이 이른 시간에 끝났다. 노지마는 혼자 수사 차량을 몰고 제너럴중기 아시카가 공장으로 찾아갔다. 정문 경비실에서 관리직 직원과 이야기를 하고 싶다고 하자 관리 주임이라는 직함의 남자가 나왔다. 트럭에 대해 물었다. 그의 이야기에 따르면 오타, 기류, 아시카가에 24시간 가동하는 공장이 있고, 완성된 제품을 다음 공정으로 가져가기 위해 수송 트럭이 세 공장을 순회한다는 것이다. 사용하는 트럭은 중형이고 짐칸이 컨테이너식이라고 한다. 이것만으로 확신할 순 없지만, 지금은 아무리 사소한 것이라도 방치할 수 없다.

"트럭에 무슨 문제라도 있습니까?"

관리 주임이 의아하다는 듯이 물었다.

"죄송합니다. 비밀리에 조사하는 중이라 지금은 말씀드릴 수 있는 게 없습니다."

"비밀리에 조사하는 걸 이해 못 하는 것은 아니지만 걱정되는데요. 왜냐하면 얼마 전에도 이상한 사람이 정문 앞에서 드나드는 트럭 사진을 몰래 찍어서, 그 일로 경찰을 부른 일이 있었거든요."

관리 주임이 어두운 표정으로 말한다.

"예, 알고 있습니다. 관할하는 지역의 사건이니까요. 당시 출동한 경찰관에게 설명은 들었습니까?"

"아뇨, 아무것도요. 저희는 우리 트럭이 뺑소니 사고라도 일으켜 피해자가 찾아다니는 건가 하는 상상을 했습니다만……."

"아, 그렇습니까? 교통사고는 아닙니다. 그 점은 안심해도 좋습니다."

"그럼 됐네요. 운전사가 사고를 내면 제가 처리해야 하거든요. 그게 제일 걱정이어서요."

"그러니까 사고는 아닙니다. 사소한 사건의 주변 수사라고 생각하시면 됩니다. 부탁이 있는데, 그 트럭 좀 보여줄 수 있습니까?"

"지금 여기에는 없습니다. 차고지가 오타 공장이라서 트럭이 대기하는 곳은 그쪽입니다. 자세히 알고 싶으시면 오타 공장에 가서 물어보십시오."

"알겠습니다. 정말 감사합니다."

노지마는 예를 표한 후 물러났다. 그리고 내일로 미룰지 잠깐 고민하다가 그길로 오타까지 가기로 했다. 직접 자유롭게 움직일 수 있는 것은 밤밖에 없다.

내비게이션에 목적지를 입력하고 도로를 타서 남쪽으로 내려갔다. 도중에 와타라세강에 걸쳐진 다리를 건널 때, 달빛에 비친 하천부지를 내려다보며 문득 여기가 사체 발견 현장이라는 것을 깨닫고 노지마의 가슴속에 뭔가가 꿈틀거렸다. 아직 아무것도 모르지만 제너럴중기의 트럭이 다니는 길 근처에서 사체가 유기되었다. 이것만은 사실이다.

밤하늘에 뜬 보름달은 습기 탓인지 윤곽이 흐릿했다.

제너럴중기 오타 공장은 상상 이상으로 대규모였다. 철망 울타리가 아주 멀리까지 이어지고, 같은 간격으로 늘어선 야간 등이 원근감을 한층 두드러지게 했다. 노지마는 간토 북부 지방이 공장 도시라는 것을 새삼 실감했다. 그리고 과거에는 광대한 논밭이었다는 것도.

공장의 크기를 가늠하듯 차로 한 바퀴 돈 다음 정면 입구에 댔다. 창으로 얼굴을 내밀고 경비원에게 경찰수첩을 제시한다. 관리직 사원을 만나게 해달라고 하자 '또야' 하는 표정이라 노지마는 다른 형사가 찾아온 모양이라고 짐작했다.

경비가 내선 전화를 건다. 현장 반장이라는 직함의 사원이 면회에 응해줄 거라며 부지 안으로 차를 안내해주었다. 그리고 차에서 내려 밤공기를 들이마시고 있을 때 작업복 차림의 현장 반장이 나타났다.

"저, 경찰분이십니까?"

어스레한 어둠 속에서 노지마의 얼굴을 들여다보며 어리둥절한 표정을 지었다.

"일하시는 중에 죄송합니다. 도치기현 경찰 소속인 노지마라고 합니다."

"도치기현 경찰요?"

"그렇습니다. 아시카가 북부 경찰서 형사입니다."

"아, 그렇군요. 얼마 전에 찾아온 군마현 경찰분일 거라고 생각해서……."

노지마는 군마현 경찰도 트럭에 관심을 보였음을 알아차렸다. 역시 10년 전 피해자의 아버지를 악성 민원인 취급은 해도 무시하지는 않는 것 같다.

"그렇습니까. 시간을 뺏어 죄송합니다. 그런데 군마현 경찰은 뭘 물었습니까?"

마침 잘되었다 싶어 노지마는 슬쩍 떠봤다.

"트럭에 관해서입니다만……. 부품을 수송하는 트럭은 몇 대가 있고 어떤 루트로 다니는가, 운전사는 어떤 사람이고 교대는 어떻게 하는가, 블랙박스는 달려 있는가, 그런 것들이었습니다."

"죄송합니다만 저한테도 알려주시겠습니까?"

노지마가 고개를 숙이자 현장 반장은 의아한 듯한 얼굴로 "대체 무슨 일이 있었던 겁니까?" 하고 물었다.

"군마현 경찰은 뭐라고 하던가요?"

"그게, 말을 흐리며 확실히 말해주지 않았습니다. 사소한 사건인데 트럭을 목격했다는 정보가 있어 현 내의 트럭을 전부 조사하고 있다고 하더군요. 하지만 도치기현 경찰까지 이렇게 조사하는 걸 보면 큰 사건인가 싶어 우리로서는 상당히 걱정되네요……."

"죄송합니다. 비밀리에 조사 중이라 밝힐 수가 없습니다."

"군마현 경찰도 그렇게 말했습니다. 비밀리에 조사하는 중이라고. 형사님들이 상투적으로 쓰는 말이겠지요."

현장 반장이 씁쓸하게 웃으며 말한다. 노지마는 잠자코 어깨를 으쓱할 수밖에 없었다.

"죄송합니다. 트럭을 보고 싶은데요." 노지마가 말한다.

"좋습니다. 군마현 경찰한테도 보여주었으니까요."

현장 반장이 안내하여 5분쯤 걷자 공장 건물 옆에 컨테이너식 짐칸의 중형 트럭 네 대가 세워져 있었다.

노지마는 주위를 빙 둘러보며 외관을 확인했다. 차체는 흰색. 컨테이너는 은색. 딱히 눈에 띄는 디자인이 아니고 회사명도 컨테이너에 조그맣게 쓰여 있을 뿐이다. 연식은 오래되어 10년쯤 될까. 일단 스마트폰으로 사진을 찍었다.

"이게 다입니까?"

"아니요, 한 대는 운행 중입니다. 그러니까 다해서 다섯 대입니다."

"운전사는 정해져 있습니까?"

"아뇨, 모두 외지에서 온 계절노동자입니다. 야근이 있어서 이 지역 안에서만 모집을 하면 좀처럼……."

"아, 그렇군요. 블랙박스는 달려 있습니까?"

"아뇨, 만일의 사고에 대비해 달아야 한다고 총무부에 보고는 했습니다만, 다음 차량 검사 때 모든 차를 새로 구입하기로 한 상황이라 폐차할 차에 다는 것은 좀 그렇지 않으냐고 해서……."

"알겠습니다. 운전사의 이름, 나이, 이력 등을 알려주시겠습니까?"

"그건 제 판단으로는……. 분명 군마현 경찰도 똑같은 걸 물었던 것 같은데요……. 아무튼 계절노동자라고 해도 직원의 개인 정보를 제공하려면 총무부의 허가가 필요합니다. 허가를 받으시려면 낮에 총무부로 찾아가십시오."

현장 반장은 이 자리에서 정보를 주는 것은 거절했다. 노지마는 납득하고 오늘 밤에는 물러나기로 했다. 일단 수확은 있었다. 군마현 경찰도 쫓고 있다면 검증해야 할 정보라는 것이다.

"알겠습니다. 그럼 다시 오겠습니다."

노지마는 현장 반장에게 예를 표하고 발길을 돌렸다. 차에 올라타 구내를 달린다. 입구 경비실에 인사를 하고 밖으로 나오자 한 남자가 두 팔을 벌리고 차 앞을 가로막았다. 갑작스러운 일에 노지마는 깜짝 놀라 황급히 브레이크를 밟았다.

"죄송하지만 잠깐만요."

남자가 운전석으로 다가와 창을 똑똑 두드리며 말했다. 노지마는 직감으로 형사라는 걸 알았다. 그것 말고는 생각할 수가 없다.

창을 내리자 남자는 엉거주춤한 자세로 "군마현 경찰입니다"라고 신분을 밝혔다. 이어서 "도치기현 경찰이죠?"라고 묻는다.

"예, 그렇습니다. 아시카가 북부 경찰서 형사과의 노지마라고 합니다."

"그렇습니까. 저는 군마현 경찰본부 수사1과의 사이토라고 합니다. 조금 전에 경비실에 누가 방문했는지 물었더니 도치기현 경찰본부의 형사님이라고 알려주어서요."

"잠복 중이었습니까? 그렇다면 저는 바로 돌아가겠습니다."

노지마가 물었다. 속을 떠볼 심산이기도 하다.

"아뇨, 잠복까지는 아니지만 좀 신경 쓰여서요."

사이토라는 형사가 입가를 살짝 올리고 모호하게 대답했다. 삼십대로 보이지만 자신보다는 연상일 것이다.

"노지마 씨, 잠깐 이야기 좀 했으면 하는데 시간 좀 내줄 수 있습니까? 저기 우리 차가 있는데 그 안에서."

사이토가 턱을 치켜올린다. 정문에서 20미터쯤 떨어진 갓길에 스바루가 세워져 있고 운전석에는 다른 남자도 있었다.

"예, 상관없습니다."

"와타라세강 사건 수사이지요?"

"그렇습니다."

"그렇군요, 우리도 같습니다."

노지마는 차를 갓길에 세우고 사이토의 뒤를 따라가 스바루 뒷자리에 탔다. 사이토가 "이쪽은 이토입니다"라고 파트너를 소개한다. 동안의 형사가 몸을 뒤틀어 꾸벅 고개를 숙였다. 명함을 교환하고 보니, 이토는 관할서의 경사이고 사이토는 본부의 경위였다.

"노지마 씨는 혼자인가요?" 사이토가 묻는다.

"그렇습니다. 아직 회의에도 보고하지 않은 정보라서 단독 행동으로……."

노지마는 사정을 이야기했다.

"혹시 트럭을 쫓고 있습니까?"

"예, 뭐."

"군마100 아 215×."

"예?"

"역시 차량 번호까지는 모르는군요. 그렇다면 N 시스템에서 나온 정보는 아니라는 얘기네요."

사이토가 쾌활하게 말한다. 아무래도 저쪽에서도 상황을 살피고 있었던 모양이다.

"노지마 씨, 괜찮으면 가진 정보를 알려주지 않겠습니까? 우리도 알려드리겠습니다. 공동수사본부라서 두 현의 경찰이 자유롭게 움직이는 것은 좋지만 정보가 겹친 것을 모르고 현장에서 부딪치는 경우도 있습니다. 이런 건 서로 경험이 없으니까요."

"그런데 딱히 정보라고 할 만한 것이 아니어서……."

"괜찮습니다. 우리는 도치기현 경찰이 왜 제너럴중기의 트럭에 관심을 가졌는지 그걸 알고 싶으니까요."

사이토가 쩌렁쩌렁한 목소리로 말한다. 제법 수완 좋은 형사로 보였다.

노지마는 잠시 생각해본 후 정보를 밝히기로 했다. 상대가 가진 정보가 더 유력할 거라는 기대도 있었다.

"실은 저희 수사1과의 은퇴한 선배 중에 다키모토라는 분이 있는데……."

노지마는 10년 전에 파헤치지 못한 트럭의 목격 정보가 있었고 그 이야기를 다키모토가 꺼냈다는 것, 또한 그때 사건의 피해자 아버지가 트럭을 찾고 있다는 것을 최근에 알게 되었고 연결되는 점이 있지 않을까 해서 수사를 시작했다고 털어놓았다.

"트럭을 찾고 있는 피해자 아버지는 마쓰오카 씨를 말하는 겁니까?"

"자세히는 모릅니다만, 기류 남부 경찰서에서는 악성 민원인 취급을 받고 있다고 들었습니다."

노지마가 대답하자 사이토는 웃음을 터뜨리고는 쓴웃음을 지으며 "분명 처치 곤란 취급하는 것은 사실이지만"이라고 중얼거렸다.

"그러나 10년 전의 목격 정보는 치매 노인의 증언이라고 해도 마음에 걸리네요. 특히 큰 짐을 짊어지고 덤불 속으로 들어갔다는 부분 같은 게요."

"그렇습니다. 그래서 저도 좀 움직여볼까 해서……."

"그렇군요. 그럼 이번에는 저희 차례네요."

이어서 사이토가 말한 정보는 다음과 같은 내용이었다.

피해자 유족인 마쓰오카라는 사진관 주인이 와타라세강 하천부지에서 10년에 걸쳐 그곳에 드나드는 차량을 계속 촬영해왔다. 그러다 사건 전에 한 컨테이너식 짐칸의 중형 트럭 운전사가 사체 발견 장소 근처에 멈춰 서서 수상한 행동을 하는 장면이 찍혔다. 정보를 제공받은 수사본부는 차량 번호로 그 트럭이 제너럴중기의 순회 차량이라는 것을 밝혀냈다. 처음에는 단순히 그 트럭 운전사가 쉬는 거라고 판단해 딱히 주목하지 않았던 수사본부는 마쓰오카의 거듭되는 호소에 적당히 대응하고 있었는데, 혹시나 해서 제너럴중기에 문의했다가 수송을 담당하는 다섯 명의 운전사를 알아냈고, 그중 한 사람이 10년 전에도 같은 공장에서 일한 계절노동자라는 사실이 드러났다. 그 사실을 발견한 이상 결코 무시할 수 없다.

"뭐, 그렇게 해서 이 정보가 급부상한 것인데, 분명히 말하자면 생각지도 못한 데서 나온 정보라는 것입니다. 우리는 별로 기대하지 않았습니다. 그런데 지금 노지마 씨의 이야기를 듣고 나니 더욱 흥미가 생기는군요."

사이토가 득의양양해하며 말했다.

"그랬군요. 저도 마찬가지입니다. 저는 같은 모양의 트럭 목격 증언이 10년 전의 사건과 겹쳐서 그게 마음에 걸렸을 뿐이었습니다. 설마하니 이런 이야기를 듣게 될 줄은 생각도 못 했습니다."

노지마는 소름이 돋았다. 특히 운전사가 10년 전에도 이 지역에 있었던 인물이라는 것은 유력한 정보다.

"그런데 사이토 씨, 저한테 거기까지 이야기해도 괜찮습니까?"

노지마가 걱정되어 물었다.

"특별히 비밀 유지 명령은 없습니다. 게다가 도치기현 경찰본부도 이 정보는 공유하고 있을 겁니다. 두 현의 관리관 이상 직급들과 경찰청에서 온 관리직들이 매일 밤 회의를 열고 있으니까요."

"그렇군요. 현장만 몰랐다는 거네요."

"이 정보가 유력하다고 예상된다면 합동수사본부가 설치되겠지요. 그때는 또 잘 부탁드리겠습니다."

사이토와 이토가 나란히 고개를 숙인다. 노지마도 "저야말로" 하며 고개를 숙였다. 노지마는 합동수사라는 말을 듣고 긴장감을 느꼈다. 이번 사건은 처음으로 경험하는 것 천지다.

"그런데 그 계절노동자는 어떤 자입니까?"

노지마가 물었다.

"가리야 후미히코, 나가노현 출신, 32세. 체포된 이력이 한 번 있는데 상해죄입니다. 올 4월부터 제너럴중기 오타 공장에서 계절노동자로 일하기 시작했고 공장 기숙사에서 살고 있습니다."

"얼굴 사진은 있습니까?"

"보시겠습니까? 찍은 지 5년이 넘은 것이긴 합니다만."

"꼭이요."

노지마가 부탁하자 사이토는 호주머니에서 스마트폰을 꺼냈다. 사진 데이터를 화면에 띄우자 거기에는 이렇다 할 특징이 없는 남자의 얼굴 사진이 있었다.

"사이토 씨의 심증은요?" 노지마가 물었다.

"모르겠습니다."

사이토는 고개를 가로저으며 바로 대답했다. 확실히 중요 참고인 삼기에는 자료가 너무 적다. 냉정해져야 할까.

노지마는 다시 한번 스마트폰 속 얼굴 사진을 봤다. 이목구비에 특징이 없고 어떤 인상도 남기지 않겠다는 것처럼 개성이 없었다. 이 사진에서는 웃는 얼굴도, 화난 얼굴도 상상할 수가 없다.

*

그날 지노 교코는 시노다 조교수의 현장 조사에 동행했다. 시노다는 기류 시내의 비즈니스호텔에 장기 체류하기로 하고 사건 현장이나 만화 카페, 인터넷 카페 등을 돌아다녔다. 고생을 마다하지 않는 그의 행동력에 감탄했지만, 도대체 대학 일은 어떻게 하고 있나 싶어 걱정되었다.

"일주일에 다섯 번 90분짜리 수업을 맡는 게 기본이지만, 나 같은 경우 일주일에 한 번만 해도 봐주는 느낌이라고 해야 하나. 학부장이 관대한 사람이라 자유롭게 해주는 거지요."

시노다가 아무렇지도 않게 말한다. 듣자 하니 원격 수업도 하는 모양이다.

"선생님, 갈아입을 옷은 어떻게 하고 있어요?"

교코가 소박한 의문을 제기했다. 늘 같은 옷만 입고 있는데 지저분해 보였던 적은 한 번도 없다.

"아내가 택배로 보내줘요."

"사모님이 있으세요?"

교코는 무심코 큰 소리를 지르고 말았다.

"예, 있어요. 고등학교 2학년인 딸도."

"고등학생 따님도 있다고요?"

교코에게는 이번 달 가장 큰 뉴스다. 지국 사람들에게 말하면 시끄러워질 것이다. 더 물었더니 부인은 시노다와 같은 대학의 생물학 조교수로 연두벌레를 연구하고 있다고 한다.

"연두벌레요……?"

교코는 망연자실한 것처럼 한숨을 내쉬고 뭔가 치유받는 느낌을 받았다. 세상은 잘 돌아가고 있다. 괴짜라도 어엿하게 결혼할 수 있는 것이다.

"그런데 따님은 어떤 학생인가요?"

어떤 가족일지 정말 궁금하다.

"평범하다고 생각하는데. 전국시대의 무장에 빠져 있고, 요즘은 마에다 게이지한테 집착하고 있다고 해야 하나."

"누구인가요, 그 사람은?"

"마에다 도시이에의 외조카라던데."

"그런가요……?"

교코는 어떻게 대답해야 좋을지 몰라서 일단 미소를 지었다. 사건이 해결되면 부인과 딸을 만나보고 싶다.

교코는 취재 차량을 운전하여 시노다의 요청에 따라 오타시의 이온몰로 갔다. 평일이라 주차장은 80퍼센트 차 있고, 그 대부분은 경차다. 간토 북부 지방에서는 한 집에 차를 두 대 쓰는 경우가 많다. 남편이 차로 통근하면 아내는 또 다른 차로 장을 보러 가는 것이다.

"경차가 이렇게나 늘어서 있으니 장관이군."

시노다가 손으로 햇살을 가리며 주차장을 둘러봤다. 경차는 밝은색이 많아서 거대한 장난감 매장 같다.

"과거에 여성은 남편이 운전하는 차로 이동하는 것이 일반적이었는데 직접 차를 갖게 되자 자유롭게 행동할 수 있게 되었지요. 그래서 불륜이 늘었고."

시노다가 불쑥 난폭한 말을 한다. 교코는 이제 익숙해졌기 때문에 개의치 않았다.

"왜 이온몰을 비롯한 대형 상업 시설이 고속도로 인터체인지 부근에 있는지 알아요?"

시노다가 걸으며 물었다.

"아뇨, 모르겠는데요."

"생각해보세요."

"으음…… 수송 비용 때문일까요?"

교코는 떠오른 생각을 말했다.

"정답. 역시 신문기자는 다르네요. 고속도로 인터체인지에서 가까운 입지라면 대형 트럭으로 물자를 대량으로 옮길 수 있으니까 수송 비용이 싸게 먹히지요. 스바루나 제너럴중기 같은 대기업 공장도 마찬가지고요. 따라서 예전에 광대한 논밭이었던 곳에 거대한 상업권이 탄생하는 거지요. 새로운 상업권은 원래 있던 그 지역 상업권과 당연히 부딪치고 경쟁을 하게 되고요. 그 결과 어떻게 되었느냐 하면……."

시노다가 교코에게 답하도록 유도한다.

"그 지역 상점가가 쇠퇴하여 셔터를 내린 거리가 되겠군요."

"정답."

왠지 모르게 수업 분위기가 됐다.

"그리고 대형 쇼핑몰은 위치상 다른 지역에서도 사람을 불러들여 상업권이 더욱 확대되지요. 다시 말해 지역 주민 이외의 사람들이 대량으로 오가게 되어 유동성과 익명성이 높아지고, 그 결과 범죄가 늘어나는 거지요. 여자아이 유괴나 스토킹 살인 같은 병리적인 범죄는 지방이 더 많아졌어요."

"아, 그렇겠네요. 이해가 됩니다."

"이제 대도시보다 지방 도시의 경찰이 더 힘들 거예요. 범죄자의 얼굴이 도시 이상으로 찾기 힘들어졌으니까요. 대형 쇼핑몰이 있는 곳에 범죄가 있지요."

"저기, 그렇게 단정하는 건 좀 아니지 않나요?"

교코는 일단 못을 박아두었다.

쇼핑몰 안을 한 바퀴 돌고 나서 2층 식당가에서 햄버거와 콜라로 점심을 먹었다. 테이블 대부분은 아이를 데려온 젊은 어머니들로 점령되어 아이들의 새된 목소리가 울려 퍼지고 있다. 아닌 경우도 있었지만, 대부분 혼자 온 여자이고 모두 한결같이 스마트폰을 만지작거리고 있다. 사람들 눈을 신경 쓰지 않아도 되는 곳이 쇼핑몰이다.

"선생님은 두 사람의 중요 참고인을 만나 어떤 인상을 받았나요?"

교코는 궁금했던 것을 물어봤다.

"이케다라는 사람은 아닌 것 같아요."

시노다가 곧바로 대답했다.

"그런가요?"

"10년 전의 사건은 모르겠지만, 이번 사건은 무관하지 않을까요. 그 남자의 달변은 전형적인 자기 인정 욕구로, 혐의가 드러날수록 주목을 받으니 그것에 흥분하는 패턴이지요. 특히 경찰을 도발하는 것은 오인 체포로 창피를 당하게 하고 싶다는 바람이 있는 게 아닐까요. 정말 죽였다면 그렇게까지는 안 할 겁니다."

"하지만 이케다라는 남자는 애초에 인격 장애라고 하던데요."

"아마 다른 데서 누군가 죽이지 않았을까요?"

시노다가 가벼운 어조로 뒤숭숭한 말을 했다.

"무슨 뜻인가요?"

"예컨대 과거에 폭력단 조직원을 죽이고 산에 묻은 적이 있다. 피해자가 야쿠자라서 행방불명이어도 아무도 신고하지 않아 오늘에 이르렀다. 그것이 성에 차지 않는다. 실은 발견해주었으면 싶어 견딜 수가 없다. 그래서 늘 경찰 주변에 있다."

"발견되기를 바라는 건가요?"

"그래요. 그래서 그의 경우는 충동형 범죄가 아니라 체계형 범죄지요. 형사한테 물었는데 거칠고 난폭하지만 꽤나 꼼꼼한 사람인 모양이더군요."

"네에……."

교코는 프로파일링이 곧 스토리를 구축하는 작업이라는 걸어렴풋이 추측할 수 있었다. 시노다의 말투는 늘 단정적이다.

"선생님, 그럼 히라쓰카 겐타로는 어떤가요?"

"피의자 중에서 겐타로는 충분히 의심스럽지요. 어쨌든 다중 인격이라 어떤 인격이 숨어 있는지 알 수가 없으니까요. 각각 다른 인격이 네 명 있는 듯한데, 그것도 어디까지나 확인할 수 있는 범위 안에서의 이야기고 10년에 한 번꼴로 나오는 인격이 있을지도 모르지요. 실제로 해외에서는 그런 보고도 있으니까요. 만약 그렇다면 속수무책이지요. 증거가 나온다고 해도 공판 유지는 힘들어요. 겐타로는 계속 지켜보고 싶습니다. 저번 조사에 입회한 변호사가 그 후에 연락을 해왔어요. 겐타로가 다시 이야기를 하고 싶다고 하니 다음 주에라도 와줄 수 없느냐고요. 가족도 그래주길 바라는 것 같아요."

시노다가 태평하게 말한다. 교코에게는 이 학자가 가장 가까이 있는 괴짜다.

"아, 저 사람!"

그때 시노다가 고개를 내밀고 말했다.

"저번에 만난 형사님이네요."

교코도 시선을 돌렸다. 군마현 경찰인 사이토와 이토였다. 점심을 먹으러 온 분위기는 아니다. 왜냐하면 두 사람의 표정은 험악하고 시선이 한곳을 향하고 있기 때문이다.

미행인가—? 교코는 기자의 감으로 그렇게 생각했다. 신참이라도 그 정도의 감은 작동한다.

사이토가 통로 쪽 테이블에 앉는다. 이토는 가게 부스에서 우동 2인분을 사서 같은 테이블에 앉았다. 등을 구부리고 조용히 먹는 동시에 시선을 힐끗힐끗 테라스 쪽으로 향한다.

교코는 그 시선의 끝을 더듬어갔다. 그러자 테라스 테이블에 삼십대 초반쯤으로 보이는 커플이 즐겁게 식사를 하고 있다. 남자는 한눈에 보기에도 덩치가 크고 수수한 용모다. 여자는 갈색 머리를 뒤로 묶고 화장이 옅으며 수수한 복장이다. 겉보기에는 부부이거나 오랜 연인 사이 같은 인상이다.

어떤 미행인지 모르겠지만 사이토와 이토는 와타라세강 연쇄 살인 사건 수사본부의 수사관이다. 그것과 관련된 것으로 보는 것이 타당하다.

"선생님, 카메라 갖고 있어요?"

교코가 작은 소리로 물었다.

"예, 갖고 있어요. 현장 조사 때는 늘 갖고 다니니까요."

시노다가 고개를 끄덕인다.

"죄송하지만 잠깐 빌릴 수 있을까요?"

"좋아요."

의도를 알아챈 듯한 시노다가 가방에서 일안 반사식 카메라를 꺼내 망원렌즈로 갈아 끼우고 나서 교코에게 건넸다.

시노다가 일어난다. 뭘 하나 했더니 테라스를 등진 자리로 이동하여 교코 쪽을 향해 섰다. 역시, 같이 온 사람의 사진을 찍는 척하며 그 뒤에 있는 커플을 몰래 찍으라는 것인가. 교코는 고마운 마음이 솟았다. 괴짜라도 재치는 있다.

"자, 치-즈."

시노다가 외치며 손가락으로 브이 포즈를 취했다. 교코가 그 뒤쪽을 조준하여 셔터를 누른다. 망원렌즈에 보이는 커플은 서로 마음을 허락한 남녀의 얼굴이었다. 특히 여자에게는 행복감이 배어나고 있다.

문득 시선을 느끼고 옆을 봤다. 교코와 시노다를 알아챈 사이토 형사가 무서운 얼굴로 이쪽을 노려보고 있었다. 알 게 뭐야. 여기는 경찰서가 아니야. 이온몰이야—.

교코는 마음속으로 시원하게 외치며 계속 셔터를 눌렀다.

*

왼쪽 눈의 충혈이 점점 더 심해진 마쓰오카 요시쿠니는 안대를 뺄 수 없게 되었다. 아내 가즈코 역시 이상한 낌새를 감지하고 외출을 말렸다. 하지만 조급해진 마쓰오카는 집에 있는 것이 더 괴로워 연일 범인 찾기에 분주했다. 진범은 가까이에 있다. 신은 악을 용서하지 않는다. 스스로 이렇게 타이르면 몸의 피로도 느껴지지 않았다.

이날 마쓰오카는 아침부터 제너럴중기의 공장 기숙사를 감시하고 있었다. 운전사 다섯 명의 얼굴 사진은 찍었다. 다음 단계는 그 한 사람 한 사람을 미행하여 수상한 행동을 하는지 조사하는 것이다.

기숙사는 오타 공장 바로 뒤에 있다. 공장이 24시간 돌아가서 문은 늘 열린 채다. 입구도 특별히 자물쇠가 채워져 있지 않고 누구나 자유롭게 드나든다. 기숙사와 공장은 좁은 길을 사이에 두고 10미터 정도 거리다. 공장 뒷문에도 경비실이 있지만 엄격한 체크는 하지 않고 목에 신분증만 걸고 있으면 신경 쓰지 않는 듯하다. 정문과 달리 전체적으로 느슨한 인상이었다. 마쓰오카가 왜건을 장시간 주차하고 있어도 아무도 주의를 주지 않았다.

아침 8시가 지났을 무렵 한 운전사가 기숙사에서 나왔다. 마쓰오카는 다섯 명에게 A에서 E까지 알파벳을 붙였는데 그중 A다. A는 삼십대 중반이고 조금 살이 쪘다. 흡연자로 운전 중에 자주 담배를 피운다. 작업복 차림인 것으로 보아 지금부터 근무 시작인 듯싶다.

길을 건너 공장 뒷문을 지난다. 마쓰오카는 차를 출발시켜 정문으로 돌아가 매복하고 기다렸다. 얼마 지나지 않아 A가 운전하는 트럭이 나타난다. 부품을 회수하러 가는 것이다. 방향으로 보아 목적지는 기류 공장이다.

마쓰오카는 바로 뒤에 붙어 미행을 시작했다. 사진관 업무용 왜건이어서 눈에 띄는 일은 없다. 운전사도 설마 미행을 당할 거라고는 생각지 못할 것이다.

차내 라디오에서는 이 지역 라디오 방송국의 토크쇼가 흘러나오고 있었다. 나이 지긋한 남자와 젊은 여자 사회자가 청취자의 고민 상담을 받아주고 있다. 시어머니가 아이 교육에 간섭하여 고민이다. 가족들끼리 장례를 치루길 바랐지만 본가에서 허락해주지 않아 쓸데없는 비용이 들었다—. 이 얼마나 태평한 고민이란 말인가. 마쓰오카는 초조함을 느끼며 사연을 들었다.

연쇄 살인 사건이 일어난 지도 두 달이 지났다. 아직 범인이 잡히지 않았는데도 세상은 그런 일은 다 잊고 일상생활로 돌아가 있었다. 10년 전에도 똑같았다. 유족의 슬픔과 괴로움이 시간과 함께 깊어지는 가운데 주위 사람들은 어이없을 정도로 간단히 사건을 잊고 평범하게 살아가고 있다. 마쓰오카는 위화감을 심하게 느끼고 고독에 시달렸다. 피해자 유족이 느끼는 고통의 절반은 세상과의 온도 차이다. 우리 딸의 비극을 잊어버릴 생각인가, 하고 소리치며 다니고 싶어진다.

A가 운전하는 트럭은 순조롭게 기류 공장에 도착했다. 안에서 부품을 싣고 다시 공장에서 나온다. 이번에는 남쪽으로 향하는 것으로 보아 행선지는 아시카가 공장일 것이다. 마쓰오카는 미행을 계속했다. 이런 행위를 마다할 마음은 전혀 없었다. 오히려 삶의 보람이라고 해도 좋다.

A는 아시카가 공장에서 부품을 회수한 뒤 도로변의 라면집 주차장에 트럭을 세웠다. 이른 점심을 먹을 생각인 모양이다.

마쓰오카는 가게 뒷길에 차를 세우고 아내가 만들어준 주먹밥을 먹으며 기다렸다. 아내가 도시락을 들려준 것은 남편을 지지해서라기보다는 불쌍하게 생각해서일 것이다. 아내는 마쓰오카를 볼 때마다 한숨을 내쉰다.

A는 20분쯤 지나 라면을 다 먹고 트럭으로 돌아왔다. 출발하여 다음으로 향한 곳은 게임 카페였다. 오후 1시까지 휴식을 취할 거라 생각했는데 1시가 지나도 나오지 않았다. 그가 가게를 나온 것은 1시 반이었다. 운송 업무는 그다지 시간에 매여 있는 것 같지 않다. 그렇다면 범죄를 벌일 시간도 있다는 것이다.

A는 게임 카페를 떠나 오타 공장으로 돌아갔다. 그리고 회수한 부품을 내리고는 곧바로 다시 기류 공장으로 향했다. 마쓰오카는 공장의 조립 공정 상황을 전혀 모르지만, 부품 수송도 라인의 일부일 거라는 추측은 할 수 있었다. 운전사들은 같은 루틴을 매일 반복한다. A가 일을 마치고 기숙사로 돌아간 것은 오후 6시였다.

다음 날은 운전사 B를 미행했다. 아직 서른이 안 되어 보이고 무척 말랐으며 갈색 머리가 모자에서 삐져나와 있다. B는 정오가 지나 기숙사를 나와 오타 공장으로 출근하고 트럭 운송 작업을 시작했다. 마쓰오카는 근무 교대 상황도 대충 알고 있다. 낮 근무와 밤 근무, 그리고 준야근이 있는 3교대제다. 그것을 다섯 명이 돌아가며 한다.

B도 A와 마찬가지로 공장을 여러 번 돌며 카페에서 시간을 보냈다. 게으름을 피우는 것인지 시간 조정인 것인지 마쓰오카는 판단할 수 없지만, 회사명이 보이는 트럭을 당당히 주차해놓

은 것으로 보아 운전사에게 찔리는 것은 없는 듯하다.

마쓰오카는 운전사들의 행동을 하나하나 촬영했다. 망원렌즈로 엿보는 중에 그들의 얼굴을 어느새 외워버렸다. 어떤 놈이 가장 사람을 죽일 만한가. 그런 상상을 하며 몇 번이고 셔터를 누른다.

사흘째는 운전사 C를 미행했다. 마흔 살쯤의 왜소한 남자다. 이 나이에 계절노동자라는 것이 마쓰오카에게는 상상이 되지 않는다. 지방에서 돈을 벌기 위해 온 걸까, 아니면 빚이 있어 수입이 좋은 일자리를 구한 것일까. 가족은 있을까. 머물 집은 있을까. 그런 상상이 뇌리를 스친다.

C는 그날 준야근으로 오후 5시부터 일을 시작했다. 트럭으로 오타 공장을 나서서 기류와 아시카가를 돌고 다시 오타 공장으로 돌아온다. 날이 저물고 나서 두 번째 운송을 시작한다. 이번에는 반대로 돈다. 기류에서 부품을 싣고 역 앞 주차장에 트럭을 세우고 근처 식당으로 들어갔다. 밖에서 들여다보니 가족이 운영하는 서민적인 가게였다. 단골손님인지 느긋한 모습으로 가게 텔레비전을 보고 있다. 마쓰오카는 주차장으로 돌아가 트럭의 운전석을 발돋움하여 들여다봤다. 특별히 이상한 장비는 없고 무전기도 블랙박스도 달려 있지 않다. 자세히 보니 내비게이션조차 없다. 공장 사이의 운송 용도로만 사용되는 듯하다.

"저기요."

그때 등 뒤에서 목소리가 들렸다. 돌아보자 제복을 입은 경찰 두 명이 서 있다. 파출소가 바로 코앞이라 안대를 한 남자의 수상한 행동은 어쩔 수 없이 눈에 띄었을 것이다.

"뭘 하고 계십니까?"

젊은 쪽 경찰이 묻는다. 이미 여러 번 겪은 일이라서 마쓰오카는 조금도 동요하지 않았다.

"저는 마쓰오카 사진관의 마쓰오카요. 당신들 기류 남부 경찰서의 지역과라면 알고 있지 않소?"

"아아…… 마쓰오카 씨입니까? 알고 있습니다."

나이가 지긋한 경찰의 표정이 갑자기 어두워졌다. 젊은 경찰도 알아챈 모양인지 둘이서 시선을 주고받았다.

"그 안대는 뭔가요?" 나이 지긋한 경찰이 물었다.

"그냥 다래끼가 나서." 마쓰오카가 거짓말을 했다.

"어르신, 그런 상태로 운전하고 오신 겁니까?"

"상관없잖소. 일반 차량이라 도로교통법 위반도 아니오. 제대로 알아보고 나서 운전한 거요."

"그건 그렇고, 여기서 뭘 하시는 거죠?"

"뻔한 거 아니오. 연쇄 살인 사건 수사요. 당신들을 믿을 수가 없으니까, 시민이 나서지 않을 수가 있어야지."

마쓰오카가 입에 거품을 물고 말한다. 나이 지긋한 경찰은 점점 더 우울한 얼굴이 되었다.

"내가 유력한 정보를 제공했는데도 당신들은 들은 척도 안 하고 말이야. 도대체 매일 뭘 하고 있는 건지. 우리가 낸 세금으로 월급 받아먹으면서 말이야."

이런 말까지 할 생각은 없었지만, 마쓰오카 안에서 격정이 터져 나와 저도 모르게 폭언을 하고 말았다.

"어르신, 그건 아니잖아요."

젊은 경찰이 허탈한 표정으로 한 발 앞으로 나왔다.

"뭐가? 사실을 말했을 뿐인데."

마쓰오카도 앞으로 나간다. 가슴과 가슴이 부딪쳤다.

"뭐 하시는 겁니까?" 젊은 경찰이 성난 기색을 드러낸다.

"네가 먼저 나왔잖아." 마쓰오카가 거친 목소리로 응수한다.

"워워." 나이 지긋한 경찰이 사이로 끼어들어 젊은 경찰을 떼어냈다. "상대하지 마"라고 귓가에 속삭인다.

흥분을 가라앉히지 못한 마쓰오카가 "이 아무짝에도 쓸데가 없는 놈이 말이야!"라고 호통을 치며 젊은 경찰의 가슴을 손으로 밀쳤다.

"아니, 당신, 폭력을 쓴 건가요?"

"그게 뭐? 체포라도 하게!"

마쓰오카는 자신도 놀랄 만큼 격앙되어 젊은 경찰에게 맹렬히 달려들었다. 온몸이 심하게 떨리고 더는 제어가 안 된다.

다음 순간 둘이서 달려들어 마쓰오카를 아스팔트에 깔고 꼼짝 못 하게 눌렀다.

"어르신, 진정하세요. 진정하세요."

나이 지긋한 경찰이 열심히 달랜다. 그 차분한 모습이 한층 아니꼬워 마쓰오카는 더욱 저항했다. "이봐, 파출소로 데려가." 두 사람이 일으켜 세운다. 무력한 마쓰오카는 간단히 연행되었다.

"까불지 마! 서장 불러와!"

마쓰오카는 파출소로 들어가서도 계속 고함을 질렀다. 나이 지긋한 경찰은 성가신 시민을 다루는 데 익숙한지 목소리를 높이지도 않고 "어르신, 진정하세요"라고 시종 달래는 역할을 했다. 젊은 경찰은 조금 떨어진 곳에서 불만스러운 얼굴로 바라보고 있다.

결국 파출소에서 30분 가까이 계속 소리를 크게 질렀고 서서히 머리가 차가워졌다. 그리고 제정신이 들자 자신이 한 일을 믿을 수가 없어 심한 자기혐오에 빠졌다.

역시 어떻게 되고야 만 것이다. 다녀야 할 곳은 안과가 아니라 정신과일지도 모른다.

나흘째는 운전사 D를 미행했다. 상당히 덩치가 큰 남자이지만 온순한 인상이다. 나이는 서른 전후일까. D는 기숙사를 나서자 구부정하게 걸어 공장으로 들어갔다.

마쓰오카는 곧바로 정문으로 먼저 가서 기다렸다. 운전석에서 안약을 넣고 준비를 한다. 그때 D가 운전하는 트럭이 나왔다. 마쓰오카도 기어를 넣고 출발하려고 했더니 뒤에서 스바루 세단이 나타나 마쓰오카 앞으로 끼어들었다.

뭐야, 방해를 하고 말이야—. 이렇게 생각한 순간 스바루의 운전석과 조수석에 앉은 남자의 실루엣이 눈에 들어왔고 심상치 않은 기색을 느꼈다. 이 남자들은 영업직 사원이나 친구 사이가 아니다. 형사다—. 마쓰오카는 직감했다. 여러 차례 접했더니 단번에 알 수 있었다. 틀림없다. 군마현 경찰본부의 차량은 대체로 스바루다. 마쓰오카는 소름이 돋았다. 경찰은 이 운전사를 감시하고 있다—.

스바루의 뒤에서 달리며 몸을 앞으로 내밀고 운전석을 응시했다. 사이토 형사인지 아닌지는 알 수 없다. 다만 둘이서 전방을 뚫어져라 쳐다보는 행위는 형사 그 자체다.

이번에는 무릎이 떨렸다. 진정해, 진정해. 자신을 타이르며 차를 몰았다. D가 운전하는 트럭이 교차로에서 우회전한다. 스바루가 뒤를 따른다. 트럭이 이번에는 좌회전한다. 스바루가 뒤를 따른다. 누가 봐도 미행이다. 마쓰오카는 확신했다. 운전사 D는 중요 참고인이다. 경찰은 자신이 제공한 정보를 조사하여 제대로 수사하고 있는 것이다. 지금까지의 행동이 헛되지 않았다.

마쓰오카의 흥분은 정점에 달해 있었다. 무릎의 떨림은 온몸으로 퍼졌다.

*

다키모토 세이지는 아시카가시와 그 주변에서 가망 없는 탐문수사를 계속하고 있었다. 이제 일은 생각할 수 없어 택시 회사에 고개를 숙여 휴직을 연장했다. 매일 아침 집을 나설 때 얏 하고 배에 힘을 넣는 버릇도 부활하고, 마음만은 완전히 형사 시절로 돌아갔다.

하지만 경찰을 은퇴한 몸이라 일반 시민으로부터 이야기를 들을 수 없어 오로지 예전 연줄에 의지한 탐문수사였다. 연줄의 대부분은 야쿠자이거나 야쿠자에 가까운 사람이다. 다행히 남의 원한을 사는 짓은 하지 않았기 때문에 그들도 다키모토가 찾아오면 반겨주었다.

"다키모토 씨, 현역으로 복귀했습니까?"

야쿠자 조직 관련 남자가 웃으며 묻는다.

"아니야. 일개 시민이지. 다만 10년 전 사건이 아무래도 마음에 걸려서 말이야. 미제 사건으로 남으면 마음이 편치 않거든."

"다키모토 씨답네요. 이케다가 한 짓이 아니었습니까?"

"난 그렇다고 생각해. 하지만 기소할 수 없었지."

"그럼 별건으로 집어넣으면 되잖습니까? 뭣하면 도와드리겠습니다. 권총이든 마약이든 이케다의 집에 놔두고 올까요?"

남자의 농담에 다키모토는 씁쓸하게 웃었다. 쇼와 시절, 형사와 폭력단은 서로 돕는 관계이기도 해서 검거 건수를 채우기 위해 위법한 물건을 내놓게 하기도 했던 것이다.

"무슨 소문 같은 거 없어? 10년 전 사건이든 이번 사건이든 어떤 것이든 상관없어."

"글쎄요. 특별히 들리는 건 없는데요."

"밤거리는 어때? 조용해진 그대로야?"

"아뇨, 벌써 두 달이나 지났으니까요. 사건이 발생한 당시에는 밤에 외출을 무서워했던 호스티스들도 지금은 멀쩡히 돌아다니고 있어요. 목구멍만 넘어가면 뜨거움을 잊는다는 말이 있듯이 세상은 잊는 게 빠르네요."

남자가 이렇게 말하며 어깨를 으쓱한다. 확실히 도시의 긴장감은 상당히 누그러졌다. 사체 발견 현장인 하천부지도 지금은 아무렇지 않게 사람이 들락거리고 있다.

이어서 찾아간 폭력단 사무실에서는 이전부터 자자했던 이케다에 관한 소문을 오랜만에 들었다.

"다키모토 씨, 이케다를 잡으려면 10년 넘게 행방불명인 불법 사채업자 건을 다시 조사하는 게 빠르지 않겠습니까?"

"무슨 뜻이지?"

"최근에 이케다가 여기저기서 떠들고 다니거든요. 그 사장을 자기가 산에 묻었다고."

"그거 확실해?"

다키모토는 생각지도 못한 이야기에 미간을 찌푸렸다.

불법 사채업자 건이란 시내 폭력단 사회의 대금업자가 어느 날 갑자기 실종된 사건이다. 광역 폭력단에 거액의 빚이 있어 막판까지 몰리다 도망친 것일 수도 있만, 이케다와 안면이 있는 사이였기에 그에게 살해당한 것이 아닐까 하는 소문이 이전부터 있었다. 다만 경찰은 증거가 없고 소문에 지나지 않는다는 이유로 실종 신고만 받고 움직이지 않았다.

"이케다는 허풍선이고 주목받고 싶어 하는 사람이라 어디까지 사실인지는 모르겠지만, 아무튼 그런 이야기가 있어서요."

"그런가? 고맙네."

"다키모토 씨, 야쿠자인 제가 이런 말을 하는 것도 그렇지만 이케다는 사회에 있으면 안 되는 사람입니다. 무슨 이유를 붙여서라도 감방에 처넣어주세요."

"그렇지. 알았네."

다키모토는 고맙다고 말하며 물러나, 이케다가 떠들고 다닌다는 말을 생각했다. 어떻게 판단해야 좋을지 모르지만 있을 수 없는 이야기는 아니다. 과거에 몇 명 죽였다고 해도 이상하지 않은 남자니까.

그리고 최근 이케다의 우쭐대는 모습에 대해서도 이리저리 생각했다. 이케다는 경찰에 감시받는 것에 이상한 흥분을 느끼는 남자다. 그러므로 쾌락을 위해 사건을 일으키는 것도 마다하지 않을 것이다. 증거 불충분으로 석방된 이케다가 지금이야말로 뭔가를 저지르는 게 아닐까—.

저녁때가 되어 다키모토는 철거업자 가네무라라는 남자의 회사로 찾아갔다. 일전에 술집 '아케미'에서 이케다와 주먹다짐을 한, 전 폭력단 조직원이다. 가네무라는 다키모토의 얼굴을 보자마자 "아, 다키모토 씨. 마침 잘 왔어요"라며 어두운 표정으로 말했다.

"좀 의논할 일이 있거든요."

"뭔데? 나는 이제 형사가 아니야. 자네들 말썽거리는 처리할 수가 없어."

"그게 아니라 후쿠다흥산의 사장님 아시죠?"

"그거야 알지. 옛날에 너의 형뻘 되는 사람 아냐?"

"후쿠다 사장님이 지난주부터 안 보여요."

"안 보인다고? 무슨 뜻이야?"

"행방불명이에요. 회사 사람한테 물어봤더니 산업폐기물 처리업체 사람들 모임에 나간 뒤로 연락이 끊겼는데, 핸드폰에 전화를 걸어도 안 받는 모양이에요. 저와 후쿠다 사장님은 일과 관련해서 이케다와 옥신각신했는데—"

"알고 있어. 술집에서 치고받고 했다던 사건은 수사1과의 히라노한테 들었거든. 잡혀간 이케다가 나를 부르라고 해서 경찰서로 만나러 갔지."

"그럼 금방 이해하시겠네요. 후쿠다 사장님은 저번 일이 있고 나서 자기가 행방불명이 되면 이케다를 의심하라고 주위에 말했으니까, 우리는 드디어 그날이 온 건가 해서요."

"그건 흘려들으면 안 되겠군. 좀 더 자세히 말해봐."

다키모토는 수첩과 펜을 꺼내고 상세한 이야기를 들었다. 그에 따르면 연락이 두절된 것은 지난주 말로, 마에바시 시내에서 산업폐기물 처리업체 사람들 모임이 있었는데 회의가 끝난 후에 술자리가 있을 거라며 자가용 차가 아닌 택시를 타고 나갔다. 모임은 오후 6시에 끝났고 참가자들끼리 밤거리로 몰려 나가 저녁 9시가 지나서 술자리가 끝났다. 후쿠다의 행적은 거기서 끊겼다는 것이다.

"누군가 목격했다는 증언은 없어? 마지막에 헤어진 사람이라거나."

"거기까지는 듣지 못했어요." 가네무라가 고개를 갸우뚱한다.

"왜 경찰에 신고하지 않았지?"

"아니, 전 말했어요. 경찰에 신고하는 게 좋지 않겠느냐고요. 하지만 후쿠다 사장님의 예전 동료들이 경찰에 신고해봤자 움직여주지 않을 테니 자기들이 직접 이케다를 잡아서 추궁할 거라고요."

가네무라가 이렇게 말하고는 아뿔싸 하는 얼굴로 "다키모토 씨, 이 이야기는 비밀로 해주세요"라고 덧붙였다.

"알았어. 안심해. 사장의 예전 동료들은 조직의 동료야?"

"뭐, 그런 셈이죠."

"그런데 이케다를 잡긴 했어?"

"글쎄요, 그건 모르겠어요. 저는 진작 손을 씻었고, 그런 일에는 관여할 수 없어서요."

"현명하군. 넌 아무것도 하지 마."

다키모토는 생각지도 못한 정보에 몸이 뜨거워졌다. 이케다는 대체 몇 명이나 죽였을까? 10년 전 사건의 범인이라고 믿고 있는지라 모든 것이 이케다의 소행으로 보인다.

"저, 다키모토 씨……. 후쿠다 사장님, 살해당한 걸까요?"

불안한 듯한 가네무라의 말을 다키모토는 한쪽 귀로만 듣고 있었다.

밤이 이슥해지고 나서 다키모토는 이세초의 술집 '아케미'로 갔다. 전에 히라노에게 들었던, 이케다의 애인이 하는 가게다. 문 앞에 서서 주위를 살핀다. 감시하는 차는 없는 것 같다. 수사본부는 이케다의 감시를 푼 것일까. 유력한 증거가 없는 참고인에게 더 이상은 인원을 할애할 수 없다고 판단했을 가능성이 크다.

가게로 들어가자 칸막이석에 손님 셋뿐이고, 오야마 아케미라는 마담은 무료한 듯 담배를 피우고 있다. 들어오는 손님에게 "어서 오세요" 하며 웃음을 지어 보이지만 다키모토가 혼자라는 것을 알자 순식간에 경계하는 표정을 보였다.

"이케다는 없소?" 카운터에 앉아 다키모토가 묻는다.

"손님, 형사인가요?" 아케미가 작은 소리로 물었다.

쉽게 간파당했지만 이케다를 찾아오는 사람은 야쿠자나 형사밖에 없을 것이기에 타당한 판단이다.

"은퇴한 형사요. 놈한테는 다키모토라고 하면 알 거요."

"아아, 그 사람한테 들은 적이 있어요."

아케미가 아아, 하며 고개를 끄덕인다.

"그런가? 뭐라고 했소?"

"알고 싶으세요?"

"아니, 그만두지."

다키모토는 쓴웃음을 지으며 대답했다. 웃옷을 벗고 맥주를 주문한다. 아케미가 카운터에 잔을 놓고 맥주를 따랐다.

"저, 형사님. 그 사람 또 무슨 일이라도 저지른 건가요?"

"글쎄, 그저 찾아다니는 놈들이 있는 것 같아서."

"고도회 야쿠자들이죠? 여기에도 왔었어요. 이케다는 어디 있느냐고요."

"흐음. 그런데 어디 있지?"

"저도 몰라요. 마지막으로 만난 것이 지난주 목요일쯤이었나. 그때는 어딘가로 간다거나 하는 말은 전혀 없었는데."

"뭔가 색다른 점은 없었소?"

"늘 색다르잖아요, 그 사람은." 아케미가 이렇게 말하며 코에 주름살을 짓는다. "하지만 지난 두 달쯤은 이상하게 기분이 들떠 있어 가끔 상대할 때 지쳤다고 해야 하나."

"허어, 경찰서에서도 고함만 지르더니 일상에서도 그랬던 건가."

"제 느낌으로는, 와타라세강에서 아가씨의 사체가 연속해서 발견되었잖아요. 그게 계기가 되었던 것 같아요."

"무슨 뜻이지?"

"뉴스를 보고 이상하게 흥분해서는, 뭐랄까, 가만히 있을 수 없는 그런 느낌이었어요."

마담이 숨김없이 털어놓는다. 다키모토는 그 광경이 눈에 선했다.

"마담, 이번 사건이 이케다의 짓이라고 생각해?"

다키모토가 꺼리지 않고 묻자 아케미는 순간적으로 답을 못 하다가 "아닐걸요" 하고 대답했다.

"왜냐하면 인터넷 같은 걸 잘 모르는 사람이니까요. 피해자 아가씨들은 매칭 앱으로 원조교제를 했다잖아요?"

"꼭 인터넷으로 알게 된 거라고 할 수 없어. 어딘가에 숨어서 기다리고 있다가 끌고 가서 죽였을 가능성도 있거든."

"설마요."

"뭐, 그건 됐고, 마담도 살해당하지 않도록 조심해야겠지."

"저도 살해당할까요?" 아케미가 농담처럼 말한다. 다키모토가 잠자코 있으니 "뭐, 상관은 없지만요. 어차피 홀몸이고"라고 덧붙였다.

"이케다가 오면 연락 좀 해주지 않겠소?"

"그 사람한테 비밀로 하고요?"

"어떻게 해도 상관없소."

다키모토는 핸드폰 번호를 메모하여 카운터에 놓았다. 가게 안을 다시 둘러보자 낡기는 했지만 청결하고 정리가 잘되어 있었다. 반듯하지 못한 여자는 아닌 것 같다. 이케다의 취향은 꼼꼼한 여자일 것이다.

계산을 끝내고 가게를 나선다. 손목시계를 보니 저녁 9시였다. 어느새 보슬비가 내리고 있었다. 구부정한 자세로 역을 향해 걷기 시작한다. 그때 뒤에서 차 시동을 거는 소리가 들렸다. 길의 폭이 좁아 달리 걷고 있는 사람은 없다. 길가에 붙어 태연한 척 뒤를 돌아보았다. 어느새 차가 바로 뒤까지 와 있었다. 전조등을 켜지 않아 알아차리는 것이 늦었다. 엔진이 큰 소리를 내며 급가속한다. 치인다―. 다키모토는 순간적으로 지면을 찼다. 눈앞에 플라스틱 양동이가 있어 머리부터 처박힌다. 차는 곧 옆을 스치듯이 달려갔다. 다키모토는 넘어진 채 고개를 내밀고 차를 눈으로 좇았다. 가로등 불빛에 의지해 응시한다. 한순간 벌어진 일이어서 차량 번호는커녕 차종조차 보지 못했다. 하얀색 세단. 판단할 수 있었던 것은 그것뿐이다.

나까지 죽일 생각일까―. 다키모토는 망연자실했다.

일어나자 무릎이 뒤틀린 것인지 통증이 느껴졌다. 환갑이 지난 전 형사에게 대체 무슨 짓을 할 생각일까. 위협치고는 도가 지나치다―. 또 마약을 시작한 건가. 다키모토는 확신했다. 이케다는 사건을 일으킬 주기에 들어선 것이다.

*

7월 15일, 와타라세강 연쇄 살인 사건의 발생 이래 두 달 남짓 지나 합동수사본부가 설치되었다. 지금까지는 이례적으로 공동수사 방침을 취해왔지만, 이제 슬슬 수사 방향을 모으는 게 좋겠다는 경찰청의 판단으로 군마현과 도치기현이 손을 잡았다. 본부는 사건의 첫 발생지라는 이유로 기류 남부 경찰서에 두었고, 수사본부장은 군마현 경찰본부의 형사부장인 다케다, 부본부장은 도치기현 경찰본부의 형사부장인 나카무라, 수사 주임관은 군마현 경찰본부 수사1과장인 호리베, 부주임관은 도치기현 경찰본부 수사1과장인 히로카와가 맡았다. 실제로 수사를 진행하는 것은 두 현 경찰본부의 관리관인 니시무라와 미야타 두 명이고, 간부들은 이미 몇 번이나 회의를 거듭했기에 원활하게 편성되었다. 그리고 그와 별도로 수사 운영 주임관으로서 경찰청 수사1과장 보좌인 가와세 총경이 가세하게 되었다. 이 사안은 앞으로도 경찰청 사건인 것이다. 게다가 뒤쪽에 두 현 경찰본부의 수장인 본부장이 마치 수업을 참관하는 보호자처럼 나란히 앉아 있다.

사이토 가즈마는 쭉 늘어선 간부들의 험악한 얼굴을 보고 무심코 침을 삼켰다. 이 진용으로 만약 범인을 놓치는 일이 발생한다면 몇 명의 목이 날아가는 것은 틀림없다.

"일동 일어섯!" 전방 끝에 선 기류 남부 경찰서 부서장이 구령을 하고 두 현 경찰본부의 수사관 약 여든 명이 일어섰다.

"경례!" 모두가 경찰학교에서 배운 각도대로 고개를 숙인다. 양복이 사삭 스치는 소리가 강당에 울려 퍼졌다.

자리에 앉은 후 처음으로 마이크를 잡은 사람은 군마현 경찰본부장 무타였다.

"군마현의 무타다. 도치기현 경찰 여러분은 처음이다. 자기소개는 생략하겠다. 예전에 오사카에서 형사부장을 맡은 경험을 통해 수사본부 운영에 관해서는 잘 알고 있다고 생각한다. 사건이 발생한 지 두 달이 넘은 지금, 아직 범인을 검거하지 못한 것은 정말 우려할 만한 사태다. 우선은 그 마음을 모두가 공유하자. 형사는 결과가 모든 것이다. 선전(善戰) 같은 건 없다. 범인 검거를 향해 모든 지원을 아끼지 않을 생각이다. 이 사안은 수많은 국민이 주목하는 흉악 범죄이고, 지역 주민에게는 일상생활을 위협하는 절실한 사안임을 각자 인식하고 수사에 전력을 다해주시기 바란다. 간단하지만 내 얘기는 이상이다."

이어서 마이크가 도치기현 경찰본부장에게 넘겨진다. 이 커리어 관료는 형사와는 인연이 없는 자리를 전전해온 모양인지, 고지식해 보이는 용모 그대로 "분발해주세요"라는 격려의 말만 하고 끝냈다.

그 후 다케다, 나카무라 두 형사부장도 한마디씩 인사를 하고 본론으로 나아갔다. 수사 주임관인 호리베가 크게 기침을 하고 마이크를 잡고 일어선다. 현역 수사1과장인 만큼 다른 간부들과는 분위기가 다르다. 온몸에 아수라장을 헤치며 살아온 남자가 발하는 요사스러운 기운이 있다.

"수사 주임관을 맡은 호리베다. 합동수사본부는 처음인 사람도 많고 평소와는 다르게 진행될 테지만 서로 거리낌 없이 의견을 나눌 수 있기를 기대한다. 중요한 것은 서로를 신뢰하고 정보를 공유하며 하나가 되어 범인을 검거하는 일이다. 모두 단단히 각오하고 임해주기를 바란다. 그러면 곧바로 현 단계의 수사 상황을 정리하고 중요 참고인 리스트를 만들겠다. 니시무라 관리관이 진행할 예정이다. 니시무라 관리관."

지명을 받고, 호리베에게 견주어도 결코 뒤지지 않는 형사의 얼굴을 한 니시무라가 화이트보드 앞에 섰다. 보드에는 A4 종이 크기로 확대한 얼굴 사진 석 장이 클립으로 고정되어 있다. 수사관들은 일제히 수첩을 펼치고 펜을 들었다.

"그럼 본론으로 들어가겠다. 이 사안은 10년 전 연쇄 살인 사건과의 연관성을 빼고는 생각할 수 없다. 사건이 발생했을 때 모두 그 일을 떠올렸을 거라고 생각한다. 다만 예단은 금물이고, 두 현 경찰본부의 수사본부는 모든 가능성을 배제하지 않는다는 방침 아래 피해자 및 그 가족의 인간관계 등 주변 수사도 철저하게 해왔다. 하지만 현재 원한 가능성은 떠오르지 않아 당초의 판단대로 무차별한 쾌락 살인이라고 생각하는 것이 타당하다는 판단에 이르렀다. 그에 따라 두 현 경찰본부의 수사본부에서는 우선 10년 전부터 이 지역에 거주하고 있는 성범죄자, 상습 범죄자, 성격 이상자 등을 파악해 하나하나 다시 조사했다. 그 결과 중요 참고인 세 명이 수사선상에 올랐다."

니시무라가 지시봉을 뻗어 먼저 왼쪽 끝의 얼굴 사진을 가리켰다.

"첫 번째 인물. 아시카가시에 거주하는 무직의 이케다 기요시, 45세. 10년 전 사건에 관여한 사람이라면 이 인물을 기억하고 있을 것이다. 전 폭력단 조직원으로 전과 8범. 마약 소지, 상해, 공갈 등 온갖 죄상으로 교도소를 들락거리는 남자다. 여담이지만 영화 〈양들의 침묵〉에 나오는 범죄자를 연상시킨다는 점에서 수사관들 사이에서는 렉터 박사로 불렸다. 10년 전 사건 때는 첫 번째 사건의 희생자인 도치기현 쪽의 여성과 사체 유기 추정일에 호텔에서 만난 것이 확인되었다. 게다가 소변검사에서 마약 양성반응이 나왔기 때문에 우선 마약류 관리에 관한 법률 위반 혐의로 체포하여 장기간에 걸쳐 조사를 진행했다. 하지만 군마현에서 일어난 사체 유기에 관해서는 알리바이가 있어서 기소를 단념한 씁쓸한 경위가 있다. 이번에 도치기현 경찰본부가 재빨리 이케다를 임의로 불러 조사했지만, 범행과 관련된 증거는 얻지 못했다. 다만 이 남자는 여전히 의심스러우며 경찰을 도발하는 행동도 많이 보였다. 여전히 중요 참고인이라는 사실에는 변함이 없다. 이케다에 대해서는 나중에 도치기현 경찰본부에서 상세한 사항을 보고할 것이다. 다음으로 두 번째 인물—"

니시무라가 오른쪽으로 한 발짝 이동한다. 지시봉으로 가리킨 얼굴 사진은 고등학교 졸업 앨범에서 가져온 것으로, 10년도 넘은 사진이다. 다만 사이토에게는 아주 낯익은 얼굴이다.

"오타시에 거주하는 무직의 히라쓰카 겐타로, 31세. 군마현의회 의원 히라쓰카 고이치 씨의 장남으로, 이른바 은둔형 외톨이 청년이다. 2014년에서 2015년에 걸쳐 젊은 여성을 차로 미행하는 일을 되풀이해 엄중 주의 처분을 내리는 것으로 끝냈지만, 그때부터 경찰이 주시하는 사람 중 하나다. 이 인물은 낮에는 자택에 틀어박혀 있다가 밤이 되면 차로 돌아다니는 모습이 주민들에게 목격되었다. 경찰이 감시를 시작한 것도 인근 주민이 어쩐지 섬뜩하니까 어떻게 좀 해달라고 신고했기 때문이다. N 시스템을 통한 검색 결과, 범행 일시로 보이는 5월 3일 저녁 9시경 피해자의 마지막 행적이 된 기류역 앞의 현도 3호선을 달렸다는 사실이 밝혀졌다. 그에 따라 수사본부는 감시를 시작했다. 그러던 때 시내에서 뺑소니 사고를 일으킨 장면을 현장에서 확인하고 그 자리에서 현행범으로 체포했다. 그리고 신병을 확보하여 조사했을 때 의외의 사실이 밝혀졌다. 히라쓰카 겐타로는 해리성 정체 장애, 이른바 다중 인격자였다."

여기서 도치기현 경찰본부 수사관들이 한꺼번에 고개를 들고 다시 화이트보드의 얼굴 사진을 응시했다. 그들로서는 처음 듣는 정보였던 것이다.

"겐타로 안에는 현재 밝혀진 것으로만 본인 이외에 네 명의 인격이 숨어 있어 교대로 나타나는 것 같다. 이에 대해서는 범죄 심리학이 전공인 대학교 조교수에게 감정이랄까, 면담을 의뢰했는데 해리성 정체 장애일 가능성이 높다는 판단을 얻었다. 또 겐타로는 지난주부터 도쿄의 병원에 입원해 있다. 경찰의 호출을 피하려는 부친의 계획으로 보인다. 또한 히라쓰카가의 고문 변호사가 강경하여 앞으로 임의 조사는 어려운 상황이다. 그럼 마지막으로—"

니시무라가 다시 이동하여 세 번째 인물의 얼굴 사진을 가리킨다. 최근 사진으로, 촬영한 사람은 사이토다. 미행 중에 몰래 찍은 것이다.

"오타시의 공장 기숙사에 봄부터 거주하는 계절노동자 가리야 후미히코, 32세. 출신은 나가노현 마쓰모토시(市)이고, 4월 1일부터 제너럴중기 오타 공장에서 일하고 있다. 5년 전 나가노현 경찰본부에서 폭행 및 상해로 체포된 이력이 있는데 그때는 상대가 폭력단 조직원이라서 불기소처분을 받았다. 왜 이 인물이 떠올랐는가 하면 목격 증언이 나왔기 때문이다. 사체 유기 현장인 하천부지에서 범행 전에 여러 번 강을 내려다보는 듯한 행동을 하고 있던 트럭 운전사를 시민이 촬영하여 경찰에 제공했다. 군마현 경찰 여러분은 알고 있겠지만 그 시민은 마쓰오카 요시쿠니 씨다. 10년 전 사건의 피해자의 부친이다."

피해자 유족 이름이 나와 수사관들 사이에 순간적으로 무거운 공기가 흘렀다. 그것은 자책하는 마음이자 부끄러운 심정이기도 했다.

"마쓰오카 씨가 제공한 사진에 차량 번호가 찍혀 있어 수사본부에서는 즉시 조회하여 차량의 소유주를 알아냈다. 해당 트럭은 제너럴중기의 운송 차량 다섯 대 중 한 대였다. 공장의 계절노동자 운전사 다섯 명은 오타 공장, 기류 공장, 아시카가 공장을 돌며 완성된 부품을 다음 라인에 올리기 위한 운송을 담당한다. 공장에 문의한 결과 운전사는 계절노동자 중에서 운전사 경력이 있는 사람을 고른다고 한다. 또한 공장은 24시간 가동하기 때문에 운전사도 3교대제로 일하고 있다. 그리고 제너럴중기로부터 담당 운전사 다섯 명의 명부를 제출받아 성장 과정과 이력 등을 조사했더니 유효한 사실이 밝혀져 계속해서 수사할 필요가 있다는 결론에 이르렀다. 그것은 가리야라는 인물이 10년 전에도 제너럴중기에서 계절노동자로서 일했다는 사실이다."

니시무라의 보고에 수사관들이 희미하게 표정을 바꿨다. 중요한 정보라고 봐야 할까, 단순한 우연의 일치일까. 각자는 새로운 정보를 저울에 올려보았다.

"게다가 N 시스템으로 검색해보니 두 명의 피해자가 살해당한 것으로 추정되는 날 밤 가리야가 운전하는 트럭이 각각 기류역과 아시카가역 앞 부근을 주행했다는 것도 알았다. 그리고 또 한 가지. 10년 전의 수사 당시 도치기현 경찰본부의 수사관이 와타라세강의 사체 유기 현장 부근에서 컨테이너형 트럭에서 커다란 짐을 옮기는 남자를 목격했다는 증언을 확보했다. 다만 그 목격자가 치매로 의심되는 노인이었다는 것으로 인해 회의에 올리지 못했다. 따라서 수사 기록에도 남아 있지 않다. 은퇴한 형사가 이 증언을 떠올리고 정보를 보내준 것이다. 이상, 간단히 중요 참고인 세 명의 프로필을 말했다. 지금부터는 개별 질의에 들어가겠다. 우선 이케다 기요시에 대해서인데, 이것은 도치기현 경찰본부 수사1과의 히라노 주임이 보고하겠다. 히라노 주임, 부탁한다."

니시무라가 고개를 내밀고 히라노를 지명했다. 사이토가 시선을 향한다. 눈빛이 날카롭고 무섭게 보이는 얼굴의 형사였다.

"히라노입니다. 잘 부탁드리겠습니다. 사건이 발생한 이래 이케다의 조사와 감시를 담당해왔습니다. 지난번에 아시카가 시내 술집에서 폭력 사건을 일으켜 체포한 건은, 아시다시피 집에서도 차에서도 증거가 될 만한 것이 나오지 않아 증거 불충분으로 석방되었습니다. 다만 최근에 다른 움직임이 있었기에 보고합니다. 우선 현재 이케다의 소재는 분명하지 않습니다. 석방되었기에 일단 감시를 풀었는데 집으로도 여자 집으로도 돌아가지 않고 모습을 감춰버렸습니다. 그것과 동시에 마음에 걸리는 정보가 들어와 서둘러 확인하는 중입니다. 그 정보란 이케다와 금전 문제로 다투고 있던 산업폐기물 처리업자인 후쿠다흥산의 사장 후쿠다 에이이치 씨가 행방불명이 된 것입니다. 후쿠다 사장이라는 인물은 전 폭력단 조직원으로, 이케다와는 예전부터 서로 잘 아는 사이입니다. 그런데 두 사람의 갈등이 한창일 때 만약 자신이 행방불명이 되면 이케다를 의심하라는 말을 남겼다고 합니다. 그러므로 간과할 수 없습니다. 아울러 후쿠다 사장이 실종되었다는 정보를 가져다준 사람은 은퇴한 형사인 다키모토 씨입니다."

"다키모토 씨라면 다키모토 세이지 씨?"

간부석의 호리베가 즉각 끼어들었다.

"그렇습니다. 아십니까?"

"그야 잘 알지. 모르면 간첩이야."

호리베가 표정을 누그러뜨려 강당에 잠시 온화한 공기가 흘렀다. 사이토도 이번 수사 과정에서 몇 번인가 들었던 이름이다. 10년 전 사건이 해결되지 않은 것은 다키모토가 이케다가 범인이라고 너무 고집한 탓이라는 말도.

"이케다의 차는 어떻게 된 건가? N 시스템으로 소재를 알아낼 수 없는 거야?" 히로카와가 물었다.

"놈의 크라운은 주택단지 주차장에 방치된 채입니다. 다른 차를 마련한 게 아닐까 싶습니다."

"그럼 그쪽을 조사하면 어떤가?"

"물론 하고 있습니다. 지금은 그가 드나들던 길목을 알아보고 있고, 차 입수처를 알아내려 애쓰고 있습니다."

"이케다를 중요 참고인 삼기에는 증거가 너무 없는 거 아닐까요?"

사이토의 상사인 우치다가 말했다.

"그럼 빼라는 건가?"

히라노가 한순간 어처구니없다는 듯한 얼굴로 대답한다.

"지금으로서는 과거의 범죄 이력과 심증뿐이니까요."

"아니, 알리바이가 성립되지 않았네. 이케다는 다시 한번 조사해야지. 10년 전 사건 때는 막다른 곳 직전까지 몰아갔네. 그때 일을 헛되게 할 수 없지."

호리베가 의견을 말하자 우치다는 물러났다. 합동수사는 역시 눈치를 보는 것 같다.

그 후 몇 가지 질의와 응답이 있었고, 두 번째 인물인 히라쓰카 겐타로로 옮겨 갔다. 보고를 하라는 지명을 받은 사람은 사이토다.

"군마현 경찰본부 수사1과의 사이토입니다. 잘 부탁드립니다. 히라쓰카에 대해서는 니시무라 관리관이 설명한 대로 현재 도쿄의 병원에 입원 중입니다. 언제 퇴원할지는 변호사에게 확인하고 있습니다. 변호사는 경찰이 요구하는 임의 조사를 거부하겠다는 자세입니다만, 시노다 씨라는 범죄심리학 선생님에게는 면회를 허락하고 있는 것 같습니다. 저는 시노다 선생님과 함께 히라쓰카를 조사했는데 그때 받은 인상으로는 히라쓰카는 시노다 선생님에게 마음을 열었다고 할까, 잘 따랐던 것 같습니다. 우리로서는 시노다 선생님과 연락을 취하며 정보를 얻으려고 생각합니다. 다만 시노다 선생님은 〈주오신문〉의 의뢰로 사건 취재를 하고 있기 때문에 이 점은 주의가 필요할 것으로 보입니다."

"시노다 선생은 어떤 사람인가?" 니시무라가 물었다.

"괴짜입니다." 사이토의 간결한 대답에 수사관들이 실소를 터뜨린다.

"한번 그 선생의 견해를 들어보고 싶네만."

"알겠습니다. 부탁해보겠습니다."

"현 의회 의원인 부친은 어떤가?"

"아들이 해리성 정체 장애라는 걸 알고 동요하고 있습니다. 정신 질환이 있다는 것은 인식하고 있었던 것 같습니다만, 아들 안에 다른 인격이 여러 명 있다는 이야기를 듣고 망연자실하고 있는 게 아닐까 싶습니다. 어머니도 경찰은 만나주지 않습니다."

"현 의회 의원을 설득하지. 내가 만나고 와도 되네."

간부석의 더 뒤쪽에서 무타 본부장이 말했다. 아무도 대답을 하지 않아 미묘한 공기가 흐른다. 이 커리어 관료는 수사에 관여하고 싶어 견딜 수가 없는 듯하다.

그 후 두세 번의 질의와 응답이 오갔고, 세 번째 인물인 가리야 후미히코로 옮겨 갔다. 보고자는 우치다 계장이다. 우치다는 자리에서 일어나 화이트보드 앞으로 가서 마이크를 잡았다.

"군마현 경찰본부 수사1과의 우치다입니다. 가리야 후미히코에 대해서는 수사1과 3계가 한창 조사하는 중입니다. 지금까지 알게 된 것을 보고하겠습니다. 실제로 가리야를 중요 참고인으로 떠오르게 한 것은 군마현 경찰본부의 특별수사반으로, 수사 중 발견한 수상한 차량의 차량 번호를 조회해 운전사를 알아낸 단계입니다. 그리고 10년 전 사건 때도 가리야가 오타시에 있었다는 것을 밝혀냈습니다. 그 후 감시를 시작했습니다. 감시반은 조금 전 히라쓰카 겐타로에 대해 보고한 사이토 형사와 기류 남부 경찰서의 이토 형사, 그리고 도치기현 경찰본부에서 또 한 명, 노지마 형사입니다. 이미 일주일쯤 감시를 계속하고 있습니다만, 어쨌든 수상한 행동은 없었습니다. 다만 오타 시내에 여자가 있는 것 같고, 그녀의 아파트에 몇 번 출입했습니다."

여기서 우치다가 매직펜을 들고 여자의 이름과 나이, 일하는 술집 이름을 적었다. 수사관들도 그것을 수첩에 옮겨 적는다.

"가리야는 이 술집의 단골손님입니다. 자주 드나들다 남녀 사이가 된 것으로 보입니다. 그리고 감시반의 인상으로는, 엄밀히 말하자면 여자 쪽이 적극적이고 가리야는 수동적인 자세라고 합니다. 그렇지 않나, 이치우마?"

"아, 예." 사이토가 대답했다.

"그 밖에 인상에 남은 것은?"

"과묵합니다. 계절노동자들끼리 담소를 나눌 때도 오로지 듣기만 하고, 먼저 말하는 것을 본 적이 없습니다. 아아, 그리고 180센티미터가 넘는 덩치가 큰 남자입니다."

"그렇다고 합니다. 체포된 이력은 있습니다만, 다른 사람의 싸움에 휘말렸던 것 같습니다."

"10년 전에는 수사선상에 오르지 않았나?"

도치기현 경찰본부 히로카와 1과장이 니시무라에게 물었다.

"오르지 않았습니다. 아시다시피 10년 전에도 계절노동자와 외국인 노동자 몇 명을 조사했습니다만, 유감스럽게도 수가 너무 많아 사건 후에 그만둔 사람으로 좁혔는데 그중에는 포함되지 않았습니다."

"가리야는 올 4월에 제너럴중기에 두 번째로 채용되었는데 그사이에는 뭘 했지?"

"그것도 조사 중입니다. 나가노현 마쓰모토시에 본가가 있는 것 같습니다만, 가족 관계는 아직 모릅니다."

"누군가를 파견하는 건 어떤가? 쾌락 살인의 소지가 있는 사람인지, 소년 시절을 알고 싶네만."

"알겠습니다. 즉시 대응하겠습니다."

우치다가 이렇게 말하며 사이토를 쳐다봤기 때문에 사이토는 자신이 파견되리라 짐작했다. 겐타로를 상대하는 것보다는 훨씬 낫다.

가리야에 관해서는 자료가 너무 적은 탓인지 질의응답이 활발히 이뤄지지 않았다. 사건 전의 수상한 행동과 10년 전에도 이 지역에 있었다는 혐의만으로는 어쩔 도리가 없다고도 할 수 있겠지만.

다만 수사관들의 표정에는 드디어 수사가 본격적으로 시작되었다는 고양감이 있었다. 형사라면 누구나 자신이 범인을 검거하리라고 생각한다.

*

나가노현 마쓰모토시를 향해 수사 차량을 타고 출발한다. 군마현 기류시에서는 간토 북부 도로, 간에쓰 도로, 조신에쓰 도로, 나가노 도로, 이렇게 네 고속도로를 갈아타고 가는 것이 최단 코스다. 소요 시간은 대충 2시간 55분. 노지마 마사히로가 스마트폰의 지도로 경로를 보고 있으니 뒤에서 들여다보던 도이 형사과장이 "시간까지 알 수 있는 거야? 참 대단한 세상이군" 하고 탄식했다. 더욱이 나이 지긋한 형사가 되면 고속도로망이 마쓰모토시까지 이어져 있다는 것에 놀란다. 노지마 또한 불과 세 시간도 안 걸린다는 사실은 처음 알았다. 그 때문에 범죄가 벌어지는 지역이 점점 넓어지는 것이리라.

이번 출장은 군마현 경찰본부 수사1과의 사이토 형사와 함께다. 모처럼 합동수사가 되었으므로 각 현 경찰본부에서 한 명씩 보내는 방침이었다. 노지마는 자신이 지명된 것을 내심 기뻐했다. 사이토는 아직 삼십대인데도 수사 경험이 풍부하고 무엇보다 강경한 사람이다. 몇 번 대화를 나눠봤을 뿐이지만 사이토의 열정적인 모습만은 강하게 전해졌다. 게다가 다른 현 경찰이라면 오히려 뭐든지 물어보기가 쉽다. 노지마는 한 수 배울 생각이었다. 이번 출장의 목적은 중요 참고인 중 한 명인 가리야 후미히코의 이력을 조사하는 것이다. 예정은 1박 2일.

아침 일찍 기류를 출발했다. 운전대는 노지마가 잡았다.

"선배님은 가리야가 범인이라고 생각합니까?" 노지마가 조수석의 사이토에게 물었다.

"전혀 모르겠네." 즉답이었다.

"현재로서는 물증이 하나도 없어. 유류물 중에 뭔가 연결될 만한 게 나와주면 고맙겠지만, 그것도 지금으로선 나오지 않았고……. 노지마, 자네 의견은 어떤가?"

"저도 잘 모르겠어요. 우리는 이케다한테 너무 집착한 탓인지 다른 중요 참고인이 떠올라도 가볍게 여기는 경향이 있거든요. 그 점을 감안하더라도, 10년 전에 이 지역에 있었다는 것만으로는 그다지 기대할 수는 없지 않을까 하고……."

"그러는 편이 낫지. 정보에 너무 빠져들면 진실을 잘못 보게 되니까. 10년 전에도 아마 그랬을 거야."

사이토가 조용한 어조로 말한다. 10년 전이란 도치기현 경찰 본부가 이케다가 범인이라는 주장을 고집한 일을 가리킬 것이다. 노지마에게 이견은 없었다. 다키모토나 히라노의 집념에는 경의를 표하지만 부담스러운 부분도 있다.

그 후 이어지는 대화는 잡담뿐이었다. 사이토에게는 다섯 살짜리 아들과 세 살짜리 딸이 있고, 아무리 집에 늦게 들어가도 이튿날 아침에는 6시에 일어나 반드시 아이들과 아침을 먹는다고 한다. 그리고 노지마가 신혼이라고 말하자, 집에서도 일 이야기를 하는 편이 좋다고 조언해주었다.

"선배 형사들은 집에서 일 이야기를 전혀 하지 않는다고 자랑스레 말하지만, 그렇게 해서 원만한 부부는 본 적이 없어. 나는 상사한테 꾸중을 들은 것까지 이야기해. 그래서 아내는 안심하는 거야."

노지마는 납득하고 고개를 끄덕였다. 확실히 고지식한 옛날 형사들은 가정을 중시하는 것 같지 않다. 맨 먼저 떠오른 사람은 은퇴한 형사 다키모토다.

마쓰모토시에 도착하자 먼저 그 지역 경찰서로 인사하러 갔다. 탐문수사 정도에 미리 양해를 구할 의무는 없지만, 무슨 일이라도 생기면 '인사가 없었다'는 것이 왕왕 다툼의 원인이 된다.

사전에 수사본부에서 전화 연락을 해두었기 때문에 부서장이 응대하여 아주 사무적인 인사를 나눴다.

"연쇄 살인 사건 수사라고 해서 우리는 깜짝 놀랐던 참입니다. 중요 참고인 중에 마쓰모토 출신이 있다고……."

"예. 아직 더듬어가는 상태입니다. 가능성을 하나씩 없애가지 않으면 앞으로 나아갈 수 없으니까요."

"당연합니다. 뭔가 알고 싶은 것이 있다면 꺼리지 말고 말해 주세요. 우리 형사과를 소개할 테니까요."

"감사합니다."

부서장의 말투로 보아 그다지 관심을 갖고 있지 않은 모양이었다. 참고인 이름과 본적지를 이미 나가노현 경찰본부에 알아본 상태인데, 달려들지 않는 것을 보면 아무도 가리야를 모르는 것이다.

그 지역 경찰서를 떠나 내비게이션에 의지하여 먼저 가리야가 제너럴중기에 낸 이력서에 적힌 본가 주소로 찾아갔다. 본적지와 같았다. 가서 보니 그곳은 낡은 주택에 빈집이었다.

이웃 주민에게 물으니 5년 전에 이사를 왔는데 가리야라는 성을 쓰는 일가는 모른다고 한다. 어쩔 수 없이 옛날부터 살고 있는 주민을 찾아내 그 사람에게 물어보니 가리야 일가는 한부모가정으로 어머니, 오빠, 여동생 셋이서 약 10년 전까지 살았다는 대답이 돌아왔다.

"오빠가 고등학교를 졸업하고 집을 나갔고, 부인은 밤에 일하며 한동안 혼자 살았지만 어느새 이사를 가고 없더군요. 이 주택도 낡아빠져서 나가는 사람들뿐이지요."

독거노인이 한숨 섞인 말투로 가르쳐준다.

"밤에 하는 일이라면 물장사를 말하는 건가요?" 노지마가 물었다.

"그런 듯했지요. 저녁이 되면 화려한 화장을 하고 나갔으니까요."

"여동생은요?"

"모르겠습니다. 여동생은 장애가 있었어요. 보호시설을 들락날락했습니다. 이웃들과 교제를 피한 것도 그 탓인지도 모르겠네요."

노인이 먼눈으로 말했다.

"아들에 대해서는 뭔가 인상에 남은 것이 있습니까?"

"아니요. 몸집이 컸다는 것 정도일까요. 인사는 잘했습니다."

"불량 그룹에 들어갔다거나 그런 일은 없었습니까?"

"아니요. 얌전한 아이라, 그렇게는 보이지 않았어요."

"어머니가 어디로 이사했는지 아십니까?"

"글쎄요. 모르겠네요. 관공서에서 알아보세요. 그런데 무슨 일이라도 있나요? 당신들 형사들이죠?"

"아니, 그리 대단한 일은……."

말을 흐리고 대화를 끊는다. 알아낸 정보는 가리야가 이력서에 옛날 주소를 썼다는 것이다. 의도는 분명하지 않지만 가족과는 절연한 상태일지도 모른다.

이어서 주변 탐문수사로 옮겨 간다. 가리야를 알고 있는 전 동창생을 찾는 것이다. 상점가를 돌며 한 집 한 집 찾아다녔더니 얼마 지나지 않아 중학교 시절의 동창이라는 술집의 젊은 주인을 만날 수 있었다. 당연하게도 주인은 의아해하며 "가리야한테 무슨 일이라도 있습니까?" 하고 묻는다.

"죄송합니다. 말할 수가 없습니다. 참고인 정도라서요. 가리야 후미히코 씨의 중학교 시절에 대해 알고 있는 범위 내에서 말해줄 수 없을까요?"

여기서도 주로 노지마가 물었다. 우락부락한 사이토보다 외견이 온화한 자신이 더 적임자다 싶지만, 사이토도 같은 생각인지 맡겨주었다.

"글쎄요. 눈에 띄는 학생이 아니었으니까요……." 주인이 고개를 갸웃하고 말한다. "성적은 보통이었고 품행도 보통이었습니다. 아아, 하지만 체격이 좋았으니까 유도부에 스카우트되어 꽤 열심히 훈련했습니다. 3학년 때는 유단자로 검은 띠였을 겁니다. 나머지는 글쎄요……. 아아, 한번은 다른 중학교의 불량 그룹이 습격해 온 일이 있었는데 맞서 싸웠다는 우리 학교 불량 그룹에 가리야가 속해 있어 의외라고 생각한 적이 있었지요. 아마 몸집이 커서 부탁을 거절하지 못했겠지만요."

"싸움을 잘했나요?"

"그야 몸집이 컸으니까요. 하지만 불량하지는 않았습니다. 차림새도 평범했고요."

"어느 고등학교에 갔는지 압니까?"

"예. 현립 니시 공업고등학교입니다."

가리야가 이력서에 적은 고등학교 이름과 같았다. 주소와 학력을 그대로 기록한 것으로 보아 처음부터 신분을 속일 의사는 없었던 것으로 보인다.

"마지막으로 만난 것은 언제지요?"

"언제지? 생각나지 않는데요." 주인이 천장을 올려다본다. "고등학교 때 몇 번인가 근처에서 본 적은 있지만 인사를 나눈 정도였고……. 고등학교를 졸업하고 나서는 아마 만난 적이 없을 겁니다."

"무슨 소문이라도 들은 것은 없습니까?"

"그것도 없습니다. 저기, 형사님, 가리야한테 무슨 일 있습니까? 아까 경찰수첩의 배지 같은 걸 보니 도치기현 경찰이라고 쓰여 있어서 엄청 놀랐는데요."

"잘도 봤네요." 노지마가 웃으며 말했다.

"그런 걸 보는 게 처음이라서 그만 자세히 봤거든요."

"아까도 말한 것처럼 수사 목적은 밝힐 수가 없습니다. 나쁘게 생각하지는 마세요. 더 묻고 싶은데, 군마나 도치기 지역과 가리야 씨가 연결될 만한, 뭔가 마음에 짚이는 것이 있습니까?"

"아니요, 전혀." 주인이 고개를 가로젓는다. "사실 저는 친한 사이도 아니었고 아무것도 모릅니다."

"그럼 가리야 씨와 사이가 좋았던 친구가 있었습니까?"

"글쎄요. 수수한 애들이랑 같이 있던 모습은 기억하지만, 친구라고 할 만한 애는 없지 않았을까요. 아무튼 말이 없었어요. 소리 내서 웃는 걸 본 적도 없는걸요."

주인이 말한 가리야의 모습은 수수하고 얌전하다는 것뿐이었다. 내친김에 중학교 졸업 앨범을 보여달라고 했다. 확실히 얌전해 보이고 인상은 흐릿하다. 다만 엽기 살인범은 왕왕 눈에 띄지 않는 소년기를 보내는 경우도 있지만.

가리야와 같은 고등학교에 진학한 전 동창 연락처를 받고 술집을 떠났다.

"마쓰모토는 나무랄 데 없는 도시로군." 사이토가 차창으로 거리를 바라보며 말한다.

"그거야 성이 남아 있는 곳인 데다 국립대학까지 있으니까요." 노지마가 대답한다.

"가리야는 왜 마쓰모토를 떠났을까? 아름다운 도시인데."

"무슨 짓을 저질러서 머물 수 없게 되었다거나 하는 정보가 들어오면 좋을 텐데요."

"탐문으로 알아봐야지."

역 방면을 향해 차를 달리자 마쓰모토성이 모습을 드러냈다. 사진으로는 여러 번 접한, 일본을 대표하는 유명한 성이다. 무심코 "와아" 하고 둘이서 동시에 소리를 질렀다. 이런 근사한 성이 있는 도시를 버리고 떠나기는 쉽지 않을 것이다.

다음으로 찾아간 전 동창은 중고차 판매점의 정비공이었다. 고등학교 시절의 가리야에 대해 묻자, 좀 전의 술집 주인과 마찬가지로 곤혹스러워하며 가리야가 무슨 일이라도 저지른 것이냐고 묻는다. 노지마가 대답할 수 없다고 말하자 정비공은 "상해 같은 건가요?"라고 물었다.

"왜 상해라고 생각해요? 마음에 짚이는 거라도 있어요?"

"마음에 짚이는 것은 아니지만, 고등학교 시절 싸움을 했다는 소문은 가끔 들었으니까요."

"허어, 가리야는 이른바 불량 청소년이었나요?"

"아뇨, 그게 아니라……. 그다지 으스댄 적은 없지만, 저희 학교는 학생 절반이 불량하고 싸움은 일상다반사였거든요. 그래서 가리야는 체격이 크고 유도부원이니까 싫어도 휘말렸던 게 아닐까요. 아직도 잊히지 않는데, 입학한 직후에 상급생 불량 그룹이 가리야를 불러냈어요. 건방지다고요. 그래서 린치를 당했는데 그때 저항해서 2학년 불량 학생 한 명을 골절시켰어요. 그 이후로 불량 학생들이 한 수 위로 보면서도 가끔 싸움을 걸어오는 식이었다고 해야 할까요."

"그럼 학교 안에서 나름 유명했겠네요?"

"유명한 것은……. 아무튼 가리야는 수수한 성격이고 동료들과 어울리는 타입도 아니었고요. 아마 누구한테 물어도 인상이 흐릿했다고 대답할 겁니다. 저 같은 사람보다 당시 불량 그룹이었던 사람한테 듣는 게 좋지 않을까요? 꽤 여러 번 다퉜던 것 같으니까요."

"그럼 누구 좀 소개해줘요."

"좋아요. 도로변에서 라면집을 시작해서 성공한 야기라는 애가 있는데 그 녀석이 니시 공업고등학교에서는 대표적인 인물이었으니까 뭐든 알고 있지 않을까요?"

정비공이 스마트폰 지도로 장소를 가르쳐준다.

"아, 맞다. 가리야 씨한테 여자 친구는 있었나요?" 노지마가 마지막으로 물었다.

"모르죠. 공업고등학교라는 곳은 사내놈들뿐이고, 인기 있는 느낌은 아니었던 것 같은데요. 재미있는 말을 하는 것도 아니었고요."

"알았습니다. 고맙습니다."

노지마와 사이토는 예를 보이고 물러났다. 밝혀진 것은, 가리야는 고등학교 시절에 수수했지만 완력이 세서 폭력과 늘 가까이에 있었다는 점이다.

세 번째로 찾아간 라면집 주인 야기는 자못 전 불량 청소년 같은 풍채의 남자였다. 점원도 폭주족풍으로, 전원이 검은색 티셔츠를 입고 있었다. 손님들이 무서워하지 않는 것은 붙임성이 좋기 때문일 것이다. 실제로 노지마와 사이토가 포렴을 젖히고 들어서자 "어서 오세요!"라는 힘찬 목소리와 함께 웃는 얼굴로 맞아주었다.

"미안합니다. 손님이 아닙니다."

야기를 가게 구석으로 불러 경찰수첩을 보인다. "우리 점원이 무슨 짓이라도 했습니까?" 맨 먼저 말한 것은 이런 대사였다.

"아니, 그게 아닙니다. 우리는 나가노현 경찰이 아니라 군마와 도치기의 형사입니다. 가리야 후미히코라는 남자에 대해 좀 물어볼 것이 있어서 왔습니다."

"가리야 후미히코요?"

예기치 않은 이름을 듣고 야기는 말문이 막힌다.

"그래요. 고등학교 시절의 동창, 알고 있죠?"

"알기는 합니다만……. 왜 제가? 한패도 아니었는데요."

"탐문을 했더니 가리야가 재학 중일 때 니시 공고의 대표적인 인물은 야기 씨였다, 그 사람이라면 뭐든 알고 있을 거라고 가르쳐준 사람이 있어서요."

"뭐, 놀기는 했습니다만, 대표적인 인물이라니……." 야기가 씁쓸하게 웃으며 반문한다. "그런데 가리야가 무슨 상황인데요?"

"미안하지만 대답해줄 수가 없습니다."

노지마는 지금까지와 같은 변명을 했다. 어떤 사건에서 참고인으로 가리야의 이름이 나왔고, 이력을 알고 싶어서 고향을 찾았다—. 대강 그렇게 얼버무리자 야기는 잠깐 생각한 후 안쪽 테이블석으로 안내했다.

"가리야는 지금 어디에 있습니까?" 야기가 물었다.

"미안하지만 그것도 대답할 수가 없습니다. 야기 씨가 마지막으로 만난 것은 언제죠?"

"꽤 오래전입니다. 고등학교를 졸업하고 가리야는 작은 운송회사에서 트럭 운전사를 했는데 그 무렵 몇 번 만난 적이 있습니다. 하지만 그 이후로는 모릅니다."

"가리야는 스물한 살부터 3년간 군마의 공장에서 계절노동자로 일했는데 그건 알고 있었나요?"

노지마가 묻자 야기는 떠오른 모양인지 고개를 끄덕였다.

"왜 운송 회사를 그만두고 먼 군마에서 계절노동자가 되었을까요?"

"으음……."

야기가 팔짱을 끼고 의자에 깊숙이 기댔다. 뭔가 알고 있는 듯했다.

"말해주세요. 뭐든지 좋으니까." 노지마가 물고 늘어진다.

"들은 이야기인데요." 야기가 이렇게 서론을 깔더니 입을 열었다. "불법 사채업자한테 빚이 있어 그걸 갚으려고 조금이라도 월급이 많은 계절노동자가 되었다는 이야기였어요. 가리야의 집은 어머니가 마약 소지로 몇 번쯤 체포된 적이 있는데 제 생각에는 빚을 진 사람은 어머니가 아니었을까 싶습니다. 가리야가 불법 사채업자한테 돈을 빌린다는 것은 도저히 생각할 수 없거든요."

"가리야한테 가족 이야기를 들은 적은 있어요?"

"아뇨. 그 녀석은 자기 가족 이야기는 전혀 하지 않았어요. 한부모가정이고 장애가 있는 여동생이 있다는 건 졸업하고 나서 알게 되었고요."

"가리야는 야쿠자를 상대로 싸워서 한 번 체포된 적이 있는 것 같던데, 그건 알고 있어요?"

"알고 있어요. 그것도 어머니 빚과 관련된 거 아닐까요? 그때는 우리들 사이에서 평판이 자자했어요. 가리야는 야쿠자한테도 물러서지 않는다고요."

"상대 야쿠자는 알고 있어요?"

"주위에 물어보면 알 수 있을지도 모르지만 몇 년이나 지난 일이어서요."

야기가 목뼈에서 소리가 나게 하며 대답한다. 노지마가 다음 질문을 궁리하고 있으니 테이블로 몸을 내밀고 작은 소리로 물었다.

"그런데 형사님, 가리야가 무슨 짓을 한 거죠?"

"그러니까 대답할 수 없다니까요."

"혹시 살인 사건인가요?"

직접적인 질문에 노지마는 대답할 말이 막혔다. 옆에서 사이토도 표정을 바꿨다.

"왜 그렇게 생각해요?"

"가리야가 절도나 사기처럼 돈과 관련된 범죄를 저지를 것 같지는 않거든요. 그 녀석은 욕심이 없고 요령도 없으니까요. 가능성이 있다면 살인? 잘 설명할 수는 없지만, 가리야는 보통이 아닌 면이 있고요."

"예를 들면요? 구체적으로 말해봐요."

노지마가 다음 이야기를 재촉하자 야기는 가게 안을 둘러보고 나서 "야, 재떨이"라고 점원에게 말했다. 어느새 손님이 없어져 휴식 중이었다.

야기가 담배에 불을 붙이고 연기와 함께 말을 뱉는다.

"스무 살 때쯤의 이야기입니다. 제가 이 지역에서 폭주족 리더를 하고 있었는데 다른 폭주족과 싸움이 나면 머릿수를 채우려 예전 인연으로 고등학교 시절 동료들한테 지원을 부탁하곤 했습니다. 그런데 어느 날 그중에 가리야가 있어서……. 가리야는 별로 불량하지 않았지만, 체격이 좋아서 상대한테 위협이 되니까 누군가 부탁해서 오게 했을 겁니다. 그때 심야에 도로변의 파친코 주차장에서 쇠파이프나 목검을 들고 대대적인 난투극이 벌어졌는데…… 그, 저…… 옛날얘기예요."

"알고 있습니다. 계속하세요."

"그런데 싸움은 일단 우리가 이겨서 적을 쫓아냈는데, 가리야 그놈은 난투극을 벌이는 중에 목검으로 머리를 맞아 피범벅이 되었어요. 큰 부상이니까 누가 병원으로 데려가, 하고 얘기하던 중 가리야의 머리를 깬 놈이 도망치지 못하고 근처에 있다가 붙잡혔습니다. 그럼 가리야한테 복수를 하게 하려고 목검을 건네며 이봐, 가리야, 그놈은 죽여도 좋아—, 물론 죽여도 좋다는 말은 농담이었습니다. 그랬더니 가리야 이 녀석이 목검을 받지 않고 유도의 허리후리기로 그 남자를 아스팔트에 내리꽂고 올라타서 목을 조르더군요. 우리는 난투극으로 흥분했기 때문에 죽여, 죽여, 하고 주위에서 마구 흥을 돋웠습니다. 그러다가 곧 상황이 이상하다는 것을 알아챘습니다. 어둑해서 잘은 보이지 않았지만 가리야의 눈이 이미 가버린 거예요."

"가버렸다니요?"

"정상이 아니었다는 거죠. 저는 싸움이라면 상당한 경험을 쌓아왔다고 생각하는데, 가끔 있어요, 야아, 이놈은 진짜 사람을 죽여버릴지도 모르겠구나 싶은 놈이요. 가리야가 그랬어요. 우리가 서둘러 막았습니다."

그때의 일이 떠올랐는지 야기의 표정이 어두워졌다.

"그렇게 가리야를 떼어냈더니 상대가 축 쓰러져서 아아, 사고를 쳤구나, 하고 다들 새파랗게 질려서는—. 하지만 1분쯤 지나 숨이 돌아와 기침을 해대서 아아, 살았구나, 하고 다들 그 자리에 주저앉고 말았습니다. 그때는 정말 완전히 쫄았습니다. 그래서 생각했지요. 이 녀석은 언젠가 사람을 죽일지도 모르겠다고요—. 형사님, 그런 느낌 아시겠어요?"

"그럼요, 알지요. 살인범을 몇 번 조사했거든요."

지금까지 묵묵히 듣고 있던 사이토가 말했다. 경험이 없는 노지마는 상상할 수밖에 없다.

"그런데 그런 일이 있고 나서 다시 생각해보니 예전부터 싸움을 할 때의 가리야는 어딘가 이상했다고 다들 말하기 시작해서……. 저도 보통이 아니라고는 생각했었거든요. 폭력을 전혀 두려워하지 않고, 시작하면 적절히 조절할 줄을 모릅니다. 조절은커녕 쾌락에 빠진 것 같은 느낌이 있었고요."

"쾌락이요?"

"예. 목을 졸랐을 때도 콧구멍이 벌름벌름하며 흥분해 있더라고요."

야기의 증언에 노지마와 사이토는 얼굴을 마주 보았다. 이런 데서 쾌락 살인이라는 키워드와 가리야 후미히코가 연결되다니. 예상치 못한 수확에 노지마는 소름이 돋았다.

"저기, 형사님. 살인 사건 수사죠?" 야기가 다시 물었다.

"아니, 대답할 수 없다니까요." 노지마가 대답을 거부한다.

"지금 생각났는데요, 황금연휴가 끝났을 무렵 군마와 도치기에서 연쇄 살인 사건이 있었잖아요. 큰 뉴스가 된 사건. 형사님들, 바로 그 두 현에서 온 거고, 아무래도 그쪽을 상상하게 되거든요."

야기가 노지마와 사이토를 번갈아 보며 말했다. 젊어서 라면집을 성공시킨 사람이라서 머리 회전은 빠를 것이다. 게다가 붙임성도 있다.

"미안합니다. 노코멘트입니다." 사이토도 딱 잘라 거절했다.

"제가 할 수 있는 일이라면 협조하겠습니다. 옛날에는 경찰과 술래잡기를 한 사람이지만, 지금은 완전히 건실하고 아이도 둘이나 있습니다. 굳이 말하자면 저는 경찰에 도움을 주고 싶은 쪽이지요. 나가노현 경찰본부의 형사님도 몇 명 알고 있는데 우리 가게의 단골손님입니다. 저한테 자주 물어봅니다. 이 지역에서 사건이 벌어지면 이봐, 야기 씨, 무슨 소문 못 들었어 하고—"

"그래요? 그럼 우리도 부탁 좀 할게요."

노지마는 쓴웃음을 지으며 명함을 꺼냈다. 뒤에 핸드폰 번호를 적어 건넨다.

"야기 씨, 이 지역에서 발이 넓은 것 같은데, 가리야에 관한 새로운 정보가 생기면 알려주세요. 유력한 정보라면 사례하겠습니다. 우리가 궁금한 것은 가리야의 과거 10년의 행적입니다."

"알겠습니다. 몇 명쯤 만나보겠습니다. 어머니와 어떻게 되었는지는 모르지만, 여동생이 보호시설에 있다면 가리야도 고향에 드나들고 있지 않을까요."

야기가 쾌활하게 말하며 명함을 가슴 호주머니에 넣는다. 노지마는 역시 사건 수사는 직접 뛰어야 한다는 걸 통감했다. 불과 한나절의 탐문으로 가리야의 혐의가 몇 배 짙어졌다는 느낌이

든다.

사이토도 같은 생각인지 "잘 온 거야"라며 만족스러운 얼굴을 보였다. 이 기세라면 탐문에도 힘이 들어간다. 저녁부터는 밤거리를 돌기로 했다. 가리야의 어머니를 찾아내고 싶다.

*

와타라세강 연쇄 살인 사건의 수사가 군마·도치기 두 현 경찰본부의 합동수사 체제로 바뀌었기 때문에 〈주오신문〉의 편집회의도 마에바시 지국과 우쓰노미야 지국이 합동으로 하게 되었다. 매일 아침 8시에 두 지국에 모여 원격 회의를 한다. 아저씨 기자들도 모니터 화면을 향해 말하는 것에 익숙한 모양으로, 회의는 아주 원활하게 진행되었다. 지노 교코는 경찰의 수사본부도 이렇게 하면 좋을 텐데 하고 생각했다. 형사들은 아침과 저녁, 두 번의 수사 회의에 참석하기 위해 수십 킬로미터의 길을 차로 왔다 갔다 하고 있다.

이날은 교코의 보고로 시작되었다.

"여러분, 안녕하세요. 곧바로 본론으로 들어가겠습니다. 얼마 전부터 수사본부가 새롭게 중요 참고인으로 감시하는 인물이 생겨 보고하겠습니다. 가리야 후미히코, 32세. 제너럴중기 오타 공장의 계절노동자로, 올 4월부터 근무하고 있습니다. 공장과 가까운 기숙사에서 생활하고, 본적지는 나가노현 마쓰모토시입니다. 직업 경력, 전과 유무 등은 아직 모릅니다. 참고인 사진을 띄우겠습니다."

교코는 컴퓨터를 조작하여 며칠 전 이온몰의 식당가에서 몰래 찍은 사진을 모니터 화면의 오른쪽에 띄웠다.

"여자는 누구지?"

먼저 우쓰노미야 지국의 경찰 담당 캡인 나카이가 물었다.

"오타 시내에 있는 술집 '리오'의 고용 마담입니다."

"어떻게 조사한 거야?"

"두 명 모두 미행했습니다."

교코가 태연하게 대답하자 모니터 화면 속 모두가 유쾌한 듯이 표정을 누그러뜨렸다.

"직접 미행하면 수사관들한테 혼나기 때문에 참고인을 미행하는 수사관을 미행했습니다."

"꽤 하는데, 마에바시 지국."

모니터 화면 속에서 나카이가 하얀 이를 드러내며 말한다. 교코는 득의양양한 기분이었다.

"그럼 보고를 계속하겠습니다. 참고인 가리야는 술집의 단골손님으로, 마담과 남녀 사이로 발전한 것으로 보입니다. 마담의 이름은 요시다 아키나, 32세. 이 지역 출신으로 특별히 주목할 만한 전력은 없어 사건과 무관한 듯합니다. 그런데 문제는 가리야가 왜 참고인으로 감시받게 되었는가 하는 것입니다. 아무래도 가리야가 매일 업무로 운전하고 있는 트럭이 N 시스템과

CCTV에 걸린 게 아닐까…….”

“트럭 운전사인가?” 나카이가 물었다.

“그렇습니다. 계절노동자로 일하는데 오타, 기류, 아시카가에 있는 세 공장을 매일 트럭으로 돌며 부품을 회수하여 다음 제조 라인에 보내는 것이 가리야의 일입니다. 그건 사체가 발견된 와타라세강 유역을 매일 오가고 있다는 뜻이기도 합니다.”

“그래도 그것만으로 어째서 참고인이 된 거지?”

“가리야라는 이 인물, 아무래도 사체가 발견된 현장을 내려다보고 있었던 모양입니다. 그 수상한 행동을 시민이 목격했습니다.”

“그 정보는 어디서 얻었지?” 나카이가 묻는다.

“실은 가리야를 미행하고 있던 것은 경찰만이 아니었습니다. 마쓰오카라는 기류시에 사는 남성도 미행하고 있었습니다. 다시 말해 한 참고인을 수사관, 저, 마쓰오카 씨가 미행하고 있었던 셈입니다.”

“무슨 뜻이지? 설명 좀 해봐.”

“제가 수사관을 미행하고 있을 때 늘 같은 왜건을 봤는데 처음에는 경찰인가 싶었습니다. 그런데 차체에 ‘마쓰오카 사진관’이라고 쓰여 있어서 의문을 느끼고, 혹시나 하는 생각에 예전 기사를 검색했더니 10년 전 연쇄 살인 사건의 기류시 쪽 피해자가 마쓰오카 사진관의 장녀였습니다. 그러니까 마쓰오카 씨는 10년 전의 피해자 아버지입니다.”

이때 우쓰노미야 지국 쪽에서 술렁거렸다.

"그런데 바로 어제 일입니다만, 눈 딱 감고 말을 걸어봤습니다. 〈주오신문〉의 기자인데 무슨 목적으로 경찰을 미행하고 있느냐고요. 그랬더니 뜻밖에도 숨김없이 대해주며 여러 가지를 가르쳐주었습니다. 그것에 따르면—"

교코는 마쓰오카에게 들은 지금까지의 경위를 말했다. 지난 10년 동안 사체 발견 현장인 하천부지로 가서 드나드는 차량과 사람을 사진으로 찍어왔다. 그러던 중 동일범으로 보이는 연쇄살인 사건이 다시 일어나 마쓰오카는 그동안 찍어둔 것들 중에서 최근 사진을 경찰에 제공했다. 그리고 다시 사진을 살펴보다가 마치 범죄의 사전 답사라도 온 것 같은 수상한 차량을 발견했다. 그래서 차량 번호를 증거로 직접 찾아 따라가던 중 경찰도 미행하고 있다는 것을 알았다—.

"어떤가? 특종 아닌가?"

고사카가 모니터 화면을 향해 의기양양하게 말했다.

"참고로 마쓰오카 씨는 기류 남부 경찰서에선 이미 유명한 시민으로, 마치 종기처럼 취급받고 있는 것 같습니다."

교코가 정보를 덧붙였다.

"그런데 그것만으로 중요 참고인이라고 할 수 있나? 경찰은 좀 더 다른 정보를 갖고 있는 거 아닐까?"

나카이가 지당한 의문을 제기한다.

"그건 앞으로 알아봐야겠지. 지금 우리가 찾고 있는 것은

10년 전 사건과의 관련성이니까. 경찰이 동일범의 범행으로 상정한다면 가리야의 10년 전을 조사할 필요가 있는 거지. 어쩌면 경찰은 그 가능성은 이미 버렸고, 단독 사건으로 쫓고 있을 수도 있어. 그 경우의 열쇠는 물증이지. 경찰은 뭔가 물증을 쥐었을지도 몰라."

"그쪽 1과장한테 부딪쳐보는 건 어떤가?"

"그건 위험해. 경찰청 사건인 만큼 정보 유출에 상당히 예민해져 있으니까. 어설프게 했다가 출입 금지를 당하게 될 수도 있거든."

"저도 한마디 하겠습니다." 교코가 끼어들었다. "실은 수사본부의 사이토 형사에게 가리야에 대해 물어봤습니다만, 눈을 번뜩이며 쏘아보기만 할 뿐 아무것도 말해주지 않았습니다. 우리가 미행했다는 것을 상당히 불쾌하게 여기는 것 같았습니다."

"괜찮아. 겁먹지 마. 우리는 경찰을 돕는 사람이 아니니까. 우리가 앞질러버리지 뭐."

나카이는 무척 강경했다. 본사에서 지원하러 온 기자가 있는 탓에 그 눈을 의식하고 있는지도 모른다.

"이와 관련하여 가리야의 감시를 담당하고 있는 사이토 형사와 노지마 형사는 어제부터 출장 중입니다. 출장지는 가리야의 본적지인 나가노현 마쓰모토시가 아닐까 예상하고 있습니다만, 다른 형사에게 물어도 입이 무거워 가르쳐주지 않더군요."

"알았어. 가리야에 대해서는 취재를 계속해. 지노 씨가 담당

해도 되겠지?"

"좋지. 지노 씨가 찾아온 정보야. 지노한테 맡기지."

고사카가 대답했다.

"이어서 이케다 기요시 건이다. 이건 우리 쪽 고즈가 보고하겠다."

나카이의 지명을 받고 고즈가 모니터 화면 안에서 손을 들었다. 고즈는 이전에 교코와 함께 이케다를 취재한 젊은 기자다.

"그럼 보고하겠습니다. 이케다는 석방되자마자 행방불명입니다. 수사본부가 감시를 계속할지 고민하는 중에 그 틈을 노리기나 한 것처럼 모습을 감추었습니다. 그가 갈 만한 곳을 조사하고 있지만, 아직은 알아내지 못했습니다. 저도 어젯밤 이케다의 교제 상대인 술집 '아케미'의 마담을 찾아가 소재를 물었지만 모른다고 했습니다. 마음에 걸리는 것은 경찰과 동시에 폭력단 고도회도 그를 찾아다니고 있는 모양이고, 마담은 오히려 그것을 걱정하고 있었습니다."

"고도회란 어떤 단체인가?" 고사카가 물었다.

"아시카가시에 예전부터 있는 야쿠자 일가로, 이케다와 여러 가지로 인연이 있는 것 같습니다. 다만 이번 사건과는 관계가 없겠지요. 이케다를 찾는 것은 다른 이유인 것 같습니다."

"단정하면 안 되지. 가능한 만큼 충분히 조사해봐."

"제가 말입니까?"

"해봐, 남자잖아."

"고사카 캡, 그런 말은 성희롱이에요."

교코가 거들고 나섰지만 남자들은 웃기만 했다.

그 후 이케다를 용의자로 볼 수 있는지에 대한 논의가 벌어졌다. 물증도 목격자 증언도 없는 상황이라 무리일 거라는 의견이 대세였다. 다만 도치기현 경찰본부의 이케다에 대한 집착은 상당했으므로, 반드시 죄가 될 만한 다른 증거를 찾아서 체포할 거라는 게 우쓰노미야 지국 전원의 생각이었다.

"그럼 마지막으로 히라쓰카 겐타로다. 그는 현재 도쿄의 병원에 입원해 있는데 나올 것 같지는 않나?"

고사카의 질문에 본사에서 지원 나온 기자가 대답했다.

"변호사가 방패가 되어 취재하기 힘든 상황이지만 본인이 시노다 선생님과는 만나고 싶어 하는 것 같습니다. 그래서 내일이라도 동행을 부탁해서 면회하러 가볼까 생각합니다. 어젯밤 변호사와 전화로 이야기했는데, 기자의 면회는 거절하고 시노다 선생님만이라면 괜찮다는 대답을 얻었습니다. 그래서 시노다 선생님 말인데, 지노 씨, 물어봤습니까?"

"메일로 주고받았습니다만, 언제든지 가능하다고 했습니다. 선생님은 의욕 만만입니다."

교코의 대답에 모두가 웃는다. 시노다라는 존재는 〈주오신문〉 안에서만이 아니라 수사관들 사이에서도 명물 학자가 되어가고 있었다.

"그러나 증거가 없는 상황이야. 용의자를 아직도 좁히지 못했다는 것은 경찰이 유력한 물증을 확보하지 못했다는 뜻이겠지."

"아니, 그건 모르는 일이야. 경찰청 사건이 된 탓에 두 현 경찰 본부 모두 언론에 정보가 새는 것을 극단적으로 경계하고 있는 것 같으니까."

"스마트폰 찾는 건 포기한 거야? 누구한테 물어도 노코멘트던데."

"그런 것 같아. 이미 몇 번이나 비가 왔으니까 하류로 흘러 내려갔다면 불가능하겠지. 그래서 N 시스템이나 CCTV 분석을 포함해서 증거 수집은 상당히 힘을 쓰고 있어. 잡아 올 때는 모든 것을 갖추고 있다는 뜻이겠지."

두 캡인 고사카와 나카이 사이의 대화가 이어진다. 교코는 이 사건의 어려움을 새삼 통감했다. 쾌락 살인은 동기가 없기 때문에 증거를 찾을 수밖에 없다.

"그런데 지검은? 무슨 움직임은 없어?"

"들리는 것은 없지만 우쓰노미야와 마에바시 모두 형사부장한테 다시 한번 부딪쳐보자고. 그만큼 중요한 사안이야. 잠자코 보고 있을 수는 없지."

두 지국의 지검 담당 기자에게 지시가 내려지고 아침 회의는 끝났다. 다시 긴 하루가 시작된다. 그때 교코의 스마트폰이 울렸다. 화면을 보니 마쓰오카였다. 지난번 핸드폰 번호를 교환한 지 얼마 안 되었다.

"지노 씨, 아침부터 미안해요. 알려주고 싶은 게 좀 있어서."

마쓰오카가 어딘가 서두르는 듯한 어조로 말했다.

"네. 뭔가요?"

"저번에 이야기한, 미행하고 있는 남자 말인데. 내가 어젯밤 좌우지간 부딪쳐보자 싶어 제너럴중기의 기숙사 앞에서 계절 노동자를 붙잡고 물어봤어요. 트럭 운전사를 하는 다섯 명 중 한 명이었는데, 몰래 찍은 가리야의 사진을 보여주며 이 사람 여기서 일하는 사람이냐고 했어요."

"네에……."

교코는 마쓰오카의 행동력에 어안이 벙벙했다.

"물론 수상하게 생각해서 경계했지만 내가 옛날에 가출한 친척 아이를 찾고 있다고 거짓말을 해서……."

"그렇군요……."

아마추어의 유리한 점에도 기가 죽었다. 기자라면 그런 거짓말을 할 수가 없다.

"그런데 말이오, 이 사람이 몇 년이나 여기서 일했느냐고 물었더니 올 4월부터라고 해서 그럼 아닌가 싶어 낙담했어요. 그랬더니 10년 전에도 여기서 일했던 모양이라고 하더군요. 이건 특종 아닌가요?"

"정말이에요?"

교코는 깜짝 놀랐다. 그게 사실이라면 경찰이 감시하고 있을 것이다.

"나도 흥분해서, 그 계절노동자한테는 그렇다면 잘못 본 모양입니다, 죄송합니다, 하고 속이고는 도망쳐 왔어요. 지노 씨, 이 특종을 갖고 함께 경찰서에 가지 않겠습니까?"

"아니, 기다리는 편이 낫지 않을까요……. 경찰은 분명히 그 정보를 이미 갖고 있을 거예요."

"그럴까요? 나는 도무지 경찰을 신뢰할 수가 없어서……."

"경찰에는 지금 얘기를 말하지 않는 편이 나을 거예요. 방해하지 말라며 화를 낼 가능성이 더 크니까요."

"그거야 경찰이 화를 내면 내가 호통을 쳐줄 거요."

"자, 어쨌든 만나서 이야기하실까요? 바로 집으로 찾아뵙겠습니다. 집에 계셔주세요."

"그래요?"

마쓰오카는 불만스러운 듯이 대답했지만, 거친 콧바람이 스마트폰을 통해서도 전해졌다.

전화를 끊고 나갈 준비를 했다. "지노, 무슨 일 있어?" 상황을 지켜보고 있던 고사카가 묻는다. "나중에요." 설명할 시간이 아까워서 쌀쌀맞게 대답하고 지국을 뛰어나갔다.

경찰은 가리야를 진범으로 보는 것일까. 나는 진범에 다가가고 있는 것일까.

교코는 기자가 된 후 처음으로 느끼는 흥분에 설레어 몸이 떨렸다.

5장

전조(轉調)

마쓰오카 요시쿠니는 경찰이 용의자를 좁힌 것에 흥분하고 있었다. 제너럴중기의 계절노동자 가리야 후미히코라는 인물은 분명히 경찰의 감시를 받고 있고 혐의는 충분한 것 같았다. 그는 10년 전에도 이 지역에 있었다. 그 사실만으로도 경찰은 조사할 가치가 있을 것이다. 만일의 도주를 염려하여 마쓰오카는 미행을 계속하고 싶었으나 지노 기자가 말렸다.

"경찰에 맡기세요. 형사는 미행의 프로이고, 감시는 팀을 편성해서 하기 때문에 개인이 당해낼 수가 없어요. 만약 미행이 발각되면 경찰과의 관계는 더욱 나빠질 거예요."

경찰 따위는 조금도 두렵지 않지만 지노 기자는 일을 열심히 하는 젊은 기자이고, 진심으로 걱정하는 듯해서 받아들이기로 했다. 게다가 신문기자는 이용 가치도 있다. 마쓰오카가 자신이 제공한 정보에 상당하는 정보 교환을 요구하자 그녀는 주저하면서도 응했다. 가리야가 오타시의 술집에 다니며 그곳의 고용 마담과 남녀 사이라는 정보를 알려준 것이다. 마쓰오카는 그 답례로 지금까지 망원렌즈로 몰래 찍은 가리야의 사진 몇 장을 공유했다. "역시 프로시네요"라는 지노 기자의 감탄에도 만족하고 있다.

이날 마쓰오카는 지인을 불러내 오타시의 술집에 갔다. 가리야가 자주 들르는 곳을 자기 눈으로 확인하기 위해서다. 예순이 넘은 남자가 혼자 가는 것은 너무 부자연스러워서 사진관 협동조합의 감사에게 부탁해서 동행한 것이다. 그때 마쓰오카는 새삼 자신의 고독을 뼈저리게 느꼈다. 가벼운 마음으로 불러낼 수 있는 친구가 한 사람도 없었던 것이다. 이유는 알고 있었다. 세상을 떠들썩하게 한 사건으로 딸을 잃고 사람들과의 관계를 피하게 되었기 때문이다. 조금이라도 사건에 대해 언급하는 게 싫어서 중학교나 고등학교 동창회에도, 지역의 행사에도 참여하지 않았다. 아내가 사교를 잘 챙기고 있어서 아직 관계는 유지하고 있지만 혼자가 되면 분명 고립될 것이다. 자신의 미래를 생각하면 우울해지는 것은 어쩔 수가 없다.

일부러 오타시의 술집까지 동행을 부탁할 구실이 생각나지 않았기 때문에 마쓰오카는 솔직히 이유를 털어놓았다. 하시다라는 이름의 사람 좋은 감사는 눈썹을 팔자로 만들며 "좋아요.

같이 갑시다"라고 말해주었다. 마쓰오카가 한턱낸다고 해도 "됐어요, 됐어. 같이 냅시다" 하며 배려해준다.

오타역 근처에서 가볍게 초밥을 먹고 저녁 8시에 술집 '리오'로 갔다. 아직 이른 시간이어선지 손님은 두 팀뿐이고 호스티스들은 한가하게 안쪽 칸막이석에 모여 있었다. 호스티스의 절반은 동남아시아나 중남미에서 온 외국인이다.

"어서 오세요!" 밝고 흥겨운 목소리가 한꺼번에 쏟아진다. 생각해보니 접객 서비스를 하는 가게는 10년 만이었다. 딸을 잃고 나서 젊은 여자를 의식적으로 피해온 탓이다.

"둘인데 괜찮소?"

마쓰오카가 손가락 두 개를 세우며 묻자 카운터석과 칸막이석 중 어디가 좋은지 물어서 칸막이석을 골랐다.

"손님, 처음이시죠? 병으로 드릴까요?"

"아뇨, 됐어요. 여기 사람이 아니니까. 위스키 둘이요."

마쓰오카가 대답하자 머지않아 마흔이 넘어 보이는 호스티스가 쟁반에 잔과 얼음을 담아 자리로 왔다. 나이 든 호스티스가 온 것은 물론 마쓰오카와 하시다가 늙은이이기 때문일 것이다. 마쓰오카는 안대를 하고 있었지만 그에 관해 묻지는 않았다.

"손님들, 오타 사람이에요?"

"기류요. 오늘은 일과 관련한 모임으로 왔소. 가끔은 모르는 동네에서 마시는 것도 괜찮을까 싶어서."

"그렇구나. 느긋하게 계시다 가세요."

호스티스가 애교 있는 표정으로 말한다. 가게의 실내장식은 촌스럽지만 종업원 숫자로 보아 장사가 잘되는 것 같다.

"여기는 어떤 손님이 많소?" 마쓰오카가 묻자 "공장 사람이요. 스바루 자동차 사람이나 제너럴중기 사람이요"라는 예상한 그대로의 대답이 돌아왔다.

"당신이 마담이오?"

아닐 거라고 생각하며 물었다. 생각했던 대로 호스티스가 고개를 가로젓는다.

"아니요. 마담은 카운터에 있는 사람이에요. 미인이죠?"

호스티스가 시선을 향한 곳에는 아무리 봐도 술장사풍 용모의 여자가 간단한 안주를 만들고 있었다. 저 여자가 가리야의 연인인 듯하다.

"나중에 소개할게요."

"아니, 됐소. 또 올지 알 수도 없고."

"그런 말씀 마시고 또 오세요. 기류는 이웃 동네잖아요. 손님들, 무슨 일 하세요?"

"동네 사진관이오. 사진사지."

"어머, 대단하네요. 내년에 우리 딸 성인식이 있는데. 기념사진 부탁해도 될까요?"

"그렇게 큰 아이가 있소?"

"있어요. 스물한 살에 낳았으니까요. 하하하."

호스티스가 입을 크게 벌리고 웃는다. 숨기거나 꺼리지 않는 게 딱 시골 술집 분위기다.

호스티스를 상대로 환담을 나누고 있으니 서서히 손님이 늘어났다. 공장에서 일하는 젊은이가 대부분이다. 그중에는 일본계 브라질인 그룹이 있어, 가게 안에 외국어가 울려 퍼졌다.

"브라질어는 아주 떠들썩하군요."

같이 온 하시다가 신기한 듯이 말했다.

"브라질인은 포르투갈어를 써요. 브라질어가 아니에요."

호스티스가 웃으며 답한다. 그들의 대화는 담소라도 말다툼을 하는 것처럼 들렸다. 얼굴이 일본인과 비슷해서 더욱 위화감이 느껴진다. 그때 마담이 인사하러 왔다.

"어서 오세요. 가지를 사서 하룻밤 절여봤어요. 맛있으니까 드셔보세요."

이렇게 말하며 작은 그릇에 담긴 가지 절임 두 개를 가져와 테이블에 놓는다. 그러면서 명함을 내밀며 "앞으로도 자주 오세요" 하고 고개를 숙이고는 다른 칸막이석으로 이동했다. 그 뒷모습을 바라본다. 이 여자는 가리야를 얼마나 알고 있을까.

"마담이 젊죠? 하지만 물장사를 오래 해서 아는 사람이 많고 이 지역 일이라면 뭐든지 알아요."

호스티스가 말했다.

"그럼 와타라세강 연쇄 살인 사건의 범인도 알고 있을까?"

마쓰오카가 농담조로 물었다.

"설마요. 알고 있다면 경찰에 신고했겠지요. 손님, 흥미 있어요?"

"그야 우리는 기류 시민이니까."

"우리 가게에 오타 동부 경찰서의 형사님이 자주 오는데 최근에는 얼굴을 비치지 않아요. 그쪽 수사에 동원된 건지 모르겠네요."

호스티스가 어깨를 으쓱하며 말한다. 마쓰오카는 형사가 오지 않게 된 것은 수사본부에서 오타 동부 경찰서에 지시를 내려서가 아닐까 추측했다. 용의자의 여자가 있는 가게라면 형사로부터 정보가 유출되는 걸 염려하는 것은 당연하다.

"어서 오세요—"

이제 막 출근한 젊은 호스티스가 칸막이석으로 왔다. 아직 스무 살 안팎으로 보이는, 경박한 왈가닥 아가씨다.

"에리카입니다—. 잘 부탁드립니다—. 저도 뭔가 마셔도 되나요?"

말끝을 끌며 응석을 부리는 소리로 마실 것을 조른다. 마쓰오카가 좋다고 대답하자 목이 마르다며 생맥주를 주문했다.

"손님, 눈은 어떻게 된 거예요?"

에리카가 마쓰오카에게 안대에 대해 묻는다. 젊어서 그런지 거리낌이 없다.

"다래끼."

마쓰오카는 간결하게 대답했다.

"그렇군—. 아버님, 건강 조심하세요."

에리카가 태평하게 말하고 맥주를 기세 좋게 마신다.

"에리카 씨는 몇 살이오?" 마쓰오카가 물었다.

"스무 살이요."

"젊군."

"그렇지 않아요. 열아홉 살 때에 비하면 체력이 엄청 떨어졌어요. 밤을 새워 놀면 다음 날 곤죽이 돼요—"

태평하게 웃는 에리카의 얼굴을 마쓰오카는 자신의 죽은 딸과 겹쳐 보고 있었다. 딸 미키도 스무 살이었다. 이렇게 언행이 가볍지는 않았지만, 부모가 모르는 면도 당연히 있었을 것이다. 주간지가 대대적으로 뿌려댄 원조교제 이야기는 지금도 믿지 않지만.

그때 가게 문이 열리고 젊은 일행 네 명이 들어왔다. 머리 하나 큰 남자가 눈에 들어오자 마쓰오카는 깜짝 놀랐다. 가리야였다. 이렇게나 간단히 만날 수 있다니, 상당한 단골손님인 모양이다.

"어머—. 제너럴 사람들. 어서 오세요—"

마담이 맞이하며 안쪽 칸막이석으로 안내한다. 에리카가 "잠깐 나갈게요—" 하며 네 명 일행의 테이블로 갔다.

"다시 새로운 아이가 올 거예요." 나이 든 호스티스가 말했다.

"아니, 괜찮소. 잠깐 일 이야기를 해야 하니까 당신도 좀 자리를 비켜주시오."

마쓰오카가 말했다. 오랫동안 밤거리와 떨어져 지낸 탓에 여자의 화장품 냄새에 숨이 콱콱 막혔기 때문이다. 게다가 지금은 호스티스를 상대하는 것도 지친다.

"그럼 끝나면 부르세요."

호스티스가 자리를 떠나자 마쓰오카는 하시다에게 "방금 온 일행의 덩치 큰 놈이오"라고 귀엣말을 했다.

"허어, 그렇군요. 나는 살인자일지도 모르는 사람을 본 게 처음이라 어떻게 답해야 좋을지 모르겠군요."

"아마 그놈일 거요. 경찰도 감시하고 있소. 연쇄 살인범이니까 분명히 또 저지를 거요."

마쓰오카가 콧구멍을 벌름거리며 말하자 하시다는 살짝 어두운 표정이 되어 "저기, 마쓰오카 씨, 이런 것은 경찰에 맡기는 것이 낫지 않을까요?"라고 타이르듯이 말했다.

"조합 사람들이 다 말해요. 내가 지금 침착성을 잃어버린 것 같다고요. 나도 그렇게 생각하고."

하시다가 어렵게 말을 꺼냈다. 침착성을 잃었다 운운하는 것은 완곡한 표현일 것이다.

"흠, 사실 실제로는 제정신이 아니라든가 병이라든가 그렇게 말한 거 아닌가요?"

"그런 것은……."

"괜찮아요. 신경 쓰지 않아도. 저도 알고 있어요. 어떻게 된 거 같다고요. 하지만 말이에요, 딸이 살해당한 사람의 마음은 아무도 모를 겁니다. 지난 10년, 진심으로 웃었던 적이 한 번도 없고 인생을 즐겁다고 생각한 적도 없어요. 딸을 지켜주지 못했다는 것이 분하고 또 분해서요. 그래서 적어도 범인을 잡아서 묘 앞에 보고하고 매듭을 짓고 싶은 거죠. 그렇게 하지 못하면 살아 있어도 아무 소용이 없어요."

"아니, 그만두라는 게 아니에요. 다만 마쓰오카 씨, 눈이 안 좋아졌잖아요. 그것도 걱정되어서……."

"고맙습니다. 하지만 이제 곧 끝나요. 저 남자가 틀림없이 범인일 겁니다. 이번에야말로 경찰이 체포해줄 거요."

"뭐 그러면 좋겠지만……."

하시다는 어쩔 도리가 없다는 모습으로 콧숨을 내쉬었다. 사전에 충분히 설명했지만 아무래도 반신반의하는 것 같다. 아마추어 탐정이 연쇄 살인범을 뒤쫓는 행위 자체가 그에게는 현실과 동떨어진 일일 것이다.

마쓰오카가 네 명 일행의 테이블을 훔쳐보자 에리카가 가리야의 팔에 기대 아양을 떨고 있었다. 가리야는 조용히 미소를 띤 채 가만히 있었다.

그런데 지노 기자에게 입수한 정보로는 가리야와 남녀 사이인 것은 마담일 텐데. 그 정보가 잘못된 것인가…….

아니, 비밀로 교제하고 있을 것이다. 마쓰오카는 그렇게 판단했다. 마담이 손님과 관계를 가진다는 것은 종업원에게 숨기고 싶은 일이다. 에리카라는 젊은 호스티스가 가리야에게 아양을 떨고 있는 것은 마담과 가리야의 관계를 모르기 때문일 것이다.

가리야가 마쓰오카의 시선을 느끼고 이쪽을 쳐다봤다. 마쓰오카는 서둘러 눈을 피하고 싶지 않아 천천히 시선을 돌렸다. 나를 기억해둬, 마음속으로 중얼거렸다.

“마쓰오카 씨, 슬슬 나갈까요? 나이 탓인지 떠들썩한 가게는 너무 피곤해서 말이에요.”

하시다가 말했다. 어느새 가게 안은 만석이고 일본계 브라질인 그룹이 큰 소리로 떠들고 있었다.

“아아, 실은 저도 그래요. 이제 갑시다. 고맙습니다. 은혜를 입었습니다.”

“싱거운 말은 마세요. 저는 조합의 인연으로 뭐든지 할 생각이니까요. 필요할 때는 언제든 말하세요.”

“고맙습니다.”

마쓰오카는 고마운 마음으로 가슴이 뜨거워졌다. 완전히 비뚤어진 사람이 되어버렸지만, 남의 도움이 없으면 살아갈 수 없다.

계산을 마치고 가게를 나선다. 마담이 바깥까지 배웅했다.

“시끄러워서 죄송해요. 또 오세요.”

죄송하다는 듯이 고개를 숙인다. 마쓰오카는 문득 이 여자도 살해당하는 게 아닐까 생각하여 등골이 오싹했다. 있을 수 없는 이야기는 아니다. 가리야가 범인이라면, 즉 살인마라는 뜻이다.

역을 향해 걸어가기 시작하자 대각선 건너편의 유료 주차장에 실버 세단이 세워져 있고 그 안에 사람의 모습이 보였다. 마쓰오카는 순간적으로 경찰 차량이라는 느낌이 들었다. 가리야는 24시간 감시 대상자인 것이다. 어둑한 등불 아래로 한쪽뿐인 눈으로 응시하자 운전석에 있는 것은 군마현 경찰본부의 사이토 형사였다. 이 순간만은 왠지 시력이 선명하여 쳇 하고 혀를 차는 입가까지 보였다.

*

이케다가 행방을 감춘 지도 이제 슬슬 2주가 되어갔다. 자택인 연립주택으로 돌아온 흔적은 없고 '아케미'에도 얼굴을 비치지 않았다. 다키모토 세이지는 수사1과의 히라노에게 전화로 문의했지만 돌아온 대답은 수사본부에서도 소재를 확인하지 못했다는 것이었다.

"죄송합니다. 석방한 후 감시를 풀면서 저희도 놓쳤습니다."

히라노가 공손하게 말한다.

"자네가 사과할 일은 아니지. 나는 이제 상사도 아니고."

"아니, 그래도……."

"그보다 후쿠다 사장 건은 어떻게 되었나? 나도 아주 급하게 조사해봤지만, 후쿠다의 마지막 행적이 군마의 마에바시역 앞이라는데, 도치기의 전 형사가 군마에 묻기도 좀 그래서 삼가고 있었네. 히라노, 군마에 한번 물어봐주지 않겠나? 역 주변의

CCTV를 조사해볼 가치는 있다고 생각하는데…….”

“글쎄요……. 나카무라 부장님께 말씀드려보겠습니다.”

히라노의 어조는 어딘가 모호했다.

“뭐야, 일일이 부장한테 말해야 하는 건가?”

“아니, 실은 말이죠. 최근에 중요 참고인이 수사선상에 떠올라 수사본부로서는 지금 그쪽을 중점적으로 쫓고 있어서요…….”

“잠깐만. 이케다 말고 범인이 있다는 말인가?”

“어디까지나 참고인입니다. 상세한 것까지는 말할 수 없지만 차량 임의 수색으로 알아낸 정보인데, 상당히 유력한 것이어서…….”

“나한테 말할 수 없는 정보인가?”

“죄송합니다. 도움을 많이 받았는데 이럴 수밖에 없어서요. 얼마 전에 수사본부가 공동에서 합동으로 바뀌었습니다. 그래서 수사 회의는 군마와 같이 합니다. 그쪽은 이케다에 대해 온도차가 있다고 할까…….”

히라노가 말을 고르며 열심히 주워섬긴다. 다키모토는 수사본부의 내부 사정을 쉽게 상상할 수 있었다.

“알았네. 나는 이케다를 쫓아 좀 더 움직여보겠지만 자네들한테 폐를 끼치지 않을 테니 안심하게.”

“아니, 폐라니요. 우리는 지금도 선배님을 의지하고 있습니다. 도울 수 있는 일이 있다면 뭐든지 말씀해주세요.”

"고맙네. 뭔가 부탁할지도 모르겠네."

"상대는 미친개입니다. 부디 조심하시기 바랍니다."

다키모토는 순간적으로 요전 날 밤 차에 치일 뻔한 일을 말할까 생각했지만 귀찮게 하기 싫어서 그만두었다. 게다가 다키모토의 마음속에는 이케다와 동반 자살을 해도 나쁘지 않다는 마음이 싹트기 시작했다. 그것이 10년 전 희생자의 공양이 된다면 특별히 이의는 없다.

그러나 이케다의 감시를 푼 것은 무슨 생각일까? 다키모토는 전화를 끊고 나서 화가 부글부글 치밀어 오르기 시작했다. 스트레스로 식도에서 위로 이어지는 부분이 울렁울렁한다. 완전히 현역 시절로 되돌아간 것이다.

이날 다키모토는 후쿠다흥산을 찾았다. 태연한 얼굴로 "다키모토인데 후쿠다 사장 있나?" 하고 묻자 간부인 듯한 중년 남자는 안색을 싹 바꾸고 "잠깐 외출했는데요"라고 대답했다.

"언제 돌아오나? 물어보고 싶은 것이 있어서 말이지."

"뭔데요?"

"본인한테 묻지."

남자는 잠시 입을 다물고 있다가 달력에 시선을 주며 "간사이로 출장을 갔습니다. 이삼일은 돌아오지 않을 것 같습니다만" 하고 말했다.

"그럼 연락만이라도 해주게. 전 도치기현 경찰본부의 다키모토라고 하면 알 거네."

남자가 다시 잠자코 있다. "예에" 하고 건성으로 대답했다.

뭔가 숨기고 있다고 생각했지만 더는 캐묻지 않았다.

"그럼 부탁하네."

돌아올 때 벽에 붙은 화이트보드를 보니 사원의 일정표가 있고 사장 일정은 텅 빈 채였다. 이것으로 확실해졌다. 후쿠다는 행방불명이다.

다키모토는 이어서 이 지역 야쿠자 고도회로 찾아갔다. 시내에 있는 낡은 3층짜리 건물로, 조직원 십여 명 정도의 작은 조직이다. 다만 광역 폭력단 산하에 있어 항상 위세는 좋다. 철문으로 삼엄한 현관의 인터폰을 누르자 "누구시죠?" 하는 낮은 목소리가 들려왔다. 다키모토는 위쪽 CCTV를 보며 "전 도치기현 경찰본부의 다키모토다. 볼일이 있어서 왔다. 잠깐 열어주지 않겠나?" 하고 말했다.

"잠깐만 기다려주세요……."

꽤나 경계하는 듯한 목소리가 스피커에서 흘러나온다. 1분 이상 기다리게 하고 문이 열렸다.

"오늘은 무슨 용건으로."

얼굴이 익숙한 고참 간부가 문에 얼굴만 내밀고 말한다.

"두목이나 부두목은 있나?" 다키모토가 물었다.

"아뇨. 지금은 없는데요." 고참 간부는 문을 열려고 하지 않는다.

"뭐야? 들여보내주지 않는 거야?"

"영장이라도 있으면 모르겠지만 당신은 지금 전 형사잖소."

"그래, 그렇지. 하지만 본부의 조직범죄 대책반을 움직일 정도의 힘은 있지."

다키모토가 꺾이지 않고 대답하자 고참 간부는 험악한 표정을 지었다.

"농담이야. 그럴 생각은 없어. 잠깐 물어볼 것이 있어서 왔을 뿐이야. 이케다 기요시를 찾고 있어서 말이지. 혹시 아는 게 있다면 알려주지 않을까 싶어서."

이케다의 이름을 듣자 고참 간부의 안색이 바뀌었다.

"이케다는 왜 찾는 겁니까?"

"그 자식, 다음 표적으로 나를 노린 건지 얼마 전에 밤길에서 차에 치일 뻔했거든. 이케다 짓이 분명해. 위험한 제안이긴 한데, 이쯤에서 손을 잡지 않겠느냐, 그런 의논 좀 하려고."

"그런데 왜 우리한테……?"

"이거 참, 이케다의 여자 가게로 갔더니 고도회가 이케다를 찾고 있다길래 혹시 짚이는 데가 있는 건가 싶어서. 댁들이라면 사람 찾는 건 식은 죽 먹기잖아."

"무슨 농담을. 전 형사가 무슨 말을 하는 겁니까?"

"그런데 이케다가 있는 곳은 알고 있나?"

"모르지요."

고참 간부가 문을 닫으려고 한다. 다키모토는 왼발을 집어넣어 저지했다.

"그렇게 말하지 말고. 이케다 같은 놈 죽여봐야 득 될 건 하나도 없어. 경찰에 맡겨. 우린 알고 있으니까. 너희들의 예전 동료인 후쿠다가 행방불명된 것 말이야."

"무슨 말입니까? 우리는 관계없어요."

억지로 닫힌다. 철문에 귀를 기울이자 안에서 "이제 나가지 마"라고 젊은 사람에게 호통치는 목소리가 들려왔다. 그것 말고는 인기척이 없다.

다키모토는 잠시 생각에 잠겼다. 두목과 부두목이 전부 없다는 것은 총출동하여 이케다를 찾고 있다는 것일까. 아니면 신병을 이미 확보하고 어딘가에 감금해둔 걸까—. 그럴 가능성도 있다.

다키모토는 자신의 차로 돌아가 히라노의 핸드폰에 전화를 걸었다.

"몇 번이고 이거 미안하네. 한 가지 조사해줬으면 하는 것이 있는데 말이야, 고도회가 일을 할당하고 있는 철거업자와 산업폐기물 처리업자의 리스트 좀 주게. 만약 고도회가 이케다의 신병을 확보했다면 감금 장소가 필요했을 거네. 가장 눈에 띄지 않는 곳은 공장이나 창고일 테니까, 그걸 철저하게 조사하는 거지."

"알았습니다. 역시 선배님이네요. 많이 배웁니다."

"치켜세우지 말게."

전화를 끊고 다시 자신에게 기합을 넣었다. 다키모토는 마음 속 어딘가에서 새로운 전개를 기뻐하고 있었다. 이케다가 뭔가 저질러주면 체포할 기회가 늘어난다. 그것이 설령 자신의 목숨을 노리는 것이라고 해도.

*

가리야와는 일주일에 한두 번 몸을 섞는 사이가 되어 있었다. 요시다 아키나는 오랜만에 연인이 생긴 것에 마음이 들떴다. 혼자가 아닌 일상이란 얼마나 마음이 따뜻해지는 일인가. 다만 가리야에게 연애 감정이 있는지는 알 수 없다. 늘 말이 없고 감정을 겉으로 드러내지 않는다. 그리고 여전히 자신에 대한 것은 아무 말도 하지 않았다. 나가노현 마쓰모토시에서 태어났다는 것 외에는 아무것도 알려주지 않아, 어딘가 불안한 마음이 드는 것도 사실이다.

아키나가 맨 먼저 상상한 것은 가리야에게 뭔가 남에게 말하고 싶지 않은 과거가 있는 게 아닐까였다. 어린 시절 죄를 저질러 교도소에 들어간 적이 있다거나. 아니면 빚이 있어 야쿠자에게 쫓기다시피 계절노동자를 하며 전국을 전전하고 있다거나—. 하지만 아키나에게는 아무래도 좋은 것이었다. 결혼을 바라는 것도 아니고, 잠깐의 연애로 충분하다. 가리야가 만기까지 근무한다면 3년 동안은 이 기분에 빠져 있을 수 있다.

이날 저녁 출근 준비 중에 경찰로부터 전화가 걸려 왔다. 오타 동부 경찰서의 지역과로, 어머니를 보호하고 있다고 한다. 경찰의 이야기로는 오늘 오후 어머니가 이온몰 슈퍼에서 물건을 훔치다가 경비원에게 잡혔으며 본인도 인정했다고 한다. 처음 있는 일이 아니어서 경찰에 넘겨졌고 신원보증인으로서 딸에게 연락했다는 것이다.

아키나는 금세 침울해졌다. 몇 년 전에도 같은 일이 있었다. 그때 어머니는 마가 끼었을 뿐이라고 변명했지만 아키나는 믿지 않았다. 어렸을 때 어머니가 자치회 회비를 슬쩍 훔쳐 자치회장이 호통을 치며 찾아온 기억은 지금도 남아 있다.

우울한 마음으로 경찰서로 달려갔다. 먼저 로비에서 제복을 입은 중년의 경찰이 사정을 설명해주었다. 이 슈퍼에서 절도 행위를 한 건 올해 들어 두 번째인데, 처음에는 어머니가 변상했고 눈물을 흘리며 사죄했기 때문에 슈퍼 측에서 서약서를 쓰게 하고 봐줬다. 그러나 이번은 두 번째이므로 경찰에 신고했다. 경비원에 따르면 어머니는 슈퍼 이외에도 과거에 이온몰 안에서 수상한 행동을 몇 번이고 했다고 하니 상습범으로 보인다―. "본인은 이미 돈을 내서 변상했습니다만, 두 번째라서 이대로 돌려보낼 수는 없기에 이렇게 일부러 가족을 오시게 했습니다. 이번은 엄중 주의를 주는 것으로 끝내겠습니다만 다음에는 체포하겠습니다. 그 점은 따님께서도 확실히 말씀해주시겠습니까?"

"알겠습니다. 정말 죄송했습니다."

아키나는 고개를 깊숙이 숙였다.

경찰은 어머니가 좀처럼 가족의 연락처를 말하려고 하지 않아 캐물어 알아내는 데 무척 고생했다고도 했다. 전에도 그랬다. 딸에게 추태를 보이고 싶지 않을 것이다.

경찰을 따라 조사실로 들어가자 어머니는 고개를 숙이고 앉아 있었다. 책상 위에는 훔친 것으로 보이는 식품이 늘어서 있다. 스키야키용 차돌박이 와규(和牛) 팩이 눈에 들어와 아키나는 있을 법한 일이라고 마음속으로 냉소했다. 어차피 훔칠 거라면 비싼 물건으로 하자고 생각했을 것이다.

잠시 경찰의 설교를 듣고 모녀가 다시 한번 고개를 숙인 다음 풀려났다. 살풍경한 경찰서 복도를 고개를 떨구고 나란히 걷는다. 현관을 나섰을 때 어머니가 "하아" 하고 한숨을 내쉬고는 "미안해"라고 가벼운 어조로 말했다.

"엄마, 창피하지 않아? 나잇살이나 먹어서 말이야."

아키나가 강한 어조로 비난한다.

"엄마는 병이니까. 다그치지 마. 이상하다니까. 살 생각으로 가도 문득, 훔치면 공짜라는 생각이 들고 말거든. 지갑을 여는 게 바보 같아진다니까."

"장난하지 마. 경찰도 다음에는 체포한다고 말했으니까. 엄마는 한번 교도소에 들어가는 게 나아."

"너는 엄마한테 무슨 말을 하는 거야?"

절도범 주제에 어머니는 마치 비난하듯이 말한다. 아키나는 상대하지 않고 "그럼 여기서" 하고 다른 방향으로 걸어가려고 했다.

"저기, 만 엔만 주고 가. 아까 변상했더니 돈이 없어."

어머니가 아무렇지 않게 손을 내민다.

아키나는 감정을 죽이고 지갑에서 만 엔짜리를 꺼내 어머니의 손에 놓았다. 이따금 어머니가 언제쯤 죽어줄까 생각한다. 지금이 그 순간이다. 어머니가 있는 탓에 내 마음은 영원히 상쾌해지지 않는다.

어머니와 헤어지고 얼굴을 아는 형사와 마주쳤다. 가게 단골손님으로 이야기를 재밌게 해서 호스티스에게 인기가 많은, 후지카와라는 베테랑 형사다. 그런 그가 아키나의 얼굴을 보자마자 멈춰 서더니 볼이 희미하게 굳어진다.

"어머, 후지카와 씨. 안녕하세요."

"어떻게 된 거요? 무슨 일 있었소?"

후지카와가 평소의 툭 까놓는 어조가 아니라 거리를 두는 듯한 태도로 물었다.

"저기, 우리 엄마가 이온몰에서 물건을 훔치다가 잡혀서요. 그 신원보증인으로 갔다 왔어요. 꼴사납기 짝이 없다니까요."

아키나는 솔직하게 털어놓고 어깨를 으쓱해 보였다.

"그런가? 힘들었겠네."

후지카와가 가볍게 쓴웃음을 짓는다. 다만 사정을 알더니 달리 무슨 할 말이라도 있는 듯한 얼굴로 아키나를 쳐다보았다.

"후지카와 씨, 무슨 일 있어요?"

"아, 아니…… 마담, 별일 없죠?"

"네, 딱히."

"무슨 일 있으면 바로 나한테 알려주시오. 핸드폰 번호 알고 있죠?"

"네, 저장되어 있어요. 왜 그런 걱정을 해주시죠?"

"뭐, 그냥 세상이 뒤숭숭하니까……."

후지카와의 말은 어딘가 부자연스러웠다. 뭔가 숨기고 있는 듯하다.

"알았어요. 고마워요."

아키나는 의아해하며 서둘러 가게로 갔다. 짚이는 데가 없으므로 생각해도 알 수가 없다.

그날 밤늦은 시간에 가리야 일행이 가게에 왔다. 자주 오는 이유는 다른 남자들이 밤놀이를 좋아해서다. 얌전한 가리야는 따라서 오는 식이다. 덩치가 큰 가리야는 보디가드 역할이기도 할 것이다.

호스티스 에리카는 가리야에게 집착하는 마음이 있는 듯 늘 지명된 여성을 도와 자리에 앉고 싶어 했다. 아키나와 관계가 있다는 것을 모르기 때문에 거리끼지도 않는다. 듬직한 팔에 들러붙어 교태를 부리는 모습은 아키나를 불쾌하게 했지만, 꾸중할 수도 없어서 잠자코 있었다.

가게 안에서 가리야가 아키나에게 말을 거는 일은 없었다. 두 사람의 관계를 비밀로 하자고 약속한 것은 아니지만 호흡이 잘 맞아 저절로 그렇게 하고 있었다. 가리야의 경우는 재치가 있다기보다는 서툴러서겠지만, 아키나에게는 바람직한 일이었다. 정부(情夫) 시늉만 하는 남자는 이제 지긋지긋하다.

보너스가 나오는 시기여서 술집은 시끌벅적했다. 일본어와 포르투갈어가 뒤섞여 가게 안은 약간의 카오스다. 가게가 활기차면 여러 가지 일을 잊을 수 있어 아키나의 마음은 가라앉았다. 어머니가 물건을 훔친 일도 옛일 같다.

브라질인 그룹이 노래를 부르기 시작하고, 아키나는 탬버린으로 박자를 맞추었다. 다른 손님은 웃으며 보고 있다. 천장에 단 미러볼이 빙글빙글 돌아 가게 안이 빛의 무대가 되었다. 마시고 노래하고, 이럴 때 아키나는 살아 있다는 것을 실감한다.

자정이 지나 손님이 택시를 불러달라고 해서 전화를 했다. 잠시 후 택시가 와서 아키나는 배웅하기 위해 가게 밖으로 나갔다.

"감사했습니다. 또 오세요."

고개를 숙여 인사하고 배웅한다. 고개를 들었을 때 문득 길 반대쪽에 있는 유료 주차장에 세워진 세단에 시선이 갔다. 운전석에서 어떤 그림자가 움직인 것 같았기 때문이다. 어두워서 잘 보이지 않아 아키나는 몸을 내밀고 응시했다. 운전석과 조수석에 남자인 듯한 사람 그림자가 있다. 누구를 기다리고 있는 것일까,

시간을 죽이고 있는 것일까.

그러고는 갑자기 생각했다. 저 차는 이전에도 세워져 있지 않았나. 몇 번인가 본 적이 있는 것 같다…….

잠시 응시하고 있었더니 아키나의 시선을 의식한 것인지 차 시동이 걸렸다. 전조등을 정면으로 받아 시야가 하얘진다. 차는 천천히 주차장을 빠져나갔다. 정산기를 바로 통과하는 걸 보니 정기권을 갖고 있는 것인가.

스바루의 실버 세단이 천천히 달려간다. 아키나는 어쩐지 기분이 섬뜩했다. 와타라세강 사건이 있었던 만큼 뭐든지 수상하게 보인다.

가게 문을 닫은 것은 평소와 같은 새벽 3시였다. 다소 많이 마신 탓인지 발밑이 불안하다. 아키나는 인적이 사라진 밤길을 5분쯤 걸어 역 근처 심야 영업을 하는 게임 카페로 향했다. 먼저 돌아간 가리야에게 "만날 수 있어?"라고 문자를 보냈더니 "그럼 늘 가는 카페에서"라는 답장이 왔기 때문이다.

가리야가 늦은 시간에 가게로 온 날에는 대체로 이렇게 만나 왔다. 그의 근무 일정을 알고 있기에 만날 수 있는 날도 가늠할 수 있다.

카페로 들어가자 가리야는 혼자 게임을 하고 있다. "다른 사람들은 갔어?"라고 묻자 "에리카 짱이랑 노래방에 갔어"라고 한다.

"젊네." 아키나는 씁쓸하게 웃었다.

"정말, 나만 삼십대니까 이제 따라갈 수가 없어."

"나도."

커피를 주문하고 한숨 돌린다.

"에리카, 가리야 씨를 마음에 들어 하는 것 같던데, 무슨 말 하지 않았어?"

"무슨 말이라니?"

"다음에 데이트하자든가."

아키나가 묻자 가리야는 잠깐 생각하고 나서 "뭐, 그랬지"라고 쓴웃음을 섞어 대답했다. 예상대로다.

"그래서?"

"얼버무리고 넘겼지. 나이가 많아서 에리카 짱하고는 안 어울린다고."

"그랬더니?"

"오늘도 같이 왔던 도미오카라는 놈이 그럼 자기하고 데이트 해달라던데—. 이야기가 잘됐는지는 모르지만."

"그 애는 손님을 상대로 파파카쓰를 하니까. 참 난감한 애야."

"그건 도미오카도 알고 있어. 몰래 가격 흥정을 했던 것 같고."

아키나는 이야기를 듣고 어처구니가 없었다. 한 번은 제대로 주의를 줄 필요가 있다. 가게 평판이 떨어질 수도 있다.

"아, 맞다. 그런데 오늘 좀 기분 나쁜 일이 있었는데……. 우리 가게에서 대각선 건너편에 유료 주차장이 있잖아. 거기에 남자 두 명이 탄 차가 계속 멈춰 있는 거야. 내가 손님 배웅하러 밖으로 나가서 그걸 알고, 뭐지 하고 보고 있었더니 도망치듯 가버렸어. 왠지 기분이 나쁘더라고."

아키나는 몇 시간 전의 일을 가리야에게 이야기했다.

"어떤 차?" 가리야가 묻는다.

"평범한 세단. 스바루였을 거야. 오타에서는 드물지 않은 차지만."

"흐음……."

가리야의 안색이 순간적으로 변한 것처럼 보였다.

"마약 판매자라든가 그래봐, 되게 싫잖아. 옛날에 외국인 마약 밀매 그룹이 역 앞의 주차장에서 한꺼번에 검거를 당한 적도 있었고."

"아아, 그럴지도 모르겠네."

"다음에 형사님한테 물어봐야지. 단골손님 중에 있으니까."

"형사가 오는구나."

잉어가 먹이에 달려드는 것처럼 곧바로 가리야가 물었다.

"응. 오타 동부 경찰서의 형사가 옛날부터 자주 와. 우리로서는 야쿠자 쫓아내는 데 좋을까 싶어서 오너가 추석과 연말에 병술을 서비스하고 있어."

"흐음……."

"그러고 보니 이번 달은 안 왔네. 뭐, 사건이 일어나면 술 마시러 다닐 수도 없는 사람들이지만."

"흐음……."

가리야는 맞장구를 칠 뿐 왠지 생각에 잠긴 듯했다.

"저기, 이따가 우리 집에 갈 거지?"

"어어, 가야지."

그 대답도 어딘가 건성이었다.

아키나는 살짝 의아했으나 그보다 들뜬 기분이 더 컸다. 술에 취해 연인에게 안기는 것. 이것이 아키나가 느끼는 한순간의 행복이다.

*

그날 수사 회의는 군마현 경찰본부 감식반 담당자의 보고로 시작되었다. 합동수사본부는 제너럴중기에 동의를 얻어 업무용 비품을 제출받았다. 그 감식 결과다.

"감식반입니다. 이미 알다시피 감식반에서는 합동수사본부가 설치된 다음 날인 7월 16일, 제너럴중기에서 제출받은 물품에 대해 감식 작업을 해왔습니다. 그 결과가 나와서 보고하겠습니다. 제출받은 물품은 회사가 직원에게 지급하는 목장갑, 짐을 꾸릴 때 사용하는 마스킹 테이프, 그리고 비닐 끈, 이렇게 세 가지입니다. 또한 제너럴중기 측에는 현 내에서 일어난 절도 사건을 수사 중이라고 말하며 제출받았습니다. ……먼저 목장갑입니다만, 안쪽 손바닥 부분에 고무 라이너라는 초록색 고무가 미끄럼 방지용으로 코팅되어 있습니다. 제조사는 니가타현의 ××사입니다. 전국에 도매하는 중견 기업인 것 같습니다. 합성고무이고 피해자에게 채취한 것과 색과 성분 모두 일치했습니다. 따라서 같은 목장갑을 끼고 살해했을 가능성이 크다고 할 수 있습니다."

여기서 벌써 회의실이 술렁거렸다. 열심히 듣고 있던 사이토 가즈마도 무심코 옆에 앉은 이토와 얼굴을 마주 보았다.

"다음으로 마스킹 테이프입니다. 이것은 첫 감식에서 이미 공업사 '펄'의 제품이라는 것을 알았습니다. 그런데 제너럴중기가 사용하는 테이프도 같은 회사 제품이라는 것이 밝혀졌습니다. 그리고 세 번째로 피해자를 뒤로 묶었던 지름 6밀리미터의 비닐 끈입니다만, 제너럴중기는 통상 짐을 쌀 때 섬유 벨트를 쓰기에 공장 라인에서는 비닐 끈을 사용하지 않는다고 합니다. 다만 업무용으로 누구든 가지고 나갈 수 있도록 상비하고 있어, 그것을 제출받았는데 채취한 끈과 재질, 모양 모두 일치했습니다. 따라서 두 건의 사체 유기 현장에서 채취된 유류물 세 가지 모두 제너럴중기 오타 공장 것과 같다는 이야기가 됩니다."

이번에는 크게 수런거렸다. 이것으로 가리야의 혐의는 한층 짙어졌다.

"다만 이 세 품목은 일반 소비자용이기도 해서 기류 시내의 생활용품 판매점에 가서 확인했더니 모두 현재 판매하고 있는 상품이었습니다. 다시 말해 누구라도 구할 수 있는 것입니다."

담당자가 못을 박았지만 수런거림은 그치지 않는다.

"이에 대해 의견이 있습니까?"

진행을 맡은 니시무라 관리관이 수사관을 둘러보며 말했다.

"세 가지 모두 제너럴중기에 있다는 사실은 유력한 실마리라고 해도 좋을 것 같습니다. 특히 목장갑과 비닐 끈은 유사한 제품이 여러 종류가 있기 때문에 세 가지 모두 겹치는 것은 단순한 우연이라고 볼 수 없습니다."

우치다 계장이 손을 들어 의견을 말한다.

"저도 동감입니다. 이건 쓸 만한 증거겠지요."

다른 데서도 지지하는 목소리가 나왔다.

"알겠습니다. 이것들의 입수 경로에 대해서는 계속해서 조사하겠습니다. 감식반, 계속하세요."

니시무라가 재촉한다.

"그럼 계속하겠습니다. 두 건의 살인 사건의 사체 머리 상처에서 채취한 붉은 섬유 조각입니다만, 아무래도 등산용 또는 방한용의 두툼한 긴 양말이 아닐까 추측하고 있습니다. 다시 말해 긴 양말 안에 돌 같은 것을 넣고, 그것으로 뒤에서 피해자의 머리에 내리쳐 기절시켰다―. 감식반에서는 아웃도어 용품점을 돌며 유사한 긴 양말 몇 켤레를 구입해서 조사해봤습니다. 그런데 대부분 면, 폴리에스테르, 폴리우레탄의 혼방이었습니다. 그리고 실제로 돌을 채워 책을 담은 상자에 내리쳐봤는데 파괴력이 과연 엄청났습니다. 자칫하다가는 그것만으로 죽음에 이르게 하는 것도 가능한 듯해…… 다만 제너럴중기에 문의했더니 회사에서 직원에게 양말을 지급한 일은 없다고 합니다. 그러므로 범인이 가리야라면 개인적으로 입수했다는 이야기가 됩니다. 현 내의 아웃도어 용품점, 스키 용품 전문점, 공예 용품점을 돌아볼 필요가 있지 않을까……."

"일부러 산 걸까? 우연히 주변에 있었던 게 아닐까?" 군마현 경찰본부의 호리베 1과장이 의문을 제기했다.

"즉흥적인 범행이라면 주변에 있는 것을 쓰겠지요. 다만 계획 살인이라면 적당한 것을 물색해 구입할 가능성이 크다고 생각합니다. 평범한 양말이라면 찢어지기 때문에 강도가 센 등산용 양말을 입수했겠지요." 담당자가 대답한다.

"아, 역시, 그렇겠군." 호리베는 납득하고 고개를 끄덕였다.

"그럼 반을 짜서 돌아보기로 합시다. 그럼 다음으로 넘어가겠습니다. 이치우마, 가리야의 이력에서 새로 알게 된 것이 있었다면서. 보고해주게."

니시무라의 지명을 받고 사이토가 일어섰다. 일전에 가리야의 출신지인 나가노현 마쓰모토시에 출장을 가서 탐문수사로 얻은 정보의 두 번째 보고다.

"사이토입니다. 일전에 보고한 가리야의 출신지에서의 이력에 대해, 가리야의 고등학교 동창이자 현재 그 지역 라면집 주인인 야기 씨로부터 새로운 정보를 얻었으므로 보고하겠습니다."

일전에 만난 야기라는 남자는 그 후 두 차례에 걸쳐 노지마 형사에게 전화를 걸어왔다. 모두 자신이 조사한 가리야에 관한 정보다.

"가리야의 모친 이쿠코(59세)는 현재 마쓰모토 시내에서 아르바이트를 하며 혼자 살고 있는 모양입니다. 마약류 관리에 관한 법률 위반으로 기후현 가사마쓰 지역의 교도소에서 복역했습니다. 그런데 작년 3월에 출소하여 마쓰모토로 돌아온 것으로 보입니다. 가리야의 여동생 미카(30세)는 태어난 직후 뇌성마비를 앓아 운동 기능 장애로 입원과 퇴원을 반복하는 생활을 했습니다. 그러다 몇 년 전부터 시내의 보호시설에 들어가 있는 상태입니다. 야기 씨가 그 시설로 찾아가 가족 면회는 있었느냐고 물었더니 모친은 전혀 모습을 보이지 않지만, 오빠인 가리야는 한 달에 한 번 면회하러 온다고 합니다. 시설 사람의 말로는 매번 여동생의 옷을 넣어주는 등 가족이 할 일을 제대로 하고 있다고……."

"그건 됐고, 그 야기라는 라면집 주인은 왜 그런 것까지 알아봐주는 거지?"

보고 도중 니시무라가 지당한 의문을 제기했다.

"무슨 일에나 끼어들고 싶어 하는 남자라고 생각합니다. 폭주족의 전 두목입니다만, 지금도 그 지역에서는 말발이 서는 모양으로 나가노현 경찰본부의 형사도 협력자로 쓰고 있는 것 같습니다. 인간성이 무척 좋은 남자입니다."

"알았네. 협력자로 봐도 좋겠군. 다만 제대로 확인해보게."

"물론입니다. 가리야의 가족 구성, 여동생의 보호시설 건, 모두 마쓰모토 시청에 문의해서 확인했습니다. 그럼 보고를 계속 하겠습니다. 가리야와 모친은 절연 상태인 것으로 보입니다. 과거에 모친이 생활보호를 신청할 때 아들이 소재불명이라고 신고했습니다. 가리야의 입장에서 보면 모친은 애물단지이겠지만……."

"마약 상습 복용자라면 관할 경찰서 형사가 뭔가 정보를 갖고 있겠지. 이치우마는 내일이라도 마쓰모토 경찰서에 문의해봐. 그때 아들에 대해서도 뭔가 기록이 남아 있는지 조회해보게. 상대도 경찰이네. 와타라세강 연쇄 살인 사건과 관련된 거라고 밝혀도 좋아. 그러는 편이 협조를 얻기 쉬울 거야."

"알겠습니다."

사이토가 대답한다. 사건을 밝히는 것에 대해 간부들이 아무 말도 하지 않는 것을 보면 받아들이는 듯하다. 다시 한번 나가노현에 갈 필요가 있다고는 생각했다. 가리야라는 인물에 대해 더 확실히 조사하고 싶다.

"다음으로 가리야가 다시 계절노동자로서 오타시에 오기까지의 행적입니다만, 야기 씨가 전 동창들에게 물어봤더니 시즈오카현 하마마쓰의 오토바이 공장에서 계절노동자로 3년간 일했다는 증언을 얻었습니다. 다시 말해 가리야는 마쓰모토의 고등학교를 졸업한 후, 운송 회사에 잠시 근무하다 돈을 벌기 위해 계절노동을 계속해온 것이 아닐까 싶습니다."

"제너럴중기에 제출한 가리야의 이력서에는 직업 경력이 어떻게 쓰여 있나?"

니시무라가 물었다.

"이전에 제너럴중기에서 일했던 사실은 쓰여 있습니다. 하지만 그 이후는 각종 아르바이트라고만 나와 있습니다. 뭐, 정규직 고용이 아니면 회사 측도 일일이 조사하지 않을 테니, 적당히 써낸 게 아닌가 싶습니다."

"알았네. 가리야가 숨기고 싶었던 것인지 단순히 생략한 것인지, 일단 유의해두지."

"하마마쓰의 오토바이 공장에 대해서는 문의해보겠습니다. 기록에는 남아 있을 테니까요. 아무튼 결정적인 물증이 없는 현 상황에서는 혐의라도 하나하나 쌓아가는 것이 가장 중요하다고 생각합니다."

사이토가 소견을 말했다. 실제로 가리야에 대한 심증은 이미 상당히 확실하다.

"가리야를 한번 임의로 불러오는 것은 어떨까?"

도치기현 경찰본부의 히로카와 1과장이 말했다.

"그건 그만두는 편이 좋을 거네. 뭔가 별건으로 체포할 거리가 있다고 해도 딱 잡아떼면 우리 쪽에서 더 몰아붙일 만한 증거는 없으니 말이지. 무서운 것은 그대로 도망쳐버리는 일이야. 계절노동자인 가리야는 사실상 정해진 주거지가 없거든."

즉각 호리베가 반론을 펼쳤다. 히로카와는 그냥 말해봤을 뿐인지 "뭐, 그렇긴 하군" 하며 시원하게 물러났다.

"그런데 이치우마, 가리야는 미행을 눈치채고 있지 않겠지?"

니시무라가 물었다.

"눈치채지 못했을 겁니다. 아무렇지 않게 여자와 만나고 있을 정도니까요."

"알았네. 혹시 모르니까 미행 인원을 늘리세. 차량도 늘리고. 계속 같은 차로는 위험해."

"그런데 제너럴중기의 트럭을 조사할 수는 없을까요?"

사이토가 보고하는 김에 제안했다.

"무슨 뜻이지?"

"공장 사이의 부품 수송에 쓰이는 다섯 대의 트럭, 그 짐칸을 모두 조사할 수 없을까 해서요. 가리야가 범인이라면 사체를 트럭으로 옮겼을 가능성이 큽니다. 어쩌면 기절시킨 후 트럭에 싣고 그 안에서 목을 졸랐을 수도 있습니다. 그러므로 머리카락 한 올, 미량의 체액만이라도 채취할 수 있다면 하고 생각했습니다만……."

"하지만 그러려면 제너럴중기에 나름의 설명을 해야만 하네. 와타라세강 연쇄 살인 사건 수사라는 것을 알면 순식간에 공장 안에 소문이 날 거고, 그러면 가리야의 귀에 들어갈지 모르지. 만약 그렇게 되면 가리야는 도망치겠지."

"만일 도망친다면 가리야의 혐의는 결정적인 것이 되고, 그것으로 증거 수집에 뛰어들 수 있다는 생각도 가능합니다만……."

사이토가 의견을 구하듯이 말하자 거기에는 호리베가 이의를 제기했다.

"안 돼. 가리야의 귀에 들어가지 않는 것이 대전제야. 따라서 현 상황에서는 너무 위험해."

이어서 히로카와도 발언했다.

"그래도 트럭은 꼭 조사하고 싶은데. 비밀 유지를 합의한다면 가능하지 않을까? 공장의 총무가 아니라 본사의 임원급에 협력을 요청하면 현장에서 소문이 나는 것도 피할 수 있을 것 같은데……."

"으음." 호리베가 팔짱을 끼고 생각에 잠긴다. "다만 털어놓으면 그쪽은 동요하겠지. 만약 살인범이 자사 공장의 계절노동자였다고 한다면, 그대로 계속 고용하는 것도 무서울 거고."

"괜찮을 겁니다. 스바루라면 브랜드 이미지가 손상되는 걸 두려워할지도 모르지만, 제너럴중기는 부품 제조사라서 일반 소비자와는 관계가 없습니다. 대기업이니 그런 상황 대응쯤은 위기관리의 노하우로 갖고 있지 않겠어요?"

"알겠네. 제너럴중기는 이 지역 경제에 공로가 큰 곳이니 우리 위치에서는 결정할 수 없지. 무타 본부장님과 의논해보겠네."

"그러자고 하겠지. 그쪽 본부장님이라면."

히로카와가 가볍게 웃으며 말하자 수사관들도 얼굴에 웃음을 띠었다. 무타라면 신바람이 나서 교섭에 나설 것 같다.

"그럼 가리야 건은 일단 놔두고, 다음으로 이케다 기요시에 대해서입니다. 이것은 도치기현 경찰본부의 히라노 주임, 뭔가 움직임이 있었으면 보고해주게."

니시무라의 지명으로 히라노가 일어났다.

"보고하겠습니다. 이케다는 여전히 행방불명 상태입니다. 자택인 연립주택은 물론이고 여자한테도 모습을 드러낸 흔적이 없습니다. 이것에 대해서는 한 가지 마음에 걸리는 게 있습니다. 예전에 후쿠다가 속한 폭력단인 고도회가 이케다를 찾아다니고 있는데 어쩌면 이미 납치된 것이 아닌가 의심하고 있습니다. 이케다와 후쿠다의 갈등은 전에도 보고한 대로입니다만, 고도회가 본격적으로 찾기 시작하면 이케다는 그물에 걸리겠지요."

"직접 고도회 주변을 조사해서 얻은 정보인가?" 히로카와가 물었다.

"아니요. 제가 조사하지 않았습니다. 다키모토 씨입니다."

"이보게, 전 형사한테 맡겨도 되는 건가?" 히로카와가 얼굴을 찌푸린다.

"죄송합니다. 다만 이케다의 감시가 풀려 멋대로 움직여도 되나 싶어……."

"눈치 볼 필요 없네. 스스로 판단하게."

"알겠습니다. 그럼 바로 말씀드리겠습니다. 후쿠다 사장의 마지막 행적이 되었던 7월 7일 저녁 9시 전후, 마에바시역 앞 북쪽 출입구 주변의 CCTV 영상을 확보해도 되겠습니까? 동업자의 연회가 열린 중화요리 식당은 위치를 알고 있습니다. 거기서 역 앞의 택시 승강장까지 똑바로 걸었다고 한다면 그다지 품은 들지 않을 것 같습니다."

"알았네. 관할 경찰서에는 우리 쪽에서 양해를 구해두지. 다른 현이라고 해서 너무 조심하지 말고 히라노 주임 반에서 자유롭게 움직여주게."

호리베가 중재하듯이 말했다. 합동수사는 역시 어딘가 서먹서먹하다.

"히라노, 그 전에 후쿠다 사장의 가족이나 회사에서 실종 신고서를 받아 오게. 그리고 고도회에 가서 경찰은 다 알고 있으니까 쓸데없는 짓은 하지 말라고 단단히 못을 박아놓고."

히로카와가 부하에게 위협하듯이 말했다.

"알겠습니다. 내일이라도 다녀오겠습니다."

히라노가 얌전히 답한다.

사이토가 느끼기로 도치기현 경찰본부는 이케다 체포를 포기하지 않았고 별건으로라도 잡아들이려는 것 같다. 절반은 고집에서, 절반은 군마현 경찰본부에 폐를 끼칠 수 없다는 생각에서일 것이다. 함께 나가노로 출장을 갔던 노지마의 이야기로는, 도치기현 경찰본부가 가장 두려워하는 것은 이케다가 또 중대범죄를 벌이는 일이다.

"그렇다면 마지막으로 히라쓰카 겐타로인데, 한 번은 도쿄의 병원에 입원했지만 어제 집으로 돌아왔다고 한다. 아무래도 병원에서 소동을 일으켰던 모양이다."

니시무라의 보고에 모두가 고개를 들었다.

“병원에 물어본 바로는, 계속 입원하라는 모친과 말다툼을 하다 무슨 일이 있어도 싫다며 물건을 던지며 날뛰는 바람에 일단 집으로 데려갔다고 한다. 또한 무타 본부장님이 현 의회 의원인 부친에게 겐타로의 스마트폰 제출을 요청했는데 지금까지 응하지 않고 있다. 임의 조사도 거부하는 자세다.”

“어떨까? 난 겐타로는 이제 제외해도 될 거라고 생각하는데…….” 호리베가 말했다.

“용의자를 좁히는 것은 시기상조라고 생각합니다.” 여기서 경찰청의 가와세 1과장 보좌가 끼어들었다.

“여러분의 의견을 들어보니 가리야가 범인이라는 주장에 힘이 실리는 것 같은데 결정적인 물증이 아직 나오지 않은 상황에서 예단은 금물입니다. 이케다든 겐타로든 감시를 놓지 않도록 해주십시오.”

냉정한 어조를 못을 박는다. 중앙에서 파견된 가와세는 혈기가 넘쳐서 날뛰는 수사관들을 진정시키는 역할을 맡았다. 10년 전의 실수를 되풀이하지 않기 위해서는 외부의 시선이 필요하다는 판단에서일 것이다. 사이토도 충분히 이해하고 있었다.

“그럼, 겐타로와 사이가 좋은 사람이 이치우마였지?” 니시무라가 말했다.

“저는 좀 봐주세요. 가리야만으로도 벅찹니다.”

사이토가 안색을 바꾸며 거부하자 여기저기에서 쓴웃음이

새어 나왔다.

"해봐. 이토를 쓰면 되잖아."

"알겠습니다……."

"부친은 계속해서 본부장님께 설득하라고 하지. 스마트폰의 GPS 위치 정보 기록만 얻을 수 있다면 범행일의 행적을 알 수 있네. 그쪽도 혐의를 풀 수 있는 기회지. 내주면 좋을 텐데."

"부모도 제정신이 아니겠지. 어쩌면 자기 아들이 한 게 아닐까 해서. 만약 그렇다면 히라쓰카가는 무너질 테니. 의원직을 잃는 건 물론이고 가업도 끝장이야. 어머니는 집에 틀어박혀 있는 모양이야."

호리베가 부모의 심정을 헤아렸고, 수사관들은 각자 고개를 끄덕였다. 겐타로 쪽의 교섭도 당분간은 계속될 것 같다.

*

가리야의 고향에서 알게 된 라면집 주인 야기는 형사와 친해지고 싶은 것인지, 이야기하는 걸 좋아하는 것인지 빈번하게 새로운 정보를 얻어 노지마 마사히로에게 전화를 걸어왔다. 이날은 과거 근무지 취업 시기에 대해서였다.

"가리야의 직업 경력에 대한 새로운 정보입니다. 그 녀석은 작년 말까지 가나가와현 히라쓰카시의 자동차 공장에서 일했던 것 같습니다. 가리야의 여동생이 들어가 있는 보호시설의 사무원한테서 들었습니다. 모친이 마약 의존증으로 입원하고 있던 시기였는지 모친을 믿을 수가 없어서 오빠의 연락처를 적은 서류를 제출하게 했다고 합니다. 공장 연락처를 알려드릴까요?"

"꼭 좀 부탁합니다."

노지마가 청하자 야기는 주소와 전화번호를 천천히 말해주었다.

"하지만 야기 씨, 어떻게 알아냈어요? 형사도 아니면서."

"이 지역이라면 대체로 아는 사람이 있습니다. 이 보호시설도 여기저기 묻고 다녔더니 동료의 사촌 여동생이 결혼 전에 사무원을 했던 곳이었고, 그래서 그 사람이 현역 직원을 소개해줬습니다. 저는 가리야의 고등학교 동창인데 동창회 명부를 만들어야 한다, 그런데 가리야의 주소를 몰라서 난감하다, 연락처를 가르쳐달라고 부탁했더니 입소자 명부를 보여주었습니다. 거기에 보호자의 이전 주소가 남아 있었습니다."

"개인 정보 보호의 관점에서 보면 별로 좋지 않은데요."

노지마가 씁쓸하게 웃으며 말하자 야기는 "이쪽 사람은 딱딱한 말은 하지 않습니다"라며 태평하게 웃으며 대답했다.

"역시 가리야는 군마현에 살고 있더군요. 현재 주소도 확인했습니다." 야기가 말했다.

"아아, 그렇습니까."

"인터넷으로 조사했어요. 와타라세강 연쇄 살인 사건, 범인 찾기 게시판이 있는데 실명까지 올라오고 엄청나게 반응이 뜨겁습니다."

"부탁 좀 하겠습니다. 저는 분명 아무 말도 하지 않았잖아요?"

"알고 있습니다. 저는 아무 데나 무책임한 얘기를 나르는 사람이 아니니 안심하세요. 이런 걸 경찰도 체크하고 있는 거죠?"

"예, 하지요. 방치할 수는 없으니까요."

실제로 수사본부는 반을 만들어 인터넷을 감시해야만 하는 것이 현 상황이다. 인권을 침해하는 글은 관리자에게 삭제를 요구하는 일도 있지만, 확산되면 손을 댈 수가 없어 무법 지대나 다름없었다. 나이 지긋한 형사들은 "이런 게 허용되다니"라며 불쾌감을 드러낸다.

"피해자는 10년 전을 포함해서 네 명 모두 원조교제를 했던 여자인 거죠?"

"그 이야기는 좀……."

"괜찮습니다. 전 입이 무거우니까요. 그런데 인터넷으로 얘기를 읽고 한 가지 떠오른 일이 있어서……. 가리야는 헤픈 여자를 아주 싫어했거든요."

"무슨 뜻이죠?"

생각지도 못한 말에 노지마의 마음이 조급해졌다.

"폭주족을 하던 무렵인데 제 주위에는 헤픈 여자가 잔뜩 있지 않았겠습니까. 그 애들은 싸움 잘하는 남자와 간단히 자고, 원조교제 같은 것도 아무렇지 않게 했거든요. 우리는 어차피 심심풀이였으니까 번갈아가며 마구 했는데요…… 아니, 옛날얘기예요. 스무 살 안팎일 때는 다들 야생동물 같았으니까요."

"아, 알지요, 잘 알아요."

"그런데 그런 여자들 중에 가리야라면 하룻밤 같이 지내도 좋다는 여자애가 있었어요. 그 이야기를 우리가 우연히 듣고는 그 여자애랑 할 수 있을 거라고 놀리며 가리야를 부추겼더니 그 녀석은 갑자기 얼굴이 험악해져서는, 자기는 아무하고나 자는 여자는 싫대요―. 그때 단번에 자리 분위기가 깨졌고, 그래서 기억하고 있어요."

"가리야는 여자한테 무관심한 거죠?"

"아뇨, 여자한테 무관심하기보다 여자를 아주 싫어해요. 그래서 다른 일이 떠올랐는데, 옛날에 어머니가 마약으로 체포되었을 때 한 친구한테 내뱉듯이 어머니 욕을 했던 모양이에요. 그런 칠칠치 못한 여자는 죽어야 한다고요. 그래서 그 친구가 부모한테 그런 말은 하는 거 아니라고 나무랐더니 더욱 화를 내며 우리 엄마는 갈보야, 네가 뭘 안다고 그래― 라고. 그 친구는 사전으로 갈보의 뜻을 찾아보고 소름이 끼쳤다고요―. 그 녀석이 여자를 싫어하는 건 어머니를 싫어한 데서 온 거 아니겠어요?"

야기가 형사처럼 추리를 하며 말한다.

"아, 그렇군요. 전해줘서 고마워요. 참고가 되었습니다."

노지마는 이 이야기에 납득하면서 가리야가 범인이라는 주장으로 기울어졌다. 살인범의 성장 과정은 대체로 복잡하다.

"이번 달에 가리야가 여동생의 병문안을 오면 만나볼까 하는데요."

야기가 점점 더 형사라도 된 것 같은 말을 한다.

"잠깐만요. 그건 좀 참으세요."

노지마가 서둘러 만류했다.

"괜찮아요. 사건과 형사님에 대해서는 절대 말하지 않을 거고, 너 요즘 어떻게 지내느냐고 상황을 살피는 정도로……."

"그래도 그만두세요. 나머지는 우리가 하겠습니다. 여러모로 알아봐줘서 정말 고맙습니다. 야기 씨한테는 사례금을 지불할 테니, 관련해서 다시 전화하겠습니다."

"괜찮아요, 그런 건. 수사1과의 수사 협력비는 예산이 적잖아요. 가게의 단골손님인 형사님한테 들은 게 있어서요. 수사2과나 조직범죄 대책반에 비하면 1과의 연간 예산은 쥐꼬리만 하다고요. 또 흉악 사건은 정보 제공으로 해결되는 것도 아니니까요."

야기가 이렇게 말하며 웃는다.

전화를 끊자 노지마는 사이토에게 보고했다. 사이토는 강한 흥미를 보이며 "그건 동기가 되겠는데"라고 몇 번이고 고개를 끄덕이며 말했다.

"가리야는 헤픈 어머니에 대한 원망에서 여자에게 청렴성이나 결벽성을 요구하게 되었어. 그 반동으로 정조 관념이 없는 여자를 증오하게 된 거지. 살해한 네 명은 모두 원조교제를 하고 있던 젊은 여자야. 적어도 무차별 살인은 아닌 거지. 골라서 죽이고 있어. 충분히 일리가 있는 이야기야."

"그렇네요. 저는 가리야의 성장 과정을 좀 더 조사해보고 싶은데요."

"그래, 그렇게 해줘. 한부모가정에서 어머니가 몇 번이나 체포되었다면 가리야가 아마 아동복지시설에 맡겨진 시기가 있었을 거야. 먼저 그걸 확인해보는 게 좋을 것 같은데. 어쩌면 아동학대 사실이 나올지도 모르지. 그다음 나가노현 경찰본부에 모친의 범죄 이력에 대해서도 조회해봐."

"알겠습니다."

사이토의 지시를 받고 노지마는 아, 그렇구나 하고 감탄했다. 역시 젊은 나이에 수사1과로 끌어올 만한 사람이다.

"나는 가리야의 이전 근무지, 하마마쓰의 공장을 알아볼게. 뭔가 말썽은 없었는지, 수상한 행동은 없었는지. 혹시 그 시기에 미제 살인 사건은 없었는지."

"설마, 어쩐지 소름이 끼치네요."

"이 사건은 연쇄 살인 사건이야. 간부들이 가장 두려워하는 것을 알고 있나?"

"뭔데요?"

"수사 중에 다음 희생자가 나오는 거야. 그럼 경찰의 체면은 완전히 뭉개지는 거지. 아마 뭔가 증거가 나오면 수사본부는 바로 용의자를 잡아 올 거야. 돌아다니게 내버려둘 여유가 없지."

사이토가 험악한 표정으로 말했다. 노지마는 상상만으로도 몸서리가 쳐졌다.

*

그날 아침 지노 교코가 마에바시 지국으로 출근하자 군마현 경찰 캡인 고사카가 불렀다.

"어젯밤 현 경찰본부의 호시노 공보관이 다시 알려왔어. 우리 쪽 여성 기자가 수사 방해를 계속한다면 기자회견장에 출입을 금하겠다고 말이야."

고사카가 교코를 보며 말한다. 다만 그다지 심각한 표정은 아니었다. 전국 주간지 기자에게는 흔히 있는 일이기 때문이다.

"수사 방해라니요? 매일 K를 미행하는 것은 아니에요. 저는 마쓰오카 씨가 걱정되어, 그래서 동행하고 있을 뿐이에요. 굳이 말하자면 마쓰오카 씨가 도를 넘지 않도록 충고하는 쪽이라고 생각하는데요."

"그렇다고 해도 수사1과의 사이토 형사는 잔뜩 골이 나 있어. 앞으로 일하기 힘들어지니까 K 근처에는 가지 마. 하려면 주변 취재나 하고."

K는 가리야를 의미하는 기호다. 지국에서는 가장 주요한 참고인으로 보고 있다.

"저는 상관없지만, 마쓰오카 씨는 만류할 수가 없어요. 경찰 따위는 조금도 두려워하지 않고요. 직접 범인을 잡을 생각이라니까요."

"마쓰오카 씨는 됐어. 우리 책임도 아니고. 네가 같이 다니니까 신문사가 부추기는 게 아닌가 해서 화를 내는 거야."

"그럼 오해를 풀죠 뭐. 우리는 K를 쫓고 있는 게 아니라고요."

"말대답하지 말고. 아무튼 K에게 더는 다가가지 마. 이상."

"알겠습니다……."

교코는 불만스러웠지만 받아들였다. 말단 기자에게는 거스를 방법이 없다.

"캡, 그래도 마쓰오카 씨 취재는 계속하게 해주세요. 저는 마쓰오카 씨 기사를 쓰고 싶거든요."

"어떤 기사인데?"

고사카가 눈을 치뜨며 노려본다.

"10년 전 사건의 피해자 아버지가 딸의 원통함을 풀어주기 위해 시민으로서 10년간 사건을 계속 수사해왔다—. 이런 내용입니다. 실제로 이야기를 들어봤는데, 와타라세강 하천부지에 드나드는 차를 계속 촬영했다거나 마을에 성격 이상자가 나타났을 때 자발적으로 심야에 순찰을 돌기도 하는 그 집념은 보통이 아니라고 생각합니다."

"알았어. 해봐. 다만 너무 편들지는 말고. 아버지는 딸이 귀한 게 당연하니까. 마쓰오카 씨의 호소를 깡그리 곧이듣지도 말고."

"물론이죠. 솔직히 말해 약간 옹호하는 부분은 있습니다."

교코는 그 점은 자신도 인지하고 있어 덧붙였다.

"그 정도라면 됐어. 피해자 유족의 고통은 좀처럼 주위의 이해를 받지 못해. 거기에 초점을 맞추는 것은 의의 있는 일이지."

"마쓰오카 씨도 같은 말을 했습니다. 가장 분한 것은 사건이 세상에서 잊히는 것이라고요."

"그렇겠지. 상상은 가."

마지막에는 고사카도 숙연해졌다. 고사카는 10년 전에도 현경찰 담당 기자였다. 당연히 유족 취재도 했다.

교코는 자신이 써야 할 기사의 방향이 정해진 것 같았다. 피해자 유족의 사라지지 않는 마음의 상처다.

몇 가지 연락 업무를 마치고 군마현 경찰본부의 기자실로 가자 호시노가 입구에 있었다. "지노 짱, 안녕하세요." 여느 때의 태도로 인사한다. 아무래도 기다리고 있었던 듯하다.

"고사카 씨한테도 말해두었는데, 사이토가 몹시 화가 나 있으니까 쫓아다니는 거 그만둬요."

"알겠습니다. 저는 마쓰오카 씨를 취재하는 건데 수사 방해라면 안 할게요. 죄송합니다."

교코는 조신하게 사죄했다. 형사는 모르겠지만 공보관을 적으로 돌릴 수는 없다.

"지노 짱의 기자 정신은 높이 사요. 요즘 세상에 형사를 미행하는 기자는 드무니까요."

호시노가 추켜올리는 듯한 말을 했다. 회유할 때의 상투적인 수단이다.

"죄송합니다. 신참이라 불문율을 몰라서요. 아, 맞다. 일전에 전 경찰인 나카니시 씨를 소개해주셔서 감사했습니다. 덕분에 귀중한 이야기를 들었습니다."

교코가 이전에 전 형사를 취재할 수 있도록 배려해준 일에 대한 예를 표하자 호시노의 어색한 표정이 풀어졌다.

"저기, 그 후에 다케다 형사부장님한테 혼났어요. 너, 뭐야, 쓸데없는 짓을 한다고 말이지. 그러니까 나카니시 씨한테서 들은 것은 잊어요."

"하지만 그건 어려울 것 같은데요……. 10년 전 와타라세강 하천부지에서 젊은 여성과 차내에서 관계를 가진 일본계 브라질인이 있었다, 그 모습을 훔쳐보는 남자가 있어서 차에서 내려 쫓아버리려고 했다가 오히려 팔이 잡혀 바닥에 깔리고 말았다, 그 남자는 젊고 덩치가 컸다, 그 일주일 후 관계를 가진 여성의 사체가 발견되었다, 그것이 10년 전 두 번째 사건이다, 수사본부는 한때 특별수사반을 만들어 젊고 덩치가 큰 남자를 쫓았다, 이런 얘기를 들었습니다만……."

교코가 안색을 살피며 묻는다. 호시노는 떨떠름한 표정으로 "저기, 그게 그대로 이번 사건과 연결되는 건 아니니까, 그렇게 지레짐작하다가 실수하지 않도록 하세요" 하고 뿌리치듯이 말했다.

"호시노 씨, 수사본부는 가리야를 범인이라 보고 수사망을 좁히고 있습니까?"

가리야의 이름을 말하자 이번에는 차가운 얼굴이 되어 "노코멘트"라고 내뱉듯이 말하고는 가버렸다. 요컨대 형편이 좋지 않은 일일 것이다. 교코는 심장이 뛰었다. 수사망은 좁혀졌다. 중심은 계절노동자 가리야다.

그날 오후, 교코에게 범죄심리학자 시노다로부터 전화가 왔다. 용건은 곧 히라쓰카 겐타로의 집에 불려 가는데 동행하지 않겠느냐는 것이었다.

"히라쓰카 의원의 아들은 도쿄의 병원에 입원해 있었던 게 아니었습니까?" 교코가 묻는다.

"사정은 잘 모르지만, 이미 퇴원해서 군마의 집으로 돌아온 모양입니다. 본인이 나를 만나고 싶어 한다고 변호사가 연락을 해왔어요."

시노다는 괴로움 따위는 없는 것처럼 여전히 밝은 어조였다.

"괜찮아요? 제가 동행해도?"

"경찰만 아니면 괜찮을 것 같아요. 〈주오신문〉이 제 고용주니까 데려가도 되겠느냐고 물었더니 변호사는 난색을 표했지만, 모친이 전화를 받아 뭐든 좋으니 빨리 왔으면 좋겠다고 해서—. 뭐랄까 절박한 느낌이었거든요."

"알겠습니다. 모시러 가겠습니다."

교코는 직접 취재 차량을 운전하여 호텔에서 시노다를 태웠다. 한동안 보지 못했지만, 여느 때의 복장이고 여느 때의 부스스한 머리다.

"전화할 때 느끼기로는 아무래도 겐타로가 난폭하게 군 게 아닐까 싶어요. 만약 위험하다 싶으면 지노 씨는 가장 먼저 도망치세요."

조수석에서 시노다가 갑자기 뒤숭숭한 말을 했다.

"그런가요?"

"지금까지 확인되지 않은 흉포한 인격이 나오면 가족도 위험하니까요. 저도 살해당할지 몰라요. 그러니까 만약 그럴 때는 110번에 신고하세요."

시노다가 그다지 긴장한 모습도 보이지 않고 말한다. 그래서 나를 부른 걸까? 교코는 마음속으로 불평을 했지만, 이것도 기자의 일이라고 스스로를 납득시켰다. 의뢰받은 기사를 쓰는 사람을 신문사가 지켜주지 않으면 안 된다.

히라쓰카가에 도착하자 가정부인 듯한 중년 여성이 새파랗게 질린 얼굴로 맞이했다. 교코는 그 표정만으로 불길한 예감이 들었다. "안내하겠습니다" 하며 앞장서서 긴 복도를 걸어 안쪽까지 나아간다. 막다른 곳에 포렴이 드리워져 있고, 그곳을 지나자 다다미 스무 장 정도 넓이의 부엌에서 겐타로로 보이는 남자가 테이블 앞에 앉아 있었다. 교코가 겐타로를 만나는 것은 이번이 처음인데, 얼핏 보기에 허약한 남자로 보였다.

우선 눈에 들어온 것은 마룻바닥에 흩어져 있는 깨진 도기 조각이었다. 접시나 밥공기를 손에 들어오는 대로 집어 내던진 후처럼 보였다. 벽에는 어머니인 듯한 사람이 초췌한 얼굴로 서성거리고 있다.

"조금 전에도 난폭하게 굴었어요. 선생님, 도와주세요."

변호사가 머리카락을 흐트러뜨린 채 말했다.

"시노다 선생님입니까? 겐타로 어미입니다. 이렇게 일부러 오시게 해서 죄송합니다."

모친이 얼굴을 일그러뜨리며 고개를 숙인다. 모친도 머리카락이 엉망이었다.

겐타로는 이제 안정된 모양인지 의자에 앉아 시노다와 교코를 조용히 바라보고 있었다. 다만 눈빛이 어딘가 난폭하고 무례하다.

"아침부터 시노다 선생님을 불러오라고 했어요. 저는 선생님의 연락처를 모르니까 다음에 부르자고 했더니 갑자기 날뛰기 시작했어요." 모친이 말했다.

"그래서 제가 와서 일단 달랬습니다만, 당신은 안 된다, 시노다 선생님을 부르라며 다시 날뛰었습니다." 변호사가 말했다.

"자네는 겐타로인가?"

시노다가 물었다. 대답이 없다.

"그럼 마코토인가?"

"지금은요."

겐타로, 아니 마코토라고 해야 할까, 그가 무뚝뚝하게 대답했다. 교코는 애초에 평소의 겐타로를 모르기 때문에 어떻게 받아들여야 좋을지 알 수가 없었다.

"그럼 누가 접시나 밥공기를 던진 거지?"

"모르는 사람이 나와서 던졌어요." 마코토가 대답한다.

"지금까지 몰랐던 인격이?"

"그런 셈이죠."

"어떤 성격이지?"

"잘 모르겠어요. 난폭한 사람인 것은 분명하지만요."

"처음 나온 성격인가?"

"글쎄요. 나도 다 아는 것은 아니라서요. 실은 전부터 있었을지도 모르고요."

"그럼 만나게 해줘요."

"관두는 게 좋을걸요? 식기를 던질 텐데요."

"식칼만 아니면 괜찮아요."

시노다가 대답하자 마코토는 가볍게 웃으며 고개를 숙였다. 다음 순간 몸을 와들와들 떨며 얼굴을 들었을 때는 눈빛이 달라져 있었다.

"넌 누구야!" 목소리도 다르다. 게다가 호통을 친다.

"저는 심리학자 시노다라는 사람입니다."

"그쪽은!"

손가락질을 당한 교코는 심장이 멎는 것 같았다.

“저기, 저, 〈주오신문〉의 지노라고 합니다.”

횡설수설 대답한다.

“뭣 하러 왔어!”

“인사하러요. 겐타로가 불러서 왔어요. 당신이 깃들어 있는 육체의 주인이죠.”

시노다는 미동도 하지 않고 미소를 띤 채 온화하게 대답했다. 그것에 비위가 상했는지 겐타로, 아니 누구인지 모르는 인격이 일어났다. 뒤의 찬장에서 접시를 꺼내 들고 시노다를 향해 던진다. 시노다가 피한다. 접시는 벽에 부딪혀 소리를 내며 깨진다.

“여러분, 위험하니까 복도로 나가주세요.”

시노다가 지시한다. 시키지 않아도 교코는 이미 부엌에서 달려 도망쳤다. 모친도, 변호사도 뒤를 따른다. 시노다만 부엌에 남아 갑자기 일어선 겐타로에게 계속 말을 걸었다.

“이봐, 겐타로. 나와, 이봐, 이봐.”

“시끄러워!” 다시 식기가 깨지는 소리가 난다.

교코는 다리가 떨렸다. 시노다를 도와야 할지도 모르지만 그럴 용기는 손톱만큼도 나지 않았다.

“이봐, 겐타로. 마코토라도 좋아. 이봐, 이봐.”

시노다가 계속 부른다.

1분쯤 지나 소리가 그쳤다. 무슨 대화 소리가 소곤소곤 들린다. 그리고 시노다가 부엌에서 나왔다.

“여러분, 이제 괜찮습니다. 겐타로로 돌아왔습니다. 날뛴 것은 기억하지 못하는 것 같습니다. 지쳤기 때문에 방에서 쉬고 싶다고 합니다."

시노다가 아주 냉정하게 말했다. 이마에 땀이 맺혀 있지만 위해를 당한 흔적은 없다. 교코는 이 학자를 보는 눈이 변했다. 괴짜이지만 형사 이상으로 배짱이 두둑하다.

동시에 교코는 사건에 대해서도 생각했다. 경찰이 히라쓰카 겐타로를 중요 참고인에서 제외할 수는 없다. 겐타로 안에 쾌락 살인범이 있는 거라면—.

모친과 변호사는 시노다에게 매달리듯이 하며 "정말 감사합니다"라고 몇 번이고 고개를 숙였다. 모친의 눈에는 눈물이 그렁그렁했다.

*

그날 오전 9시, 개점 시간을 기다렸다는 듯 양복 차림의 두 남자가 사진관으로 찾아왔다.

"실례합니다. 군마현 경찰입니다."

마쓰오카 요시쿠니는 경찰의 방문에 범인을 잡은 건가 싶어 한순간 마음이 조급해졌지만, 표정으로 보아 그런 분위기는 아니었다. 무엇보다 언뜻 보기에도 관리직 차림을 한 경찰들이었기 때문에 용건을 추측하고 냉정해졌다. 관내의 애물단지에게 못을 박으러 찾아왔을 것이다.

"저는 현 경찰본부의 다케다라고 합니다."

초면인 사람이 명함을 내민다. 형사부장이라는 직함이었다.

"저는 저번에 실례를 했던 기류 남부 경찰서의 기다입니다."

"무슨 일입니까?"

마쓰오카는 냉담한 어조로 말했다. 조금이라도 틈을 보이고 싶지 않다.

"혹시 괜찮으시면 먼저 불단의 따님께 향을 올려도 되겠습니까?"

형사부장이 정중한 어조로 물었다. 자세히 보니 이 지역 과자점의 종이봉투를 들고 있다. 마쓰오카는 몇 초 생각하고 나서 "알겠습니다. 하세요" 하고 집으로 들였다. 상황을 지켜보고 있던 아내가 부엌으로 달려간다.

불단 앞에 방석을 놓자 두 경찰관은 그것을 옆으로 치우고 다다미 바닥에 무릎을 꿇고 앉아 향을 피워 올린 뒤, 미키의 영정 사진 앞에서 합장했다.

마쓰오카의 마음속에 뭘 이제 와서, 하는 생각이 스친다. 10년 전 사건 발생 당시 현장의 수사관 몇 명은 향을 올리러 찾아왔지만, 간부는 감감무소식이었다. 마주할 면목이 없었던 것이겠지만 유족에게는 무정하게 비칠 수밖에 없다.

아내가 차를 내놓으며 "일부러 찾아와주시고, 감사합니다" 하며 고개를 숙였다. "당신은 저기로 가 있어"라고 마쓰오카가 내쫓는다. 언쟁을 하게 되었을 때 아내에게 듣게 하고 싶지 않다.

"어르신, 이번 수사에서는 사진 제공뿐 아니라 여러 가지로 협조해주셔서 정말 감사합니다. 다시 한번 감사 인사를 드립니다. 어르신께서 제공해주신 정보는 최대한 활용하고 있습니다. 정말 감사했습니다."

형사부장이 말하고 둘이서 고개를 숙인다. 저자세인 점은 민간 기업의 관리직과 전혀 다르지 않다.

"그래서 오늘 저희가 찾아온 것은 한 가지 부탁드릴 것이 있어서……."

형사부장이 말하기 곤란하다는 듯이 목소리를 낮춘다.

"알고 있소. 제너럴중기 계절노동자를 쫓아다니지 말라는 이야기를 하러 온 거 아뇨?"

마쓰오카가 앞질러 말했다. 경찰 간부라고 해도 전부 자기보다 어려서 존댓말을 쓸 마음은 전혀 없다.

"예, 뭐……. 아시면 다행입니다. 만약 누군가 미행하고 있다는 걸 수사 대상자가 눈치채면 좋지 않다는 현장 수사관들의 의견이 있어서……."

"아아, 수사1과의 사이토 형사로군. 일을 열심히 하는 것은 인정하지만 시민에 대한 태도는 글렀어."

"죄송합니다. 단단히 주의를 주겠습니다."

"그런데 그 계절노동자는 어떻게 보고 있소? 경찰이 쫓고 있다는 것은 혐의가 있다는 것일 텐데, 증거는 모았소?"

"죄송합니다. 보통 시민분께 알려줄 수는 없습니다."

형사부장이 정중하고 겸손한 어조로 분명하게 말했다.

"사귀는 여자의 신원은 알고 있겠지요? 오타시 술집의 마담."

"그것도 말씀드릴 수 없습니다."

"뭐, 됐소. 당신들이 계절노동자를 미행하고 있다면 나는 다른 것을 하지. 방해는 하지 않겠소."

"다른 것이라고 하시면?"

"주변 조사요. 계절노동자가 자주 드나드는 곳이라든가 교우관계라든가."

마쓰오카가 아무렇게나 말한다. 예상대로 남자들은 굳은 표정으로 "그것도 그만두십시오"라고 덧붙였다.

"아무튼 여기서부터는 경찰의 일입니다. 상대는 살인범이어서 일반 시민한테는 위험합니다. 제발 행동을 삼가주시기를 부탁드립니다."

잠시 침묵이 흐른다. 마쓰오카는 대답하지 않았다. 아무것도 하지 말라는 말을 들어도 그대로 따를 생각은 없다.

"그런데 눈은 어떻게 되신 겁니까? 마쓰오카 씨가 안대를 하고 운전하고 있다며 사이토가 걱정했습니다."

형사부장이 마쓰오카의 눈병에 대해 물었다.

"흐음. 사이토 형사가 걱정이라." 마쓰오카는 빈정거리듯이 말했다. "황반 변성이라는 눈병이요. 나이가 들면 몸 여기저기가 부실해지는 법이라. 다리와 허리는 괜찮은데 눈에 증상이 온 거지. 시야 일부가 갑자기 까매지기도 하오."

"그거 큰일이군요. 마쓰오카 씨는 사진사이시니 제일 중요한 장사 도구가 아닙니까. 몸조심하시기 바랍니다. 어떤 병이든 안정을 취하는 게 최고입니다."

"뭐, 됐소. 내 눈 같은 건. 범인만 잡힌다면 그 대신 눈이 멀어도 좋소."

"그런 말씀 하지 마세요. 경찰은 유족에게 늘 죄송한 마음을 품고 있었습니다. 게다가 건강까지 상하시면 저희도 면목이 없습니다. 그러니 지금은 무엇보다 몸을……."

"그게 진심이오?"

"물론 진심입니다. 살인범을 놓쳤다는 건 형사에게 견디기 힘든 고통입니다. 마쓰오카 씨가 경찰을 좋게 보지 않는 마음도 충분히 이해합니다."

형사부장이 마쓰오카를 똑바로 보고 말했다. 어디까지 진심인지 확실하지 않지만 만나러 찾아온 점만은 인정하기로 했다. 형사부장이라면 현 경찰본부의 높은 간부다. 사건의 유족을 찾아오는 것은 마음이 무거운 일일 것이다.

"알았소. 당신들 방해는 하지 않겠소. 그러면 된 거 아니오."

"정말 감사합니다."

두 사람이 나란히 고개를 숙인다. 마쓰오카는 감정을 억누르고 남자들을 보고 있었다. 말하고 싶은 것은 산더미 같지만, 지금 그것을 입에 담으면 말이 거칠어질 것 같다.

형사부장과 서장이 물러갈 때 아내가 가게 바깥까지 배웅하며 고개를 숙였다. 저희 남편이 폐를 끼쳐 죄송합니다, 하는 목소리가 들린다. 마쓰오카는 불끈 화가 치밀었다. 왜 경찰 따위한테 고개를 숙이는 건가.

흘려들으려 했지만 아내 얼굴을 보자 역시 싸움이 벌어졌다. "여보, 이제 경찰 일에 참견 좀 하지 마"라고 가즈코가 비난했기 때문이다.

"무슨 말을 하는 거야. 그쪽이 정보 제공을 요구해와서 내가 협력해준 거라고."

"그렇다고 형사 시늉을 하다니, 경찰 입장에서 보면 수사 방해잖아."

"시늉이라는 건 뭐야. 지금 날 무시하는 거야?"

마쓰오카가 거칠게 말하자 가게에 있던 아들이 끼어들었다. 다만 어머니 편이고, 아버지 편을 드는 일은 없다.

"아버지, 이제 적당히 하세요. 다 폐가 되는 일이에요. 가족한테도, 경찰한테도."

"너, 부모한테 무슨—"

"부모니까 말하는 거예요. 그보다 눈 말인데, 다음에 언제 안과에 가실 건데요? 실명해도 전 몰라요."

아들이 강한 어조로 말한다. 그 눈길에는 가여움이 담겨 있다. 마쓰오카는 극심한 고립감을 느꼈다. 자신을 이해해주는 사람이 없는 것이다.

"오늘 갈 거야." 내뱉듯이 말하고 안으로 들어갔다. 가슴속에

짜증이 가득해서 가만히 있는 것도 괴로울 정도다.

그날 마쓰오카는 할 일이 없어져 종합병원 안과에 예약을 하고 갔다. 스스로 불안에 사로잡혀 있기 때문이기도 했다. 증상이 생긴 이후 개선의 기미는 없다. 개선은커녕 시야가 일그러지거나 검게 변하며 악화하는 추세다.

저번과 같은 의사가 각종 기기를 사용하여 검진했다. 그리고 진찰 결과를 보며 "수치가 나빠졌네요"라며 어두운 표정으로 말한다.

"안정을 취하시라고 말씀드렸는데 지키셨습니까?"

"죄송합니다. 나가야 할 일이 많아서……."

마쓰오카가 기어들어가는 목소리로 변명을 했다.

"곤란합니다. 전에도 말씀드렸다시피 극적으로 낫는 일이 없는 병이라 우선은 안정을 취하고 유의하지 않으시면……."

의사가 의자를 돌리며 마쓰오카를 똑바로 보고 말했다.

"마쓰오카 씨의 경우 이미 약물 치료의 단계를 넘었다고 생각되기 때문에 광선 역학 치료법을 해봅시다. 이른바 레이저치료입니다. 환부에 약한 레이저를 쏘아 치료합니다."

의사의 설명이 이어졌으나 마쓰오카에게는 종잡을 수 없는 말이었다. 다만 일정 기간은 강한 빛을 피할 것, 낮에는 선글라스를 낄 것을 권유했다.

"왼쪽 눈 시력은 이미 0.1 이하입니다. 오른쪽 눈만으로 생활하게 되실 거라고 생각하지만, 만약 오른쪽 눈도 발병하면 일상 생활이 매우 어려워지기 때문에 그 점만은 유의해주시기 바랍니다. 이미 중증이라고 생각해주세요. 가까운 곳을 보지 말고 먼 곳을 보도록 하세요."

중증이라는 말을 듣고 단숨에 마음이 어두워졌다. 한쪽 눈이 보이지 않는 것 정도는 이제 아무렇지도 않은 기분이지만, 두 눈 다 보이지 않게 되면 이야기는 달라진다.

진찰실을 뒤로하고 무거운 걸음으로 복도를 걷는다. 별안간 숨을 쉬기가 힘들어져 마쓰오카는 가까운 벤치에 앉았다. 스스로 가슴을 쓸어내리며 열심히 호흡을 한다. 다시 발작이 시작되었다. 이제 익숙해졌지만 오늘은 좀 심하다.

지나가던 간호사가 "무슨 일 있으세요?"라고 걱정스럽다는 듯이 말을 걸어왔다.

"괜찮소. 단순한 과호흡이니까."

필사적으로 목소리를 쥐어짜 증상을 설명한다.

"힘드시면 처치실에서 좀 쉬시겠어요? 안내할게요."

"됐소. 익숙하니까."

벤치에서 일어나 잰걸음으로 병원 건물을 나간다. 바깥 공기를 쐬었더니 호흡을 할 수 있게 되었고 편해졌다. 온몸이 땀으로 흠뻑 젖었다. 마쓰오카 안에서 갑자기 태도가 바뀌며 세게 나오는 마음이 솟아났다. 자신의 건강 따위는 아무래도 좋다. 장수를 해봐야 즐거울 일도 없다.

곧바로 집으로 돌아가지 않고 와타라세강 하천부지로 갔다. 혼자가 되고 싶었고 눈을 쉬게 하기 위해서다. 흐린 날씨였기 때문에 먼 경치를 보기에 안성맞춤이다. 미니 골프장의 주차장에 왜건을 세우고 차에서 내려 심호흡을 했다. 바로 옆에는 고등학교 야구부 운동장이 있지만, 수업을 하는 시간이라 학생들의 모습은 보이지 않는다. 이곳은 5월에 일어난 사체 유기 현장이다. 그리고 딸이 사체로 발견된 현장과도 가깝다. 문득 이번 사건 유족의 심정을 생각했다. 갑작스럽게 딸을 잃고 얼마나 괴로워하고 있을까. 다만 마쓰오카는 마음속 어딘가에서 거리를 두고 싶었다. 다른 희생자는 원조교제를 하고 있어 살인마의 마수에 걸렸다. 우리 미키는 다르다. 그렇게 믿지 않으면 견디지 못한다.

잠시 멈춰 서 있었더니 영업차로 보이는 밴이 들어왔다. 주차장에 차를 세우고 양복을 입은 젊은 남자가 내려 담배를 피우기 시작했다. 하천부지는 영업을 위해 외근을 나오는 사람들의 휴식 장소로, 일상적인 광경이다. 문득 생각난 게 있어 마쓰오카는 말을 걸었다.

"자네, 여기서 젊은 여자의 사체가 발견된 걸 알고 있나?"

"예, 알고 있는데요." 남자가 대답한다.

"섬뜩하지 않나?"

"글쎄요…… 이미 몇 달 전의 일이고……." 남자는 고개를 갸웃했다.

“자네들 사이에서 범인에 대해 무슨 소문은 없나?”

마쓰오카가 묻자 남자는 뭐야, 이 사람은, 하는 얼굴이었지만 그냥 노인의 심심풀이일 거라고 생각했는지 상대해주었다.

“사건이 일어나기 조금 전, 밤중에 역 앞에서 모르는 남자가 여자 뒤를 따라간 일이 있다는 이야기를 들었어요. 우리 회사의 여자 사무원이 아는 사람이었대요. 뭐 그 정도지요.”

“그 이야기는 경찰에 했나?”

“모르겠어요. 불량한 사람인 모양이라 자진해서 경찰에 말하지는 않았을 것 같은데요.”

“경찰에 말하는 게 좋아요. 경찰은 온갖 실마리를 찾고 있을 테니까요.”

“아, 예. 그렇군요.”

남자가 담배 연기를 내뿜으며 씁쓸하게 웃는다. 마쓰오카는 슬쩍 차량 번호를 보고 열심히 암기했다. 사이토 형사에게 전하면 회사를 금방 알아내 소문의 출처에 닿을 수 있을 것이다.

역시 방관은 할 수 없다고 생각했다. 거리에는 이미 소문이 흘러넘치고 있다.

*

다키모토 세이지는 매일 우쓰노미야와 아시카가를 왕복하는 것이 체력적으로 힘들어 아시카가 시내의 비즈니스호텔에 묵기로 했다. 물론 자비다. 노후 자금을 빼서 쓰는 것이다. 아내 사치코는 어쩔 도리가 없다고 판단했는지 아무 말도 하지 않았다. 그동안 옛 친구들과 여행을 가고 싶다고 해서 다키모토는 흔쾌히 승낙했다. 아내가 최근 활기찬 것은 아마 자신이 집에 없기 때문일 것이다. 그렇게 생각하자 속죄를 하고 있다는 생각이 들기도 한다.

히라노에게 체류 건을 알리자 히라노가 호텔과 흥정하여 숙박비를 할인받았다. 경찰과 그 지역 기업은 서로 돕는 관계다.

히라노에게 부탁해둔, 고도회와 관계가 있는 산업폐기물 처리업자와 철거업자 리스트도 빠르게 전달받았다. 다키모토는 은퇴한 경찰의 입장이지만 완전히 의욕으로 가득 차 있었다. 조직에 속하지 않기 때문에 강제수사도 마다하지 않을 것이다.

리스트를 근거로 업자들의 자재 창고나 처리장을 자가용 차로 돌았다. 대부분 개인 사업장보다 살짝 형편이 나은 정도로, 사무실을 지키는 직원밖에 없는 상황이었다. 다만 거의 다 인적이 드문 장소에 있어 감금 장소로는 안성맞춤이다.

직접 부지 안으로 들어가도 환영받을 리는 없기 때문에 다키모토는 살짝 떨어진 곳에 차를 세우고 걸어서 밖을 한 바퀴 돈 다음 내부 상황을 살폈다. 다만 인적 없는 곳이라 금방 발각되었고 "무슨 볼일이라도 있어요?" 하며 인상이 험한 남자가 나왔다.

"난 도치기현 경찰본부의 전 형사 다키모토라는 사람이오. 사람을 좀 찾고 있어서. 괜찮으면 안을 좀 보여주지 않겠소?"

"예에? 수사나 뭐 그런 건가요?"

남자는 경찰이라는 말을 듣고 눈살을 찌푸렸지만 당황하는 모습은 없다. 그렇다는 것은 이케다를 여기에 감금하고 있지 않다는 뜻이다.

"이곳은 고도회 산하겠지? 고도회의 간부라면 대개는 알고 있소. 그러니 나쁘게는 안 할 거요."

다키모토가 당당하게 알리자 남자는 압도당한 듯이 안쪽으로 안내해주었다.

"사장들은?"

"오타의 현장에 갔습니다. 건물 철거가 있어서요."

"그런가?"

슬며시 상황을 살피지만 뭔가를 숨기고 있는 것 같지는 않다.

"고맙소."

다키모토가 예를 표하고 물러났다. 이렇게 이 잡듯이 뒤지면 분명히 이케다를 찾을 것이다. 지금은 형사의 직감대로 움직이고 있다.

네 번째로 간 곳은 산골짜기의 철거 현장으로, 약간 위화감을 느꼈다. 부지 내에 사람의 모습이 보였지만, 철문이 닫혀 있었던 것이다. 다키모토는 차를 세우지 않고 조금 지나 200미터쯤 앞에 주차하고 걸어서 돌아왔다.

'간토 북부 흥산'이라는 간판을 바라보며 이곳이 고도회 회장의 남동생이 경영하는 회사라는 것을 떠올린다. 울타리 너머로 안을 들여다보니 고철 더미 몇 개가 늘어서 있고 그 안쪽에는 조립식 사무실과 자그마한 체육관 규모의 공장이 나란히 있다. 사무실에는 사람 그림자가 없다. 자, 그럼 어떻게 할까. 정면으로 찾아온 뜻을 밝히고 출입을 거부당한다면 어찌할 도리가 없다.

다키모토는 잠깐 생각해본 뒤 무단으로 울타리 너머로 숨어들기로 했다. 이런 사태를 예상해 가볍게 바람막이 점퍼를 입고 운동화를 신었다. 건물 침입에 해당하지만 개의치 않았다.

뒤쪽의 사람들 눈에 띄지 않는 장소를 골라 키 높이 정도의 철망 울타리를 기어올랐다. 훌쩍 넘어갈 생각으로 한쪽 발을 끝에 걸치고 몸을 띄웠으나 균형을 잃고 그대로 부지 안으로 굴러떨어졌다. 다행히 흙바닥이고 풀도 자라 있어 다치지는 않았다.

다키모토는 자신의 육체가 쇠한 것에 충격을 받았다. 현역이라는 착각을 하고 있어도 예순셋이라는 나이는 속일 수가 없다.

정신을 차리고 잰걸음으로 공장 건물까지 달렸다. 허리를 굽히고 창까지 이동한다. 슬쩍 안을 엿본다. 다음 순간 다키모토는 소름이 끼쳤다. 의자에 앉아 있는 남자 앞쪽에 누군가 손발이 묶인 채 매트에 눕혀져 있었다. 이케다다. 그것 이외에는 생각할 수 없다. 의자에 앉은 남자는 감시자다.

다키모토는 벽을 등진 채 웅크리고 앉아 움직이지 않았다. 어떻게 해야 할까. 공장 밖으로 나가 전화로 히라노에게 지원을 요청할까. 통상의 수사라면 그렇게 해야 할 것이다. 그러나 이케다를 풀어준다고 해도 경찰이 신병을 구속할 죄상이 없다. 산업폐기물 처리업자인 후쿠다의 행방불명 건을 들어도 끝까지 시치미를 뗄 것이다. 한마디로 다시 들판에 풀어주는 꼴이다.

그렇다고 내버려둘 수는 없다. 만약 고도회가 이케다를 살해하여 산에 묻는다면 영원히 진상을 밝힐 수 없다. 후쿠다가 살해되었다면 사체도 나오지 않을 것이다.

다키모토는 일어서서 차분한 발걸음으로 사무실로 갔다. 책상에 발을 올리고 스마트폰을 만지작거리고 있던 전화 담당 남자가 흠칫하며 다키모토를 올려다본다.

"누구야, 당신?"

"나는 도치기현의 전 경찰 다키모토다. 고도회 회장한테 용무가 있다. 지금 당장 불러와."

"뭐? 무슨 말을 하는 거야, 당신?"

"됐으니까 어서 불러와. 여기 공장에서 감금 중인 사람 건으로 할 이야기가 있으니까. 그렇지 않으면 경찰이 몰려올 거야."

다키모토가 눈을 가늘게 뜨고 말하자 남자는 창백한 얼굴로 수화기를 집어 들었다. 자, 이제 어떡하지? 이제부터는 운수에 달렸다. 다키모토는 자신에게 기합을 넣었다.

30분쯤 지나 고도회 회장과 그의 아우가 검은색 미니밴을 타고 왔다. 두 사람 다 험악한 표정이고 뒤에는 젊은이들이 따르고 있었다.

“이야, 회장, 오랜만이야. 건강해 보이는군.”

다키모토가 입꼬리를 가볍게 치켜올리며 말했다.

“다키모토 씨, 한 가지 물어봐도 되겠소? 당신, 경찰 신분으로 돌아왔는가?”

회장이 낮은 목소리로 묻는다.

“아니, 민간인이야. 그래서 내가 여기에 있는 것은 건물 침입이지. 경찰 부를까?”

“아니, 그건 됐고, 내 아우가 당치도 않는 일을 저질렀네. 아우 회사의 젊은이가 머리에 피가 거꾸로 솟아 이케다를 잡아 온 것 같은데 그걸 막지도 않고 내버려두었다지 뭔가. 이야, 이거 미안하네. 이케다는 지금 당장 풀어주지. 납치해 감금한 녀석을 저녁때까지 서에 출두하게 할 테니까 큰일로 만들지 말아주게.”

회장이 진지한 얼굴로 요청한다. 이렇게 나올 줄은 몰랐기 때문에 다키모토는 잠깐 할 말을 잃었다. 아마 여기로 오는 도중 아우와 꾀를 냈을 것이다. 죄를 가장 가볍게 끝내는 방법을 열심히 생각한 것이다.

“뭐야, 이거. 맥이 빠지는군. 나는 목격자로서 죽임을 당하지 않을까, 하고 그 정도는 각오하고 있었는데 말이야.”

다키모토가 의자에 깊숙이 기대고 씁쓸하게 웃었다.

“농담하지 말게. 아우는 건실한 사람이라네. 어떻게 그런 짓을 할 수 있겠나. 우리도 경찰에 대들 생각은 없네. 다만 이케다

이놈이 너무나도 사악한 놈이라 따끔한 맛을 보여주지 않으면 직성이 풀리지 않는다는 이들이 몇 명 있어서 말이야. 그래서 폭주한 거네. 그래도 감금은 지나친 거지. 나도 혼내줄 테니까 다키모토 씨, 아무쪼록 원만하게 끝낼 수 있도록 손써주지 않겠나?"

회장이 접이식 의자를 당겨와 앉으며 말한다. 다키모토는 일단 숨을 내쉬고 "저기, 회장. 그런데 이케다가 후쿠다 사장을 죽였나?" 하고 물었다.

"모르지. 이케다는 입을 다물고 있어."

"이케다는 어떤 상태야? 역시 쫄고 있나?"

"설마. 죽일 수 있으면 죽여보라고 난리지. 야, 그렇지?"

회장이 아우에게 물었다.

"예, 그래요. 자기를 죽이면 후쿠다는 영원히 나오지 못할 거라고 아주 대담하게 나오고 있어요."

"그럼 후쿠다 사장을 죽였다는 거잖아." 다키모토가 말했다.

"아니, 우리가 묻는 것에는 전부 시치미를 떼고 있어. 정말 허투루 볼 수 없는 놈이라니까."

"그런데 혼내주었나?"

다키모토가 묻자 회장과 아우가 얼굴을 마주 보았고, 아우가 입을 열었다.

"조금은요. 저기, 그놈은 틀림없이 후쿠다 사장을 죽여서 묻었을 겁니다. 이제 후쿠다 사장의 사체는 됐으니까 얼른 죽여버리라는 사람도 있어요."

"알았네. 하지만 그것만은 그만두게."

"죽이진 않아요. 다키모토 씨한테 들켰잖아요. 이걸로 끝내지요. 그러니 되도록 원만한 선에서……."

"저기, 회장. 거래하지 않겠나?" 다키모토가 말했다.

"거래? 무슨 뜻이지?"

"나는 아무것도 못 본 것으로 하지. 여기에도 안 왔고. 다시 말해 어제까지와 상황은 같네. 그러니까 당신들이 이케다를 좀 더 감금해둬. 다만 절대로 죽이지는 말고. 조건은 그것뿐이야."

"무슨 말인지 모르겠는데……."

회장과 아우가 여우에게 홀린 듯한 얼굴을 하고 있다.

"지금 경찰은 이케다의 신병을 구속할 만한 체포거리가 없어. 그러니까 풀어주면 감시하느라 일손만 늘지. 게다가 이케다는 내 목숨까지 노리고 있어. 당신들이 감금해두고 있는 것이 도움이 되는 거지."

"아니, 잠깐만. 다키모토 씨, 그거 정말이야?"

회장이 눈살을 찌푸리며 물었다.

"괜찮아. 나는 절대 말 안 해. 그사이에 후쿠다 사장의 마지막 행적이 된 마에바시역 주변의 CCTV 영상을 조사해서, 거기에 이케다가 찍혔다면 임의로 잡아가려는 거지. 경찰은 그럴 예정이야."

"괜찮겠어, 당신이 그런 짓을 하고? 지금은 민간인이잖아. 감금 교사라든가 그런 죄로 문제 되는 거 아냐?"

"역시 잘 알고 있군. 그래, 맞아. 그래서 우리는 공범이야."

"진심이야? 다키모토 씨, 당신 어떻게 된 거 아냐?"

회장은 믿을 수 없다는 얼굴로 몇 번이고 고개를 갸우뚱했다. 다키모토에게는 정도(正道)를 벗어났다는 의식이 없다. 이케다를 감방에 처넣겠다는 결의만 있을 뿐.

*

사이토 가즈마의 스마트폰에 마쓰오카로부터 전화가 걸려 온 것은 어제였다. 사이토는 화면에 뜨는 이름을 보고 허탈감과 짜증을 동시에 느꼈다. 하지만 감정을 억누르고 전화를 받았다. 마쓰오카가 알려준 정보는 무시할 수 없는 내용이었다. 5월의 사건 발생 전 심야에 기류역 근처에서 젊은 여자를 미행한 낯선 남자가 있었다는 것이다.

"오늘 그쪽 형사부장과 경찰서장이 집으로 찾아와서 이제 사건 수사에 관여하지 말라고 부탁했네. 나도 경찰의 미움을 받고 있다는 걸 자각하고 있고 방해를 할 생각도 없으니까 일단 승낙은 했는데 말이지. 하지만 우연히 하천부지에서 젊은이한테 말을 걸었다가 이런 증언을 들어서 나로서는 마음이 복잡하달까. 경찰에 의지하면 안 되는 거 아닐까, 싶기도 했는데 말이지."

사이토는 마쓰오카의 호소를 20분이 넘게 들었다. 지긋지긋했지만 가능성이 있는 정보인 만큼 매정하게 굴 수는 없었다. 게다가 어쩐지 정도 들었다. 문득 생각해보니 아버지와 비슷한 나이다.

그날 중에 마쓰오카가 알려준 차량 번호를 조회해보니, 시내의 작은 상업 회사라는 것이 밝혀졌다. 아침 업무가 시작되자마자 문의 전화를 했다. 그리고 마쓰오카가 말한 남성 직원을 곧바로 알아낼 수 있었다. 나머지는 고구마 덩굴을 당기는 식으로, 밤중에 남자가 뒤를 쫓아왔다는 여자의 신원 또한 줄줄이 밝혀냈다. 그래서 면담을 요청하자 혼자 형사를 만나는 것에 난색을 표했으므로 중학교 시절의 선배라는 여자와 함께 와도 좋다는 조건으로 조사를 했다.

도로변의 패밀리 레스토랑에서 만났다. 두 사람 모두 전형적인 지방의 불량소녀 같았다. 사이토는 이토를 데려갔다. 형사 중 한 사람이 케이팝 스타처럼 생겼다면 무서워하지 않고 이야기해줄 거라는 계산이었다.

여자의 이야기에 따르면 남자가 뒤를 쫓아온 것은 황금연휴, 4월 29일 밤이라고 한다. 장소는 기류역 근처의 유료 주차장이다.

"12시 무렵에 친구와 헤어져 제 차로 돌아가려고 걸어가는 중이었는데 뒤에서 인기척을 느꼈어요. 그래서 돌아보니 덩치가 큰 남자가 10미터쯤 뒤에 있어서—"

"덩치가 큰 남자요?"

사이토는 그 한마디만으로 마음이 술렁였다.

"얼핏 봤을 뿐이지만 덩치가 굉장히 컸어요. 적어도 키가 170센티미터는 되어 보였다든가 그런 정도가 아니라요."

"옷차림은요? 작업복이었다든가 모자를 썼다든가."

"모자는 쓰지 않았어요. 옷차림은 모르겠어요. 어둡기도 했고요."

"나이는요? 젊은 남자? 아니면 중년?"

"그것도 모르겠어요. 정말 순간적으로 봤을 뿐이라서……."

여자의 이야기가 이어진다. 그 시간대에 지나다니는 사람은 거의 없었고, 남자가 덮치는 게 아닐까 싶어 공포를 느꼈다. 하지만 우연히 유료 주차장에 이용객이 있었고 그 사람이 자기 쪽을 돌아보자 남자는 그대로 걸어서 사라졌다. 그때는 단순히 섬뜩한 일이라고 생각했지만, 황금연휴가 끝나고 와타라세강 하천부지에서 젊은 여자의 사체가 발견되었다는 뉴스를 보고 자신도 위험했던 것이 아닐까 해서 부들부들 떨었다고 한다.

"왜 그때 경찰에 신고해서 말해주지 않았나요?"

사이토가 비난조로 말하자 여자는 시선을 떨어뜨리고 "죄송합니다"라고 지르퉁하게 말했다.

"그런데 그날 밤 만났던 친구는 남성인가요 여성인가요?"

"남성입니다……."

"어떤 관계지요? 남자 친구? 그냥 지인?"

사이토가 계속 묻자 여자는 약간 뜸을 들이더니 "지인입니다"

라고 대답했다.

“저기, 이건 중요한 일이니까 솔직히 대답해줬으면 좋겠어요. 경찰은 당신의 프라이버시를 최대한 존중할 거고, 절대 외부에 누설하지는 않을 겁니다.”

사이토는 여자의 눈치를 살피며 이야기를 계속했다. 불쾌한 질문이지만 안 할 수는 없다.

“피해자 여성은 모두 남성과 러브호텔에 갔다가 나와서 상대 남성과 헤어진 직후에 당했을 가능성이 큽니다. 당신의 경우는 어떻습니까? 그 남성과는 러브호텔에 간 거 아닌가요?”

여자는 표정이 굳어지더니 입을 다물고 있다. 같이 따라온 선배가 여자 쪽을 향해 작은 목소리로 “말하지 않아도 돼”라고 말했다.

“아니, 말해주셔야 합니다.” 이토가 즉각 간청했다.

“하지만 그건 프라이버시 침해에 해당하는 거 아닌가요?” 선배 여자가 응수한다.

“하지만 중요한 일입니다. 인터넷에서는 진작 소문이 퍼졌고 당신들도 봤을 겁니다. 이제 숨기지 않고 말하자면 10년 전 연쇄 살인 사건도 포함해서 희생된 네 명의 여성은 모두 원조교제를 한 당일 살해당했습니다. 당신이 그 케이스에 해당하는지 아닌지, 경찰은 그것이 알고 싶은 겁니다. 아무쪼록 수사에 협조해 주시기 바랍니다.”

사이토가 이렇게 말하며 테이블에 손을 짚고 머리를 숙였다.

이토도 따라 한다. 옆 테이블에서는 주부 일행이 무슨 일인가 하고 훔쳐본다. 여자와 선배는 가까이 붙어 "어떡하지?"라며 의논하고 있다.

잠시 소곤소곤 이야기를 나눈 후 선배가 "무조건 비밀은 지켜주는 거죠?"라고 불쾌하다는 듯이 말했다.

"물론입니다. 약속하겠습니다."

"이 애는 내년 봄에 결혼해요. 만약 약혼자가 이 일을 알게 되면 파혼당할 수도 있고, 그럼 부모님한테도 폐를 끼치게 되니……. 그래서 지금까지 경찰에 말하지 않았던 거예요."

"알아요. 우리를 만나줘서 고맙게 생각합니다. 그런데 그날 밤에 만난 남자와 러브호텔에 간 거 맞죠?"

사이토가 저자세로 묻자 여자는 몇 초간 사이를 두었다가 고개를 끄덕했다.

"고맙습니다. 당신의 비밀은 꼭 지키겠습니다. 그럼 그날의 일을 순서대로 이야기해주시겠습니까?"

사이토가 재촉한다. 마지못해 여자는 스마트폰의 매칭 앱을 통해 삼십대의 기혼 남성과 알게 되었고, 그날 처음으로 만나 호텔에서 관계를 가졌다는 취지의 이야기를 했다. 여자는 돈이 오갔는지에 관해서는 말하지 않았고 사이토도 묻지 않았다. 원조교제일지도 모르지만 지금은 중요하지 않다.

"언제부터 뒤를 따라왔다고 생각해요?" 사이토가 묻는다.

"모르겠어요."

"주차장 근처에서 기다렸던 걸까요?"

"그것도 모르겠어요."

사이토가 캐묻자 여자는 무서워진 것인지 "지금도 절 노리고 있는 건가요?"라고 새파래진 얼굴로 물었다.

"아니, 그건 아닐 겁니다. 범인은 매칭 앱으로 남성과 데이트하는 여성을 덮쳤지만, 사전에 계획하고 노린 느낌은 아니니까……. 아니지, 이건 괜한 말인가."

"전 제 스마트폰이 해킹되서, 매칭 앱에서 나눈 대화를 누가 훔쳐본 게 아닌가 싶어 한동안 메신저에서 대화하기도 무서웠거든요."

"그렇군요. 불안하셨겠네요. 하지만 지금은 범죄에 스마트폰을 사용하면 증거가 확실하게 데이터에 남기 때문에 경찰한테는 오히려 고마운 일입니다."

사이토가 속마음을 털어놓자 이토가 옆에서 눈짓을 했다.

"아아, 또 말이 지나쳤군요. 못 들은 걸로 해주세요."

사이토가 익살맞게 얼굴을 찡그린다. 여자들은 드디어 긴장이 풀렸는지 표정을 누그러뜨렸다. 그다음부터는 숨기거나 꺼리지 않고 지역에 퍼져 있는 소문을 말해주었다. 역시 수사의 기본은 탐문이다.

그날 밤의 수사 회의는 사이토의 보고로 시작되었다.

"사이토입니다. 오늘 탐문수사에서 유력해 보이는 정보를 얻었기에 보고합니다. 증언자는 미시마 사리나, 22세, 아르바이트 점원입니다. 올해 4월 29일 밤 12시 직전에 기류역 근처에서 누군가 뒤를 쫓아온 일이 있었다고 합니다. 중요한 것은 다음 두 가지로, 하나는 그 여성이 매칭 앱으로 알게 된 남성과 러브호텔에 갔다가 나온 직후였다는 사실, 또 하나는 뒤를 쫓아온 남자가 상당히 덩치가 컸다는 사실입니다. 다시 말해 전자는 실제로 일어난 사건의 피해자와 상황이 유사했고, 후자는 몇 가지 목격 증언과 일치하는 것입니다. 이 남자가 범인일 가능성이 크고, 따라서 이번 증언을 한 여성은 자칫 살해당할 수도 있었다고 충분히 추측할 수 있습니다."

사이토는 오늘 보고하는 정보에 대해, 여자의 증언을 맞닥뜨린 경위, 여자가 왜 지금까지 입을 다물고 있었는가 하는 이유까지 포함해서 상세히 설명했다. 수사관들은 반쯤 긴장한 빛을 드러내면서도 이런 중요한 증언이 지금까지 묻혀 있었던 것에 분개하는 듯했다.

"이치우마, 수고했네. 탐문은 철저하게 해왔다고 생각하지만, 아무리 해도 빠져나가는 것이 있다는 뜻이지. 모두 명심하도록."

호리베 1과장이 한숨 섞어 말하자 각자 고개를 끄덕였다.

"다만 이것으로 범인의 모습이 더욱 좁혀진 것은 사실이다. 이제 덩치 큰 남자라는 것은 간과할 수 없을 거다. 피해자 중 이케다 기요시는 키 175센티미터, 히라쓰카 겐타로는 165센티미터 전후. 따라서 한눈에 봐도 덩치 큰 사람은 가리야라는 이야기가 된다. 이것과 관련하여 의견 있는 사람 있나?"

니시무라 관리관이 수사관들을 둘러보며 말했다.

"체격만으로 좁히는 것은 시기상조 아닌가요?"

손을 들어 발언한 사람은 도치기현 경찰본부의 히라노였다.

"목격자들의 증언을 무시할 수 없습니다만, 모두 사건과 직접 연결되는 사람이 아니라 단순히 엿본 사람, 이상 성격자일 가능성도 있을 수 있습니다. 이 부분은 신중해질 필요가 있지 않을까 싶습니다."

"알았네. 물론 이케다도 히라쓰카도 수사 대상이라는 것은 변함이 없어. 편성은 바꾸지 않을 테니 그 점은 안심하기 바라네."

니시무라가 차분한 어조로 타일렀다. 도치기현 경찰본부로서는 이케다가 피의자에서 제외되는 것은 있어서는 안 되는 일일 것이다.

"니시무라. 부근의 CCTV는 조사할 거지?" 호리베가 말했다.

"내일이라도 반을 꾸리도록 하겠습니다. 다만 역 주변의 CCTV는 거의 확인했기 때문에 새로운 정보가 나올지는……."

"그럼 다시 한번 보게. 날짜와 시간이 좁혀졌네. 작업에 시간이 걸리지는 않을 거야."

"알겠습니다. 조속히 실행하겠습니다."

"그리고 제너럴중기의 트럭이네. 이것에 대해서는 현재 다케다 형사부장님이 공장 측과 일정을 조율하는 중이야. 우리 본부장님이 제너럴중기의 전무와 면담해서 수사에 협조해달라고 요청했더니 흔쾌히 받아들인 건지는 모르겠지만 응해주었다고 하네. 명목은 정기 점검이고 트럭 다섯 대 모두 확인할 거네. 감식 과장, 일정은 어떤가?"

"저희는 언제든지 가능합니다."

"도치기현 경찰본부는요?"

"저희도 언제든지 가능합니다. 다만 어느 쪽이 담당하는 것이 나을까 싶습니다만, 다섯 대라서 둘로 나눌 수도 없고요."

"그것도 그렇군. 그럼 공장 터미널은 군마현 내에 있는 거고……. 히로카와 1과장, 우리가 해도 되는 거요?"

"물론입니다. 담당자가 부족하면 파견하지요."

간부들의 주도로 회의가 진행된다. 합동수사도 익숙해진 것인지 두 현의 경찰끼리도 활발한 의견 교환이 이루어졌다. 경찰청에서 온 가와세 1과장 보좌도 그 점은 만족한 듯하다.

"그럼 다음으로 가리야의 감시반이다. 뭔가 보고할 게 있나?"

니시무라의 재촉을 받고 우치다 계장이 일어났다.

"특별히 별다른 움직임은 없습니다. 기숙사에서 공장으로 통근, 일주일에 두세 번의 술집 방문, 그 후 마담과의 데이트. 그 정도입니다. 트럭 운행 중에도 만화 카페나 라면집에 들르는 정도입니다. 와타라세강 하천부지에도 발을 들여놓지 않았습니다. 지금은 얌전히 있는 중이라고 할까요."

"쉬는 날은 뭘 하지?"

"특별히 아무것도 하지 않습니다. 딱 한 번, 기숙사 계절노동자들과 함께 축구를 한 적이 있는 정도입니다."

"마쓰모토에는 가지 않은 거지?"

"예, 가지 않았습니다. 그래서 말인데요, 가리야가 쉬는 날 외출하면 미행해볼까요?"

"그야 해야지. 튈 가능성도 있으니까."

"알겠습니다."

사이토는 두 사람의 대화를 들으며 또 자신이 가게 될 거라고 생각했다. 물론 이의는 없다.

"자, 그럼, 오타 동부 경찰서에서 가리야의 별건체포에 대한 보고가 있다네요. 후지카와 계장, 말하게."

니시무라의 지명을 받고 사이토도 얼굴을 알고 있는 오타 동부 경찰서의 베테랑 형사가 일어났다.

"오타 동부 경찰서의 후지카와입니다. 잘 부탁드립니다. 실은 가리야가 다니는 술집 '리오'는 우리 서의 경찰도 몇 명 이용하고 있는데 일전에 호스티스로부터 가리야로 추정되는 인물이 가게 안에서 폭력 사태를 일으켰다는 정보를 확보했습니다. 날짜는 5월 중순입니다. 그날 밤 가게에서 손님인 일본계 브라질인끼리 싸움이 벌어졌고, 그것을 말린 사람이 계절노동자 동료와 술을 마시러 온 가리야였습니다. 가리야는 날뛰는 손님의 팔을 비틀어 올리고 아주 간단히 소동을 진정시켰다고 합니다. 요는 싸움 중재이나 그때 당사자인 손님이 다쳤다는 정보도 있어, 만일의 경우 쓸 수 있는 별건체포거리가 아닐까 해서 현재 피해자를 찾고 있는 중입니다. 이에 대해 필요한 지시가 있으면 말씀해주십시오."

후지카와가 간부석을 향해 말한다. 사이토는 관할 경찰서의 집념에 감탄했다. 지역에 협력자가 없으면 얻을 수 없는 정보다.

"술집 마담한테는 알리지 않았겠지?" 니시무라가 말했다.

"물론입니다. 세심한 주의를 기울이겠습니다."

"그럼 꼭 그렇게 해주게. 가리야를 별건으로라도 체포하고 싶은 마음은 굴뚝 같네."

호리베는 기뻤던 것인지 큰 소리로 말했다. 팔이 비틀어 올려진 일본계 브라질인을 찾아내고 피해 신고서를 내게 하면, 가리야를 체포할 수 있다. 그리고 아무리 경미한 죄라도 최대 23일간 신병을 구속할 수 있다.

"이렇게 되면 슬슬 잡아 올 타이밍을 생각해두는 것이 좋겠네요. 잡아 오면 스마트폰을 제출하게 해서 행적까지 알아낼 수 있습니다."

여기서 끼어든 사람은 경찰청의 가와세 1과장 보좌였다.

"저도 동감입니다. 트럭 짐칸에서 뭔가 나와준다면 더할 나위 없지만, 그렇지 않더라도 CCTV의 영상 등 상황 증거가 될 만한 것을 모아 한번 잡아들이는 것도 수가 아닌가 싶습니다."

니시무라가 동조했다.

"으음. 그건 좀 모르겠네요. 저로서는 증거를 갖추고 잡아 올 때는 연쇄 살인 사건으로 입건할 때라고……."

도치기현 경찰본부의 히로카와 1과장은 떨떠름한 얼굴로 반대 의사를 표했다. 히로카와는, 일전에 잡아 오는 것을 제안했지만 어느새 의견이 바뀌어 있었다. 누구나 헤매고 있는 것이다.

"그럼 이 건은 두 현 경찰본부의 형사부장이 참석하는 수사지휘 회의에서 정하기로 합시다." 가와세가 제안한다.

간부들의 이야기를 들으며 사이토는 가리야를 잡아 오는 방향으로 기울어 있었다. 물증이 나오지 않은 채 시간이 흐르면 수사를 눈치챈 가리야가 도주할 가능성이 있다. 그렇다면 별건으로 체포하고, 전력을 다해 자백을 받아내는 수법도 비장의 카드 가운데 하나인 것이다.

수사 회의는 날이 갈수록 열기를 띠고 있었다.

*

가리야를 잡아 올지 여부를 군마·도치기 두 현 경찰본부의 본부장, 형사부장, 수사1과장, 관리관, 그리고 경찰청의 담당관 등으로 구성된 간부 회의에서 상의한 결과 당분간은 지켜보자는 방침이 정해졌다. 의논한 내용은 현장의 형사들에게 전해지지 않았지만, 그 결과에 낙담하는 사람이 많았다. 노지마 마사히로도 그중 한 사람이다.

아침 회의 전, 근처에 있던 도이 과장에게 물으니 간부 회의에서 의견은 딱 둘로 나뉘었고, 마지막에는 가와세 1과장 보좌가 제동을 걸었다는 것이었다.

“의견이 갈렸을 때는 그만두는 편이 낫지. 실패했을 때 그럴 줄 알았다니까, 하고 말하는 놈이 꼭 나오거든. 그렇게 되면 조직은 뿔뿔이 흩어지지.”

도이의 설명은 지당했지만 사기가 떨어진 건 분명했다.

“혹시 10년 전에도 그랬습니까?” 노지마가 물었다.

“맞아. 우리가 이케다를 잡아 왔을 때 군마현 경찰본부와 지검은 반대했었지. 그래도 당시의 우리 형사부장이 의기양양하게 무슨 일이 있어도 자백시킬 거라고 우겼고, 결국 진술 조서 한 장도 받지 못하고 불기소되었어. 다들 흥이 깨졌고 외풍도 불었지. 큰 사건일수록 수사관의 마음이 하나가 되지 않으면 범인을 놓치게 되네. 이번에 간부들이 예민해진 것은 그 후유증이야.”

“하지만 돌다리만 두드리고 있다가는 아무리 시간이 지나도 제자리걸음이잖아요. 눈 딱 감고 잡아 오면 스마트폰을 압수할 수도 있고 그러면—”

“스마트폰이 없으면 어떻게 하지? 경찰의 움직임을 알아채고 가리야가 스마트폰을 버렸다면 그걸로 끝이야. 스마트폰을 받아내도 그 안에 증거가 될 만한 데이터가 없으면 우리는 아무것도 할 수가 없어. 요즘 범죄자는 스마트폰이나 컴퓨터가 압수당하는 것 정도는 벌써 예상하고 있다고. 데이터를 삭제해도 경찰은 시간을 들여 복구할 거고, 그걸 잘 알고 있는 범죄자는 처음부터 스마트폰을 쓰지 않지."

도이가 깨우쳐주듯이 말했다. 확실히 최근 범죄 수사는 스마트폰을 빼고는 말할 수 없고, 실제로 용의자를 체포했을 때 가장 먼저 압수하는 게 스마트폰이다. 하지만 그것에 너무 의존한 나머지 용의자가 스마트폰을 사용하지 않으면 수사는 아주 간단히 암초에 걸린다.

"이와 관련하여 지검은 뭐라고 합니까?" 노지마가 물었다.

"그야 끝까지 증거를 갖추라는 말만 하지. 현 상황에서는 잡아 와봤자 자백하지 않는 한 기소는 무리겠지. 네 명이나 죽여놓고 자백할 리는 없으니, 경찰도 검찰도 크게 창피를 당하는 거지."

"그렇겠네요, 정말."

노지마는 기소할 수 없게 될 상황을 상상하자 한기가 들었다. 경찰청도 검찰청도 격노할 것이다. 조사관의 중대한 책임을 생각하면 속이 쓰리다.

"아무튼 지금은 증거 수집이야. 자네, 가리야가 고향에서 평소 어땠는지 조사했다던데, 어떻게 되었어?"

"마쓰모토에 갈 시간이 없어서 그냥 전화와 문자로만 조사 중입니다. 실은 그저께 나가노현 경찰본부 형사부에 가와세 1과장 보좌님이 직접 협조 요청을 해주셨습니다. 저번에 출장을 갔을 때 마쓰모토 경찰서의 부서장님께는 인사를 하고 사정도 설명했습니다만, 본부가 승낙했기 때문에 대응은 아주 다릅니다. 전임 한 명이 붙었습니다."

"역시 경찰청이군. 우리만으로는 무리지."

도이가 코를 킁킁거리며 말한다. 노지마도 동감이었다. 보고서를 써야만 하는 안건도 커리어 관료의 전화 한 통이면 해결되곤 한다.

"오늘이라도 전화를 해보겠습니다."

"그래, 그렇게 해줘. 아무튼 뭐든지 좋으니까 가리야를 잡아올 자료를 얻어내야지. 그래야 간부도 지검도 일에 착수하기 쉬워지니까."

"알겠습니다."

노지마는 서서히 마음이 무거워졌다. 사건 수사로 이렇게까지 압박을 느끼는 것은 처음이다.

그날은 사이토와 둘이서 제너럴중기 오타 공장을 방문했다. 순회 트럭의 운행과 관리를 담당하는 부서에서 과장 직함을 가진 마흔 전후의 남자가 응대했다. 이 과장에게는 트럭의 감식 검사가 살인 사건과 관련된 것이라는 사실이 본사를 통해 이미 전해져 있었다. 물론 비밀 유지 요청도 포함해서다.

"과장님, 집요하게 굴어 죄송합니다만, 수사 이유는 사내에 알려지지 않았지요?"

동행한 사이토가 저자세로 물었다.

"물론입니다. 부하한테도 말하지 않았습니다."

과장이 온순한 얼굴로 고개를 끄덕인다.

"아직 용의자를 좁히지 못했고, 어디까지나 가능성을 확인하는 단계입니다. 관련이 없을 경우 당사자의 인권을 침해하게 되기 때문에 경찰도 신중하지 않을 수 없습니다."

"알고 있습니다. 본사에서도 그런 취지의 말을 들었습니다."

"그런데 오늘은 트럭 운행 시스템에 대해 다시 한번 확인하기 위해 찾아왔습니다만, 일정표를 지키기만 한다면 운전사는 기본적으로 자유롭게 움직일 수 있었겠네요."

"그렇습니다. 각 공장에서 부품의 완성 시각이 대체로 정해져 있어서 그때까지 도착해서 완성된 부품을 싣고 다음 공장으로 이동합니다. 그 반복이지요. 저번에 문의 주신 5월 초순에서 중순에 걸쳐 밤 10시 이후의 운행 상황 말인데요, 지연 등의 보고는 들어오지 않았습니다. 다만 10분 정도 늦는다면 담당자도 특별히 문제 삼지 않고 업무 일지에 기재하지도 않습니다."

"별다른 일이 있었다는 보고가 없다, 그 말이죠?"

"그렇습니다. 없었습니다."

"가솔린 주유는 어떻게 합니까?"

질문하는 역할을 노지마가 이어받았다.

"그게 무슨 뜻이죠?"

"주유는 누가 하느냐는 말입니다."

"운전사가 합니다. 3분의 1 이하로 떨어지면 지정 주유소에 들러 사인하고 주유하도록 되어 있습니다."

"아, 그렇군요. 그런데 다른 트럭에 비해 연료 소비가 많은 트럭은 없습니까?"

"글쎄요, 거기까지는 조사해보지 않았습니다. 특별히 주유 횟수가 많으면 문제시합니다만, 그런 사례는 없었습니다."

"주행거리는 기록하고 있습니까?"

"아니요. 영업차라면 업무 일지에 그날 주행거리를 써 넣는 규칙이 있습니다만, 순회 트럭은 특별히……."

"기록하지 않는 이유는요?"

"필요 없다고 판단해서입니다. 세단 영업차라면 사적으로 이용하는 사람이 생기지 않도록 체크하지만, 트럭 운전사 중에는 그렇게 무모한 사람은 없을 거라고……."

담당 과장과의 면담은 계속되었다. 넌지시 운전사 다섯 명의 평소 행실을 물었지만, 특별히 마음에 걸리는 점은 없고 성실한 직원뿐이라는 대답이 돌아왔다.

"저로서는 저희 회사의 계절노동자가 무관하기를 빌고 있습니다."

과장이 물기를 머금은 눈으로 말했다.

"하지만 설사 범인이 여기서 나온다고 해도 계절노동자이니 회사에는 피해가 없을 겁니다."

"아니요. 언론에 이름이 나오면 마찬가지입니다."

노지마는 대답할 말이 없었다. 확실히 일본 사회는 범죄자가 소속된 곳까지 같은 죄를 저지른 것으로 간주한다. 특히 인터넷

이 활발한 현대에는 뜬소문에 의한 피해를 피할 수가 없다.

마지막으로 다른 사람에게 조사 사실을 말하지 말도록 다시 한번 다짐을 받고 사무실을 떠났다. 나올 때 엿본 공장에서는 작업복을 입은 공장 직원들이 바쁘게 일하고 있었다. 대부분이 외국인이었다. 이것도 일본의 새로운 풍경이다.

그날 밤 노지마는 나가노현 경찰본부 형사기획과 계장의 전화 연락을 받았다. 가리야에 관해 모은 정보를 보고한다고 한다. 노지마는 미안한 마음에 머리를 숙인 채 전화를 받았다.

"우선 한 번 체포되었던 이력에 대해서입니다. 이건 5년 전이네요. 현장은 어머니가 당시 살고 있던 연립주택 부지 안이었습니다. 당시 가리야는 하마마쓰의 오토바이 공장에서 계절노동자로서 일하고 있었는데, 우연히 귀향해서 어머니 집으로 갔다가 마침 빚을 받으러 와 있던 폭력단 조직원들과 맞부딪쳤는데 어머니에게 돈이 없다면 아들이 갚으라는 이야기가 나왔고 거부한 가리야와 옥신각신하게 된 모양입니다. 머리에 피가 거꾸로 솟은 폭력단은 일단 돌아갔다가 단도를 들고 몰려와 위협했지만, 그래도 가리야가 물러서지 않아 다시 몸싸움을 벌였습니다. 이에 인근 주민이 110번으로 신고를 해서 경찰 몇 명이 달려와 싸움을 중재했고, 폭력단 조직원들과 가리야를 연행했습니다. 보통 사소한 싸움이라면 사정을 듣고 시말서를 쓰는 정도로 돌려보냅니다만, 폭력단 조직원이 늑골이 부러지는 중상을 입었고 가리야도 팔이 베이기도 해서 상해 사건으로 처리되었습니다."

계장이 사무적으로 보고한다. 노지마는 새삼 가리야의 거칠고 난폭한 성격을 생각했다. 야쿠자를 상대로 물러서지 않았다는 얘기는 사실인 것 같다.

"조사는 사흘에 걸쳐 이루어졌습니다. 가리야는 순순히 조사에 응한 것 같습니다. 당초 폭력단 조직원이 중상을 입었기 때문에 입건도 생각했습니다. 그런데 상대가 칼을 들고 있어 정당방위가 성립된다는 판단이었습니다. 과거에 계도 이력, 체포 이력도 없어서 하룻밤 만에 석방했습니다. 이와 관련하여 당시 조사를 담당했던 형사에게 문의했더니 가리야를 기억하고 있다고 했습니다. 어머니가 그런 사람이라 그 여자의 아들인가 하고 처음에는 마약 사용도 의심하여 조사에 임했다고 합니다. 그런데 임의로 한 소변검사 결과는 깨끗했습니다. 큰 체격에 어울리지 않게 소곤소곤 작은 목소리로 말하고 반항적인 태도는 전혀 없었다고 합니다. 다만 가리야는 초등학교에 다닐 때 어머니가 체포되어 잠시 아동복지시설에 들어간 적이 있는데 그때의 일을 묻자 갑자기 표정이 바뀌더니 입을 꾹 다문 것이 인상에 남아 있다고 했습니다."

"그 아동복지시설 연락처 좀 알려주실 수 있습니까?"

"물론입니다. 나중에 범죄 사건 처리 기록과 신상 조사표를 팩스로 보내드리겠습니다. 그걸 참고해주세요."

"정말 감사합니다."

노지마는 다시 한번 전화에 대고 머리를 숙였다.

계장의 보고는 계속되었다. 그에 따르면 남겨진 서류에는 가리야 본인보다는 모친에 관한 기술이 많고, 앞서 말한 상해 사건은 모친이 원인이 되어 일어난 사안으로 처리된 것 같았다.

"어머니가 마약 상습 복용자로, 그 이외에도 인근 주민과의 말썽 등 빈번하게 소란을 일으키는 인물이었으니까요. 가리야는 아마 창피했을 겁니다. 조사한 형사도, 굳이 말하자면 아들 가리야에게 동정적이었던 것 같습니다. 불기소가 된 것도 정상 참작의 여지가 있었기 때문이겠지요."

계장이 말했다. 노지마는 왠지 모르게 가리야의 성장 과정을 상상할 수 있었다. 야기가 말했듯 가리야의 여성 혐오는 모친에서 기인했다는 주장은 아마 맞을 것이다. 그것이 엽기 살인으로까지 이른 것인가 하는 자문에는 아직 답할 수 없지만.

어쨌든 노지마는 수사의 공백이 조금씩 메꿔지고 있다는 감각을 느끼고 있었다.

*

지노 교코가 히라쓰카가를 방문한 사흘 후 〈주오신문〉 마에바시 지국에서 편집회의가 열렸다. 전날 간토 지방의 장마가 끝났다는 보도가 나왔고, 그러자 면죄부라도 얻은 것처럼 기온이

쑥쑥 올라가 오전 9시 시점에 이미 30도를 넘어서는 상황이었다. 사무실 에어컨을 28도에 맞춰뒀지만 모인 기자들의 땀은 전혀 식지 않는다. 간토 북부 지방의 여름은 악마의 계절이다.

평상시라면 6월 말까지는 여름휴가를 신청하고 각자 뿔뿔이 휴가를 다녀오는 시기지만, 현 경찰 담당 기자들은 토요일조차 쉴 수 없는 상황이 이어지고 있었다. 교코도 올 추석 연휴는 포기하고 있었다. 가을이 될 무렵 하루씩 쉬게 될 것 같다.

이날은 시노다 조교수를 불러 회의를 열었다. 이미 현장 조사는 3개월이 다 되어가고, 이쯤에서 한번 의견을 듣고 싶어서 연 회의다. 그사이에 〈주오신문〉 계열의 주간지에는 시노다가 쓴 기사가 두 번 실려 교코도 아주 흥미롭게 읽었다. 다만 주간지의 담당 편집자에 따르면 자칫 차별적으로 읽힐 표현이 너무 많아 "거의 편집부에서 다시 썼다"는 것이었다. 인권에 대한 시노다의 무심함은 지금까지 충분히 느꼈던 것이라 교코는 쓴웃음을 짓지 않을 수 없었다. 텔레비전의 해설자 역할은 절대 무리일 것이다.

"다들 모였나요? 그럼 회의를 시작하겠습니다. 시노다 선생님, 잘 부탁합니다."

고사카가 말문을 연다.

"예. 저야말로 잘 부탁합니다."

시노다는 유니클로의 폴로셔츠에 반바지 차림이었다. 부채를 손에 들고 얼굴을 부치고 있다.

"지노에게 보고를 받고 제가 가장 충격을 받았던 것은 히라쓰카 겐타로가 해리성 정체 장애를 앓고 있고, 그 사람 안에 지금까지 아무도 몰랐던 폭력적인 인격이 숨어 있었다는 이야기였습니다. 지노 말로는 접시가 날아와 털썩 주저앉을 뻔했다고……."

"예, 저도 역시 깜짝 놀랐습니다. 그렇게까지 폭력적인 인격이 나오는 경우는 드무니까요. 〈엑소시스트〉라는 옛날 영화가 있었잖아요. 그 영화를 떠올렸지요. 참고로 음성을 녹음했는데 여러분도 들어보시겠습니까?"

시노다가 평소의 어조로 말했다.

"선생님. 몰래 녹음한 건가요?"

교코는 깜짝 놀라 얼빠진 목소리를 냈다.

"예. 음성만요. 그쪽 어머니가 허락해줄 것 같지 않았거든요. 매너가 아니라는 건 알지만 연구에는 귀중한 자료라서."

시노다가 가방에서 스틱형 녹음기를 꺼냈다. 신문기자가 쓰는 것과 같은 기종이다.

"그럼 모처럼의 기회이니 어디 한번 들어볼까요?"

고사카가 내키지 않는 어조로 말하며 참가자를 둘러보았다. 교코를 포함한 모든 참가자가 미간에 주름을 지을 뿐 듣고 싶다고도, 듣고 싶지 않다고도 말하지 않았다.

"무선 스피커도 가져왔으니까 그걸로 들읍시다. 블루투스 연결을 하면 되니니까요."

시노다가 머그컵 크기의 원통형 스피커를 테이블 중앙에 놓고 녹음기와 블루투스 연결을 했다. 모두가 마른침을 삼키며 지켜보고 있다. 잠시 후 음성이 흘러나왔다.

우선은 시노다와 마코토와의 대화다.

《그럼 만나게 해줘요》《관두는 게 좋을걸요? 식기를 던질 텐데요》《식칼만 아니면 괜찮아요》

잠시 정적이 흘렀고 남자의 호통이 낙뢰처럼 울린다.

《넌 누구야!》《그쪽은!》《뭣 하러 왔어!》

목소리가 변하자 기자 전원이 깜짝 놀랐다.

"정말 동일 인물이야?" 고사카가 물었다.

"그렇습니다. 겐타로 한 사람의 입에서 나온 말입니다." 교코가 대답한다.

이어서 남자가 아우성치는 소리와 식기가 깨지는 소리가 흘렀다. 그때의 광경이 뇌리에 스치고 교코는 무심코 고개를 움츠렸다. 다른 기자들은 얼굴을 찡그리며 귀를 막고 싶은 마음을 열심히 억누르고 있다.

"볼륨 좀 올릴까요?" 시노다가 물었다.

"괜찮아요, 괜찮습니다." 교코가 즉각 손을 뻗어 저지했다.

5분쯤 재생했을 때 고사카가 "선생님, 이제 됐습니다"라고 말하여 녹음 듣는 것은 끝났다.

"이거 굉장한데……." 고사카가 고개를 저으며 중얼거렸다. "지식으로는 알고 있었어도 실제로 현실에서 맞닥뜨리니 인간이 무서워지는데."

"가족은 괴롭겠어. 어찌할 바를 모를 만한데. 누구한테 좀 도와달라고 해야 할 상황이야."

지국장은 진심으로 동정하는 모습이다.

"그래서 겐타로의 어머니는 매일 제 핸드폰으로 전화를 걸어옵니다."

시노다가 스피커를 정리하며 말했다.

"그런가요?" 교코가 물었다.

"예. 아들의 상태가 급변해서 혼자서는 견디지 못하는 것 같아요. 남편은 일로 집에 없고, 매일 겐타로와 단둘이 있다면 누구나 지치겠지요. 오늘 아침에도 전화를 해서 가정부가 그만두고 싶어 하는데 어떻게 하면 좋겠느냐고 의논을 하더군요. 뭐, 가정부도 무서울 테니까요."

"그런데 어떻게 대답했어요?"

"당분간 월급을 두 배로 줄 테니 그만두지 말았으면 좋겠다고 말해보면 어떻겠느냐고 대답했는데……."

"아, 역시……."

히라쓰카가에 시노다는 믿을 수 있는 사람인 모양이다. 적어도 피하지는 않는다.

"어쨌든 지원이 필요하니까 제가 계속 이야기 상대가 되겠습니다. 그것과 병행해서 이 병을 잘 아는 정신과 의사도 찾아보겠습니다. 어쨌든 그 가족을 고립시키지 않는 것이 중요할 것 같습니다."

시노다의 말에 고사카가 존경의 시선을 보냈다. 다른 기자도 단순한 괴짜가 아니었다고 다시 보는 모양이다.

"선생님, 경찰에는 알려야 하지 않을까요? 우리로서는 정보 제공을 해서 생색을 내고 싶은 타이밍인데요."

고사카가 물었다.

"그렇겠네요. 경찰과도 정보를 공유하는 게 좋을지도 모르겠습니다. 가족은 몹시 지친 상태이기에 믿을 만한 상대가 많을수록 좋지요. 하지만 그럴 경우 한 가지 걱정은 있지만요."

"뭔가요?"

"글쎄, 뭘까요?"

시노다가 의자에 깊숙이 기대고 회의 참가자를 둘러본다. 여기서 퀴즈인가. 교코는 야단을 치고 싶은 것을 참고 그다음 이야기를 재촉했다.

"모르겠어요? 이런 건 말이에요, 자신이 막판에 몰리면 뭘 하게 될지를 생각해보면 되는 거죠. 인간의 행동이라는 건 그렇게 다르지 않으니까요."

"그래서 뭐죠?"

"가족에 의한 살해. 또는 동반 자살."

시노다가 한 박자 쉬고 교코를 비롯한 일동의 반응을 살폈다. 그리고 이야기를 계속한다.

"그런 예가 상당히 많아요……. 어쩌면 우리 아들은 연쇄 살인 사건의 범인일지도 모른다. 경찰은 이미 의심하고 있다. 경우에 따라서는 자신들도 살해당할지도 모른다—. 그렇게 의심암귀에 빠져 심리적으로 막다른 곳에 몰려 결국 아들을 살해해버리는 케이스. 또는 사건에 앞질러 살해해버리는 케이스도 때로 보이지요……. 아들이 스토커여서 남의 집 아가씨를 죽일지도 모른다. 실제로 경찰에 피해 신고서가 제출되어 경고도 받았다. 부모는 여러 차례 다가가지 말라고 주의를 주지만 전혀 말을 듣지 않는다. 아들이 다른 집 아가씨를 살해할 거라면 그 전에 자신이 아들을……. 일본인은 자식에 대한 책임감이 강하니까 이런 비극이 일어나기 쉽지요. 참고로 동반 자살은 일본인 특유의 행동입니다. 일단 서양에서는 볼 수 없습니다. 아이는 부모의 소유물이 아니라 신의 아이니까요."

교코는 이야기를 듣다가 소름이 끼쳤다. 확실히 일전의 아수라장을 실제로 체험하자 아들 살해 및 동반 자살도 있을 수 있는 이야기로 들렸다.

"아무튼 오늘 다시 히라쓰카가에 다녀오겠습니다. 지노 씨도 같이 갈래요?"

시노다가 교코를 쳐다보며 묻자 교코는 당황하며 "죄송합니다. 오늘은 안 됩니다. 다른 취재가 있어서요"라고 거절했다.

"제가 갈게요." 고사카가 낮은 목소리로 말했다. "한번 보고 싶어서요. 데스크에만 있으면 기자의 감이 둔해지거든요."

교코는 가슴을 쓸어내리며 고사카를 다시 봤다.

"그리고 경찰에도 알리겠습니다. 이야기를 듣고 있으니 모친이 걱정되는군요. 이후에 시청의 보건복지과에도 통보하겠습니다. 상담 창구가 있을 겁니다. 아무튼 그 가족을 고립시키지 않아야 하니까요. 우리는 이미 관여하고 말았으니 보고도 못 본 척할 수는 없습니다."

각자가 고사카의 말을 음미하며 고개를 끄덕였다. 사람을 구하는 것도 신문의 사명이다.

오후, 교코는 마쓰오카의 자택을 찾아갔다. 응접실로 안내되자 마쓰오카가 "젊은 여성은 단것을 좋아할 테니" 하며 케이크를 내놓았다. 일부러 사 온 것인가 싶어 다소 애잔한 기분이 들었다. 아마 자신은 잠시나마 고독을 달래줄 상대이기도 할 것이다.

"마쓰오카 씨, 눈은 괜찮으세요?"

교코가 말했다. 왼쪽 눈의 안대는 여전하지만 오른쪽 눈까지 새빨갛게 충혈되어 있어 언뜻 보기만 해도 애처롭다.

"아무렇지 않아요. 차 운전도 할 수 있고 일상생활에 지장은 없어요. 일은 쉬고 있지만, 아들이 있으니까."

"설마 형사를 미행하고 있는 건 아니죠?"

"당연히 하지 않지요. 현 경찰본부의 형사부장과 지역 경찰서의 서장이 찾아와서 형사 뒤를 따라다니는 것은 삼가달라고 머리를 숙였으니까."

마쓰오카가 웃으며 대답했다.

"그게 좋을 거예요. 자칫 잘못하면 공무집행방해죄로 처벌받을지도 모르고요."

교코가 고개를 끄덕이며 대답한다.

"하지만 형사든 계절노동자든 미행하지 않으면 되는 거고, 증거 수집이라면 방해가 안 되겠지요. 나는 큰맘 먹고 탐문을 시작했소."

"탐문요?"

"그렇소. 경찰수첩도 없는 일반인이 어떻게 탐문을 하느냐고 생각했지만, 용기를 내서 말을 걸어보니 의외로 다들 친절하게 말해줍디다. 뭐, 내가 궁상맞은 노인네라 아무도 경계하지 않아서겠지만. 그런데 바로 얼마 전에 기류역 앞의 노숙자한테 말을 걸었소. 올 황금연휴 무렵 밤늦은 시간에 수상한 남자를 보지 않았느냐고 말이오. 그랬더니 웬걸—"

"뭔가 봤던 건가요?"

교코는 주뼛주뼛 물었다.

"밤 12시가 지나 거리를 배회하고 있던 불량 중학생들이 시비를 걸어와 난감했는데 주차장 쪽에서 트럭 운전사인 듯한 남자가 혼자 나타나 불량한 애들을 쫓아주었다네요. 그 남자는 가리야가 틀림없을 거요."

"아니, 그것만으로 가리야인지는……."

"가리야가 틀림없소. 그런 시간에 누가 걸어 다니겠소. 수상하지요? 틀림없이 사냥감을 물색하고 있었을 거요."

"그럼 왜 노숙자를 도와준 걸까요?"

"방해가 되니까. 애들이 납치 현장을 목격하면 곤란하니까 쫓아버린 거지. 앞뒤가 맞지 않소?"

마쓰오카가 붉게 달아오른 얼굴로 호소한다. 교코는 그 어조에서 뭔가 병적인 것을 느끼고 등줄기가 오싹해졌다.

"그래서 경찰에는 알렸어요?"

"물론이오. 곧바로 사이토 형사의 핸드폰으로 전화를 했소."

"사이토 형사는 뭐라고 했어요?"

"협조해줘서 고맙다고 합디다. 예를 표했지. 그 남자도 드디어 시민 대하는 말버릇을 배운 거요."

마쓰오카가 만족스럽다는 듯이 말한다.

교코는 사이토의 굳어진 얼굴이 눈에 선했다.

*

장마가 끝나고 술집 '리오'는 더욱 바빠졌다. 보통은 생맥주 20리터 통 세 개를 배달해달라고 하지만 문을 열고 몇 시간만 지나도 동이 날 정도다. 브라질인 손님은 마시는 양이 엄청나므로 그 덕에 매출은 몇 배나 뛴다.

요시다 아키나는 가게 오너에게 장부를 보여주며 호스티스들에게 소액이라도 좋으니 보너스를 주었으면 좋겠다고 간청했다. 그러자 오너는 쾌히 승낙했고, 게다가 아키나에게도 준다고 한다. 아키나는 기뻐서 어디에 쓸까 생각했다. 요즘은 절약만 하고 있었기 때문에 가끔은 시원하게 쓰고 싶다. 여행은 어떨까. 벌써 몇 년이나 멀리 떠난 적이 없다. 도쿄에는 가끔 가지만 쇼핑을 하는 정도이고 관광이나 리조트와는 인연이 없었다. 비행기도 배도 타지 않았다.

아키나는 문득 가리야와 함께 가는 것을 생각했다. 계절노동자도 추석 연휴는 있을 것이고, 보통은 일주일쯤은 쉴 수 있을 것이다. 2박 3일 정도라도 좋으니 함께 여행을 가고 싶다. 2박 여행이라면 선택지가 많다.

그렇게 생각하자 젊은 시절처럼 마음이 설레며 매일 의욕이 생겼다. 불안한 것은 가리야가 함께 가줄까 싶어서다. 하지만 아마 싫다고 말하지는 않을 것 같다. 늘 친절하고 휴일은 무료해하는 듯했으니까.

인터넷으로 여행지를 찾다가 삿포로가 눈에 들어왔다. 홋카이도 지역에는 가본 적이 없다. 시내에서 1박 하고 다음 날은 렌터카로 하코다테까지 가고, 둘째 날에는 바다가 보이는 온천 여관에서 보낼 것이다—. 아키나는 상상만으로 행복했다. 이런 기분은 대체 얼마 만인가.

그러던 어느 날 페루인 호스티스 마리아로부터 이해할 수 없는 이야기를 들었다. 오타 동부 경찰서의 형사가 '리오'의 단골

손님인 일본계 브라질인을 찾아가 폭행죄 피해 신고서를 내도록 요구했다는 것이다.

"그거 무슨 얘기야?"

아키나는 영문을 몰라 물었다.

"저도 잘 몰라요. 손님한테 들은 이야기인데 공장 기숙사로 형사 두 명이 찾아와 브라질인 공장 직원을 붙잡고 5월 중순 역 앞의 술집 '리오'에서 싸움을 한 사람이 있을 거다, 어디의 누구냐— 이렇게 물으며 다녔대요. 그래서 다들 얽히기 싫어서 모른다, 모른다, 하면서 도망쳤지만 한 사람이 형사한테 간살부리며, 그러고 보니 일본계 브라질 사람과 일본인 손님이 옥신각신했는데 일본계 브라질인이 간단히 제압당한 소동이 있었다고 말해줬대요. 그랬더니 형사의 안색이 바뀌더니 그 녀석이 누구냐고—"

"그거 혹시 가리야 씨가 싸움을 말렸던 일 아냐?"

아키나가 물었다. 외국인 사이의 다툼이라면 늘 있는 일이지만, 일본인이 끼어든 것은 가리야의 일밖에 없다. 꽤 지난 일이지만 또렷이 기억하고 있다.

"아마 그렇지 않을까요. 확실히 그때는 일본계 브라질인 시우바 씨가 싸움 와중에 심하게 날뛰다가 가리야 씨에게 팔이 비틀려 싱겁게 항복했잖아요. 그때의 일일 거예요."

"그렇지. 달리 큰 소동은 없었고. 그런데 형사는 뭐라고 하는데? 시우바 씨를 체포한대?"

"아뇨. 그게 아니에요. 시우바 씨를 경찰서로 불러서는 일본인 손님이 당신 팔을 비틀어 바닥에 깔고 눌렀을 거다, 아팠을 거고 다치기도 했을 거다, 그때의 피해 신고서를 내라, 이렇게 말하더래요."

"뭐?"

아키나는 귀를 의심했다. 난폭하게 군 사람은 시우바이고, 말린 사람이 가리야다. 어디서 이야기가 왜곡되어 전해진 것일까.

"그 형사 이름은 알아?"

"전 몰라요."

"그런데 시우바 씨는 피해 신고서를 냈대?"

"그것도 몰라요. 시우바 씨한테 물어보세요."

"그러고 보니 요즘은 통 안 오네. 뭐, 됐어. 내가 형사님한테 직접 물어보지 뭐. 오타 동부 경찰서에는 아는 사람이 몇 명 있으니까."

아키나는 이해할 수 없는 이야기에 당혹스러웠다. 왜 술집의 사소한 다툼에 경찰이 나서는 걸까. 게다가 가리야는 싸움을 말리려 했을 뿐 가해자가 아니다. 분명 누군가가 이야기를 지어냈고, 엉뚱한 일로 경찰이 알게 되었으며, 검거 건수를 올려 점수를 따고 싶은 형사가 그렇다면 내가, 하고 나서는 바람에 벌어진 그런 시시한 이야기가 분명하다. 어쩌면 마리아가 잘못 들은 것이고, 모두 유언비어일지도 모른다.

그럴 것이다. 마리아는 천성적으로 덜렁덜렁한 여자다.

"아, 맞다. 마리아, 다음 주에 보너스를 줄 테니까 앞으로도 일 열심히 해."

"정말이에요! 마담 언니, 최고!"

마리아가 뛸 듯이 기뻐하며 아키나를 안고 뽀뽀하려고 했다.

"잠깐, 이제 막 화장해서 말이야."

아키나는 얼굴을 돌렸으나 볼에 억지로 뽀뽀했다. 중남미 사람은 기분을 아주 직접적으로 표현한다.

그 주 일요일, 가리야가 비번이라 데이트를 하기로 했다. 휴일에 만날 사람이 있다는 것은 얼마나 행복한 일인가. 아키나는 자신의 경차를 몰고 역 앞으로 가서 가리야를 태우고 이온몰로 향했다. 날씨가 좋아서 히가시야마 공원도 좋을 것 같았지만, 일기예보를 보니 최고기온이 36도였다. 그렇다면 에어컨이 있는 상업 시설 이외에는 생각할 수 없다.

먼저 영화관으로 갔다. 화제의 신작은 관객이 많아서 좌석이 꽤 비어 있는 미국의 호러 영화를 봤는데 의외로 재미있어서 아키나는 만족스러웠다. 다만 가리야는 반쯤 잤다. 이런 점까지 예쁘게 보이는 걸 보면 연애는 참 신기하다.

점심은 식당을 따로 찾아가지 않고 몰 안의 돈가스집으로 들어갔다. 가리야가 먹고 싶다고 했기 때문이다. 우선 무알코올 맥주로 건배하고 한숨 돌린다.

"군마의 여름은 덥지? 마쓰모토와는 많이 다르지 않아?"

아키나가 물었다.

"정말 그래. 아침부터 30도가 넘으니까 싫어지긴 하지."

가리야가 웃으며 대답한다.

"기숙사는 물론 에어컨이 나오지?"

"그야 나오지. 하지만 28도로 설정되어 있어서 그렇게 시원하지는 않아. 다들 윗옷은 벗고 돌아다니지."

"흐음. 저기, 어디 시원한 데 가지 않을래?"

아키나는 이야기의 흐름에 맞춰 물어봤다.

"여기도 시원한데."

"그게 아니라 여름휴가 말이야. 난 홋카이도에 가고 싶은데, 혼자라면 따분할 거 같아서. 가리야 씨, 같이 가자."

입에 담았더니 두근두근했다. 거절당하면 상처받을 것이다.

"좋아. 난 홋카이도에 가본 적도 없고."

가리야는 뜸 들이지 않고 곧장 찬성해주었다. 단숨에 마음이 부푼다.

"그래. 실은 나도 가본 적이 없어. 그래서 가보고 싶었거든. 인터넷으로 알아봤더니 성수기라 싸지는 않지만 2박 3일이라면 한 사람당 3만 엔대부터 있는 것 같더라고."

"어차피 갈 바에는 좋은 데서 묵고 싶은데. 5만 엔쯤도 괜찮지 않을까?"

"알았어. 그럼 찾아볼게."

가리야가 흥미를 보여서 아키나는 더욱 기뻤다. 뭘 입고 갈까.

가방은 새로 장만할까. 그 전에 머리를 자를까. 이런 것까지 생각하고 있다.

스마트폰의 달력을 보며 둘이서 일정을 짰다. 아키나의 가게는 추석 연휴가 없으므로 각자가 따로따로 휴가를 쓰는 방식이다. 아무래도 붐비는 추석 당일은 피하고 싶어서 8월 17일에 출발해 2박 3일 머물기로 했다.

"저기, 비행기는 하네다 공항에서 타고, 출발이 빠른 것을 고른다면 전날 도쿄에 가서 묵는 방법도 있는데."

"어떻게 하든 괜찮아."

"새벽 6시에 오타역 출발이면 힘들잖아."

"그럼 좋아. 전날 저녁에 도쿄로 가서 하네다 근처 호텔에 묵지 뭐."

"야호!"

아키나가 소녀처럼 기뻐한다. 실제로 기분은 장밋빛이다. 어머니 일로 계속 우울했으므로 더욱 기분이 상쾌했다.

등심 돈가스 정식이 나와 둘은 식사를 시작했다. 운전하지 않는 가리야는 맥주를 주문했다.

"아, 맞다. 그런데 얼마 전에 이상한 이야기를 들었는데."

아키나가 퍼뜩 생각해냈다. 페루인 호스티스 마리아가 했던 이야기다.

"가리야 씨가 처음으로 '리오'에 왔을 때 일본계 브라질인 손님끼리 싸움이 벌어져 말려준 일이 있었잖아. 기억해?"

"응. 기억하지."

"그 일로 형사가 탐문을 해서 피해 신고서를 내게 하려고 한다던데."

"무슨 말이야?"

가리야가 젓가락을 멈추고 의아한 표정을 지었다.

"마리아 말로는 오타 동부 경찰서의 형사가 그때의 싸움을 사건으로 만들려고 하는 것 같은데, 아무래도 잘못 전해진 모양인지 가리야 씨가 일본계 브라질인 손님한테 부상을 입혔다고 이야기가 꼬인 것 같아. 소문이라는 건 정말 엉터리라니까. 다음에 오타 동부 경찰서의 형사가 오면 무조건 한마디 해줄 거야. 당신들 착각하고 있다고 말이야."

"어, 그래."

가리야의 표정이 어두워졌다. 뭔가 생각에 잠겨 있다.

"신경 쓰지 않아도 돼. 가리야 씨는 싸움을 말려준 거니까. 경찰이 뭐라도 물어보면 내가 증언해줄게."

"응, 알았어."

"그런데 아까 이야기했던 홋카이도 여행 말인데, 현지에서 이동할 땐 렌터카가 좋겠지?"

"응, 그렇지……."

"그럼 하코다테 야경을 보러 가자. 옛날부터 가보고 싶었거든."

"응, 알았어……."

어쩐지 가리야가 건성으로 듣고 있다.

"케이블카도 있지만 드라이브를 하고 싶어."

아키나는 개의치 않고 이야기를 계속했다.

2권에 계속

리버 1

1판 1쇄 발행 2024년 11월 1일
1판 3쇄 발행 2024년 11월 29일

지은이 · 오쿠다 히데오
옮긴이 · 송태욱
펴낸이 · 주연선

(주)은행나무
04035 서울특별시 마포구 양화로11길 54
전화 · 02)3143-0651~3 | 팩스 · 02)3143-0654
신고번호 · 제 1997—000168호(1997. 12. 12)
www.ehbook.co.kr
ehbook@ehbook.co.kr

ISBN 979-11-6737-482-0 (04830)
979-11-6737-481-3 (세트)